有爱的青春陪伴者

小确喜

Xiao Quexi

川澜 著

Chuan Lan

四川文艺出版社

图书在版编目（CIP）数据

小窃喜 / 川澜著 . -- 成都 : 四川文艺出版社 ,
2023.4
ISBN 978-7-5411-6611-2

Ⅰ . ①小… Ⅱ . ①川… Ⅲ . ①长篇小说 - 中国 - 当代
Ⅳ . ① I247.5

中国国家版本馆 CIP 数据核字 (2023) 第 043776 号

XIAOQIEXI

小窃喜

川澜 著

出 品 人	谭清洁
责任编辑	邓　敏
特约编辑	蒋彩霞
装帧设计	蔡　璨　孙欣瑞
责任校对	段　敏
出版发行	四川文艺出版社（成都市锦江区三色路 238 号）
网　　址	www.scwys.com
电　　话	0731-89743446（发行部）　028-86361781（编辑部）
排　　版	长沙大鱼文化传媒有限公司
印　　刷	长沙鸿发印务实业有限公司
成品尺寸	145mm × 210mm　　开　本　32 开
印　　张	10.5　　字　数　380 千字
版　　次	2023 年 4 月第一版　　印　次　2023 年 4 月第一次印刷
书　　号	ISBN 978-7-5411-6611-2
定　　价	42.80 元

目录

CONTENTS

目录

CONTENTS

第一章

“三毒”俱全顾承炎

[1]

机舱里温度很低，冷意从四面八方袭来，直往人的衣领、裙摆里钻。

秦幼音坐在靠窗的位置，冷得咳嗽了两声。她担心打扰邻座休息，只能扭头捂住嘴阻止自己发出声音，一张小巧软白的脸涨得微红。

陆续有乘客不满机舱内的低温相继按铃，两个空姐各取了一摞毯子，一前一后开始分发，但毕竟数量有限，等接近机舱中央时，只剩下最后两条。

“还有哪位乘客需要？”

秦幼音短裙之下光裸的双腿冰凉透骨，她明明急需，可空姐的声音越近，她越慌。

心脏一路咚咚蹦到喉咙口，过度渲染着她内心的紧张气氛。

又来了……

秦幼音懊恼地咬唇，默默批判自己胆小、怕生的坏毛病。她快速深呼吸几下，终于鼓足勇气，试探地举起手，小声说：“我……”

她才说一个字，就被斜前方的大叔抢了先，将其中一条毯子要了过去，毯子从两条转眼变成一条。

秦幼音急得睫毛直颤，努力提高音量道：“我想……”

“姐姐，这里！”

后排响起的声音再次把她蚊子似的诉求截断，紧接着长臂一伸，毛毯被那人轻松夺走。

秦幼音眼巴巴地看着仅剩的温暖之源在面前经过又无情地离她远去，黑白分明的杏眼中溢出渴求的水光。

她体质畏寒，长到十八岁才第一次坐飞机，经验匮乏没有随身带外套，现在才会冷到想哭。

但不怨别人，全怪她，都已经上了大学，依然克服不掉根深蒂固的心理障碍，连一个最简单的要求都不能自然说出口。

成功拿到毯子的陈年根本没注意到前排的竞争者，直接跟身旁的男生说：“炎哥，给你盖着腿，省得受风。”

男生穿一身黑衣黑裤，修长的双腿屈在并不宽敞的座椅空隙里，膝盖处一片破洞，浅白皮肤明晃晃地露出来。

他靠着椅背，狭长眼眸半合，帽檐下的侧脸占尽锋芒。

陈年老妈子似的唠叨：“瞅你这丝丝落落的破裤子，露这么多不怕受寒腿疼？跟教练生气也不能拿身体闹着玩吧。”说着就把毯子往顾承炎腿上盖，却遭到顾承炎的拒绝。

陈年气得手一松说：“顾承炎，你现在连腿都不在乎了？别告诉我，你真要放弃比赛。”

顾承炎没回答，他目光疏疏懒懒，从刚才开始，就停在正对着的前排椅背上——椅背上方，有只举高了的、纤瘦白皙的手，正一点点往回收。

简单的动作被无意中放慢，透着股丧气的无助和可怜。

顾承炎薄薄的眼帘微抬，盯着她腕上的一根用红绳编成的简单手链，中间嵌着一颗圆溜溜的黑色珠子。

要光论样式，其实没什么稀奇，可偏偏碰巧，是他平常最爱用的表情包里面的卡通形象，腕上也拴着特别相似的一根手链。

顾承炎敛了敛眸，慎重地想，小猪前蹄的中间部分，应该可以算是……腕吧？

表情包里的软萌猪崽和面前这只瘦骨伶仃的小手重叠，他满腔的焦躁莫名平复了一些，干脆把毯子拾起，越过椅背往前一递，说：“给你。”

耳边立刻传来女孩胆怯的推辞，声音像幼猫一样细细软软：“不，不——”

没等女孩说完，就正好碰上了气流颠簸，机舱里一乱，她细小的声音被淹没。

陈年目瞪口呆：“就剩这一条，你咋还送人了？”

顾承炎瞥他，说：“是她先举手的，再说，你冷吗？”

陈年不服，要把手上的鸡皮疙瘩给他看。

顾承炎漫不经心地合上眼，说：“你不冷。”

过了五六分钟，机身才彻底平稳。

顾承炎靠在窗边一动不动。他已经连续两天没睡了，一整天满脑子嗡嗡响，备受煎熬，此时前排又响起那道绵甜的嗓音——

“谢，谢谢你，你真的……不用吗？”

这嗓音莫名叫人感到舒服熨帖，稍稍冲淡了他身体的不适。顾承炎嘴角不禁上挑一下，低低地“嗯”了声。

秦幼音用尽了勇气才挤出这句话，得到肯定，马上手忙脚乱地用毯子裹住自己。

等一汲取到温暖，她长长地舒了口气，在飞行途中轻微的噪声里，努力往角落里窝了窝，蜷缩着很快就睡过去了。

梦里迷迷糊糊回到小时候的阴暗走廊，她边哭着边拼命地跑，身后紧追的脚步声如影随形。她惊叫着用力一扑，扑进了小姨的怀抱里。

场景跟着转换，又到了小姨家的储物间。

她抱膝坐在单人小床上，小姨摸着她的头发柔声安慰：“囡囡，上大学是新的开始，把以前那些不开心都忘了吧，心理阴影是可以克服的。”

“不过也要当心，”小姨又叮嘱，“你从小就在小镇长大，没去过外面，现在突然去那么远的地方，人生地不熟的，不能太轻信别人。”

“你千万躲着那些长得凶、爱打架，还有文身的男人。这些人肯定不是什么善类，就算他对你亲近，多半也是看你好骗，你可千万不能相信。”

她乖巧地答应。

“这位乘客，请您把毯子给我，飞机马上要降落了。”

秦幼音额角紧贴舱壁，身上包得像个小蚕蛹，沉浸在睡梦里不安地拱了拱。

空姐含笑重复：“这位乘客？”

秦幼音这才惊醒，有点儿茫然地眨了眨湿漉漉的眼睛，总算反应过来，她红着脸把毯子还回去，像是犯了错似的轻轻嗫嚅：“不好意思……”

后排的顾承炎目睹全程，懒懒地挑眉。

小姑娘怎么能怯成这样，一看就不是东北的。

飞机在轰鸣声中落地，陈年拎起包就要挤进人潮，喊：“走啊，炎哥。”

顾承炎不动，说：“再等会儿。”

他难得有了点兴趣，想知道这弱弱的“小猪蹄儿”到底长什么样。

五分钟后，大部分乘客都已经出舱，前排的小姑娘才慢吞吞地站起来，细白手指顺了顺长至脖颈的短发，低着脑袋离开座位。

顾承炎随之起身，本来想跟上她，中间却被两个胖大爷插了队。

陈年眯起眼问：“哥你今天咋回事，跟中邪了似的，是不是相中小老妹儿了？”

顾承炎不搭理他，借着身高优势，轻松越过障碍看到了少女头顶软软的发旋。

她正把一侧头发别起，露出莹白的耳朵，再一歪头，恬静侧脸映着灯光，脸浓墨重彩地闯进他的视野。

长睫毛轻颤，鼻尖挺翘，唇微张着，湿湿红红。

顾承炎喉结动了动，本能地移开视线。

什么猪蹄儿。

人家一青葱美少女，还是个身高顶多到他肩膀，弱不禁风营养不良的未成年。

顾承炎捏捏眉心，平心静气几秒钟，可那道侧脸弧线却总在他眼前晃，他忍不住再往前一看，美少女已经出了机舱，小细腿倒腾得挺快，人又瘦小，缩着肩膀就挤进了人满为患的摆渡车里。

夏末午后，温度灼人。

脱离了飞机里的低温，换到满载的摆渡车的燥热空间里，简直冰火两重天。

秦幼音紧贴在车门边上，尽量避着人群，紧接着兜里的手机铃声作响，还没等她喘匀气，就慌张地接起来，喊了声：“小姨……”

“囡囡，路上顺利吗？没害怕吧？”

秦幼音乖乖地回答：“都好。”

一直到下车进入机场大厅，电话还没挂断，小姨把临行前交代的大事小事又嘱咐了一遍，最后问：“我让你小心的那类人，你记得吧？千万躲着，注意安全！”

秦幼音走在人群里，不时仰脸看看周围高大彪悍的陌生路人，紧张地咽了咽唾沫，软声说：“记得呢。”

“那就好……囡囡，一起生活这些年，让你受了不少委屈，还让你落下了心里的毛病，”小姨叹气道，“你别怪我们。”

秦幼音垂头抓着衣摆，眼睛微弯：“都已经过去了，我会好起来的。”

挂断电话，她揉了一下眼角。

一定能好的。

到了新环境，她必须克服过去的胆怯，变成一直向往着的那种——积极、开朗、独立的人。

那么问题来了，第一个挑战近在眼前——

取行李。

秦幼音放眼一望，航班对应的行李传送带四周围满了人，以她的高度，连箱子边边都看不见，要是硬挤进去，免不了受白眼。

刚树立起的目标哗啦碎裂。

秦幼音哀哀叹气，决定还是等人少了再过去。

她在一根僻静的方柱旁边老老实实地窝着，然而没过几分钟，她蓦地睁大眼，看到有人从传送带上拎下来一个大号的黑色行李箱，无论样式尺寸、磨损位置，全和她的行李箱一模一样。

那人把箱子随便一放，打着电话就要拉走。

秦幼音的鬓发隐隐沁了汗，顾不上纠结，立马白着一张小脸小跑过去，跟在后面仔细打量，看到那人拉着的箱子底部的一张小猪贴纸时，确定无误，这真是她的箱子。

她试探地扯了下拉杆，那人正暴躁地朝电话低吼，没空注意她。

“先生您好……”她紧张地开口，见他仍然不理，只好努力跑着跟上，换个称呼，声音有些发抖，“叔叔，这箱子是我的。”

要跟一个体格彪悍的陌生男人索要东西，对过去的秦幼音来说想都不敢想，但现在不得不做。

她压住剧烈的心跳，又说：“您拿错了……”

男人余光终于瞥到了秦幼音的身影，正逢电话里吵到最高潮，他恶狠狠地挂断，猛一拽拉杆，小姑娘手还摸在上面，跟着一踉跄，差点跌倒。

“你敢在机场里偷偷摸摸？是不是从我箱子里拿东西了！说！”

秦幼音脸颊上顿时血色全无，解释：“不是，这箱子本来就是我的……”

“什么你的！”男人毫无耐心，高声怒骂着打断，对着秦幼音就要推搡。

来往行人这时纷纷止步，还有好事的人拿出手机打开了摄像头。

秦幼音面对熟悉的攻击性动作，所有话全卡在喉咙，全身都在轻微战栗，习惯性地要抱着肩蹲下蜷起。

此时忽然伸过来一只手臂，从天而降越过她的头顶，稳稳架住即将落下的男人的手臂，朝后重重一推。

秦幼音本能地抬起头，只看到一个高大男生的绷起的下颌和漆黑的帽檐。

紧接着，淬满寒意的微哑男声冷冷地响起：“瞎吵吵啥，没看见吓着小孩儿了？”

［2］

有热闹可看，围过来的人不断增多，最里圈的几个女孩举高手机，小声惊呼：“这小哥哥够帅！看着快有一米九了，东北的吧？连凶起来都要死的性感——”

顾承炎斜扫过去，眉眼遮在阴影里，说：“手机收起来。”语气极度不善。

几个女孩头皮一紧，连带着其他试图拍摄的路人都下意识地关了手机。

男人连退好几步才站住，手一甩，行李箱也要倒了。顾承炎稍一抬手扶起行李箱，拉到身边，又顺便提了提秦幼音的后领，扶着她站稳当。

他的指尖在她脖颈处轻擦而过，穿透细软发尾，不经意碰到了她皮肤上湿淋淋的冷汗。

顾承炎脸色更沉。

话都不敢多说半句的“小猪蹄儿”，估计被吓得不轻。

男人本来满腔火气，在看清顾承炎的身形后下意识矮了一大截：“有事不能好好说，动啥手！”

不用顾承炎开口，陈年先在旁边嗤了一声：“大哥，要点脸行不？”

围观众人也开始交头接耳，有人说：“不是你先动手的？”

男人的脸憋成猪肝色，羞恼地瞪向秦幼音嚷道：“你到底要干啥，我的箱子怎么就成你的了！小姑娘家家的这么随便——”

顾承炎歪了下头。

男人一怵，后半截话生生地被吞了回去。

秦幼音还被顾承炎提溜着，活像只湿了毛的小鸡崽，她缓过气，小声问：“我……我能过去吗？”

从顾承炎的角度，看到的是少女浅黑浓密的长睫毛，正在一抖一抖。

他手一松。

秦幼音把箱子放平，尾部对着那男人，有些委屈地指了指贴纸说：“这是我贴的，如果这个不够证明，那可以打开……”

不等顾承炎说对对登机牌上的行李条码，她就直接抖着手拉开箱盖，里面的衣物和日用品干净齐整，最上面放着个大信封，印着医大标志的录取通知书。

顾承炎一眼瞄到，目光猛一跳，把秦幼音从头到脚认真打量了一圈。

纤纤瘦瘦的小骨架，皮肤比雪糕还白，穿着灰粉色小褂，配着百褶短裙，小细腿还没他胳膊粗。

她竟然是个大学生？还跟他同校同届？

秦幼音抿唇，把通知书翻开，配着身份证摆在上面，自己蹲成一小团，无声证明。

男人再无怀疑，在顾承炎的威压下道了歉，去传送带上找到同款行李箱，灰溜溜地快速离开。

秦幼音这才站起来对着顾承炎道谢：“谢……谢谢你！”

顾承炎摘掉棒球帽，似笑非笑地瞧她。

一天跟他说了两遍谢谢，连结巴都不带变的。

他问："头一回来东北？"

秦幼音微微点头，还是不肯看他。

顾承炎低着眸道："东北挺好的，别叫一两个人影响心情。"说完，他突然俯下身，双手撑着膝盖跟她平视。

秦幼音被罩下来的高大灰影吓得一缩，不由自主地仰脸，怔住。

顾承炎盯着她，嗓音沙沙："妹子，到这地方了，别见啥都怕，好歹把救命恩人认清楚，下回见面记着打个招呼。"

他重新站直，扣上帽子，朝陈年勾手指说："走吧。"

陈年鸡贼似的跟上去叽叽咕咕："好哇，我说你咋连个对象都不处——"

直到"少废话"的低骂声彻底消失，秦幼音才恍然醒过神，这个男生虽然长得很凶，但棱角分明，十分好看。

秦幼音用力揉揉脸，转念想到更重要的事。从兜里摸出手机，通知栏还是一片空白。

这么一闹，她下飞机足有半个小时了，但爸爸一直没有联系她。

她忍不住主动拨出电话，无人接听，再打一遍，还是同样的结果。

秦幼音把行李箱推到墙边，低着头坐在上面安静地等。

临行前，爸爸再三保证过一定会来机场接她，陪她去学校报到，她就是靠着这个憧憬，才有了辗转几千公里来到陌生城市的勇气。

秦幼音等了许久，她的手机屏终于亮起，于是急忙接听，却连说话的机会都没有，就听到对面传来紧促的呼吸声："音音，爸爸临时有案子，实在走不开，你自己去学校——"

一句话尚未说完，电话就被匆匆挂断，再打过去就变成了忙音。

脑子里一阵短暂的空白过后，机场里的喧嚣仿佛一瞬变得刺耳，纷乱穿行的人潮更激出她孤身在异乡的茫然。

秦幼音吸了吸鼻子，对死寂的手机软声说："好，那您先忙，我一个人可以的。"

她稳住情绪，开始查询到医大的路线和打车费用，研究明白后，决定去坐最便宜的机场大巴。

可还没等她走出十米，滑动的箱子忽地一停，左侧轮子不堪重负"咔"的一声，竟碎成几块，乱七八糟地摊在了地上。

航站楼外，一辆黑色越野在车海中缓慢行进。

后排，顾承炎合眼靠着头枕，对陈年的絮叨充耳不闻。

陈年自顾自地继续飞机上的话题："那什么宋教练就是个人渣、败类，亏你以前对他掏心掏肺！”

顾承炎拧眉道：“行了。”

“炎哥，你是有实力争取世界冠军的，真想就这么憋屈地去念书？”陈年转头看他，说，“上回国家队选拔赛，整个省队——不是，全国各个省队加一块儿，哪个能比得过你？那几个人联手给你坑出腿伤，你就不杀回去？”

顾承炎烦躁地睁眼，正要照着陈年的脑袋削下去，眼神蓦地一定，随手把他扒拉到一边。

“哎妈呀，你干啥，弄着我脸了——”

“闭嘴。”

透过车窗玻璃看过去，机场大巴乘坐点就在前面不远。

通向大厅的人行道上，穿灰粉色小褂的纤细身影正拖着跟她腰际平齐的大箱子，吃力地朝车门挪动。

陈年愣了愣说：“哟，这不是刚才的老妹儿嘛，行李箱的轮子坏了？”

顾承炎目不转睛。

外面烈日炎炎，午后又最是闷热，小姑娘鬓角的头发已然湿透了，打着弯蔫蔫地贴在颊边。

她艰难地挪到车门口，咬牙提起箱侧的把手，细细的瓷白腕子一直在颤。

越野车刚好从旁经过，顾承炎眯了眯眼，看清箱底那个闪闪发光的贴纸——居然真是他最爱的猪崽表情包。

这缘分！

“小猪蹄儿”坐机场大巴只能到校门外三百米的站点，进去报到，找宿舍，全要靠她那弱不禁风的细胳膊细腿。

他如果坐视不管，实在是有违天意。

顾承炎理由充分，淡淡地开口：“停车。”

直到他的背影消失在人群里，司机和陈年还没太反应过来。

司机挠头：“炎炎咋的了？”

陈年意味深长：“咋的了？之前瞅人家老妹儿受了气，二话不说上去就给人撑腰，现在又放着好车不坐，去买大巴票，纯情少男的春心动了呗。”

秦幼音选了大巴车上临窗的空座，轻轻揉捏勒红的手指，朝火辣辣的皮肤小口吹气。

旁边的光线骤然被遮住，有道清朗嗓音问：“请问这里有没有人？”

她慌乱地抬头，一个陌生的俊秀男生正浅笑着瞧她：“我可以坐吗？”

秦幼音不禁前后看看，空位明明不止一个……

她抓紧怀里的双肩包，刚要答话，另一道有些耳熟的声音就由远及近地传来，懒散又强势地横插了进来：“有人，不可以。”

顾承炎慢悠悠地甩着大巴车票，直接往秦幼音身边一坐，看都没看那男生，扭头扫了她一眼说：“刚才教了你来着，再见面要打招呼。”

秦幼音惊讶地望着他，惴惴不安地嗫嚅：“恩……恩人。”

顾承炎被这称呼叫得一怔，随即低声笑了。

俊秀男生见状沉默地走远，车辆很快启动，驶出机场。轰隆隆的噪声中，顾承炎挑眉望向女孩浅粉的耳垂问：“你是医大的？巧了，我也是。”

他伸出手自我介绍：“运动医学，顾承炎。”

秦幼音垂眸注视着这只手。

肤色浅白，手指修长，骨节分明匀称，连淡青色的脉络都蓄满力量。

和他本人一样，高大强悍，热度逼人。

轻而易举就能把她笼罩。

她紧紧靠着车窗，尽量和顾承炎保持安全距离，但又有念头在不断戳刺神经，说好的改变呢，要学会跟人沟通相处啊。

恩人虽然有点凶，不过……应该是个好人。

过了十几秒，秦幼音才抬起手，微弱但清晰地回应：“中医，秦幼音。”

顾承炎立刻脑补出小姑娘一脸高深给人诊脉的模样，嘴角弧线刚刚牵起，就听她又糯糯地补充了三个字——“学长好。”

顾承炎顿时右耳一麻。

“你管我叫什么？”

秦幼音迟疑地重复：“学……学长呀。”

顾承炎耳里的那点麻变成了痒，顺着耳道蜿蜒更深。

东北不兴叫什么学长，他还是头一次听到这两个字落在他身上。

小姑娘的江南语调又软又轻，顾承炎跟中了蛊似的，那句“我跟你同届，都是大一新生”无论如何也说不出口。

反正不同系，她又不会知道真相。

一不做二不休。

顾承炎狭长的眼尾半垂，朝秦幼音靠近少许，非常不要脸地提出要求：“我没听清，你再叫一遍？”

［3］

秦幼音隐约觉得哪里不对劲儿，扒着窗口死盯外面，说什么也不肯搭理他了。

大巴车顶着高温，摇摇晃晃穿行在城市的大小街道，到医大时接近终点，车里剩下的基本都是学生。

秦幼音习惯性最晚下车，顾承炎也不急，就跟她一起坐着，手上倒是不闲，被陈年没完没了的微信逼得想把他拉进黑名单。

“我可早就到了啊，就在学校里守着，好好欣赏咱炎哥怎么帮美少女提箱拎包、送温暖。”

“还有那帮从初中开始就对你嗷嗷叫的姐妹，都应该喊来一块儿瞅瞅，炎哥的口味到底啥样，以后可别白费劲了。”

“你不会以为医大没人认识你吧？炎哥你对自己可太不了解了，今天只要你一下车，到不了晚上你有对象的事就得传开！”

顾承炎划了划屏幕，一眼扫过，言简意赅地回他三个字：“滚犊子！”

下车时，行李舱开着，旁边站着一个人，是之前那个清俊男生。他意外地看了眼靠近车窗的秦幼音，又看看里面最后剩下的巨大行李箱：“这箱子是你的？”

秦幼音点头，弯腰要去取，男生抢先一步，温和地说：“我帮你吧。”说着就把手伸过去，可连箱子的边还没碰到，就有一只比他更快的手已经抓住箱子拉杆，一拽一提，箱子轻松落地。

顾承炎心里莫名有点堵，他看个信息不过两三秒的工夫，这边就有人敢来钻空子了。

“小猪蹄儿”还挺受欢迎。

顾承炎直接提起箱子往校门走，发觉后边没动静，扭头一看，秦幼音还愣愣地站在原地。

“秦幼音，”三个生疏的字在顾承炎唇齿间转了两圈，迅速变得熟稔，“不去报到？”

“去……去。”秦幼音追上他，讲出困惑，“但是，你自己没有行李要拿吗？为什么……”

顾承炎一脸淡然地胡说八道：“我是学长，又不是新生，当然没行李，至于这个——”

他把巨沉的箱子当成轻飘飘的菜篮，随便往上一拎说：“学妹的箱子坏了，我顺手帮学妹一把，不行吗？”

秦幼音愁苦道：“那太麻烦你……”

顾承炎长腿宽肩，单手插兜，白杨般挺拔地立在阳光下，全身镀着金线，给她遮出一片足够大的凉爽阴影。

他再次俯身，对上她柔润剔透的眼睛，低低地说："你要是自己拿，肯定会肌肉拉伤，影响新学期上课；你要是找刚才那男的帮你，再加上我，你就欠了两份人情。"

"所以，"顾承炎的逻辑相当缜密，"只有继续麻烦我，你的成本才最低。"

秦幼音眨了下眼睛。

好有道理，她竟然无法反驳……

医大校门是去年新修的，格外恢宏大气，门边立着指示牌，注明今天是报到的最后一天，到下午五点就停止办理手续。

现在距离截止时间只剩下不到一个小时。

顾承炎人高腿长，两步迈出去够秦幼音跑几步，她紧赶慢赶，追着他站到报到处前，被一众师兄热情地围观。

"这哪儿冒出来的萌妹，走错地儿了吧？"

"别吵吵！把人家吓跑了咋整？"

"都一边凉快去！小妹儿表格还没填，再闹就被你们吓得转院了！"

骂骂咧咧的师兄挥拳恐吓完，转身一脸笑容地面对秦幼音说："来来来，哥带你走流程。"说完还不忘招呼顾承炎，把他当成了同系新生，"哥们儿稍等啊，我先帮小师妹办。"

秦幼音犹如掉进了盘丝洞，完全不知所措。

顾承炎面对大型"诱拐"现场，冷笑一声，盯着傻不愣登要跟人走的秦幼音，伸手一扯她后领，语气森森："就在这儿填，别磨叽，我还得送她去宿舍。"

一句话撂下，全场寂静。

十来分钟后，相关手续办理完毕，师兄憋憋屈屈地瞄着顾承炎，跟秦幼音说："你来太晚了，本系宿舍目前全满，暂时安排你跟临床医学的混住。"

秦幼音当然没意见，绝对服从安排。

顾承炎瞧着她那副乖软没脾气的样子就有点牙痒痒，一手拎箱，一手提溜着她，继续往宿舍区走。

校园里来往的学生家长很多，秦幼音频频遭人注目，通红着脸鼓起勇气挣扎道："你……你放开我。"

顾承炎说："你这么矮，不拎着点的话，走太慢了。"

"要是去晚了，宿管阿姨不接待，"他吓唬她，"你到校第一天就得扣学分，以后毕不了业。"

秦幼音再次被吓住。

她咬着唇仰脸，比量一下自己勉强到他肩膀的身高。

为什么这么有道理……

她还是无法反驳。

这几天新生接待，女生基本都有男生或家长同行送行李，宿管阿姨睁一只眼闭一只眼，登了记就放顾承炎通行。

可秦幼音却不那么轻松。

因为到了女生堆里，身旁这位恩人就像开了光，吸引着无数注意和窃窃私语，连带着她也成为风暴中心，被目光洗礼得瑟瑟发抖。

顾承炎目不斜视，别人也不敢轻易靠近。他带秦幼音上到三楼，把箱子放在她宿舍门口。

秦幼音总算松口气，又给顾承炎说了句“谢谢”。

顾承炎扬眉：“谢谁？”

秦幼音声音弱弱的：“谢谢……学长。”

可是欠两个人情了，要怎么还……

她局促地垂着头，蓦地想起什么，急忙把箱子放平蹲下，从里面翻出一个打包整齐的大盒子，一掀开，甜香扑鼻。

顾承炎条件反射性地皱眉。

啥玩意儿？

秦幼音从中挑出好几样，双手捧着递给他，眸中光点闪闪，细声说：“是我家乡的特产糖糕，请你……请你吃。”

顾承炎注视着这一捧平常自己避之不及的甜食糕点，再看看少女水一样清透柔软的眸子，鬼使神差地接了过来。

顾承炎出了女生宿舍楼，早有埋伏的陈年蹿到他旁边，本来一肚子话要往外倒，一眼瞥到了炎哥手里的东西，当即瞪大眼。

“这是啥？天使的馈赠？”

他手快抢了一块，拆开包装塞到嘴里，嚼了两下就尖声怪叫：“齁死我了，咳咳咳——这么甜——我都不行了，你赶紧扔了吧。”

炎哥最怕甜，平常连口橙汁儿都喝不下，何况这种杀伤力爆表的“生化武器”。

顾承炎斜他一眼，精挑细选出一个最小的打开包装，小心地闻了闻，舔一下，仰头往嘴里一送。

陈年目瞪口呆。

顾承炎叉着腰，苦大仇深地咽下去，抹抹嘴角。

“炎哥，咋……咋样？”

顾承炎“呵”了一声说：“这不挺好吃嘛，”他强忍着胃里的不适，满脸高冷，鄙视陈年，“数你矫情！”

秦幼音站在走廊里做好了心理建设，才试探地敲响316宿舍的房门。

“谁啊——门没锁，自己进！”

秦幼音听着里面交错响起的响亮女声，压了压心跳，轻轻按下门把手迈入，一眼看到三个女孩聚在阳台上，正兴致勃勃地朝下张望。

其中梳马尾辫的女孩先回头，问：“你找谁？”问完瞥到了秦幼音的大箱子，恍然大悟，“舍友吧？”

秦幼音不安地点头，回：“你好……”

马尾辫女孩爽朗大笑，非常自来熟地拉住她就往阳台走：“没工夫唠别的，快快快，一起看帅哥！”

另外两个女孩同时转过身。

丸子头女孩是里面最矮的，但也有一米六五往上，她瞪大眼惊呼：“咱宿舍来了个小萌妹！”

剩下的大波浪女孩长相漂亮，妆容精致，她翘翘红唇，算是打招呼了。

马尾辫女孩把秦幼音拽到窗户边，亢奋地伸手往下指，说：“特别高、超扎眼的那个！看见没？”

秦幼音本就盼着能融入集体，现在当然听话。她虽然对帅哥不好奇，但也拼命踮起脚，随大家一起探着身子巴望。

马尾辫替她着急，穿高跟凉鞋的脚一伸勾过来一个小板凳，推推她，催促：“身高不够板凳凑，上去上去。”

秦幼音得到“神器”，视野总算开阔，吃惊地发现上下左右的阳台居然都有女生在，她顺着方向伸头一看，呼吸蓦地一顿。

“是不是超帅？”丸子头女孩毫不掩饰“花痴”脸，主动给秦幼音科普，“看你不像本地的，肯定不知道他吧。他叫顾承炎，以前在市里高中圈里那是相当有名。”

马尾辫女孩补充：“他家特有钱——”

丸子头女孩说：“主要是帅。”

马尾辫女孩锲而不舍道：“他还是省里短道速滑队的，成绩特牛！”

丸子头女孩：“主要是帅。”

马尾辫女孩抢着强调：“其实主要是人狠！以前上学时打架玩命，别人给他起了个谐音的外号叫‘小阎王’，听说他身上受过伤的地儿全都文了身，谁见了都怵他——”

秦幼音之前还老实听着，直到马尾辫女孩这段一出，她脚一滑，直接从小板凳上歪了下去，“扑通”一声。

恩人不光长得凶巴巴……

还文身？打架？玩……玩命？

按小姨耳提面命的，他“三毒”俱全，一个不落，全……全齐了？

秦幼音扒在阳台边，目光怔怔地落在楼下顾承炎的头顶上。

顾承炎似乎有所察觉，忽然停住脚步，抬起头，准确地望向秦幼音所在的阳台。

夕阳泼洒，他长身鹤立，修短的黑发染上光芒，鼻梁挺拔，眉眼深邃。

一阵女生们的低呼随之掀起。

顾承炎一眼就发现了三楼那个圆乎乎的小脑袋，他本来压低的嘴角略略牵起，众目睽睽之下，朝秦幼音抬起手一晃。

秦幼音瞬间心跳停滞。

他指间捏着的……是糖糕的包装纸？

第二章

“哈士奇”凭什么迎风流泪

[4]

以秦幼音这个芝麻大的胆子和小心思，理解问题的思路难免异于常人。

本来楼下的顾承炎还挺可亲的，可现在“三毒”俱全的标签啪啪全贴在了他身上，此刻他所有的行为都跟着变了味道。比如此刻，他好像勾着唇在夕阳下对她耀武扬威地甩纸……

莫非是社会大佬嫌弃她给的赠礼太简陋?

他嘴角那个笑，绝对是鄙视的意思吧!

等顾承炎走远，宿舍楼很快平静，马尾辫女孩和丸子头女孩各自去整理床铺，大波浪女孩还蹙着秀气的眉毛问：“顾承炎刚才冲谁摆手呢？”

秦幼音后背都僵了，挪到最后一张空床旁边，慢腾腾地把行李箱里的特产盒子取出来。

这些原本是她特意给舍友带的，希望能交到朋友，但现在被顾承炎影响，她有些不好意思拿出手。

马尾辫女孩躺在上铺发现秦幼音蹲着不动，敲敲床沿开玩笑：“你在那儿琢磨啥呢？别是一眼就相中人家顾承炎了吧？”

秦幼音耳朵一红，忙摇头，澄清似的把盒子往前递了递。

丸子头女孩比马尾辫女孩还激动：“好吃的！是你带的特产？我想尝尝！”

这些特产意外地得到舍友认可，秦幼音眼底瞬间亮起来，细细的手臂托着盒子举高，送到床边让她们挑选。

她的小褂不长，自然随着动作提起，露出一截雪润细腻的窄腰，光裸双腿纤细白皙，脚踝不足一握。

大波浪女孩从阳台进来，正看见这番情景，脸上漫过淡淡的不爽。

“你也太矮了，”大波浪女孩直白地点评，转而又对另外两个舍友说，“以后你们也别随便议论顾承炎。”

丸子头女孩嘴里塞着糖糕，含糊地反驳：“好多人都认识他，大家就瞎聊嘛。”

“那也不行，”大波浪女孩红唇抿着，反问，“炎哥是能瞎聊的人吗？”

话里隐含的意思清楚明了，宿舍里一时寂静。

秦幼音脚跟回落，默默地捂住咚咚乱震的胸口，幸亏她刚才没敢承认顾承炎是对她摆手的。

否则凭她这小身子骨，估计要不了两天就得七零八落。

大波浪女孩比较满意震慑效果，抬了抬尖尖的下巴说：“好了，既然人都到齐，那晚上一起出去吃饭。这顿我请，带你们吃好的。”

医大附近没有太繁华的商业区，校门周边多是价位不高的小饭馆和路边摊。

大波浪女孩显然看不上：“这儿太乱了，我要去吃牛排。”

她拦车时，几个人的手机上相继收到消息，通知各学院今晚七点半要分别开新生见面会，现在打车去吃牛排，往返时间显然不够，只能就近选择。

大波浪女孩勉为其难地挑了家相对高档的家常菜馆，秦幼音仰头望着“陈老六杀猪菜”的闪光牌匾，有那么一点慌。

杀猪菜……是要杀了猪，才能做菜吗？

那是不是……过于兴师动众，过于血腥了？

其实她看刚才路边的烤冷面就很好吃，虽然也不太明白为什么冷面可以用来烤。

同一时间，陈老六杀猪菜一楼东南角的包厢里，顾承炎正百无聊赖地戳着手机上的开心消消乐。一步划错，满屏皆输。

顾承炎烦得头疼。

陈年在旁边忍笑道：“炎哥，不就是忙活半天忘了跟老妹儿要微信吗？至于闹心成这样？”

哪壶不开提哪壶。

顾承炎“啪”地把手机一扣，全桌噤声，他斜视着陈年，语气淡淡道：“你又皮子紧了是吧？”

陈年嬉皮笑脸，包厢里的其他男生互相瞅瞅，有胆大的问：“炎哥，我听有人瞎传，说你有对象了？还送人家去宿舍，真的假的？”

“不能吧，炎哥瞧得上谁？”

“我说也是，炎哥伤好不是还得进国家队呢？哪有空搞对象，肯定又是造谣。”

顾承炎面无表情地抬了抬眼问："菜不好吃还是酒不好喝？还堵不上你们的嘴？接风就好好接风，少扯那些没用的。"

包厢门半开着，里面一时安静，就衬得外面的大堂格外吵闹。

顾承炎坐得离门近，稍一探身，拧着眉想去拨门板，视线随意地从敞开的空隙间掠过，不由自主地定格。

大堂灯光很亮。

小姑娘刚走进来，站在一张桌边，她换掉了小短褂，穿一条连衣裙，肤色奶白，耳侧碎发用夹子别起来，露出一只小巧细嫩的耳朵。

顾承炎的手顿了片刻，反方向用力，将门完全打开，方便把秦幼音看得更清楚。

小方桌，宿舍四个人各自坐一边。

大波浪女孩楚昕接过菜谱翻了两页就丢在桌上，说："你们点吧，不用看价钱。"

反正以后会请回来，马尾辫女孩程嘉和丸子头女孩齐晶晶也不扭捏，挤在一起招呼秦幼音点菜。

秦幼音声音轻软道："我不知道点什么，都听你们的。"

趁大家不注意，她低头咳嗽几下，喝了半杯免费的茶水。

飞机上到底还是着了凉，她喉咙里越发干涩火辣，再加上水土不服，有些反胃。

为了转移注意力，她安静地张望四周，神经却忽地一跳，总觉得好像穿过纷乱人影看到了一双熟悉的眼睛。

她再想细找时，意外被从面前经过的店老板吸引了注意。

老板身高一米八往上，剃了光头，夏天光着健硕的上身，脖子上一根粗金链，两条壮实手臂文满霸气的青龙。

秦幼音哪见过这个，惊得忘记躲闪，看直了眼睛。

她一双含水大眼睁得圆溜溜，娇白脸上全是被震住的惊叹，各种生动小表情一丝不落落进顾承炎的视野里。

他靠着椅背，狭长双眸微眯，舌尖抵了抵牙根——

小丫头片子，这种光膀子老爷们儿外头一抓一大把，有什么好看。

饭菜很快上桌，酸菜、白肉、血肠炖的杀猪菜，料汁浓郁的锅包肉，香菜青椒拌的老虎菜，油汪汪的地三鲜，外加一溜儿小咸菜免费赠送。

秦幼音挨个盯着看，稍微有点发蒙。

杀猪菜，居然是用脸盆那么大的碗装的。

另外三个，最小的也足有十寸蛋糕的大小。

她一句“好多”还没来得及说出口，身边的齐晶晶就夹了块土豆先一步吐槽：“这家不太行啊，菜量真少！”

一定是她幻听了吧！

顾承炎远远看到秦幼音像一只小仓鼠一样趴在桌边，不时发出无声惊叹，他的心情莫名地好了一丢丢。

这还差不多。

被菜吸引的样子多乖，没事看什么光膀子大花臂。

他手肘搭在椅背，支着下颌专心致志地注视秦幼音的方向。

在秦幼音表情有异样开始，他第一时间就发现了，比桌上的三个女生更早。

顾承炎直起背，看到她碗里的饭根本没动多少，倒是喝了两大杯水，接连低下头捂着嘴咳嗽。

他叫来服务员吩咐：“问问那桌穿裙子的女孩，是不是哪儿难受。”

隔了片刻，服务员回来报告：“她说没事儿。”

顾承炎嘴角压低，没言语。

服务员殷勤地帮着分析：“我瞅她不像本地人，小模样那么娇，八成是南方来上大学的，水土不服加上吃不惯油腻的。”

说话的工夫，小姑娘脸上又白了几分，戳着饭碗下不去筷子。

顾承炎说：“菜单给我。”

他翻了一遍，满眼大鱼大肉，干脆问：“凉快降火的有哪些？”

服务员指了指，介绍：“拍黄瓜，大拉皮。”

顾承炎点头道：“就这俩，给她加上。”说完他要了张白纸，唰唰写字，对折，“这个一起给她。”

秦幼音没想到这儿的菜会这么油、这么咸，如果换作她平时状态好的时候吃的话，菜应该会很香很下饭，但是现在她喉咙和胃里一起煎熬，这菜吃着就怎么都难以下咽。

她又不想扫了舍友的兴，只能埋着头努力吃。

她艰难地吞米饭时，肩膀突然被人一碰，她蒙蒙地抬头。

服务员笑着放下新菜。

程嘉忙说：“上错了吧？我们没点。”

服务员拿出字条塞给秦幼音，语气暧昧道：“没上错，是包厢里有个帅小伙专门给她点的。”

秦幼音立刻被三道目光聚焦，她迷茫地摇头说："我不清楚，我谁也不认……"

话说一半，她展开字条，上面龙飞凤舞地写着一段话——

"我在你对面包厢，看你吃不下去，给你点了俩清淡素菜，就当是糖糕的还礼。"

秦幼音蓦地想起之前惊鸿一瞥的熟悉眼睛，赶紧望过去。

来往纷杂的推杯换盏背后，一个大开的包厢门旁，顾承炎修长的四肢舒展，侧头斜靠在墙边，屋顶灯光漫过他线条凌厉的脸，在浅白皮肤上涂出蜜色，五官夺目，瞳仁璀璨如星。

舍友都在问："是谁啊？刚报到就有追你的了？"

什么追她的，那可是大佬顾承炎！

秦幼音忙错开目光，把字条叠成小方块揣进兜里，轻轻地解释："是……是今天偶然认识的学长，就只是认识而已……"

程嘉和齐晶晶意味深长地笑着起哄，唯有楚昕目带审视。

没人留意秦幼音刚才张望的方向。但那道目光，偏偏就能透过人群，刺破空气，准确无误地落在她身上，仿佛她不吃一口，他就不会善罢甘休。

秦幼音垂低脑袋回避，把新上的素菜扒进碗里："反正上了……大家一起吃……"

她没细看，先夹了拍黄瓜放进嘴里，嚼了两下，停住。

顾承炎双手环胸，等着接收她感激的眼神。

她又小心翼翼地夹了一根拉皮，咽下去后，表情更是凝固。

顾承炎信心满满地微抬下巴。

小丫头，不用太感谢，等会儿记得把字条上的微信号——

他的念头刚升起一半，大堂里，秦幼音却忽然俯下身，压住胸口剧烈咳嗽。

顾承炎一头雾水。

秦幼音伏在桌边咳得昏天黑地，喉咙刺痛，胃里翻腾，生理眼泪顺着眼角不断沁出。

顾承炎真是好狠一男的！他究竟对糖糕有多不满意，才会这样报复她？

拍黄瓜，被酱油和辣椒浸到黑红；大拉皮，裹满了鸡蛋、豆瓣酱……

他口中的"清淡素菜"，比刚才那四道菜加在一起还要刺激。

咸到想死，辣到哭泣。

[5]

秦幼音备受折磨时，仍然不忘尽快逃离现场。

否则凭她这种绝对不合格的试菜反应，紧迫盯人的顾大佬万一看不顺眼，出来骂她不识抬举可怎么办。

好在程嘉和齐晶晶已经吃饱，而楚昕挑挑拣拣没胃口，大家就都没有多留，跟她一起朝外走。

秦幼音一路上辗转堆积出的难受达到顶峰，再被屋顶雪亮灯光一照，眼前隐隐发黑。

她边走边忐忑地去偷看包厢，没注意到前面的障碍，迎头撞在一个硬邦邦的东西上。

秦幼音揉了下眼睛，看清面前的是……

青……青龙？

她愣了愣，悚然仰头，之前见过一面的光膀子店老板，正居高临下地瞪着她。

秦幼音胸口一抽，接连退开两步，吐字都不流畅了："对，对不起……"

老板见这娇小女孩一脸惊恐地瞄着他的文身，不禁好笑，故意提高嗓门儿逗她："老妹儿再细瞅瞅，我这胳膊好看不？"

一句玩笑话随口也就过去了。

可秦幼音相当紧张，心脏处暗暗发疼，生怕这魁梧男人一个巴掌冲她扇下来。

为了不被打，她只好选择昧着良心说谎。

顾承炎正拧紧眉头，走到秦幼音身后三米不到，足够听清她说话。

小姑娘手攥着，软声回答："超……超好看的。"说完以后，像是一只被踩了尾巴的小猫崽似的，慌不择路就冲出门外。

顾承炎受到了来自前面的美少女的暴击，站在原地忘记去追。

秦幼音刚才夸那两只辣眼睛的大花胳膊——超好看？

不但如此，对他的态度也像是转了直角弯。

下午还甜甜地给他糖糕吃，只过了两个小时而已，他的待遇就断崖式下降，连五大三粗的"光头强"都不如。

他到底哪儿做错了？

宿舍四个人一起回到316，另外三个女生都是临床医学的，结伴去开会，临走前才知道秦幼音是插住进来的小中医。

楚昕撇了下嘴，音量不高地说："这年头还有学中医的？"

她长得美，用的都是名牌，人又趾高气扬，程嘉和齐晶晶本能地不想跟她闹不愉快，于是争着打圆场："音音，那我们先去，你再歇歇，反正中医学院楼离得近。"

等她们走后，房间恢复宁静。

秦幼音不用再强撑，立刻弯下腰重重喘气，屏息片刻再大口呼吸，然而剧烈心悸没有丝毫好转。

她又强制性地用力咳嗽，咳到胸腔胀痛，但仍得不到缓解。

怦怦乱震的心脏仿佛不属于自己，在身体里上下颠倒，扯着神经时紧时松，她力气抽空，视野花白，耳中只能听到心跳失衡的杂乱巨响。

她小时候就落下了这个毛病。

身体不适、情绪低潮、受到惊吓，都可能引起轻重不一的心悸反应，严重时全身都会随之僵硬，过去全凭药物调节，到最近半年，她靠自己调节，好不容易停了药。

今天……是新的生活刚刚开始的第一天，她不想认输。

秦幼音收回已经摸到药盒的手，贴墙走去宿舍里自带的卫生间，用牙刷用力压住舌根，强迫自己吐出来。

吐完后，胃里空了，果然好受很多，秦幼音洗干净嘴角，用最快速度赶到中医学院的小礼堂，里面早已人满为患，几乎没空位。

秦幼音为难地在门边踟蹰，有道声音笑着问："你怎么才来？"

她吓一跳。

说话的人从讲台边走到她面前，穿着黑裤和白衬衫，高挑清俊："我是中医学院大三的徐冉，没想到你是小师妹。来吧，那边还有位置，我带你过去。"

秦幼音后知后觉地反应过来，他是机场大巴上想坐她旁边的那个男生？居然跟她一样，都是中医学院的。

徐冉细心地把秦幼音安顿在前排角落，能看清讲台又不惹眼，秦幼音放下心，规规矩矩地端正坐好。

人齐以后，负责新生管理的副院长上来讲话，慷慨激昂的一番动员结束后，就准备说到正题。

"报到前大家就知道了，因为场地被占用，所以新生军训推迟。"副院长说，"下周一开始正式上课，本周日晚上，各学院联合举办迎新晚会，要求每个院的新生至少要出两个节目。"

底下顿时一片喧哗，有人举手问："为什么迎新晚会，还要新生表演？"

副院长表情发苦反问："学医的哪有几个有艺术细胞？你们那些师兄师姐

都被‘荼毒’得差不多了，就得指望你们，这是惯例。”

“先说好啊，咱中医学院招生不容易，平时总叫人看笑话，这回可不能掉链子，”他敲敲桌子，说，“必须出两个能镇住全场的！”

秦幼音看到副院长似乎在满场搜寻目标，忙把头垂低。

“一个个的低啥头，这是融入集体的大好事嘛。”副院长冲徐冉招手，“小徐，今年新生都提前报过个人情况吧？有没有符合的？”

秦幼音手指一紧。

报到的前半个月，院方跟学生家长联系过，除了通知军训推迟，确实还要求提交个人特长和奖项的资料。

小姨当时把她得过青少年器乐比赛第一名的经历给填上去了，交完才告诉她……

果然，副院长在念了六个名字后，最后轮到她：“还有秦幼音，这七位同学留下。”

秦幼音如五雷轰顶，更令她崩溃的是，七个人里只有她一个女生。

副院长对她相当满意：“小同学长得这么标致，又是江南水乡过来的，还多才多艺，咱今年要火啊！”

他干脆跟徐冉拍板：“她定了，六个男生你再挑一个。”

秦幼音脑袋里嗡嗡直响：“院……院长……”

副院长拍拍她的肩，毫无转圜余地：“全院的尊严就指望你了，看谁还敢嘲笑咱中医全是老爷们儿！”

当晚，秦幼音生无可恋，躺在床上绝望得想哭。

学校的千人大礼堂，无数双眼睛凝视她……

她揪着被子蒙住头，蜷缩成一小团。枕边手机忽然振动，她慢慢挣扎出来，拾起来一看，乌蒙双眼蓦地点亮。

“音音，睡了吗？对不起，爸爸刚忙完，这次的案子太棘手了。”

电话里的男声沙哑疲惫。

秦幼音眼眶泛酸，把脸埋入被角回：“还没睡……”

秦宇语气一冷：“哭了？学校有人欺负你？”

“没有，我……”她咬着唇把原因和盘托出，“学院里要我参加迎新晚会表演节目……”

秦宇不禁失笑道：“那不是好事？说明音音优秀。不用紧张，等演出的时候，我去现场看你表演，给你壮胆，结束了带你出去吃火锅。”

秦幼音连忙爬起来，小声确认：“真的？”

"我保证。"

电话挂断，秦幼音睁眼望着雪白天花板发呆许久，渐渐生出想去尝试上舞台表演的勇气。

爸爸在的话，她就应该不那么害怕了。

一年多没见，她想让他看到她的进步。

徐冉的微信适时跳出："秦师妹，你是琵琶独奏对吗？"

秦幼音咬咬牙，豁出去了："对。"

徐冉："好，我先给你转一部分钱，离学校不远有家乐器行，你明天过去选个顺手的琵琶租下来。"

秦幼音记下地址，准备休息，睡之前她坐起身，简单整理床铺，叠放裙子时，指尖意外碰到了兜里一个有棱有角的硬物。

她摸出来一看，是……字条？

宿舍准点熄灯，黑暗里，斜对床的楚昕忽地一摔手机问："谁造谣顾承炎有对象的？还说他下午送一女的进了咱们宿舍楼！"

秦幼音默默把被子裹紧，借着手机屏幕的亮光，打算把字条扔进桌边的垃圾桶，她探身想丢时，意外发现折印上似乎有字。

不对啊，字是写在里面的，背面怎么会……

她犹豫了半天，还是藏回被窝里，悄悄展开看。正面确实是在饭店看到的那段话，而背面一串字母加数字，显然是微信号，旁边还有飞扬跋扈的两个大字："加我。"

隔天阴天，温度骤降，秦幼音在手机地图上设定好路线，深吸一口气，朝乐器行出发。

导航说，从医大北门到达目的地，步行只需要十分钟，但跟着提示走了一段，秦幼音就发现不对劲。

北门外的环境相对冷清，小岔路多，导航定位不准，总在跳位置，她明明是按路线走的，却被带进了死胡同里。

秦幼音望望阴霾的天色，担心会有雨，急忙调整方向，边走边惦念昨晚那张字条。

虽然不清楚顾承炎要加她微信做什么，但至少代表，他应该没有对她不满，也不是有意点菜捉弄她的。

其实仔细想想，自从认识顾承炎，他总在帮她，那两道菜的刺激，多半是因为口味不合。

至于打架、文身什么的，只是传言，她又没亲眼见过，不该把他脑补得那么凶，说不定他……

秦幼音正想得入神，忽然听到“啪”的一声巨响，吓得她猛一颤。

是玻璃碎裂声，仿佛近在咫尺。

她下意识地停住脚步，僵硬地扭头，惊觉自己刚好站在一个狭长胡同的入口。

胡同里离她不足十米的地方，有一道挺拔修长的身影背对她站立，迎面至少四五个身强体壮的成年男人，为首的拎着碎掉的啤酒瓶，高声怒骂：“你一个让省队退货的垃圾，少在这儿跟我装大爷！真把自己当啥‘小阎王’？就你那个腿还做梦想进国家队？我今天就让它再折一回！”

而被骂的人，手无寸铁，一言不发，利落地上前拽住这人的衣领，毫不留情地往墙上一撞。

秦幼音面无血色，脚就跟冻住了一样抬不起来。她死死地攥着手机，来电铃声却不合时宜地大响起来，再想去挂已然晚了，胡同里所有人的目光同时刺向她。

秦幼音在看清那高大身影转头的一瞬间，嘴角发抖，叫道：“顾……顾承炎……”

被围攻的顾承炎意外地眯了下眼，轻轻啧一声。

随后他迅速脱下身上的外衣，朝秦幼音的方向一抛。

秦幼音根本来不及接，衣服带着他的体温，夹杂着干净微苦的青草味，铺天盖地地遮在她的头顶。

她双眼顿时蒙眬，暴力景象全被遮挡，只能透过薄薄布料看到模糊的影子。

心跳剧烈如雷，所有感官变得迟缓，唯有顾承炎的嗓音挤开一切阻碍，低沉稳定地传递进来：“别怕，很快。”

[6]

秦幼音头顶着外衣，一动不动地贴墙呆站，等她终于找回一点镇定时，外面已经重归宁静。

杂乱的脚步跑远消失，而后，有一道压迫感极强的影子走到她面前，她呼吸几乎停止，恐惧达到前所未有的顶峰。

秦幼音眼前的光线猛然一亮，外衣被拿走，她低哑地呜咽一声。

顾承炎把衣服随意搭肩上，弯下腰看她，说：“妹子，完事儿了，快吧？”他还有心情逗她，“你别哭，哥把那些魔头都撵走了。”

秦幼音牙关止不住地打战，他这骄傲的语气是怎么回事啊？

而且……除了脸上出的汗，他浑身一点伤痕也没有，淡红的嘴角甚至向上勾着，悠闲得像是晨跑了一圈而已。

说别人是魔头，那他独自一人轻松打跑一群魔头，不是更可怕？

亏她……亏她刚才还以为误会他了，亏她还怕他会挨打……

现在亲眼所见，他根本就是比传言里还要凶！

秦幼音特别想逃，但身体的过激反应根本无法控制，她全身僵得疼痛，寸步难行。

顾承炎离秦幼音只有半臂远，垂眸打量她。

小姑娘脸色煞白，唯独玉似的鼻尖红透，眼中水光潋滟，纤长睫毛湿成一缕一缕，戳人心肺地可爱可怜。

顾承炎忍不住抬手，揉了下她头顶乱糟糟的细软碎发问："秦幼音，你怎么这么胆小？"

秦幼音张了张口，发不出声来。

天际雷声翻滚，黑压压的阴云笼罩着，风雨欲来。

顾承炎低声道："不能待这儿了，你自己动一下试试。"

秦幼音实在动不了，挣扎半天只挪出半步。

说话间，雨点沉甸甸落下，她裙子胸前轻薄的纱迅速被润透，逐渐透出贴身内衣的轮廓。

顾承炎黑瞳深深，说："没办法了，你忍着点。"

话音落下，他再次抖开外衣裹在她身上，接着把宽大的帽子往她头上一扣，俯身揽住她的膝弯抱起。

秦幼音双脚离地，头晕目眩，连叫都叫不出来。

她像个幼儿园小朋友一样被顾承炎托在手臂上，上半身趺靠在他肩头。

雨势越来越大，秦幼音的帽子已经湿透，雨水从她苍白的脸颊上流过，像是流下的眼泪一样。

顾承炎咬了下牙，没法调整更无暇细想，干脆加速狂奔。

等到终于被放下时，颠簸一路的秦幼音心理防线全塌，情绪彻底崩溃，糊了一脸的眼泪，恐惧什么的全忘了，心里生出一种冲动，恨不能随处捡把刀，干脆利落地把顾承炎这个超级无敌大魔头给砍了。

"我说炎哥，这啥情况？你把人家老妹儿咋了？"

顾承炎充耳不闻，他在胡同里神佛不惧的凶戾半点也不剩，头发滴着水蹲在秦幼音的椅子前，看她泪汪汪地剧烈咳嗽，捧着水杯手足无措。

“炎哥，你是不是欺负人家了？瞅这小模样，哎哟，可真招人心疼——”

顾承炎听这句不顺耳，抓起一个抱枕砸过去：“你给我闭嘴！”

秦幼音边咳边抹眼睛，看吧，又这么凶！

她抹了两下，发觉身体能简单活动了，忙往椅子里缩缩，吸着鼻子打量四周。室内宽敞，陈设考究，平铺悬挂的竟然全是各式乐器，古典西洋应有尽有。

“这是哪儿……”

不等顾承炎回答，被抱枕砸到的陈年就殷勤地凑过来，笑道：“老妹儿，咱在机场见过，这是我的乐器行啊！”

乐器行……

原来她要找的地方，是大魔头的老巢吗？

等秦幼音熬到心悸和僵硬都缓过来，就连忙爬下椅子，远远绕开顾承炎，把昨晚徐冉给她发的微信给陈年看。

虽然是大魔头的同党，但学院里交代的任务必须要完成。

“哟，搞半天徐冉说的漂亮小师妹就是你啊。”陈年感慨，“徐冉诚不欺我，长得确实好看。”

顾承炎知道自己遭秦幼音嫌弃了，不敢太接近她，拧眉冲陈年比拳头。

陈年也没胆子太招惹炎哥，正经了一点，说：“徐冉提前给我打过招呼，给你的琵琶备好了，你试试手吧。”

他带秦幼音进里面的套间：“你随便试，选好吱一声。”说完就退出去，顺便带上门，又道，“那我先去外边等。”

对开门即将合紧，一只手及时伸过来挡住，留下缝隙。

陈年收了笑，小声说：“炎哥，你先过来。”

顾承炎没理他，透过门缝，看着小姑娘老老实实抱着琵琶坐下，低头垂眼，恬静的脸颊上泪痕犹在，纤白手指轻轻拨弦。

弦动一下，他胸口震一下。

陈年继续压低声叨叨：“行了，再看老妹儿也不搭理你，你赶紧把伤处理处理。”

顾承炎正面瞧着毫发无损，实际伤都落在后背，棉布衣料被啤酒瓶划开几个口子，雨水浇过，还在渗血。

陈年找出药箱说：“我还真没见过你这样，是不是动手时走神了？不然哪能让他们得手，外套也没穿，伤口都快让雨给泡肿了。”

顾承炎收回目光道：“反正最后是他们吃亏，一次次不长记性，总来找揍。”

今天堵他的这伙人，老恩怨了。

当年高一，他在短道速滑的业余选手里成绩遥遥领先，想进省队。选拔赛前，一起训练的另一个人为了抢夺名额，使了阴招想害他。他提早发现，没留情面，狠狠地羞辱了对方一顿。

那人受挫，选拔赛失利，精神恍惚导致出了车祸，腿废了大半，成天寻死觅活，家里两个哥哥把责任全怪到顾承炎头上，隔三岔五地找碴儿，屡战屡败，锲而不舍。

顾承炎也无所谓，干脆奉陪到底，今天因为秦幼音意外出现，他是头一次带了伤。

“你滑个冰够不容易的，总在重要关头碰上这种破事儿，当初进省队是这样，现在进国家队也是，”陈年郁闷地问，“你腿伤到底咋样？还有那宋教练究竟说了啥，你是不是有别的事儿没告诉我？要不然就算你今年因伤退赛，那明年肯定——”

顾承炎脱掉上衣，露出流畅紧实的蓬勃肌理，对着镜子给后背抹药。

“滑冰，比赛，以后都不用提了。”

陈年吃惊，半晌才挤出一句：“啥意思？你放弃了？”

顾承炎冷笑道：“不是放弃，是我嫌脏。”

队友、教练、圈子，早不是从前的干净见底，现在乌烟瘴气，一潭污水，盛不下他的梦想。

八年的不顾一切全力以赴，就当全都喂了狗。

陈年不甘心地还要说话，对面门后，断续的试音结束，婉转流畅的琵琶曲洗涤耳膜。

顾承炎眼底的戾气不知不觉散开，套件衣服，回到门边继续往里看。

秦幼音仍然乖乖坐在那儿，怀中抱着琵琶，暖色灯光下，瘦骨伶仃，皮肤白皙剔透。

她像是一眼望得到底、洁净柔软的所在。

从见到她的一截手腕起，就吸引他一步步走近，不由自主地想保护她，想靠近触碰她，想驱走自己的一身混浊。

陈年低叹口气，不再去戳顾承炎的痛处，转而松弛气氛，问：“江南水乡的婉约小妹儿够漂亮吧，真相中了？”

顾承炎沉默。

“别不好意思承认，你动心也属正常，不止你，谁看了都稀罕。”

顾承炎目光一跳，带了锋芒。

“随口一说你就不乐意了，你连人家的微信都没有呢，占有欲还挺强。”陈年啧啧道，“炎哥要么不动心，一动心就来个难度高的——”

陈年正嘴碎啰唆着，店门一动，一道高挑身影走进来，他愣了愣：“哟，徐冉，来找小师妹？”

“徐冉”的名字再次出现在跟秦幼音相关的话题里，顾承炎眸色渐暗，冷冷地扫视过去，马上把眼前这人跟机场大巴上的男生对号入座。

徐冉微笑道：“对，过来看看秦师妹在不在。我之前给她打过电话，她没接。”

顾承炎压了压眼睫，舌尖刮过后槽牙。

原来那电话是他打的？还黏糊糊地叫秦师妹？

徐冉礼貌地笑道：“她初来乍到，不熟悉环境，我在学院里有点事耽误了，要不然早该过来陪她一起选的。”

陪她？一起？

徐冉这时听到琴音，眉头一展，循声往里走：“她好像胆子有点小，有个熟悉的人在旁边，她能自在点。”

熟悉的人？他？

顾承炎在心里把人骂个底朝天，懒洋洋地往门边一靠。

这么大一尊凶神矗立拦路，徐冉再怎么也没法过去，只说：“同学，麻烦你让一下。”

顾承炎狭长眼眸微眯，不打算让路，然而对面门“吱呀”一声，从里面打开了。

秦幼音搂着选好的琵琶出来，轻软地开口：“学长。”

顾承炎和徐冉同时积极应声。

乐器行里一时间诡异地死寂，陈年趴在柜台上看大戏，完全忘了自己是站在哪边的，捂着嘴乐不可支。

秦幼音也正好仰起头，避开顾承炎的方向，小声对徐冉说：“学长，我选好了。”

陈年终于破功，笑到飙泪。

徐冉护着秦幼音出门，帮忙推门，帮忙提琴，气氛和谐得让人牙酸。

顾承炎立在门口，一直死盯到秦幼音的背影消失。

陈年擦擦眼角的泪，问他：“炎哥，你知不知道你现在像啥？”

顾承炎一脸凶煞的表情，旁人都不敢靠近。

陈年站在六米开外，指着他脑洞大开说：“特像你家那只哈士奇！巴巴地摇着尾巴缠住主人大腿，被主人嫌弃地一脚踢开。主人转头去逗别的小狗崽，哈士奇想靠近一点，却遭到无情驱逐。现在主人彻底被外头的狗给勾走了，哈士奇孤独地蹲在门口迎风流泪——”

顾承炎推门就走。

陈年忙问：“还在下雨呢，你干啥去？”

顾承炎回过头，线条优越的唇冷漠地弯起说：“‘哈士奇’凭什么迎风流泪，他还能去迎新晚会咬人。”

陈年替他操碎了心，在后面追着喊：“炎哥，你别来硬的那一套！对温柔小妹儿你得投其所好知不知道——”

顾承炎不理他，推门出去，顶着雨开始打电话：“那什么迎新晚会，我要能名正言顺全程参与、自由进出后台的一个名额。”

对方异常兴奋道：“炎哥，真的假的？你要出节目？那咱院妥妥的独领风骚！你用啥乐器，尽管说！”

“乐器？不会。”

“那唱歌？”

“不会。”

“说二人转？来段小品？”

“做梦呢？”

对方小心翼翼道：“那……只剩颜值和身材了，要不……”电话那头的人认真考虑着脱衣舞露肌肉的可能性。

顾承炎额角直跳，咬着牙挤出一句：“我还有力气……”

凶残能治婴儿夜啼的“小阎王”才艺为零，最终沦为只能靠卖体力混入后台的劳动型选手。

第三章

你特别招人稀罕

［7］

即使小炎哥就这么牺牲了自己的时间，也足有两天没见着秦幼音的面。

秦幼音受了很大的惊吓，加上被大魔头“侵犯”之后稍微有点神经衰弱，没敢去人多的礼堂，基本都留在宿舍里，趁舍友不在时练琴。

她小学偶然接触琵琶，到现在练了有近十年了，年纪小时爱不释手，一直到初三，被老师要求代表学校去参加比赛，她拿奖回来，却遭到了可怕的事情。

她落下了严重的心理毛病。从那以后，她碰琵琶的次数少之又少。

后来爸爸问起：“音音，怎么不弹琴了？”

她低着头说：“不喜欢了，想专心学习。”

爸爸是刑警，一年到头都很忙碌，连生命安全都无法保证，从小把她寄养在几千公里外的小姨家，是为了让她生活稳定。他按时汇钱，每年赶来看她一两次，已经是他能做到的极限。

她的痛苦、恐惧，都不应该成为他的负担，所以直到今天，他都不知道她身上发生过什么事，只是一次次叹息：“音音胆子越来越小了。”

她希望能用迎新晚会逼自己一次，把琴捡起来，弹给爸爸听，摆脱掉过去的阴影。

秦幼音在宿舍练习了两天，到周日当天，不得不去礼堂参加全校统一彩排。

徐冉在礼堂门口迎她问：“表演的礼服选到没有？”

周围人多嘈杂，秦幼音声音又细，不得不把头侧得离他近点，说：“没有合适的，我穿自己的衣服可以吗？”

徐冉略弯腰配合她的身高，含笑说：“那彩排的时候你穿上试试。”

两人不知不觉挨得很近，秦幼音正要闪躲，蓦地听到“砰”一声巨响。

顾承炎站在前面不远，刚把手中抱的大箱子扔地上，尘土飞扬中，他笔直地盯着秦幼音。

礼堂后台沉寂一瞬，喧哗四起。

很多女生刚刚发现顾承炎在，互相拍打着激动地咬耳朵。秦幼音用最快速度移开视线，轻声跟徐冉说："你先忙，我找个人少的地方再练练。"

徐冉看了顾承炎一眼，坚持追上秦幼音说："我带你过去。"

顾承炎越来越确定，有些人就是专门出现来磨他的，磨得他年纪轻轻，大好年华，心脏和血压就隐隐有了失控的趋势。

他无视周遭环境，把箱子踢给院里同学，直接穿过人群掏出手机，打电话给现任学生会长说："中药系那个徐冉，赶紧叫走，今天之内别让他出现。"

会长今年大三，高中时候调皮捣蛋，没少挨炎哥跨级胖揍，忙答应："保证完成任务！"

顾承炎挂断手机。

在本地上大学，收拾过的人够多，也就这么点好处。

没到三分钟，徐冉急匆匆地跑出礼堂。顾承炎这口恶气终于顺了点，顺着刚才秦幼音走开的方向跟过去，正看到秦幼音站在一个特别僻静的更衣室里，拉上帘子。

顾承炎没再继续往前，选好绝佳的单向可视角度，守护兽似的往墙边一靠耐心等，隔断外界可能对秦幼音的打扰。

没过多久，帘子被拉开一条缝，女孩先探出个小脑袋观察环境，黑润润的眼睛看到没人在，才抓着裙摆怯怯地走出来。

顾承炎靠墙的姿势漫不经心，目光却一瞬亮起。

她穿着镶边的烟灰长裙，腰间束绸带，坠着流苏，上身一件缎子小抹胸，外面罩着暗粉色的小褂，袖口宽大，露出一截雪白细嫩的腕子。

顾承炎目不转睛，喉咙里泛起干痒。

不省心的小猪蹄子，哪儿来这么多招人的小裙、小褂。

秦幼音换好衣服就接到舍友电话，程嘉的大嗓门分贝很高："音音，在哪儿呢？我给你化妆来了！"

秦幼音忙说："我刚换好衣服，我过去找你。"

顾承炎本打算迎上，但想到小姑娘过来撞见他会是什么表情，又有点心酸地往后退开。

遭嫌弃的、不受待见的，说的就是他本人，还是得迂回迂回。

顾承炎装作无事发生，边瞄着秦幼音的动向，边让自己看起来像是一个到处帮院里搬东西运器械的后勤人员。

没一会儿，负责人跑过来，气喘吁吁，双手合十："炎哥炎哥，救命，来送钢琴的本来五个人，有一个刚才用力过猛脚崴了，求你搭把手行吗？”

顾承炎跟过去，看另外四个都挺壮，穿着短袖工作服。

他没说话，忍着伤帮忙搬起一角，因为阵仗够大，进后台时吸引了不少注意，也包括秦幼音。

顾承炎瞄着秦幼音，发现她又在睁大眼睛注视旁边的八条大花臂，一脸掩饰不住的崇拜。

第二次！真是奇怪了，这到底有啥好看的！

行，秦幼音，你就一个挨一个地看，轮到我的时候你可千万别躲！

顾承炎等着秦幼音转向他，偏偏她掌控得特别精准，轮到他的前一秒，飞快扭开头，余光都不给一个。

好样的。

柠檬树下柠檬精，他算明白了酸到底是啥滋味儿了。

到午饭的时候，秦幼音没有出去，拿出蛋糕和奶茶，准备留在后台默默解决。

顾承炎连打两个电话催促，终于把陈年给等来。

陈年气喘吁吁地把盒饭给他说：“精挑细选的清淡菜色，保证你家小妹儿喜欢。”

“你家小妹儿”的称呼成功博得炎哥一笑，但下一秒，炎哥就发现了重大问题问：“你那胳膊作啥妖呢？”

陈年低头一看自己刚弄好的大花臂，兴奋地拍了拍问：“帅不帅？你就说帅不帅！看以后谁还敢说我不够爷们儿！”

顾承炎面对他那两条牡丹花和女人脸交错遍布的胳膊，眼角直抽道：“恶心。”

陈年问：“不好看啊？那我晚上换个花色。”

顾承炎很是意外，还能说换就换的？

陈年炫耀道：“我在网上买的贴纸，一箱子才几十块钱！不仅帅还不用遭罪，稳赚不赔！”

顾承炎忍无可忍，拎起盒饭去找又藏起来的小猪蹄子。

秦幼音回到了之前的僻静更衣室，刚掰了一小块蛋糕放嘴里，就听到脚步声接近，高大挺拔的身形随之出现，本来挺宽敞的空间立刻显得逼仄起来。

她呼吸一乱，本能地往后缩了缩。

顾承炎径直朝她走过去：“别吃零食，好好吃饭。”

冒着热气的浓香盒饭近在咫尺，秦幼音攥着手，果断摇头，眼底涌上防备和脆弱。

顾承炎拧起眉。

秦幼音低着眸，咬了咬唇小声说："学长，谢谢你之前帮过我，撞见你打架的事，我绝对不会跟人乱说的……你以后……就别再找我了，可以吗？"

她不知道顾承炎算不算是好人，也不想知道，她有点怕他。

他这样的男生，她不敢招惹，只想远远躲着，平稳过日子。

顾承炎沉默许久，放下盒饭转身离开，走远以后，才停下来摁摁胸腔，试图压住翻腾涌上的陌生窒闷感。

陈年迎过来问："哥，咋样？老妹儿跟你说啥了？"

顾承炎继续往前走。

陈年秒懂，摸着下巴道："炎哥居然也有为女人受挫的时候，她可能不喜欢你这类型，那就多努努力呗，像我说的，投其所好啊！"

顾承炎嗓音微哑地问："什么算所好？"

"简单说就是——"陈年尽量通俗易通地理解，"她看啥东西眼睛发光！"

顾承炎条件反射性想起上午搬钢琴的事，再加上之前那个让他耿耿于怀的杀猪菜餐馆的老板，他冲口而出："她就看大花臂眼睛发光！"

陈年愣住，随即激动得一拍大腿道："老妹儿眼光独到啊，那还不简单，我店里一箱子贴纸呢，花色任你选，一个月内重样算我输！"

顾承炎也愣了。

十分钟后，秦幼音吃完蛋糕，走出更衣室。

作为实验品的陈年被炎哥一脚踹上屁股，正好踩准节奏，笑靥如花地冲她跌撞过去说："哎哟老妹儿，真巧哈，你……你那琵琶用着顺手不？"

这是乐器行老板？

秦幼音认真地点头："顺手的……"

刚回答了一半，她一眼注意到陈年花里胡哨的两条胳膊，惊得戛然而止。

躲在暗处偷偷观察的顾承炎心口不禁发胀。

第三次了，又是这种眼神，她还真的喜欢。

陈年反倒有点迟疑，妹子这眼神，亮是够亮的，但炎哥……你确定这不是惊恐？

陈年转念又一想，万一妹子胆小，就爱这种霸气类型呢，他不该怀疑炎哥的判断，炎哥说啥是啥，炎哥指哪儿打哪儿。

于是等秦幼音走后，他颠颠儿地跑回去，戳戳顾承炎道："走哇，回店里，我给你挑个最帅的贴上。"

乐器行里灯光幽幽。

顾承炎坐在椅子上，劲瘦长腿敞开，中间摆一大箱子，里面好几摞带塑封的贴纸，图案应有尽有，青龙白虎，骷髅僵尸，刀枪剑戟，花花草草。

看了半天，顾承炎只能在心里默默骂人。

陈年蹲在旁边，耐心地帮他做心理疏导："小品里说得好，只要盈利把钱搂，啤酒瓶子我都收。"

"一个道理嘛，"他振振有词道，"只要能把妹子收，文身花臂算什么。"

顾承炎糟心地闭了闭眼睛。

他俯身扒拉半天，终于拣出一组相对没有那么"辣眼睛"的花臂贴纸，纯黑色，整臂，印的是看不懂线条的复杂花纹，中间隐藏一条龙身。

陈年熟练地帮顾承炎操作，顾承炎不忍直视，悲愤地扭过头不看。

大功告成之后，陈年夸张地连声鼓掌道："炎哥就是炎哥，帅到炸裂！就这造型，一个市算什么，你就是全东北的大哥！"

顾承炎笑骂："滚犊子！"

直到傍晚，迎新晚会开始前两个小时，顾承炎才把自己的两条手臂稍微看惯一点，套上外衣，出门回学校。

进了后台，到处都是候场的人影，却没看到秦幼音。

顾承炎直觉不对，径直奔向她躲了一天的更衣室，没等他走进去，就隐约听到女孩压抑的哭声，低弱轻软，但重重戳心。

他脸色一沉，加快脚步。

被废旧器械挡住的角落里，一袭烟灰色裙角露出，正随着主人一起轻轻发抖。

顾承炎高高悬起的心脏像是被人狠攥住，他赶到秦幼音面前，脱掉外衣往瑟缩的她身上一披，声音沉哑冷肃："谁欺负你了？"

秦幼音整个人被包在暖烘烘的大外衣里，毫无准备地抬起头。

她形状漂亮的杏仁眼带着精致妆容，浅黑瞳仁上覆满泪水，莹白鼻尖和小巧下巴都哭到通红，随着动作，右眼的泪承担不住重量，顺着雪色脸颊倏然滑下，闪着光坠入裙摆。

顾承炎呼吸停滞。

天地空旷无声，周遭一切都不再有颜色。

这情景……

神仙也顶不住。

他下意识地伸出手，温热指尖抚上她微凉潮湿的脸。

秦幼音却也在同一时间看清了他新鲜出炉的两条恐怖大花臂。

她顿了顿，继而崩溃地呜咽出来，哭得比刚才更大声。

[8]

下午的彩排，秦幼音时隔三年多再次上台，心理负担和苦痛记忆都太重了，她弹错了音。

此起彼伏的议论声更是折磨她的神经。

“哪个院的？”

“这水平也敢上台？”

“选她上来是看脸的吗？”

……

秦幼音抱着琵琶浑浑噩噩地走下舞台，狠狠地掐自己的腿。

明明练习得很好，足够熟练流畅，可到了真正需要表现的时候全弹砸了……

秦幼音那时没哭，想着等晚上正式演出爸爸会过来，能看到他在，她就不会再这么慌，一定能正常发挥，不给整个学院丢脸。

但十分钟前，她意外接到了爸爸打来的电话：“对不起，爸爸有重要任务走不开……”

秦幼音知道自己今天完了。

本就岌岌可危的情绪在那刻崩塌，不是强撑出的坚强能够拯救的。

直到现在，她又看到了避之不及的那个人，身上竟然新增了她最抵触的大面积文身，她乱糟糟的脑袋里就剩下一个念头——真的，这日子没法过了。

顾承炎看着她的眼泪，整个人要炸，不管她答不答应，手指贴上去给她抹掉，转身就要出去找人兴师问罪。

秦幼音搁在一边的手机忽然嗡嗡响起，她抽噎得呼吸不畅，不敢接。

偏偏来电锲而不舍，顾承炎没办法又折回来，替她拾起来一看，来电人是舍友程嘉。

顾承炎看着角落里无助的小姑娘，抬起一只手盖在她的头顶暖着，另一只手利落地划开绿色的接听键。

嘹亮女声一瞬涌出：“喂喂？音音，你咋这么半天才接？我到后台了，过来给你补补妆。”

顾承炎直接按下免提键，把手机放到自己唇边说：“左边楼梯上二层，东南角更衣室，她在这儿。”

程嘉被巨大八卦冲昏头，差不多是飞上来的。

音音小萌妹果然有情况！而且听男生的声音那么磁性撩人，真人不知道会有多帅，肯定跟小音音特别……

两分钟后，程嘉呆站在更衣室门口，傻愣愣地瞪着里面高大的熟悉身影，剩下两个字从牙缝里飘出：“……相配。”

顾承炎听到，沉冷的脸色略有缓和，点了下头：“嗯。”

程嘉：我的妈，这人是顾承炎？可是他刚刚又在“嗯”个啥？

顾承炎恋恋不舍地把覆在秦幼音头上的手撤走，对程嘉说：“问问是谁欺负她了。”

他径自走去后台公用的化妆区，从一众注目礼中间穿过，挑个没人用的台子把镜面搬起，随便往肩上一扛带走。

返回更衣室附近时，女生之间的悄悄话钻进他的耳朵。

“因为你爸有事来不了现场，你心里慌，而且彩排又失败了，所以你害怕晚上也演砸是不是？”

顾承炎想想秦幼音的性子，大概搞懂了前因后果。

说到底，“小猪蹄儿”是紧张怯场了，既然有他在，那这些都不算事儿。

顾承炎没急着进去，先给学生会长打了第二个电话：“会场秩序是你们负责？把前面礼堂暂时清个场，我需要用半个小时，不影响演出。”

说完挂断电话，大步进门，他把镜面往墙边一放，看着秦幼音红彤彤的眼睛说：“先补妆吧，完事儿带你去解决问题。”

程嘉在炎哥目不转睛的极致目光威压下，啥都不敢问，发挥了有史以来的最快手速。

等妆容补好，顾承炎直接去牵秦幼音的手腕，将将碰到时，他又恪守着分寸，转而拽住她的袖口：“走。”

秦幼音的状态多少稳下来一些，瑟瑟躲开道：“我不去……”

顾承炎深知时间有限，低低地跟她说：“你要是不乖，那就像上回一样，我抱你走。”

秦幼音仓皇地扑腾起来，小巧的脸羞愤成熟番茄颜色。

“我再给你一次机会，走不走？”他说着伸手要抱，故意吓唬她。

秦幼音眼里又有了水色，不敢看那两条花臂，低头含恨跟上他。

顾承炎嘴角翘了翘，选了条人少的路，提着琵琶带她从角门进入空荡荡的礼堂大厅，也是上午彩排、晚上演出的地方。

“来这里做什么……”

顾承炎回眸看她，朝舞台示意道：“现在这儿除了你我没别人，你就坐在正式表演的位置上随便练，害怕也没事，看我。”

“看……看你？”秦幼音小声踟蹰道，“可是看你更害怕……”

顾承炎没听见她后半句，继续说：“人在紧张的时候需要一个视线着陆点，我站在台下固定的地方，你专心弹，不用看别处，就只看我，正式表演也一样，我待在这儿不会走。”

他问：“半个小时够不够适应？”

秦幼音揪紧裙摆。

顾承炎侧过头，舞台灯光下，五官英俊无瑕。他不再多问，而是笃定地喊她：“秦幼音，上去，你能做到！”

距离晚会开场只剩不到一个小时。

秦幼音再没有其他突破的机会，如果继续怯懦下去，只能给全院蒙羞。

她……要做到。

秦幼音紧咬牙关，指甲将手心按出深深红印，终于迈开脚步，接过顾承炎手中的琵琶。

她越走越快，争分夺秒爬上台，坐在失败过一次的位置，重新拨响琴弦。

顾承炎缓缓舒了口气，不坐也不靠，脊背笔挺地站在离舞台最近的角落，眼睛黏在秦幼音身上。

偌大礼堂，她小小柔柔的身影却是唯一能聚焦他目光的中心。

半个小时里，秦幼音把一首琵琶名曲选段反复弹了六次，从最开始的频频中断，到最后一次全程弹奏得流畅悦耳。她做到后，不禁浅笑一下，颊边露出两个小巧酒窝，试探着望向台下——那个她中途偷看了好几次的身影。

灯光和暗影的交错里，顾承炎站在原位，岿然不动，稳如扎根挺拔的树。

此时此刻，他正在用力给她鼓掌。

秦幼音默默想，这个方法也挺好的……

一个顾承炎，大概比上千个普通观众加在一起都要可怕，适应他一个，说不定等于适应一大群。

晚上八点半，迎新晚会进行到后半程，轮到了中医学院，秦幼音的琵琶独奏。

她站在舞台侧面入口，望着黑压压的密集人潮，小腿微微抽搐，终于明白是她太天真了。

真正到了这个关头，她还是忐忑到窒息。

主持人报幕结束后，秦幼音深深呼了两口气，抱紧琵琶走到台中央，声音既小又颤地自我介绍。

底下千余新生代表发笑，或许并无恶意，但足够给秦幼音施压。

甚至有交头接耳声响起：

“就是她吧？听说彩排一直弹错音来着？”

“中医学院改成卖颜值的了？”

“这就不错了，我听学姐说中医学院每年表演都垫底——”

秦幼音觉得自己在被凌迟一般，本能地望向顾承炎的位置，心却猛地一跳。

没有人，那个角落，空的！

半个小时的特殊练习，大魔头顾承炎竟在不知不觉中变成了她心底一个隐隐的勇气寄托。

所以此刻，她脑中控制不住“嗡”的一声，脸色苍白地坐在收音话筒前，忘记了去拨响琵琶。

喧哗声加大，细密锐利得堪比针刺。

秦幼音鼻子涌上酸涩，一边默念着“大魔头就是大骗子”，一边手忙脚乱准备弹奏，第一个音就弹错了。

她耳中轰轰乱震，最后一次不抱希望地抬眸，看向那个位置。

黑暗里似乎有什么在动。

秦幼音紧张地屏住呼吸，紧接着，一道快速弯腰过来的高大身影，忽地在阴影中挺起背。

她眼底光芒一亮。

顾承炎就站在原定的地方，一寸也没有偏移。他扎眼的大花臂正托着一个刚跟其他学院借来的搞笑青蛙头套，端端正正戴在了自己的头上。

他有意朝秦幼音晃了晃，举高右手，比了个大大的V。

那么修长强悍的身体，配上卡通头套，实在太滑稽，秦幼音满身压力蓦地减轻，突然就感觉不到怕了，忍不住浅浅笑了出来。

这一点笑容漾在放松下来的甜美脸颊上，也被同时投放到了背后的大屏幕。

全场整齐划一地掠过惊艳轻呼，随之寂静。

秦幼音低了低眸，手指逐渐恢复温度，她压住心跳，选择重新开始，弹奏出比练习时更为流畅的曲调。

她……一定要做到。

顾承炎透过头套的纱网定定看秦幼音，耳中是完美乐曲，眼前是她坐在追光之下的娇俏模样，心脏在一下重过一下地咚咚响着。

他看中的“小猪蹄儿”，果然是无与伦比地耀眼夺目。

晚上九点，迎新晚会表演圆满结束，当场由观众票选出最受欢迎的节目进行奖励，秦幼音位列其中。

她受宠若惊地接过花束和五百块钱红包，又下意识地去看台下。

顾承炎居然还在那里，他摘了头套，懒洋洋地歪靠在旁边的桌子上，朝她闲适地挑起眉梢。

各院参加表演的同学都聚在后台没走，学生会要统一组织大家出去聚会庆祝。

这样的场合，秦幼音习惯性地退后，却被别人拉住说：“得奖的人怎么能走！必须参加！”说着还开玩笑，“谁走谁就是给自己学院抹黑啊！”

之前彩排时嘲笑过秦幼音的那帮人也不吭声了，脸色尴尬地推来推去，有人不好意思地站出来，劝说：“你弹那么好，是今晚最出彩的了，一起去呗，往后大伙儿都是同学。”

秦幼音得到肯定，脸有点红。

她刚想答应，身后一具灼热体温的身躯逼近，下一秒，顾承炎的声音在她头顶漫不经心地响起：“走吧，我也跟你们去。”

后台留下的同学基本都认识顾承炎，之前没人敢去请他本人，现在得到炎哥主动青睐，气氛顿时热烈高涨。

地点定在了医大附近的某大型 KTV，一路上，顾承炎不远不近地跟在秦幼音后面。

秦幼音被女生拉着，进包厢后坐到了沙发转角。顾承炎二话不说，长腿轻松越过重重障碍，特别自然地往她旁边一坐。

她挪一寸，他便跟着挪一寸。

她换去另一边，他马上跟着换过去。

秦幼音纠结地绞着手指，皱眉问：“你干吗要和我坐？”

顾承炎狭长的眼半合，在颜色变幻的灯光里似笑非笑看她说：“因为你身边安静啊，我怕吵。”

“怕吵，你干吗要来？”

顾承炎理所当然道：“因为集体活动热闹。”

这人说不通。

秦幼音尽量跟顾承炎保持距离，生怕碰到他的大花臂。

偏偏顾承炎已经适应了这个花色，越看越顺眼，自信地频频往她面前伸手。

秦幼音无奈地捂眼。

她以为出来玩，就是跟大家一起坐坐，宿舍关门前回去就可以了，万万没想到，这群人唱歌唱累、小游戏都玩腻了之后，居然闹着要讲鬼故事。

秦幼音惊呆了，手指缓缓收拢，身上涌过凉意。

“能不能不要……”

她的声音被淹没在大家的兴奋声音里。

顾承炎敏感地察觉到，眉心微蹙。

不等他开口制止，包厢里的灯已经关掉，讲故事的人鬼气森森地拉开了节奏问：“听过医大女厕所的传说吗？”

秦幼音呆坐在沙发上，彻骨冰冷顺着脚底急速涌起。

顾承炎突然觉得烦躁，避开另一侧借机挨过来的女生，再也没了继续待下去的耐心。

黑暗里，他探身靠近她，轻声喊：“秦幼音。”

秦幼音吓得一凛，问：“什……什么？”

“想走吗？”他低低诱哄，“我可以带你走，绝对没人敢说个不字。”

秦幼音渴望地咽了咽口水。

她现在只想逃出去，可一是没胆在恐怖气氛里站起来，二是害怕提前离席不被允许。

不过……顾承炎本身也是危险的存在啊。

顾承炎说：“小妹儿，我好歹是个活人，总比鬼靠谱吧。”

好有道理。

顾承炎继续道：“走不走，一句话。”

秦幼音犹豫地问：“可你……为什么又帮我……”

顾承炎其实还真没想那么多，但小姑娘身上的甜美馨香近在咫尺，勾得人心动神摇。

他临时起意，舔了舔唇，沙哑笑了：“因为有交换条件呗，你答应了，我就帮你。”

“什么……条件？”

顾承炎趁机按亮手机屏幕，点出微信二维码，顺手就把手机放在了下巴底下。

秦幼音睁大眼。

顾承炎浑然不知自己一张俊脸被手机屏幕的冷光晃成了青青白白的恐怖颜色。

在秦幼音的视角里，他正森森一笑，对她阴恻恻地沉声说：“快，扫我。”

[9]

秦幼音怀疑自己上辈子是不是做过坏事，欠了顾承炎的，否则哪能一次次被他吓到心律不齐。

顾承炎还无辜地在旁边戳戳她，挺失望地问：“不扫吗？”说着把手机举得更高，骇人脸色宛如在线索命的黑白无常。

同一时间，讲故事的人也拔高声音，说到惊悚的高潮。

秦幼音彻底被打败，求生欲战胜了纠结问：“先出去……出去再扫，行吗？”语气里不自觉带了央求。

顾承炎微怔，仿佛看到瑟瑟发抖的猫咪幼崽，惊恐之下终于肯对他翻出软乎乎的小肚皮，他眼中聚出笑意道：“行，哥带你走。”

他低咳一声，在全屋悚然的注视里，拉着秦幼音站起。

“炎哥？”

“炎哥是不是不爱听这个？那就接着唱歌，我们不讲了——”

“不用。”顾承炎知道秦幼音不想被人发现窘状，阻止要去开灯的人，说，“我小妹儿有急事，我先陪她走。你们继续，今天我结账。”

干脆地交代完，他俯身到秦幼音身边，气息拂在她耳朵，说道：“你怕就闭眼睛。”

秦幼音周围都被顾承炎的热度烘着，心底寒气莫名散开，不由自主地紧跟他的脚步，一出去就被外面的温热夜风一吹，总算是重获新生。

她记起一件大事，从兜里把红包掏出来，双手递给他：“学长，这是表演的奖金……给你。”

顾承炎垂眸看她，不解地问：“给我？”

“如果不是你帮忙，晚会我肯定演不下来的。”她一字字讲得认真，“我没有别的能回报你，所以这个……”

顾承炎语速慢悠悠道：“说得好像我图你钱似的。”

秦幼音咬唇，她倒是真想问问，他堂堂一个凶名远播的大佬，不是应该居高临下把她当蚂蚁？三番五次这样伸出援手，到底图什么……

可惜她没胆，只管固执地举着红包。

顾承炎好笑地接过，塞回她的小布兜里，低磁嗓音淡淡撩耳：“我不要钱，真想回报的话，你不如现在请我吃饭。”

秦幼音惊讶地仰头问：“晚饭……不是吃过了吗？”

顾承炎有理有据道：“我长得高，消化快，又饿了。”

秦幼音总觉得被大佬人身攻击了似的，轻轻嗫嚅：“难怪我不饿……”

顾承炎算盘打得好，找个安静的地方带小妹儿撸串，说话聊天加个微信，结束他去买单，这样她就还是欠他一顿，那么下次——

炎哥的美好遐想被突如其来的来电铃声无情打断。

他亲眼看着秦幼音摸出手机，对他闪躲踟蹰的那张小巴掌脸，转眼间就涌上欢喜，电话里隐隐飘出的男声更是刺激他耳膜：“音音，在哪儿呢？”

顾承炎翘高的嘴角压了下去。

秦幼音完全没注意到他的变化，捧着手机说：“在学校外面跟同学聚会。”

“方便出来吗？”

“方便！”

“那好，我去接你吃火锅。”男人说完，又迟疑道，“不过这么晚了，你肯定吃过了吧？”

秦幼音一双杏仁眼亮如星辰，说道：“我刚好没吃饱！”

顾承炎：刚才是谁说不饿的？

秦幼音跟爸爸约好在校门口见，激动地挂掉电话就想赶过去。一抬头，直直撞进一双漆黑深邃的眼瞳里，她浑身一僵，惊觉自己把这尊凶神给忘了。

男生实在是比她高得多，平直宽阔的肩膀遮住背后街灯，在她面前罩出一片沉沉阴影。

她感觉到他的危险，忙解释：“学长，对不起……我……我能改天请你吃饭吗？”

顾承炎没回答。

秦幼音很怕他发火，两只细白手掌合十，诚心地对他拜了拜，低着脑袋求情：“我真的有事必须要走，就改明天好不好？”

顾承炎一边被她这个样子萌得肝儿颤，一边气得胃痛，反问：“你现在要去哪儿？”

“去……吃饭。”

他心里快堵死了，坚持问：“跟谁？”

秦幼音眨了眨眼，老实地软声回答：“我爸。”

顾承炎遭到悬殊待遇，委屈难平道：“跟你爸又怎么样，秦幼音，你刚答应我就变卦，是不是——”

他忽地一卡，发现不对：“哎不是，等会儿，你说跟谁？你爸？”

秦幼音怔怔地回答：“对呀。”

顾承炎：大意了，还以为是哪个不省心的男妖精。

五分钟后。

秦幼音小跑到校门口，拉开老旧轿车的车门，坐进去之前，回眸望了一眼。

顾承炎是一路跟着她过来的，此刻就停在不远处的路灯下，双手插兜，长腿笔直，慵懒落拓的影子被拉得老长。

“音音，看啥呢？”秦宇在车里问。

“没……”秦幼音匆匆回神道，“有个学长在那儿。”

秦宇顺着看过去，不满地皱眉道：“那个有文身的大高个？爸不是跟你说过，来东北以后少接触那种社会关系复杂的男生，像他这样的最容易出事儿。”

秦幼音想解释点什么，又觉得无可辩驳，低下头轻轻应了一声。

秦宇选了家火锅店，夏夜的九点多钟，正是生意红火的时候，光着膀子高声笑骂的食客比比皆是。秦幼音有些惧怕这种环境，下意识地停在门口。

“怎么，现在还是怕人？”

秦幼音不愿让爸爸看到她那么弱，忍了忍，笑着摇头道：“没有，我不怕。”

临窗一桌，鸳鸯锅翻滚，秦宇隔着腾腾热气，入神地盯着女儿被蒸红的脸颊，沉声道歉：“爸爸今天又食言了，说好去看你弹琴，结果还是没做到。”

秦幼音乖顺地摇头道：“我知道您忙。”

秦宇深知自己是个粗人，不会讲什么贴心话，就一个劲儿地往女儿的盘子里夹肉，又摸出一个厚信封推到她手边说：“音音，这是生活费，花完了给我打电话。”

秦幼音注视着秦宇身上穿了四五年的棉布短袖T恤，胸口图案都洗掉了大半，他鬓角也已花白，满脸沧桑。她从信封里抽出五张钞票，其余的退给他，说：“爸，我用钱很少的，这些您自己留下，买两件新衣服。”

秦宇当然不答应，差点动了怒，硬塞回她手里。

秦幼音心酸得眼圈泛红。

爸爸不光要养她，还要照顾已故搭档的一家遗属，经济压力太大了。她已经成年，不能再心安理得地伸手要钱，该尽快想想办法，在上课的空余时间赚些外快，补贴生活。

饭后，秦宇送女儿到医大门口，正好有一群喝醉的男生大笑着经过，个个衣衫不整，勾肩搭背，胳膊和手腕上文着乱七八糟的图案。

秦宇不禁想起女儿上车前那幕，再次提醒她：“虽然医大是名校，但也不排除有坏学生，你在学校多交正经朋友，那些爱打架闹事的千万躲远点。”

秦幼音知道爸爸在说谁，忍不住轻声问：“爱打架、有文身的男生……就一定很坏吗？”

秦宇担心女儿吃亏，有意说得严重：“爸刚破的案子，犯罪团伙里十个有八个都有这个特征，你说呢？这种小年轻不但坏，还满口谎话，专会使花招欺骗涉世不深的小丫头。”

秦幼音一凛，心里涌出莫名沮丧。

她跟爸爸告别，转身走进校门。

接近熄灯时间，通向宿舍区的路上空旷冷清，枝繁叶茂的树枝沙沙摇晃，在夜色下平添鬼魅。

秦幼音心里打鼓，打算一鼓作气冲回宿舍楼，哪想到跑了十米还没到，就敏感地发现左侧的树丛边似乎靠着个黑乎乎的影子，还有猩红火光在一闪一闪。

她吓得攥紧背包，脸色唰一下变白。

那影子也看到她了，在昏暗里动了动，火光被捻灭，他随之走到路灯下，长身鹤立，身上被月色覆盖，周围还有淡淡的烟草味没散。

并不难闻，反而说不上来的……让人心慌意乱。

秦幼音看清顾承炎的脸，害怕转为吃惊，失声叫他：“学长？”

顾承炎怎么会在这儿？

而且……他居然还抽烟的？

顾承炎对她扬着唇道：“回来够晚的，宿舍快锁门了，你要是再不出现，我手机上的小游戏都通关了。”

秦幼音难以相信他话中的意思，试探着轻轻问：“你……在等我？”

他声音里有丝鼻音：“可不是吗？”

这么需要仰视的一个人，发出了类似于受了委屈的闷声，秦幼音完全不知所措地问：“有事吗？”

路灯发出的昏黄光线仿佛糅着金沙，洒落下来，把他修长挺拔的身形完全笼住。

他在这层金色里懒洋洋地笑着，本就无可挑剔的五官分外英气惹眼，他回：“有啊，三件呢。”

顾承炎先提起一个塑料袋递到她手里：“助消化的胃药，你不饿还去吃火锅，胃挺难受的吧？”

“还有，”他敛了敛眸，俯下身直视她水色的眼睛，继续道，“秦幼音同学，你今天不请客也就算了，但是说好扫微信得算数，你不能抵赖。”说着他再次竖起手机屏，亮出二维码。

秦幼音想起下车前秦宇的叮嘱，拧着眉头挣扎，可今晚离开KTV前，她确实答应了顾承炎，不该出尔反尔……

她皱着小脸艰难地做出选择，纠结地加了他的好友。

“这还差不多，第三——”顾承炎满足地直起身，温热手掌覆在她头顶上拍一下，声音含着笑，“就你这小胆儿，黑灯瞎火的，自己一个人走不害怕吗?走，哥送你。”

秦幼音反抗无效，又被炎哥提溜起后领。

校门距离宿舍区大概五分钟的路程，秦幼音始终没有放弃挣扎：“学长，你……你不要总是这样拎着我。”

顾承炎适应着她的脚步，走得其实很慢，磨蹭了十分钟才把她送到宿舍楼门口，回应她刚才的抗议。

“学长拎着你，”他弯下身，手撑膝盖跟她对视，一本正经地解释，“是因为你小啊。”

秦幼音攥紧手，这肯定不是什么好话，嘲笑她矮，变相的人身攻击!

顾承炎看出她的想法，低声笑出来，字正腔圆地为自己正名：“我说的这个小，是好的意思，翻译成书面用语，叫可爱。”

秦幼音怔住。

顾承炎在月光下对她弯着眼，磁性声音微扬:“翻译成东北话叫招人稀罕。”说完，他离她更近一些，耐心地低声问，“小孩儿，现在明白了吗？”

第四章

诱拐的第一步

［10］

秦幼音脸颊迅速涨红，倒退两步转身跑进宿舍楼里，压着震颤的胸口，一口气爬到三楼。

却没想到，她回到宿舍刚一进门，连呼吸都还没平复，就被楚昕扔了个明晃晃的白眼。

许久没有面对过女生这么直白的恶意，秦幼音当场愣住，脊背随之沁出冷汗。

程嘉赶忙过来拉秦幼音，挡住楚昕的视线，与她轻声耳语：“学院群里有人发你跟炎哥一块儿在后台的照片了，她气得够呛，你别搭理她，赶紧睡觉去。”

秦幼音咬住唇，睫毛轻颤。

楚昕把手里的书“啪”一声摔桌上说：“真是什么丑小鸭都敢往台前蹿，也不照照镜子看清楚自己那小矬子样儿。”

秦幼音低着头，双手紧握。

楚昕几下爬上床，用被子蒙住脸。秦幼音吸了下鼻子，悄无声息地去洗漱。

她沉默地缩进被窝，用被子蒙住脸，默默流了眼泪，倒不是为了楚昕，而是怨恨自己。时至今日，仍然被过去那些阴影压得死死的。被人这样说，却一句话也反驳不出来。

夜渐深浓。

洗漱完，秦幼音躺在黑暗里，胸口闷得窒息时，又记起了今天晚会上，台下顾承炎平静笃定的眼神以及他不管不顾浸染过来的灼热体温。

她竟然神奇地……好过了一些。

她睡不着，轻轻翻身，摸出被褥下面的平板电脑，用手写笔熟练地勾勒出一个小猪图案。

粉圆脸，黑眼睛，耳朵圆润，小猪蹄上戴一根和她同款的手链。

她画完基础图形，想了想，鬼使神差地在猪腿上添了两片顾承炎身上的同款文身，外加很酷的大墨镜，还叼着烟，旁边配上两个字："雄起。"

这么凶狠的形象，却是她潜意识里，最可怕同时也最不会被欺负的形象。

上传以后，转评数字不断上跳，秦幼音在看到她最想看到的那一条评论后，嘴角终于弯了弯，关掉平板，强行入睡。

明早就要上课了，她不能起不来床。

男生宿舍。

顾承炎洗了澡出来，被舍友们小心翼翼地围观："炎哥，你在哪儿文的身，太帅了吧！"

炎哥爱护地摸了下他的大花臂，对不掉色这点还算满意，淡淡地表示："忘了。"

他才不会承认这是贴的。

正说着，手机"叮"的一响，有条特殊关注人发的新微博。

顾承炎立刻打开看，果然是他最爱的猪崽表情包有了更新，他火速保存，并且认真地留评："今天画得有点像我。"

舍友打着哈欠提醒："炎哥别太晚睡啊，明早有课呢，跨院三个系联合上的公共课，听说老头儿管得可严了，特爱点名。"

顾承炎没往心里去，随意一点头。

他仰躺在床上，心跳频率仍然无法平复，总觉得碰过秦幼音的那只手上还有着属于她的淡淡甜香。

顾承炎怀疑自己八成是疯了，明明最烦甜味儿，现在却着了魔似的恨不能给手套个保鲜膜保存。

他把秦幼音的微信名字改成"又香又软小猪蹄儿"，然后对着她朋友圈里仅有的几张照片研究了足足半宿。

隔天醒过来时，宿舍早已人去屋空，七点五十的时间相当刺眼。

上课?

他腾地坐起来。

秦幼音起得很早，天蒙蒙亮就离开宿舍，可惜找错了教学楼，辗转两圈摸到上课的阶梯教室时，只剩下第一排还空着。

她选了最靠边的位置刚坐下，头发花白的老教授就抱着书本严肃地走进来，直接翻开点名册。

“今天是你们大学生活的第一节课，凡是迟到旷课的，都是对学习极其不认真的后进分子，今天我必须要严肃处理这些同学。”老教授板着脸敲敲桌案，“还有那些帮人答到的同学，一样严肃处理，平时成绩扣10分。”

偌大阶梯教室一片寂静。

“这门课是三个系混上，跨了两个学院，我挨个点名，哪个也别想侥幸。”老教授先点针灸系的，接着轮到中药系，“不错，全都在，下面是运动医学。”

运动医学？

秦幼音一怔，隐约觉得熟悉，在哪里听过来着……

老教授清清嗓子，响亮地念出名单上的头一位——

“顾承炎。”

秦幼音瞬间惊呆。

对……在机场大巴上，某人在她耳边亲口说：“运动医学，顾承炎。”

可是，他不是学长吗？她叫了他学长以后，他也痛快地答应了，连着让她喊了好多次。就连昨天，她一次次那样称呼他学长，他也毫无异议啊！

老教授皱眉，再次念：“顾承炎。”

满堂寂静，没人敢吱声。

秦幼音缓缓收拢手指，攥成拳头。

“顾承炎，在不在？”

话音刚落，紧闭的教室大门就“砰”一声被推开。

高挑男生存在感极强地出现，短发上还带着潮湿水汽，锐利眉眼里少见地掺了一点点不太清醒的茫然：“叫我？”

老教授气得胡子直颤：“运动医学大一一班，顾承炎？”

炎哥散漫地回应：“没错。”

“你这什么学习态度，扣10分长长记性！赶紧找个地方坐下！”

顾承炎无所谓地顺手把包往距离最近的桌面上一撂，转身想坐，才发现邻座已经有了人。

他疏淡的目光漫不经心地移过去，眼瞳猛地一缩。

秦幼音正仰着脸，粉润嘴唇抿紧，一言难尽地皱眉注视他。

顾承炎……真是好不简单一男的！

长得凶，打架，文身。

现在再加一个致命的——满口谎话，在线骗人。

真厉害啊，“三毒”实在是太低估他，这下连“五毒”都俱全了呢。

[11]

秦幼音跟顾承炎短暂对视之后，火速错开眼，埋下头认真地盯着书本，还努力往墙边缩了缩，跟他保持最大距离，一个余光也不肯给了。

她再次确信，爸爸和小姨的话果然没错。

上一次她以为误会了他，结果转眼就撞见他和别人的斗殴现场。

这一次她想为他辩驳，说他大概没那么坏，现在可好，又被他亲自上场打脸。

再一再二没再三的。

她要是再天真地以为顾承炎是个可以接近的好人，那她就真的太蠢了。

顾承炎心脏病要犯了，坐下后手撑着额角，一直侧头盯着她看，恨不能回到那天的机场大巴上，把一时鬼迷心窍的自己给就地正法。

"哎，"他轻戳了下她细软的手背，喊，"秦幼音。"

秦幼音立刻一躲，让他碰不着。

顾承炎摊开本子，笔尖勾画，三个字写得嚣张跋扈，坦白承认错误："对不起，但我真没恶意。"

秦幼音不肯看，半趴在桌上，小鹌鹑一样低眉垂目。

顾承炎拧着眉，从包里掏出一盒想当早餐的纯牛奶，放在手心焐热了，讨好地朝她塞过去。

老教授站在讲台上，对第一排的人的小动作尽收眼底。

男生宽肩长腿，坐下都比一般人高半头，瞅着就凶悍难惹，女生瘦骨伶仃，小小身影可怜巴巴地挨着墙，两人的体形差和气质对比相当醒目。

尤其男生那副死缠烂打往上贴的样儿，看得他老脸通红。

他把教案往桌上重重一敲："迟到的那个顾承炎！干啥呢，上课不听讲，还欺负旁边女同学？"

全教室目光聚焦。

顾承炎抬了抬眼，拒不承认："我没。"

欺负？闹呢？他哄都来不及。

老教授自家有孙女，最看不得女孩受委屈，不依不饶地问秦幼音："那你说，他惹你没有？是不是欺负你了？"

秦幼音万万没想到会被教授因为这种理由点名。

无数打量的视线如芒刺在背，她眼中不禁沁出一点水光，心里真的开始委屈了。所以在教授追问到第二遍时，她攥紧了笔杆，鼓起勇气小小地"嗯"了一声。

教授一脸“果然如此”，整节课对顾承炎紧迫盯人，完全把他当成破坏课堂纪律的不安分子。

在他的课上懒散迟到，是可忍孰不可忍，老教授越想越气，临近下课时，决定对其使出撒手锏——

“顾承炎，起来回答一个问题。”

顾承炎整节课都在瞄秦幼音的侧脸，书和笔记本雪白一片。

他倒也不迟疑，利索站起来，高挑颀长的身形再无遮挡，肩膀平直，腰线紧窄，袖口隐隐露出一截黑色花纹，他皮肤又白，颜色反差极其勾人，瞬间把全教室女生的注意力给吸引过去。

而他本人吊儿郎当，毫无敬畏。

老教授更气，专门说了个后面一章才会讲到的问题，并且强调：“凡是在我课上答不出问题的，平时成绩扣 10 分。”

秦幼音心一紧。

平时成绩总共占 30 分，顾承炎要是一连扣掉 20 分，那就离挂科不远了。

她埋着脑袋，余光看到身旁人垂下的手，心底又有了罪恶感。

这只手筋络分明，温热有力，毕竟帮过她好几次……

她生气归生气，但没想过要害他。

秦幼音心情复杂地做了决定，在笔记本上快速写下一行提前预习过的答案，然后悄悄离顾承炎近了一些，试探地拽拽他的裤腿。

顾承炎一句“不知道”已经到了嘴边，突然感觉到有微弱的力气拽他的裤腿。

他低下眸，少女圆乎乎的脑袋快要埋到桌上，露出的后颈雪白纤柔，有几根浅黑碎发正在头顶杂乱翘着，跟只奓毛的小鸡崽一样。

可爱到暴击。

而且，贼可爱的小鸡崽居然在帮他。

顾承炎无声地弯唇，沉默的几秒里，那只软白小手又着急地拽了他一下。

好——全都听你的。

顾承炎不着痕迹地扫到答案，准确无误地答出。

全教室的人很给炎哥面子地惊呼鼓起掌来。

老教授气得吹胡子瞪眼。

顾承炎坐下后，立刻想趁热打铁，跟音音小同学套套近乎，哪知她动作更快，直接推过来一张对折的纸，中间似乎夹着几张红色人民币，上面的娟秀字体很正经地一笔一画写着——

“奖金给你，请客吃饭取消。之前你帮过我，现在换我帮你，算是还清了，以后两不相欠，我们就当不认识吧。”

又大意了，早知道她是这个套路，刚才那问题他宁死也不回答。

[12]

下课以后，秦幼音第一时间收拾东西，要逃开顾承炎的势力范围。

顾承炎正要张口跟她说话，手机却振动个不停，他担心太急躁会弄巧成拙，不得不侧身让人过去。

秦幼音加快脚步从他面前经过，小跑出教室门，离开得太急，没注意背上的包被顾承炎给拉开，塞进去两样东西，又迅速恢复原状。

顾承炎一边接电话，一边追上秦幼音的背影。

下课路上，走廊上人多嘈杂，电话里的声音就显得遥远，仿佛隔着无数陈年旧事的距离。

“顾小炎，我要出去实习了，说好的你进校就接手滑冰社，你没忘吧？”

顾承炎握着手机，没有立刻回答。

前面不远，秦幼音在另一个教室门口等到了舍友程嘉和齐晶晶，几个女生很幼稚地手挽手。

他本能地跟着，眸色渐深。

打电话的人在他耳边继续道：“我可等你好几个月了，你赶紧接过去吧，咱这场馆虽然又老又小，但好歹正规，你自己没事儿也能训练，省得后面进国家队时跟不上进度。”

顾承炎还是不说话。

他跟电话那头的这位现任滑冰社社长，是当初短道速滑业余队里的同期，后来他进省队，社长成绩一般，就放弃项目正常上了大学。

他确实答应过社长会接管社团，就连高考时选择报考医大，根源也是因为这个室内滑冰场馆的存在。他以为可以在腿伤的康复期里边念书边维持训练，但没想到，开学报到前去找宋教练，却斩断了他对滑冰的最后一点念想。

关于冰场的所有晦暗记忆一股脑冲袭到眼前，压得顾承炎透不过气。

他不由自主地走得更快，想靠近能让他呼吸的那一小块净土，拒绝的话已到嘴边。

秦幼音正在轻声说着什么，程嘉反应很大地问她：“不是吧，大一才刚开学你就想找地方打工挣钱，要不要这么拼啊？”

顾承炎听到，意外地侧了侧头。

她……缺钱？要去打工？

以她这软绵绵的小模样，出去外面多危险，少不了被人欺负。

同一时间，电话那头的人大声催促："我说炎儿，赶紧抽空过来一趟吧，学校社团联合会那边都打好招呼了，咱俩交接一下，我还给你留了一大笔资金呢！"

顾承炎捕捉到重点——资金。

那么意味着，社团有光明正大的用钱权限。

他脑筋转得快，直接问："如果有特殊需要，能公开招学生进社团帮忙工作吗？有偿发工资的那种，钱我自己出。"

"没问题啊，你是社长你说了算，只要你舍得。"

顾承炎得到肯定答案，浑身的低气压不禁一散。

他凝视着秦幼音被风吹起的小裙摆，把包甩上肩膀，狭长眼尾略略上扬。

当然舍得。如果能帮到她，接近她，时时护着她，钱或是面对冰场都算不了什么。

当天下午，顾承炎签好各种文书，正式接任了医大滑冰社的社长。

社团联合会的管事忧心忡忡道："要不是因为冰场别人不懂，不会维护，我们也不可能叫一个大一新生当社长，你可千万小心，别到处嘚瑟。"

顾承炎手撑着桌面，张狂邪肆地笑道："我要是想嘚瑟，用不着你们这个小社团。"

挺大一间会议室，愣是没人敢吭声。

顾承炎摆了下手出去，带上一直等在外面的陈年，一起去速滑馆检查设备。

"炎哥，你愿意接手滑冰社，是不是还有回去比赛的想法啊？"陈年感觉自己看到了炎哥重回赛场的希望，相当兴奋，嘴根本停不下来。

"这个速滑馆不就是以前省队刚成立的时候，省里投资建的吗？我记得当时别处没地方，就医大这个新校区空地多，所以盖在这儿。现在省队条件好了，新训练馆修了好几个，这个老的就留给医大了对不？"

顾承炎是真不爱搭理陈年。

有关这个话题，他一个字也不想说。

陈年特没眼力见儿，喋喋不休道："炎哥，你肯定对这个馆有感情，你刚进省队的时候不是还在这儿训练来着？"

顾承炎想掐死他，说："别磨叽了行吗？"

陈年好委屈："嫌我磨叽你还带我来。"

顾承炎照着他脖子削下去说："我叫你来，是让你做海报搞宣传，让全校都知道滑冰社有偿招人，高薪活儿少、时间自由。”

“为啥？炎哥你钱多得烧得慌？”

顾承炎沉默，拧钥匙推开门，熟悉的冰面凛然如镜，明晃晃地撞入视野。

凝视半晌后，他微哑着声音说：“钱多不烧，想要个‘小猪蹄儿’，倒是烧得睡不着。”

秦幼音下午上课前才发现包里多了东西，字条夹着的那五百块钱奖金，还有一盒牛奶。

她愣了一会儿，沮丧地把下巴支在桌上，默默地埋怨顾承炎背着她搞的小动作。

这节课只有本院的两个系，是个小教室，所以一有什么骚动，就听得格外明显。

“大新闻！滑冰社招人，给钱的！”

“真的假的？参加社团还发工资？”

“不是普通参加社团，是去打工，后面还有挺多条件——”

几乎同时，秦幼音收到了程嘉发来的微信，先是一张海报图片，后面紧跟着一大串文字：“音音，你不是想打工吗？快看这个！简直是为你量身打造的！”

秦幼音好奇地点开图，越看眼睛睁得越大。

海报上竟然画了个丑兮兮的猪崽，还穿着冰鞋，下面写着招工要求，具体工作内容倒是简单，时间也自由，就是招聘的条件有点诡异……

女生，短发，身高不能超过一米六，体重在九十斤以内，而且只限大一新生。

秦幼音对照自己，居然完全符合。

她不安地问程嘉：“可是这些条件，好奇怪呀……”

“既然这么写，那肯定有道理，可能是在冰场工作特殊呗。”程嘉回复，“去看看又不吃亏，我陪你一起去。”

滑冰社的有偿招人，和全校各个社团的招新大会统一定在星期六。

秦幼音一大早就被程嘉拉到现场，穿过鼎沸的人潮，直奔角落里滑冰社的摊位。

滑冰社巨大的宣传展板前面，分列两张桌子互不打扰，一张负责正常招新，一张负责特殊的有偿招人。

有偿这边排了四五个女生，目测都比较符合条件，却无故一致遭到淘汰，秦幼音更不抱希望。

前面这些人，每个看起来都自信漂亮，不像她……

队伍飞快地变短。

秦幼音终于站到接待桌前，她紧张地捋了捋碎发，低头在表格上端正地写下名字。

面前坐着的接待应聘者的男生望着她软白的脸颊，一时看傻眼，怔怔忘了回神。

展板之后，蓦地传来一声冷冷低咳。

男生惊得差点弹起来，慌忙坐直问："那个你……你叫秦幼音？"

秦幼音拘谨地点头，脚尖向外转，打算被淘汰。

男生却急忙起身拦住她："别走别走，就是你，你通过面试了。"

秦幼音惊呆，问："我？"

"可是……"看男生的表情不像开玩笑，她更觉得离奇，鼓足勇气问，"聘用的标准是什么？之前的几个同学都不合格。"

"这个……"

秦幼音发现男生迟迟回答不出，眼睛还频频往后瞟，就差把有问题写在脸上。她忐忑地拉着程嘉要走，说："不好意思，我觉得……"

她话音未落，一道低磁悦耳的声音蓦地从展板后面响起——

"一定要知道标准？"

秦幼音一怔，心脏突然被熟悉的嗓音勾住，加快跳动。

上午阳光正好，淡金色的无形丝线将那道缓缓迈出来的修长身影缠绕。

顾承炎穿一身简单的运动装，却将比例完美的身形勾勒得恰到好处，长腿笔直，窄腰宽肩，露出的浅白小臂上，肌理线条利落舒展，就连繁复的文身图案也像要活过来般满是活力，栩栩如生。

秦幼音屏住呼吸，呆看着他忘记说话。

顾承炎走到她面前，照顾着她的身高，主动俯下身靠近道："其实特别简单，你能不能猜出来？"

秦幼音禁不住脸色发红，本能地退后一步。

顾承炎盯着近在咫尺的少女，黑瞳含着笑，他放轻声音，一字一字地说："标准就一个，符合要求的小同学，名字只能叫秦幼音。"

第五章

炎哥的请求

[13]

顾承炎说话时，清冽气息温暖地扑洒在秦幼音的耳朵上。

秦幼音整个右耳都是麻的，陌生的烫和痒沿着皮肤肆虐游走。

她不知所措地绷紧肩膀，很努力地抗拒他：“你……你别离我这么近！”

但在顾承炎的眼里，小姑娘根本凶不起来，拼命说着这样的话，模样还是和受惊的小羊羔一样。

顾承炎一本正经地摆事实讲道理：“我说真的，全校所有人只有你适合这个职位，你就当帮朋友一个忙。”

“不是朋友，”秦幼音扭开头，小声念叨，“说好以后我们不认识的。”

顾承炎被她堵得又气又笑：“是你单方面写的字条，我又没同意。再说了，我帮你那么多次，你轻松写个答案就想打发我？”

秦幼音委屈：“可是奖金你又不要……”

顾承炎伸手在她毛茸茸的头顶揉了一把，放缓语气为自己加码：“行，奖金、答案，加微信还有糖糕，算是抵消四次，那还有一次呢？”

还有？秦幼音暗地里掰着手指头数，也没想起第五次发生在哪儿。

顾承炎本来不想邀功，但秦小朋友太固执，他不得不说：“飞机上，我给了你毯子。”

秦幼音震惊地瞪着他。

飞机上好心帮她的人，竟然是……顾承炎？

她再也辩解不了，垂下头闷声问：“你到底要我做什么啊？”

顾承炎成功撬开了口，阴暗到爆的胸腔里顿时敞亮一半。

然后，他非常厚脸皮道：“你知道，我就是个大一新生，没背景没底气，别看他们‘炎哥炎哥’地喊，其实学校里我谁也不认识，特孤独。”

秦幼音有些不相信。

顾承炎继续发挥："我刚接手滑冰社，身边没个信得过的人，一大半的社员年纪都比我大，我怕他们欺负我。"

秦幼音沉默。

顾承炎一脸真诚道："我这么惨，孤家寡人的，哪能支起这么大个摊子，你就大发慈悲帮帮我。"

秦幼音将信将疑地看了看某"小阎王"身后一群随时待命的小弟样男生，心里充满不相信。

顾承炎声音渐低，郑重地对秦幼音说："而且，你脑子聪明，心眼儿好，性格又温柔，我信得过你。"

秦幼音突然得到直白夸奖，两只手都不知道该往哪儿放。

顾承炎掏心掏肺努力半天，看她仍然坚持，生怕留不住人，只能心酸地搬出最不要脸的撒手锏，展开她刚才签过的那张表格递了过去。

"还有最重要的——秦幼音小同学，你看清楚，你写了名字的这张表格，是聘用协议，从双方签字起就正式生效了。"

秦幼音愣了愣，明白过来他的意思后，难以置信地一把抓住。

她是看前面的人都在签，于是也跟着签了，以为只是普通登记，根本就没仔细看。

原来是正式协议？两个姓名栏，只要受聘人和社长分别签上字，就必须在滑冰社干满三个月才行？

"你看你舍友都主动回避了，你就乖乖地直接跟我走吧。"

顾承炎熟练地提溜起她的后领，一句话把这事变得板上钉钉。

"小妹儿，刚才我说那些话都是真的，协议也是真的，所以从今天开始，三个月之内，我就是你名正言顺的老板了。"

秦幼音在顾承炎的钳制里徒然挣扎，欲哭无泪。

我就说吧，他说的话全是糖衣炮弹，骗人的！

速滑馆中温度恒定，夏末秋初的季节，馆内比起室外要冷上不少。

顾承炎把不老实的"小羊羔"放下，捡起一件自己的运动外衣，手一扬裹在她身上。

他的外套被秦幼音一穿，完全成了遮到膝弯的连衣裙，只露出纤柔细白的两条小腿。

顾承炎看得心热，低声笑道："还挺合适。"

秦幼音努力拽掉衣服，声音轻轻："我不穿，而且我也不想赚你的钱。"

“馆里冷，不许脱。”顾承炎阻止她的动作，说道，“秦幼音，社团需要雇人，给工资是合理合法的。既然咱俩是熟人，你又能胜任，那何必肥水流了外人田？再说我真不是算计你，谁让你躲着我的，这都是我实在没招才想出来的破办法，我要是直说雇你，你能同意才怪。上回骗你是学长，我没坏心，是看你招人稀罕逗逗你，以后保证不犯了。小同学就原谅我，不要记仇了。”

他快速把自己做过的错事坦诚地解释清楚，指尖轻点了下秦幼音的额头，不给她反驳的余地道：“乖乖的，过来，跟老板走。”

速滑馆面积不算小，长方形设计，偌大的冰场四周是用栏杆隔出的一圈空地，供教练和选手临时休息，再往上有几层看台，椅子都已经残缺。

其实不光是看台，整个馆都透着股快被淘汰的破旧颓废。

当年省队迁走后，这里交给医大自行使用，医大一边发展校内社团，一边对外经营，接待那些短道速滑的业余爱好者，但是日常维护不够到位，平时损耗又大，自然就慢慢地成了现在的局面。

秦幼音被顾承炎还算诚恳的一通解释稍微顺了毛，别别扭扭地跟在他身后熟悉环境时，副社长从冰面上蹭过来：“炎哥，新老社员都齐了，在那边等你开会呢！”

顾承炎略一点头，推着秦幼音走入栏杆里侧的安全通道，自己则坐在场地旁，换上拎了一路的冰鞋。

一抬眸，发现秦幼音还在原地注视他，他笑道：“你先过去，我马上就好。”

秦幼音抿了抿唇，视线停在他的手上。

连打架时都稳如泰山的那双手，现在摸着冰鞋，竟然在轻微地发颤。

秦幼音真的怀疑是自己看错了。

她没说话，也明白自己暂时跑不掉，于是乖乖地向远处聚集的人群慢吞吞靠拢。

才走出七八米左右的距离，她蓦地感觉余光中有道风一样的影子，划着流畅弧线在她身侧飞掠而过。

她的目光不由自主地追过去，只看到渐远的修长身形，轻薄衣摆被扬起，飞舞鼓动，游刃有余地流畅滑行，更显得他刚刚的迟疑和不稳像是幻觉一样。

等秦幼音走到人群附近时，顾大社长已经开始了他的训话。

“按惯例，每周两次固定活动，只要在速滑馆里，任何人的任何行为不允许违反社团规则，否则就要被扫地出门。”

从大一到大三，男男女女加起来二十多人的滑冰社，鸦雀无声。

顾承炎面无表情道：“该说的我都说了，最后说一句，我是你们的新任社长，运动医学大一学生顾承炎，没有提前通知是社团联合会的一致决定。你们要是有任何不服、不满，现在提出来，或者直接走人。”

这句说完，顾承炎停顿了十几秒才继续道：“既然没有异议，那就进入正题，先介绍一下，那边的秦幼音同学——”

秦幼音本来扒着栏杆安静地看热闹，突然被炎哥点名，身子一僵，眼睛睁得圆溜溜。

顾承炎一直平淡无波的声音在念到她的名字时，掺了柔和的笑意：“她是社长助理，以后滑冰社无论任何大事小情，她说的话比我更管用。”

秦幼音被二十多道热辣眼神包围，紧贴在栏杆上一动不动。

顾承炎咳嗽一声，拉回人群的注意力：“接下来两两一组，开始——”

“等会儿。”

一道粗哑男声突然横插进来，打断了顾承炎的话。

顾承炎眸色转暗，略微抬起下巴。

队伍最后一排有个男生出列，他手里扣着头盔，身上穿着一整套专业速滑装备，冲顾承炎扬起嘴角：“顾承炎，我知道你，省队的尖子嘛，听说能选进国家队的。”

顾承炎一言不发。

“刚来就带助理，排场真不小，就是不知道你有没有这么嘚瑟的本钱？”男生把头盔抛了抛道，“我也练好几年了，成绩不敢太吹牛，至少比业余的强，要不咱俩比试比试？”

队伍里顿时响起惊呼。

市里年轻学生爱玩速滑的，哪个没听过顾承炎的名字，都知道他是天才选手，但这个男生在业余选手中同样属于高手行列，平常骄傲得很，自认为有赶超专业选手的实力。

男生冷笑说：“顾社长，谁也没见过你的真实水平到底咋样，万一传言都是虚的，那以你一个大一新生，我们凭啥要受你领导？”

他音调提高，已然是剑拔弩张。

秦幼音感觉到尖锐敌意，紧张地凝视顾承炎。

顾承炎的冰鞋刀刃在冰面上流畅地划了个弧，语气极淡，内容却是直刺对方痛点：“来吧，用不用我让你一圈？”

一句话，瞬间把战火点燃。

滑冰社所有人聚集到临时划定的赛道起始线旁边，秦幼音在群情激昂的气氛里，也忍不住凑近。她在江南从没上过冰面，不敢随便下脚，只能按住栏杆努力踮起脚张望。

男生装备齐全，从头到脚的专业护具一样不少。他瞧瞧顾承炎一身普通的运动服，自负地扬眉道："给你时间换装备。"

顾承炎拉开外套随手丢一边，漫不经心地把里面T恤的袖口挽了挽说："对你，用不着。"

男生低低地爆了句粗口："要是输了受伤，你可别说我占便宜！"

第一声哨响，起始线前的两个人先后压低身体，做出准备动作。

秦幼音看得目不转睛，被竞技比赛的浓郁火药味感染，心脏不知不觉中提到喉咙口。

顾承炎和对手的差别实在太明显，身上毫无保护措施不说，吊儿郎当看着就态度不认真，这样的状态，万一等下他——

秦幼音满脑子乱糟糟的想法搅成一团。

顾承炎似有所感，侧了侧身，对着秦幼音的方向抬起手臂，做了个安抚的手势。

紧接着，第二声哨响。

前一秒还懒懒散散的顾大社长，在哨声扬起的一瞬间，仿佛脱胎换骨，在所有观众还来不及反应之时，他屈起的长腿骤然发力，脚下狭长冰刀利落地蹬开，强悍柔韧的身体鹰一般凶猛地穿云破雾，仅仅第一步，就把旁边自命不凡的男生痛快甩开。

秦幼音根本没有时间眨眼，心跳频率随着他的速度轰然飙升。

顾承炎颀长匀称的身体在冰面上宛如鬼魅，过弯道时他身子伏低单手撑地，一套动作行云流水，速度太快，在她面前经过时几乎成为一道难以捕捉的虚影。

他一圈滑回来，那男生还剩一大截，他两刀划开悠然赶上，居高临下地淡淡问："让你一圈，看来不够吧？"

［14］

整个速滑馆陷入死寂。下一秒，人群猛地爆发出热烈欢呼，全在亢奋地连声高喊"社长威武"。

秦幼音踮脚踮得腿都麻了，被从未见过的冰上竞技晃得眼花缭乱、口干舌燥。

等那男生恼羞成怒，拎包走人，她才脚跟落了地，惊觉自己手心里全是汗，连鬓角的头发都微微湿了。

不远处沸腾的社员里，有个女生始终在注意着秦幼音，见她终于别开头，忙趁机举起手机，对她拍了张照。

女生把照片发到微信，手速飞快地打字：“昕昕，让你跟我一起进滑冰社团你不干，现在后悔了吧？我刚给你发的滑冰视频就够你花痴两遍了啊。再看看这个，她可是炎哥带过来的助理。”

照片上，秦幼音裹着大外套，只有一双细腿和软白的巴掌脸露在外面。

楚昕立刻回复：“她？”

“你认识？”

“就我宿舍那个南方来的小矬子，上回迎新晚会上总缠着炎哥！”

女生有点意外，多看了秦幼音两眼，轻蔑地笑着打字：“挺一般的啊，还穿男生外套，多半是个很有心机的人。我最烦这种女的，说不准走什么后门来的呢，我觉得炎哥跟她肯定没关系。姐妹儿今天就直接帮你出出气，过后请我吃饭。”

她收了手机，旁边的副社长正在张罗：“大家别都闲着，炎哥让大伙儿分头把冰面清理清理，弄好了咱们好继续分组活动！”

女生确定顾承炎走远，给身边两个朋友使眼色，一起看似无意地靠近秦幼音。

“哎，助理——”

秦幼音刚想去找顾承炎，问问她具体该做些什么，正好被叫住。

她乖顺地停下来，生怕听不清还努力探着身，认真地问：“有事吗？”

女生翘起红唇道：“你是助理，怎么闲着啥也不干啊？所有人都在忙着清理冰面，你还准备走？”

秦幼音心里一紧。

被……指责了，她确实不知道有这个工作，不是有意的。

这种高挑女生给她带来的心理压力避无可避，她拘谨地眨眨眼睛，忙说：“我……我现在就去。”

女生挑眉，好整以暇地等着，眼睛瞄了瞄她脚上的浅口缎面鞋。

秦幼音不想被人说吃闲饭、白拿钱。

她赶紧扯开外套拉链，脱下来整齐地搭在栏杆上，紧走几步到了冰场入口，面对明晃晃的偌大冰面，忐忑地咽了咽口水。

她在南方小镇生活十八年，对冰和雪的认知几乎一片空白。

女生双手环胸，笑颜灿烂无害道：“过来啊，胆大点儿，这有啥可怕的？”

秦幼音攥着手，试探着迈出去，浑然不知自己这种薄薄鞋底在冰上的防滑能力基本为零，所以在踩上冰面的第一时间就打了滑。

她站不稳，身体失控前倾，双手重重扑在寒意刺骨的冰面上。

顾承炎在休息区的大背包前站起身，用力按了按右腿的膝弯，皱眉忍耐片刻，再睁开时，表情恢复如常。

他手里提着个粉嫩嫩的袋子，里面装着的，是他花了好几天时间给秦幼音精挑细选的一双入门冰鞋。

顾承炎等下要送秦幼音礼物，此刻心里还有点小慌张，转身返回冰场，径直滑向秦幼音应该在的位置，但立刻就发现不对劲。

秦幼音不在那儿。

他拧眉环视，一眼看见临近冰场入口的最外围，两三个女生正居高临下地围着一个小小的米黄色身影。

秦幼音跌在冰上，很努力地站起来，走出两步，四周没有任何东西能借力，孤立无援，又摇摇欲坠。

旁边的人不但不帮忙，还一副看好戏的架势。

顾承炎眼中的温度褪得一干二净，直冲着那个无助的身影急掠过去。

秦幼音这一下滑得太厉害，以为自己肯定在劫难逃，闭紧眼睛准备全身着地，却在剧痛即将传来的那一刻，整个人忽然被拦腰抱起，飞在半空。

秦幼音吓得叫出声，惊慌地睁开眼。

视野里是飞速倒退的冰面，腰上死死箍着一只钢铸般的手臂，上面文满黑色的繁复花纹。

往左看，是男生劲瘦有力的腰腹。

往上看，是熟悉的凌厉下颌和漆黑眼瞳。

顾承炎单手揽着她，低头对上小姑娘失了血色的脸，胸中戾气更甚。

他脚下滑行，手臂收紧把她抱起，顺了下她微乱的头发，低声说："别生气，哥给你做主。"

顾承炎无视全场投来的注目礼，先带秦幼音回栏杆边拿到外套，罩在她隐隐发抖的身上，顺手又抢下副社长的社团制服，回到那几个女生面前。他将衣服叠了几层往冰上一抛，才把怀里的人放下。

"踩着衣服，别冰着脚，你鞋底薄。"

他声音够大，任谁都听得清楚。

几个使了坏的女生刚才还心有侥幸，现下确定顾承炎竟然真的要追究，脸色越发难看，互相使眼色，想装没事赶紧走。

顾承炎扣着秦幼音的肩膀，眸中溢出寒芒："现在才想走，晚了吧？"

那个私拍照片的女生也不是省油的灯，见情况至此，干脆死不承认，反倒摆出一脸委屈道：“社长，你这样说是什么意思？我们是好心啊，带你助理熟悉一下工作环境，谁也不知道她的鞋底会那么滑。”

秦幼音攥了攥衣襟。

不是好心，她看到了，她们是故意的！

肩上搭着的这只手给了秦幼音源源不断的热度，驱散满身寒冷，甚至也带走了一部分怯弱。

她明白，顾承炎是要为她说话的，她必须做证，不能让别人质疑他身为社长不分青红皂白。

秦幼音攒出全身上下所有勇气，挺直背，张开口：“你刚才伸脚了……”

女生一愣。

顾承炎眼里也掠过惊诧。

秦幼音的声音在轻轻发颤，她说得慢，但吐字干净完整：“是……是你绊倒我的。”

女生神色一厉，反问：“瞎扯什么，你有证据吗？”

恶意伤害社员是明确违反社团规定的，如果被社长开除，就会上校内社团的黑名单，对整个学期的品德分都有影响。

女生急忙抢占先机，音调婉转地对顾承炎撒娇诉苦：“顾大社长，她这可是污蔑，你不能因为她随便两句话就怪我们吧？虽然这是小事，可你要是偏心，一碗水端不平——”

她想得好，这么多人在场呢，又没监控，顾承炎一个刚接手的社长，肯定顾全大局，怎么也不会太过咄咄逼人。

何况她撒起娇来无往不利，就算顾承炎不吃这套，多少也能对她让步一点。

然而她连一句话都没说利索，就被顾承炎直截了当地打断：“小事？”

女生喉咙一堵。

顾承炎俯身抬起秦幼音的腕子，她翻过来的细嫩手心上，被冰蹭出大片显眼的殷红。

秦幼音缩了一下，顾承炎坚持按着她。

他胸腔里那颗心脏，混乱跳动得轰轰作响，一半为她动怒心疼，另一半是因为她肯帮自己说话。

顾承炎森然开口，几句话掷地有声，警告在场的所有人：“别说红这么多，就算芝麻大的一小块，也是我这个滑冰社捅破天的大事。

“秦幼音没有随便说的话。她说什么，什么就是对的。

“我偏心她怎么了？

“水是我端的，到底平不平，只有我说了才算。”

[15]

除了短道速滑的逆天成绩，顾承炎“小阎王”的名号大家多少也知道一些。

整个馆里各年级二十多人，没有一个敢发出声响。

秦幼音有点心慌，觉得顾承炎说得太严重了，着急地仰起脸看他。

顾承炎感知到她的情绪，在她头上轻轻拍了下，语气更冷：“从今天开始，只要我是社长，滑冰社就这个规矩，别的情况都好说，但谁要是再没事闲得欺负秦幼音，不用废话，立马收拾东西给我滚！”

滚是什么意思，不说也能听明白。

三个女生彻底傻了：“顾……顾承炎！你又没证据，凭什么开除——”

“没证据？”顾承炎冷笑道，“还当我这儿是过去那个没人管的破冰场呢？”

他懒得看她们，直接把秦幼音往腋下一夹，压住她胡乱挣扎的细胳膊细腿，彻底断了她们念想：“那我正式通知一下，监控已经修好了，谁做过什么，画面里全都有。”

顾承炎不再多费口舌，滑到栏杆边，把秦幼音放到平地上说：“等我一会儿。”

“可是——”

“乖，”顾承炎笑了下，说，“就几分钟。”

秦幼音鼓着脸憋了回去，整个人埋在大外套里，望着顾承炎处理后续，干脆果断地把那三个女生扫地出门，连人带证据一起上报给社团联合会。他又游刃有余地把其余社员分组，安排老手带新手，像职业教练一样简单指导了几个基础动作，轻松博得无数社员的崇拜。

他明明那么凶，大家这么快就不怕他了？

这个人……是有什么奇怪的魔力吧。

有魔力的顾承炎说话算话，十分钟内搞定，转身一看，某小孩儿蹲在场边，一双莹亮的黑润眸子正在定定看他。

对上他的视线，她一惊，欲盖弥彰地伸手挡住眼。

顾承炎舌尖扫了扫唇边，回到秦幼音面前，拧眉问：“还疼不疼？以后再有这种事，不管什么场合，你只管喊我名字！记住没？”

秦幼音握住火辣辣的手心，不敢搭这种话，而是轻轻问：“我不疼，但你刚才……是不是说得太过了？”

顾承炎凶巴巴地脱口而出："哪儿过了，这还收着呢。谁敢动你一下试试！"

秦幼音听了简直要崩溃。

谁是他的人？最多是他招过来的人好吧！

想跑……

顾承炎越想越生气说："我给你准备了冰鞋，本来今天想教你的，结果发生了这事儿。你状态不好，等下回吧。"

秦幼音连忙问："我在这里打工，必须得学会滑冰吗？"

顾承炎紧紧把握住机会道："对，我手把手教你，绝对不会让你摔倒。"

秦幼音眨了眨眼问："如果今天不学的话，我是不是就没有工作可做了？"

好像有阴谋……他想了想，还是点头，本来她受了委屈，就不可能让她受累。

秦幼音得到肯定回答，长舒口气，飞快地爬起来，动作相当敏捷流畅，说："既然这样，那我就先回去了，等到下次……下次我能做事的时候再过来。"

顾承炎目瞪口呆，盯着她跌跌撞撞地跑远，直到跑得快没了影儿，她才想起什么似的又停下，转过头，认认真真地说了句认识以来的经典台词："还有……谢……谢谢你！"

又被她给套路了。

顾承炎憋屈得眼眶要红了，含恨喊她："称呼也没一个，谁知道你谢谁呢！"

隔了一小会儿，一道软软糯糯的声音终于飘到他耳畔——

"谢你呀……社长。"

顾承炎愣住，半晌后红着耳根闭了闭眼。

"小猪蹄儿"真的能要命，她一句"社长"这么大威力，他居然像喝了烈酒似的严重上头，晕得连腿疼都给忘了。

秦幼音的三个舍友都是本地人，通常选择回家过周末，她正好习惯独处，除了顾大社长的微信骚扰，她还算安稳地在宿舍过完了星期天。

周一早上又是三系混上的公共课，秦幼音特意起了大早，为了避免再跟顾承炎挨着坐，她打算提前去挑个不起眼的座位。

可刚一迈进教室门就傻了眼，空空荡荡的阶梯教室里，上次坐过的第一排，顾承炎已经在那儿了。

他邻座的位置上摆满了各种零食，而他本人正伏着桌面沉沉入睡。

秦幼音愣住，不知怎的，心头微微触动了一下。

她已经到得非常早了，那他又是几点来的？专门来占座吗？

秦幼音的目光不受控制地落在他的侧脸上，那道弧线一如既往地锋芒逼人，但因为睡着多添了一丝柔软。

他的睫毛其实很长，密密地垂下，压着下眼睑，高挺鼻梁底下，淡色的唇抿起，凌厉却也精致。

秦幼音安静地看了半天，惊觉自己看入神了，正打算逃离时，兜里的手机蓦地开始嗡嗡振动，她吓了一跳，马上按成静音，踮着脚跑去教室外面接听。

"您好？"

听筒里传来个陌生的粗犷男声，急促地喘着气："是秦宇的女儿吗？"

"我是！"她有不好的预感，紧张地追问，"我爸爸……他是不是出什么事了？"

对方语速很快："他受了伤现在在市医院，目前还在昏迷中，你看能不能……"

秦幼音脑中"嗡"地一乱。

后面的内容，她根本听不清了，只记得自己说了句"您把位置发给我"，就头昏脑涨地往楼梯跑。

还没跑几步，身后突然有脚步声逼近，她的肩膀随之被人按住。

她视线模糊地扭过头，正撞上那双熟悉的墨色眼瞳。

顾承炎一把拉住她的手腕道："走。"

"你……你干什么，我有急事……"

"我听见了。"顾承炎带着她快步下楼，说，"市医院离这儿远着呢，一大早堵车，出租车又少，网约车还得等，你怎么去？"

秦幼音嘴唇咬出牙印，一路跟着他小跑，根本分不清自己被带往哪儿。

"顾承炎，你别拽着我，我没时间。"

不等她说完，她已经被他带着从侧门出了学校。

"到了。"顾承炎停下，转身把她往上一提，放到停在侧门附近的一辆重型摩托车上，他翻出崭新的女士头盔给她戴好，"别着急，我送你。"说完，他跨坐到前面，拧钥匙打火，漆黑流光的摩托车开始轰轰震颤。

秦幼音僵在座位上，手足无措。

顾承炎俯身握住她裸露的脚踝，帮她把双腿摆好安全位置。他略微侧头，狭长眼眸透过车窗玻璃凝视她："秦幼音，把手给我。"

秦幼音十指狠攥，脚踝传来的灼热触感已经让她全身紧绷，哪里还做得出这么过界的动作。

顾承炎不再提要求，直接牵起她的腕子，交叠着往自己腰间牢牢一扣。

纤细幼白的手臂，被引导着环住有力的腰腹。

身体贴合的瞬间，顾承炎呼吸乱得彻底，哑声说：“乖，抱紧了，别松手。”

[16]

话音落下，顾承炎长腿利落地抬起，重型摩托“嗡”的一声凶猛冲出，灵活挤入清晨逐渐拥挤的茫茫车流里。

秦幼音失声叫出来，只觉得全世界都在耳边风驰电掣，怦怦乱震的心脏随时要蹦出喉咙口。

轰鸣声中，男生的热烫体温和青草气息铺天盖地，放肆地侵袭她所有的感官。

从医大到市医院经过十几个路口，顾承炎技术纯熟地骑着摩托流畅地穿梭在各个街道，很快停在医院门前。他随便把车一锁，顺了顺她弄乱的短发问：“哪栋楼几号病房？”

秦幼音立刻说：“住院部一号楼，809！”

顾承炎点头道：“这地方我熟，跟紧了。”

只要是上班时间，医院里就从不冷清，一大早已经人满为患，电梯口被堵住，四部电梯迟缓地跳着数字。秦幼音努力踮着脚，眼眶和鼻尖都颜色通红。

顾承炎拽住她说：“别等了，走楼梯。”

秦幼音速度慢、体力差，跑到四楼就倚着扶手大口呼吸，再去看电梯，还在上面没下来。

顾承炎径直走到她面前道：“我背你上去。”

秦幼音坚决摇头。

“你别把我当顾承炎还不行吗？”他声音低低，垂着眸道，“就当个交通工具，或者当成还在摩托车上，感觉都差不多。”

“我，我能跑得动……”

顾承炎见小丫头说不听，齿间挤出一句“就不能跟你商量”，果断俯下身将她一抱，像那天大雨巷口时的姿势一样，扛着她大步流星地迈上台阶。

秦幼音腾空离地，咬唇抵住他的肩膀道：“顾承炎，你到底什么时候才能尊重一下我说的话——”

“我一直尊重你，但得分什么情况。”顾承炎人高腿长，一口气冲到八楼，把她平平稳稳地放下，才道，“小祖宗，等你解决了问题，你说的话我全都听。”

八楼是骨伤科和神经外科的病区。

秦幼音找准方向，沿着满是消毒水气味的走廊跑到 809 病房前，透过门上的小块玻璃，看到里面围着好几个穿警察制服的男人。

她抠着手心尽力平复，害怕自己进去会失态，更害怕爸爸真的有危险……胸腔里胀得要爆炸时，头顶又覆上了那只热烫的手掌。

顾承炎弯下腰，在她耳边说："放心吧，肯定没事儿，别怕，哥在外头等你。"

秦幼音感觉得到他近在咫尺的呼吸，整个耳朵、颈侧都在丝丝发麻。

说话间，病房里穿白大褂的医生交代了几句，合上病历本往外走。

秦幼音趁着门被打开，赶紧躲开贴近的热源，挤进里面。

而医生正好一眼看到了她背后的顾承炎，愣了愣，立马扯住他衣袖就往办公室里带："好哇，我正愁没地儿找你呢，你自己倒送上门了！"

顾承炎并不意外，他笑得有些无赖，竖起食指抵在唇边比了一下。

医生气不打一处来地瞪他。

顾承炎确定秦幼音在里面状况平稳，才收回目光问："陈叔，病人严重吗？"

陈医生拿病历本拍他说："你管人家？先管管你自己吧！"

办公室虚掩了门，陈医生指挥顾承炎坐到检查床上："赶紧的，把你裤子给我撸起来，我看看腿。"

顾承炎闲闲散散，不为所动，说："先跟我说说病人情况。"

"那警察到底是你啥人？比你腿还重要？"

顾承炎眼尾微挑："我要是争气，那就是我未来老丈人。要是不争气，那也是我喜欢的小妹儿她爸。您说说，够重要吗？"

陈医生服气了，回道："刑警，执行任务受伤，左臂轻微骨裂，脑震荡，没啥大事，等会儿醒过来就好了。"

顾承炎暗暗舒了口气，放下心，这才把右侧裤腿卷高，露出浅白修长的劲瘦小腿，上面却遍布大小伤痕，膝盖和脚踝处明显肿起。

秦幼音在病床边守了一个多小时，秦宇终于醒转来。

她眼眶里含着的泪一下子掉出来，慌忙站起来想去找医生，秦宇的同事王闯比她更快，请来神经外科主任。

主任仔细检查，问了几个问题，秦宇都能回答得上。

"行了，不严重，再观察半天就能出院了，近期别劳累过度，当警察也得注意自己的身体。"

主任走后，秦宇定了定神，视线转向秦幼音，哑声问："音音，你怎么在这儿？谁告诉你的？”

王闯站出来道：“队长，是我打的电话，你昏睡时念叨咱闺女名字，我这不是寻思你惦记她嘛，就……”

“胡闹。”秦宇反应很大地拍拍床沿，“这么点小伤至于吗？再说工作上的事，别牵扯家里人！”

他催促秦幼音：“你快回学校上课去，爸好着呢，下午就出院上班了，你不用管。”

秦幼音不同意。

“回去！”秦宇蓦地厉声，手也随之甩开，表情格外严肃，“医生说了我没事，你还有什么不放心？快走，不听话了？”

秦幼音吓得肩膀一缩，愣愣地看了秦宇几秒钟，低着头站起来。

她无声无息地走出病房，王闯追出来，说：“闺女，你千万别哭啊，是我欠考虑了，队长都是为你好，他刚受伤，肯定是害怕万一有犯罪分子见着你，连累你被报复，毕竟当初你妈妈就是……”

他说不下去了。

秦幼音语调轻轻道：“我懂，麻烦叔叔多照顾我爸爸。如果有事，你偷偷给我打电话，别让他知道。”

王闯酸涩地笑了笑，拍拍她的肩。

秦幼音茫然地在走廊里站了一会儿，记起秦宇左臂还有伤，想去找骨伤科的医生问问。她沿路看着门牌，找到医生办公室门前，鼓起勇气想敲门时，蓦地听到里面传出熟悉的声音。

“陈叔，腿也看了，片子也拍了，能放我走了吧？”

“走什么走！”一门之隔，陈医生气到爆粗口，“顾承炎，你大好的前程就打定主意要断送了是不是？我说多少回了，你的腿伤不是治不好，但是需要时间，得养！明白养是啥意思不？”

不等他回答，陈医生继续吼：“就是不能逞强！不能太吃劲儿！”

顾承炎依旧淡淡道：“我没啊。”

陈医生啪啪拍桌子道：“你这条右腿，光滑冰不至于肿这么厉害，你肯定偷着给我瞎祸祸了！这两天你要是没单侧提过八九十斤的东西，算我冤枉你！”

秦幼音心一震。

他……他真的提了……八九十斤的东西，就是她啊！

难怪……他平常拎她托着她，都是左臂，唯独那天冰上事发突然，他惯性用了右臂。

门里，顾承炎站起来，语气平静到淡漠：“真没事，慢慢养吧，反正我以后也不比赛了。这条腿能走就行。”

他推门而出，意外跟秦幼音撞个正着。

秦幼音仰头，清晰看到他眸底的晦暗，在见到她的一瞬间转为乍亮的喜悦，纯粹干净，不加任何遮掩。

“顾承炎……”

她第一次这么笔直地凝视他。

顾承炎面对少女湿漉漉的眼，抬起手，给她抹掉睫毛上的湿痕，说：“你爸没事儿，我问过了，左臂轻微骨裂，不用打石膏，养几天就能好。”

秦幼音当然知道爸爸的伤更重要，可此时此刻，她竟然没法控制自己，主动关心他的腿：“你那天在冰场帮我，把腿弄伤了。”

她说的是肯定句。

顾承炎微怔，随即明白她是听到了，他翘高嘴角，黑瞳里多了暖色。

他没有直接承认，俯身点点她的鼻尖，似笑非笑地问：“既然音音小同学专门跑来说这个，那是不是代表，我可以趁机对你提个小请求？”

秦幼音觉得自己有责任，乖乖点头问：“什么请求？”

顾承炎离她更近。

“我想要你，”他目光停在她嫩白的脸上，“小小地补偿补偿我。”

第六章

想拥她入怀

[17]

顾承炎的眼神侵略性十足，尾音又压低，断句和字里行间都掺着暧昧的沙，过分撩拨。

秦幼音耳朵不禁一烫，心慌地往后退了两步。

这人……就是不正经，说的也是逗弄她的话，根本没有什么认真的请求，哪里用得着她来满足。

秦幼音没办法招架这样的顾承炎，她负不起责，在他说出更欺负人的话之前，抿着唇绕开，跟陈医生了解了爸爸的病情，噔噔噔直奔楼下。

顾承炎在后面跟着她，心里犹如被毛茸茸的小猫爪不停抓挠，连声给自己求情：

“音音，我腿上是旧伤，跟你没有关系，你别瞎想。

“说补偿是逗你的，我其实就是想让你跟我一起吃个饭。

“那换我——换我补偿你行不行？

“你跑那么快，我腿疼可追不上了——”

秦幼音听到“腿疼”，气鼓鼓地放慢了脚步，回过身，望着相隔三米之外的男生。

医院明亮的大厅里，顾承炎身形修长，过分英俊的脸带着慵懒而洒落的笑，全身都仿佛镀满专属于他的光。

她必须要承认……

这种光，应该在冰场不可一世的胜利时存在，在摩托车飞驰狂奔的猎猎风声中存在，偏偏不该泯灭在庸碌的人潮里。

她也不知道自己发什么疯，明明还不够了解顾承炎，甚至有时一心只想着回避他，此时却为他说的那句“以后不比赛了”感到难受、惋惜。

顾承炎一步步走近，喊她喊上了瘾：“音音——”

秦幼音这才反应过来，轻声抗议："不……不可以这样叫我！"

顾承炎点头道："不叫就不叫，跟别人一样的称呼，我也觉得不够特别。"

秦幼音要被他气死，她不是这个意思！

他却一拍手："要不然，叫幼幼吧。"

秦幼音耳根发红，扭头要跑。

顾承炎不紧不慢地追着她，还在说："也不行，幼幼的话，总感觉好像平翘舌不分，我看不如叫肉肉，寓意还好。"

秦幼音实在没法再忍，停住回头说："肉肉……有什么好的！"

他嗓音带笑，带着莫名的缠绵厮磨："你这么瘦，想给你买各种好吃的，让你再多长点肉肉。"

秦幼音呼吸一乱，遏制住自己开始变乱的心跳，逃出医院大门。

她不敢再坐顾承炎的大摩托，赶到相隔不远的公交站点，仰脸寻找通往医大的公交路线。

中午阳光刺目，晃得她看不清楚。

她难受地揉眼睛，光线却突然被遮住，视野里横插进来一只筋脉清晰的手，修长食指点在其中一路公交车号码上："22 路，一共十站，到医大西门下车。"

秦幼音皱着鼻子望过去。

又是顾承炎。

他竟然没走，倚着站牌笑。

秦幼音真的怕他了，可这种怕又跟以前截然不同，总之这种感觉堵在心口理不清楚。

她差点冲动地去打车，但捏了捏自己不堪重负的钱包，决定还是忍住，默默把他刚说的话全都记下。

顾承炎单手插兜，往站牌前随便一站就是耀眼风景，吸引着来往女孩们的注意。

秦幼音在他旁边，总要被各种同性目光扫射，她不声不响地挪远，和他保持距离。

顾承炎没说话，扫了眼时间，转身往反方向走，停在不远处小巷口的各种摊位前，选了最干净的一家："烤冷面、鸡蛋灌饼，各一份。"

"好嘞。"系围裙的大姐挥起铲子，问，"烤冷面要啥口味儿？"

顾承炎想了想说："酸甜。"接着又补充，"都做淡一点。"

大姐意外地看着他："老弟口味这么淡呢！"

顾承炎回眸望了望等车的秦幼音，低声笑道："我家小妹儿从南方来的，太咸她吃不惯。”

22路公交车出现在路口。

秦幼音早早等在路边，按了按空空的胃，现在已经过了饭点，到学校就要赶着去上下午的课，她来不及吃饭，只能饿到晚上了。

车停稳，人群哗地围拢，秦幼音被撞得踉跄一下，一道身影忽然穿过来，手臂给她撑开小小一方空间，轻轻推她上车，直接占据离车后门最近的空座，护着她坐下。

她窄窄的背紧贴车窗，仰着脸迟疑地问：“你不是已经走了吗？”

顾承炎手扶椅背，低眸看她道：“给你买吃的去了。”

他把两个又沉又热的袋子放在她手里说：“我还有急事，不能陪你坐公交车了，这些路上吃。”

顾承炎不给她拒绝的机会，在她头发上轻抚一下，趁着车辆启动前的几秒钟下车。

午后日光斜洒进窗口，他在车外长身而立，对她歪头，笑得痞气。

直到公交车开出半条街，秦幼音才怔怔回过神，捧着香气四溢的午饭，没出息地咽了咽口水，手和脸颊都蒸到通红。

秦幼音回到医大时，离下午的有机化学课只剩下不满十分钟。她争夺分秒地跑到教室，没等坐稳，徐冉就打来电话问：“秦师妹，你上午逃课了？”

逃课！

对啊，她居然忘了，早上那节老教授的公共课她不但旷掉，而且大半天过去，没请假也没解释。

徐冉说：“我中午去办公室的时候偶然听见的，教授很不高兴，说现在的新生没纪律，隐约好像有你的名字。”

秦幼音急得沁了汗解释：“我早上临时有急事。”

“我知道你不会无故缺课，但确实应该先写假条，或者及时跟教授打个招呼。”徐冉轻叹，“下次再有这种情况，你告诉我，我替你去说。”

秦幼音坐立不安道：“可是这次，我要怎么办？”

徐冉安慰道：“你课间的时候去解释一下，看教授会不会通融。不用紧张，我陪你过去给你壮胆。”

秦幼音整节课都没听进去，好不容易熬到下课，她飞奔到老教授所在的办公楼，徐冉已经等在外面。

“走，我们一起上去，教授要是怪你什么，我帮你求情。”

秦幼音摇摇头，喘得厉害地说："不用了，我自己……可以的。"

她管不了徐冉是不是坚持在后面跟着，上楼梯的几分钟里，拼命做心理建设。

老教授的严厉是全校有名的，最厌恶学生迟到、缺席，而她正撞枪口上不说，连打个电话的口头解释都给忘得一干二净，毫无谅解余地。

秦幼音做好了被批评扣分的准备，站在办公室门前，颤颤巍巍刚要敲门，门却正好从里面打开，老教授端着茶杯出来，见到她一愣。

她紧抓住衣摆，无措地鞠了个躬，声音隐隐发抖："老师，对，对不起，早上我……"

徐冉在后面刚要帮腔，老教授竟笑了，皱纹舒展，问："秦幼音同学是吧，为了旷课的事？我知道原委了，不怨你。"

秦幼音不解。

老教授冷冷地哼了声："上回在课上欺负你的那个顾承炎，午后来找过我，说你家里有急事，本来要请假再走的，是他强行带你出去，还纠缠你到下午才回来，全都是他的责任。"

说着老头儿还有气道："我就知道他是个捣乱分子！专门影响好学生的！这次他主动站出来，那罚他一个也就行了，你以后自己小心，可别叫他给带偏了。"

秦幼音看着老教授的嘴唇开合，只觉得脑中轰轰作响，整个上午，顾承炎跟在她身边跑前跑后的样子重回眼前。

公交车上，他说有急事先走，推算时间，就是要骑着大摩托赶回来找教授顶罪吧。

他怎么能这样……

秦幼音干涩地咽了咽口水，坚持澄清："不是，真的不能怪他——"

"好啦，罚都罚完了，他旷课本来就是事实。"老头儿摆了下手打断，"我马上还有课，到此为止吧，别多说了。"

他不再停留，大步流星地拐过走廊转角。秦幼音恍然明白过来，罚完了，就算有什么误会，再改也不可能。

她心脏乱跳，撑着米粒大的胆子追上还没消失的皮鞋声："老师，那我能不能问问……您怎么罚他？"

老教授扬着声儿道："平时分扣光，期末要是不考90分以上，直接挂科，谁让他不好好学习。"

秦幼音在原地呆站着，徐冉神色复杂道："秦师妹，怪我通知你太晚了……"

他说到一半又停住，总觉得这话不对味。

分明是他不够大气，以为陪着来说说情就能培养好感，再看顾承炎，不吭声就只身担了责任，要不是他多事，可能秦幼音根本不会知情。

高低立现。

下午最后一节课时，秦幼音破天荒开了小差，盯着顾承炎的微信对话框不知道要怎么说才好。

欠他的人情越来越多了，感觉这辈子都还不完……

下课后，秦幼音慢吞吞地往宿舍走，途中经过校内的快餐馆，饭菜气味勾魂摄魄，她的烤冷面消化得差不多了，从背包里把剩下没舍得吃的鸡蛋灌饼捧了出来。

虽然凉了，但闻起来也特别香。

秦幼音小心地护着鸡蛋灌饼，垂头丧气进了离宿舍楼最近的大超市，里面有一块钱热一次饭的微波炉。

她一手捏硬币，一手托着饼，刚要递给阿姨，一只袖口露出黑色花纹的手臂从天而降，把两样东西全都抢走。

他指节屈起，在她鼻梁上轻刮一下，缓声说："小孩儿，放一下午不能吃了，你要喜欢，哥去给你买新的。"

秦幼音捂住鼻子抬头，见顾承炎单肩背着包，换了件宽宽大大的大卫衣，正低头淡笑着看她。

她屏息咬住唇。

怎么可以这么惨，本来欠太多就很难面对了，这下偷热他送的饼，还被他本人现场抓包。

"不吃就不吃，"秦幼音艰难撑着最后的尊严道，"我，我去买别的。"

超市规模很大，日常所需应有尽有。

秦幼音提着购物篮，心神不宁地往里胡乱塞东西，价格都来不及看。

顾承炎也没纠缠，不远不近地陪着，她拿什么，他就拿什么，一样都不差。

秦幼音心理压力好大，满脑袋都在疯狂组织着跟他道谢的措辞，不知不觉逛到生活区的女生卫生用品货架前，望着色彩各异的塑料包装，她才记起今天该是生理期的日子，要买必需品了。

她往后偷瞄，发现顾承炎没在，连忙伸出手，摸到一包就飞快地藏在食品袋底下，像是做了坏事似的长出口气。

浑然不知顾承炎正倚在转角，好笑地望着她，大方出现走上前，在同样的位置也拿了一包。

秦幼音顿时脸颊涨得出血："你要这个做什么？"

顾承炎挑眉，坦坦荡荡地说："帮我家小妹儿买啊。"说完，径自走了。他家小妹儿又是谁……

秦幼音分不清他话里的真假，只知道当着他的面谈论卫生巾实在是超出她的承受范围。她加快脚步，最后装了几个特价小苹果，埋着头走到收银台。

她边排队边埋怨自己，到底在慌什么啊，结果连句谢谢都没能说出口……

结账时，她眼巴巴地瞅瞅自己快装满的购物篮，犹豫着想放回去一些省点钱，就听到收银小哥含笑说："同学，这是你的东西，拿好。"

秦幼音茫然地抬头，她还没有买单，哪有什么东西……

再一看，小哥提着个打包好的袋子，里面一样不缺，和她购物篮中的完全一致。

小哥往前递了递说："刚才有个特别高的帅哥已经付完钱了，叫我给你的，而且他还让我提醒你，售出商品概不退换哦，你如果不要，那就得扔掉了。"

秦幼音喉咙像是被堵住，一个字也说不出。

直到后面有人催促，她才只结了特价小苹果的几块钱，满载着走出超市大门。

顾承炎……到底要干什么啊？

秦幼音站在超市外，踮着脚到处找顾承炎的影子，想把谢谢说出口，再把手里的大袋子还给他，结果顾承炎没找着，倒是撞见了下课回来的楚昕。

楚昕穿一条束腰连衣裙，在人群里妩媚又亮眼，神色依然那么倨傲。

从上周五楚昕回家去住开始，秦幼音这还是时隔三天刚见到她。

楚昕脸上本来有笑，一看见秦幼音，立马收起。

闺密在滑冰社受了那么大的气，哭着抱怨了三天还没消停，她本来就憋了一肚子火，现在碰上秦幼音，新仇旧怨加在一块儿，顿时忍不住了。

秦幼音客气地朝楚昕略点了下头，转身准备离开，楚昕却不依不饶，踩着高跟鞋迎上来，一眼注意到了她手里单独拎着的那几个小苹果。

品种不好，水分也匮乏，一看就是便宜货。

看似有钱买一袋子零食，说到底不还是连平价水果都吃不起的穷鬼，装什么装。

楚昕轻笑道："你就吃这个啊？"

秦幼音秀气的眉蹙起。

楚昕双手环胸，俏皮地歪着头问："超市特价区的吧？你知不知道那儿的苹果都是没人要，等着下班就扔垃圾桶的？"

她音量不算低，自然吸引了旁边经过的学生，同在一片宿舍区住着，多少有些脸熟，不少人停下来观望。

楚昕挑起眉梢，轻蔑地上下打量秦幼音道：“看你买得起这么多零食，还有本事觍着脸在滑冰社当公主，不像缺钱啊。那边可有家进口水果店呢，你是不是不认路，用不用我带你过去？”

众目睽睽之下，秦幼音死死攥着袋子，后背挺到僵直，熟悉的心悸直冲头顶，她尽力发出声音：“楚昕……”

楚昕勾着红唇叹息：“哎，知道你是江南来的，不用总这么柔弱吧？说话也太小声了，这儿又没男的，炎哥也不在，你装给谁看呢，我可听不清。”

她话音刚一落下，一道逼近的沉冷男声蓦地横插进来：“听不清？”

楚昕一怔，脸色突变，猛然回过头。

身后，顾承炎居高临下地睨着她，眸底冰凌丛生，建议：“那是你该去医院挂个耳鼻喉科。”

周围一片寂静。

顾承炎实在太过显眼。他一出现，开口说话，多少人激动地竖起耳朵。

楚昕愣愣地注视他，下意识地嗫嚅：“炎哥……”

“别乱叫，我不认识你。”

顾承炎连余光都不给她一点，直接朝秦幼音招手，声音压低，无限温柔道：“肉肉，过来，哥刚才去那边水果店给你买吃的了。”

秦幼音满腔的窒息感在顾承炎到来的一刻，毫无理由地开始消散，像是被扎了洞的气球，一路蔫下去，成了软趴趴的一小坨，无力地团缩在地上。

她死撑着不想在人前丢脸，控制住自己不失态已经用尽了力气。

顾承炎整颗心被她又犟又软的小表情揉捏着，哪还能继续死等，干脆大步过去把她往臂弯里一揽：“怪我，买个水果回来太晚了。”

他提了提手里包装精致的草莓、杧果、车厘子，换下她那几个皱巴巴的小苹果。

“先吃着，喜欢哪个咱再买。”

秦幼音极力理顺呼吸，拢着手指，想要克服掉生理反应开口说话，她根本不觉得苹果有任何问题。

“还有小苹果，”顾承炎却仿佛读懂她的意思，比她先一步直起身，微抬下巴看了楚昕一眼，音量同样清晰，“特价的又怎么了？能卖不就能买？学校里每天吃特价水果的同学多了，你敢说谁在买垃圾？”

楚昕的话之前不少人没听到，现在被顾承炎一说，立刻有议论声响起。

本来就是，特价水果天天都有人买，那又怎么了。

楚昕本想让秦幼音难堪，结果适得其反，她脸色越来越青，几乎要把手机掰成两半。

这幅情景搁在围观群众眼里，那就是美艳恶毒女配无故找碴儿，清纯小乖乖根本一个字都不需要说，自然有闪瞎眼的炎哥赶来维护。

秦幼音的沉默，反而给她戴上光环，成了不染尘埃的小仙女。

顾承炎没心情再跟别人牵扯，把楚昕甩在身后，揽着秦幼音往安静地方走。等人声散了，四周几乎不再有打扰，他才停住，蹲下身仰头看她："别怕，哥在呢。"

他还记得那天雨巷里秦幼音的反应，目不转睛地问："好好呼吸，慢点，能说话了吗？"

秦幼音咬着牙默默下定决心。

下次……如果再有下次……她绝对不能继续这样逆来顺受。

顾承炎轻轻捏了下她冰凉的脸喊："肉肉——"

秦幼音眼睫眨了眨，终于泛出了一点鲜活气说："不好听……"

顾承炎这才笑了，眉宇间又有厉色道："好，听肉肉的，不叫了。那你告诉我，刚才那女的怎么回事，凭什么惹你？"

秦幼音抿了抿干涩的唇，复杂地对上他的眼睛，轻声说："可能……凭她暗恋你吧。她误会我跟你有特殊的关系。"

顾承炎觉得自己被凭空掉下的一个惊天巨雷给炸了，连渣都不剩的那种。

一直到送秦幼音回宿舍，顾承炎还气得意难平道："你再坚持两天，我找人给你换宿舍！"

秦幼音低着头，把各种零食、水果推给他，小声地说："你别管我的事了，还有这些你拿走吧，我不要。"

"不行，你必须带回去，就算不吃也得放那儿气人。"顾承炎咬死了绝无转圜，"我冤不冤，为什么要被那种人暗恋？"

秦幼音确实无力跟他争辩，最终败下阵，提着袋子上楼。

楚昕还没回来，程嘉和齐晶晶都在，看她脸色不好，一起围过来，问："音音，咋啦？"

秦幼音刚说一句"我没事"，手机就响起微信视频通话的提示音，她拿出来一看，竟然是秦宇发来的视频邀请。

"这是谁？好帅呀！"

秦幼音恢复了一些活力，揉揉脸，希望自己看起来状态好些回道："是我爸爸。”

她接通视频，秦宇的脸出现在屏幕上，有丝愧色，说：“音音，今天在医院，爸对你态度不好，你别难受。”

秦幼音忙摇头，问：“爸，您好点了吗？头还晕不晕？”

秦宇笑笑，报了平安。程嘉和齐晶晶也凑过来打招呼。秦宇问：“你宿舍还少一个人？说起来，有件事差点忘了告诉你，你楚叔叔家的女儿也考上了医大，跟你一样是大一新生，有机会介绍你们认识认识。”

楚叔叔，就是当年跟秦宇一起执行任务，意外殉职的那位搭档。

从他过世后，秦宇始终在用自己的收入补贴他的妻女。

不等秦幼音回答，自来熟的程嘉就在一旁问：“叔，她叫啥？我认识的人多，估计你一说我就能知道。”

宿舍门突然一响，楚昕脸色黑沉地进来。

几乎就在同一时间，视频里的秦宇说：“名字叫楚昕，学的是临床医学。”

满屋死寂。

秦幼音甚至都不记得是怎么挂的视频，印象里只有楚昕骤然瞪大的眼睛，和她甩门而出的铿铿高跟鞋声。

楚昕……竟然是靠她爸爸的资助生活的。

那她哪儿来的钱买名牌、吃美食，花销无所顾忌？

秦幼音没有跟两个舍友细说，也不想在不清楚事实的情况下，就因为一点私人恩怨擅自下结论。她需要找个机会，面对面去问楚昕。

临近熄灯楚昕也没有回来，秦幼音干脆不再去想，准备爬上床时，蓦地感觉小腹一疼，记起是生理期到了。

她急忙翻出袋子里的卫生巾，冲进厕所换上。

扶着腰站起时，她猛然想起什么，愣在原地许久回不过神。

这袋子里的东西是顾承炎买的啊，卫生巾也是顾承炎当着她的面亲手拿的。

那时他说“给我家小妹儿”。

那么——他家小妹儿，就是……就是在说她？

秦幼音气若游丝地躺在床上，怀里抱着手机。黑暗里，程嘉还在感慨：“音音，你买那些水果花不少钱吧？我看过价，都可贵了。”

是啊，可贵了。

顾承炎帮的忙、费的心、花的钱、受的伤、为她撑过的腰，多到已经快要数不清。

追溯到最初，从机场第一次见面开始，一直到现在，她遇到困难、危险的时候，他总会那样及时地从天而降……

而她今天连一个谢字，都还没能说出口。

她是胆小，害怕很多人很多事，甚至也包括顾承炎在内，但她并不是傻子，懂得他是对她好的……

秦幼音揉揉眼睛，按亮手机屏幕，藏进被窝里，初次给顾承炎主动发去信息："社长，谢谢你。"

顾承炎正在打电话，联系给秦幼音尽快换宿舍，说着话时，感觉到手机振动，他随手划下通知栏看了一眼。

只看了一眼，就让他炸了——

"她给我发微信了！

"主动的！

"第一次！"

顾承炎的舍友们面面相觑，谁也不敢吭声，托着腮欣赏平常强大不可一世的炎哥突然疯狂，从三秒钟之前的闲散冷静骤变成撒欢的"哈士奇"，一路跳下床冲进阳台，满身尽是无处安放的荷尔蒙。

有个胆大的忍不住问："炎哥，谁啊，哪个妹子能让你这样？"

炎哥眼刀扫过，警告道："别瞎打听。"

他的小妹子，只有他一个人能为之发疯，别人休想分享。

顾承炎手撑着冰凉的玻璃冷静片刻，深呼吸，勉强压下狂飙的血压，一本正经地给秦幼音回复："我不要口头谢谢，我要补偿。"

顾承炎发完觉得不够，迅速加码："而且我手机屏坏了，看字不方便，你给我发语音吧。"

回完以后，炎哥坐立难安，像守着炸弹一样紧盯手机。

两分钟后，手机叮地一响。

语音里，小姑娘的声音清甜软糯，轻轻地在他耳边说："那……我请你出去吃饭呀。"

[18]

"请你吃饭"这句话，顾承炎经常听，听到连拒绝都懒得说，直接无视。

他从没想过，某天能因为小姑娘口中同样的几个字，亢奋到恨不能原地爆炸飞上天，全身血液都为她沸腾。

顾承炎清了半天嗓子，尽量淡定地回她："哪天请？"

秦幼音软声跟他商量："这几天课很多，周五可以吗？"

顾承炎把仅仅几秒钟的语音反复重播了七八遍，这小嗓子，怎么能好听成这样，甜爆了！

他郑重地强调："周五就周五，但是你不能因为任何理由，再擅自取消我的饭约！"

上次就是，说请客又变卦，他还记着呢。

得到肯定答复，顾承炎总算是把心放下，眼角眉梢都溢出笑，回头迎上舍友们八卦的眼神，故作平静地问："你们……谁谈过恋爱？"

大家都举手。

他清清嗓子问："那约会吃饭，小姑娘喜欢去哪儿？"

三个人争相说了半天，最后答案得到统一，城南奥体附近好吃的多，而且周五晚上刚好有露天表演的大型活动，可以顺理成章地和女生多逛一会儿。

顾承炎上网查了查，挺满意这个地方，但也看到了去年活动时的本地新闻，因为人太多，现场太乱，发生了好几起小孩儿走丢的事故。报道后面还写着，建议大人准备一根防走失绳，以免出现意外。

他拧眉试想了一下秦幼音万一走丢吓哭的画面，心口直揪，于是打开淘宝。

选完一根情侣专用的粉色手腕绳，炎哥又低头瞄了瞄自己袖口露出的那一截文身。

陈年上次买的存货已经用尽，这是同花色的最后一张贴纸了，急需补充库存。

他继续搜索，随便选了一家新店，看到保证防水持久不掉色，果断下单五十份。

周五转眼就到。

秦幼音下午只有一节课，四点不到就下课了，顾承炎的微信准时跳出："肉肉，我现在去宿舍楼下等你。"

她嘴里还含着一口刚喝的奶，看完呛得咳嗽出来。

他也太急了吧！

秦幼音软声发语音："四点半好不好？我还要回去放书包。"

而且……毕竟是去学校外面，她总得换一件像样的衣服。

顾承炎正靠在秦幼音楼下某个隐蔽的墙角里，听着她奶味十足的声音翘高嘴角，低低答应："好，等你。"

他长腿悠然伸着，背靠墙面，目不转睛地望着她下课回来的方向，丝毫不觉得无聊。

十分钟才过，瘦弱的小身影出现在视野里。

齐颈短发随着她的脚步微微震颤，像朵圆润蓬松的鲜嫩小蘑菇。

顾承炎眼里笑意更浓，依然待在原地没动。等着二十分钟过后她下来，他再假装刚到。

秦幼音完全没看见顾承炎，直奔楼上。她换衣服时，程嘉和齐晶晶结伴回来，惊奇地问："音音要出去？"

秦幼音咬咬唇，做坏事似的，耳根不知不觉红了一小片回道："嗯，出去吃饭。"

"那正好，"程嘉欣慰道，"我们等会儿都要回家，剩你一个怪可怜的，这下不用担心了。"

秦幼音套上一件开衫，对着镜子忐忑地舒了两口气，跟她们挥手："那我走啦……周末愉快。"

小声说完，她纤秀的小身板顺着门缝挤出去。

程嘉和齐晶晶一起爆笑。

程嘉说："哎，你发现没，咱音音最近是不是稍微变活泼一点了？"

"正常，也不看音音是谁罩着的。"

两个人善意地八卦，聊了没几句，宿舍门"砰"的一响，程嘉顺口就调侃："是不是跟炎哥约会太激动，忘记带东西啦？"说着转头，笑容戛然凝住，"昕昕，是你啊。"

楚昕满脑子都是"跟炎哥约会"几个字，繁复美甲在手心里抠得剧痛。她沉默地进来，回到自己床位前。

气氛太过沉闷，程嘉性子直，虽然有点怵她，也忍不住劝说："你就别跟音音过不去了，搞对象这种事又不能勉强是不是？你长得好看，找啥样的没有？音音胆子那么小，你何必老吓唬她。"

楚昕扭头，浓妆藏不住眼里的血丝道："她胆子小？"

"是啊，同宿舍这么长时间你都没发现？而且是病态的那种，她柜子里还有药呢，"程嘉说，"估计是受过什么严重的心理创伤，真的不经吓，可怜死了。"

楚昕攥紧手指。

秦幼音可怜？那她呢？

她怎么也没想到，秦幼音居然是秦宇的女儿，现在她的情况秦幼音全都知道了，宿舍里这两个人装得满口大道理，暗地里肯定在笑她，用不了多久，秦幼音肯定会将她的事情宣扬得尽人皆知。

到时候，她买的所有假名牌，一笔笔贷来的钱，真正的家境，全校都会知道。

别说顾承炎高不可攀，可能学校里任何一个人都会瞧不起她！

程嘉走近些问："昕昕，你听进去了吗？"

过了一会儿，楚昕抬眼道："听进去了，以后我会和她好好相处。"

她歪头，瞳中尽是暗色："那还得麻烦你们从中多帮帮忙啊。"

手机上的时间跳到四点半，顾承炎直起身，不远处楼门里，女孩提着个棉麻编织的小兜，不安地挪了出来。

顾承炎定定地注视秦幼音，她换掉了之前的长裤和运动上衣，穿一条素净的棉布裙，长筒袜底下，是一双秀气的平底小皮鞋。

他努力表现得像个正人君子，领着只到他肩头那么高的"小猪蹄儿"去校外开车。

秦幼音以为还是大摩托，纠结得不知道裙子要怎么办，刚想提出打车走，就见顾承炎晃着车钥匙，解锁了一辆庞然大物。

她仰起脑袋，觉得这个世界对小矮个儿真的太不友好了。

这辆越野车……一看就超难爬上去吧！

顾承炎忍着笑拉开副驾驶车门，故意催她："肉肉，快，上去，车停这儿久了容易被罚款。"

秦幼音紧张死了，"嗯嗯"两声，手忙脚乱地踩着脚踏板往上够。

顾承炎站在她身后，瞧着小姑娘超级努力的动作，甜得牙疼。他凑近，俯身问："我看见那边有交警，再不走真来不及了，我帮你行吗？"

"啊？"秦幼音拽住车门侧沿的抓手，急得睫毛直颤，"我……"

顾承炎心要痒死了，一手横在她背后，一手穿过她膝弯，轻松一抱，停顿两三秒，稍微满足了亲近的愿望，趁着自己更过分之前，把她稳稳放到座位上。

秦幼音脸颊漫起血色，抗议地瞪着他："你怎么又——"

顾承炎乖乖举手道："我错了，这不是着急嘛，咱马上就走！"

越野车穿过小半个城市，越开越远。秦幼音局促地板正坐着，起初还能看着城市街景，后来就开始忐忑，皱着眉问了好几遍："我们到底要去哪儿，在附近吃不可以吗？"

顾承炎不想她害怕，不着痕迹地提速，径直停到奥体附近的停车场。他扫了眼前方活动现场的人山人海，庆幸自己买了防走失绳。

饭店选的是全城有名的江南菜馆，装修典雅细致，处处透着水乡韵味。

顾承炎往里一进就定下心，侧头瞄瞄秦幼音，看到她眼里瞬间点亮的光彩。

不过等到吃的时候，炎哥就笑不出来了。

甜的，甜的，甜的，好不容易有一个不甜！哦，是酸的。

顾承炎被甜腻得胃痛，对面的秦幼音则跟他正好相反，整个人如鱼得水，小口小口地狼吞虎咽。

可爱死了。

吃什么饭，看她就够了。

秦幼音许久没吃到江南菜，每咬一口都感动到要流泪，吃完摸着钱包想去结账时，她眼前忽地一花。

有一只手抬起，抚过她的脸，火热指尖落在她唇边。

两人皮肤相贴，无形的细小电流入侵她身体，沿着四肢百骸放肆蔓延。

秦幼音心跳停滞一瞬，接着轰然变乱。

顾承炎缓缓放下手，声音微哑："吃到脸上了。"

秦幼音反应过来，忙在嘴角使劲儿蹭蹭，一溜烟儿赶到吧台前，胸口不断起伏。

她想买单，却被收银小姐姐告知："您这桌是会员卡抵扣，充值金额至少还够十次消费。"

秦幼音愣了半天，悟了，抿住唇含恨扭头。

顾承炎懒洋洋地晃过来说："这顿是滑冰社的社团工作餐，当然是社长掏钱，下顿再换你请。"说完，他掏出一样东西朝她甩了甩，"肉肉来，继续下一项日程。"

秦幼音惊到微微张开唇。

手……手铐？

顾承炎拎着她出门，在她头顶上撸一把："什么手铐，小孩儿家家的思想怎么这么复杂呢。"

他把网购的神器展开，骄傲地介绍："这是防走失的牵引绳，一人一端拴手腕上，不管多混乱的地方都万无一失。"

秦幼音皱着脸。

狗链吧？

再说哪有什么混乱。

秦幼音正默默抱怨着，远处扬起一片此起彼伏的惊呼声，她站在饭店门口循声一望，广场附近灯光瑰丽炫目，人声鼎沸，各种充气的巨大玩偶，宛如游乐场。

她一时看呆，手腕被顾承炎抬起，扣上了小圆圈。

两个人中间连着弯弯曲曲的线，她就算离得再远，另一头也在他手中。

秦幼音低头眨眨眼，压住莫名其妙急涌上的一点点酸涩。

那些对于喧闹人群的惧怕，竟被这根线神奇地消磨，取而代之的是她从小就拼命深深埋藏的——对美好的、热闹的、五颜六色的欢愉的渴望。

反对的话其实很多，秦幼音却说不出口，不由自主地跟着顾承炎走到活动场地边，周围逐渐变得拥挤，他的温度始终近在咫尺。

[19]

“肉肉，”顾承炎发现秦幼音出神，问，“发什么呆？是不是不好玩？”

秦幼音摇头，没发觉自己已经潜移默化地接受了这个称呼：“还要往里走吗？人太多了……”

越靠近活动中心，越人挤人，到处是繁华景象。

顾承炎看出秦幼音对人潮又怯又向往，眼尾微弯，直接牵起她的手腕，绕在自己小臂上。

秦幼音下意识一躲，这可是有文身的大花臂！

顾承炎不由分说地按住她的手，低眸凝视她道：“这只手归你了，要是害怕就抱紧点。”

在人海里逛完一圈儿出来，秦幼音半是惊吓半是兴奋，脸颊红了一层，额角都是汗。顾承炎怕她着凉，在摊位上挑了顶毛茸茸的小兔帽子给她扣头上。

顾承炎被她这小样儿萌得心都要化掉，不舍地瞄了眼时间：“回学校？”

毕竟快晚上九点了，好不容易成功带她出来，不能一下子太过火。

秦幼音想想这一晚，总觉得被他给骗了，于是打开小兜的拉链，掏出几张红票子：“吃饭的钱，还有买帽子的钱，这些够吗？”

顾承炎嘴角的笑顷刻消失，道：“你要跟我算这么清楚？”

秦幼音被他盯得心慌，揪着兔耳朵僵持了半天，到底抵不过大佬威势，无奈地把钱揣回去，闷闷应声：“那下次……我请你吃饭，你不能再这样了。”

顾承炎听到她承诺下次，沉下去的心分分钟重新起飞。

到医大时，校园里人还算多，秦幼音拒绝他继续送，乖乖地说：“那我回去了，周末社团有活动，我会去工作的。”

跟她最后一个字同步响起的，还有微信的提示音。

不止一条，叮叮叮响个没完。

秦幼音不得不拿出手机来看，是程嘉发来的几条消息：

“音音，你回宿舍了吗？要是还没，就跟炎哥在外面多玩一会儿！”

“宿舍里水管坏了，漏水挺严重的，宿管阿姨找了人在维修，说是到熄灯的那个时间段才能修好，你十一点左右再回。”

“今晚就你一个人，你提早回去有外人在不安全，上楼之前记得仔细看看窗户，确定黑灯了，门锁着再进屋啊。”

秦幼音本来因为程嘉知道“跟炎哥在外面”而不自在，但看到后面，重点就转移了。

她忙回复：“嘉嘉，你们走的时候就坏了吗？我们的东西有没有弄湿？”

如果湿了，她得帮大家晾一晾。

另一头的程嘉看着秦幼音的问题，有点迟疑。

她跟齐晶晶走得早，离开时水管是好的，半小时前她在家意外接到了楚昕打来的电话，得知宿舍里出了状况，楚昕还语气委屈地说：“我跟音音闹过不愉快，她对我有防备，估计不会相信我，还是你跟她说吧。”

程嘉多长了一个心眼，辗转找到宿管阿姨的电话号码，问过后，得到的答案相同，水管确实坏了，她这才赶紧通知秦幼音。

她为了宿舍和谐，没提楚昕的名字：“别的你就别管了，总之晚点再回。”

秦幼音站在校门口，望了望宿舍的方向，有点无措。

离熄灯还有一个多小时，图书馆都要关门了，她能去哪儿……

顾承炎看到她的信息，明白了原委，手一抬，搭上她的肩膀：“小助理，有空吗？能不能加加班，跟哥去社团里巡个夜？”

晚上的速滑馆空荡安静，秦幼音跟在顾承炎身边，手里拎着的帽子一甩一甩，忍不住好奇地问：“你不是跟我同届吗，干吗总自称是哥……”

顾承炎理由充分道：“你十八岁，我十九岁，不是哥？不能因为我晚一年高考就嫌弃我。”

他走得很慢，视线淡淡地在冰面上掠过，带秦幼音上了看台。

秦幼音这才发现，看台有一个角落，使用痕迹很重，整齐码放着不少个人用品，像是隔出来的一块专用小空间。

顾承炎笑道：“这些是我的东西，我天天晚上都在这儿。”

秦幼音睁大眼。

她一直以为顾承炎对什么都懒懒散散漫不经心，包括滑冰。印象最深的也是他对腿伤满不在乎的态度，可现在，她却从一句话里，看到了他某种压抑的执着。

可能是安谧环境和柔缓气氛给了秦幼音胆量，她自我斗争好一会儿，还是问出来：“社长，你滑得那么好，为什么不比赛了？伤……不是可以养好的吗？”

她不止一次听到别人议论，说顾承炎是省队头名，是能进国家队的选手。

即使她不懂冰上竞技，也能感受得到，顾承炎就该属于赛场。

顾承炎侧头看她，声音略哑：“你关心？”

秦幼音紧张道：“毕竟你的腿伤跟我有关系的……”

顾承炎的视线深深描过她的眉眼嘴唇，又克制着移开自己看着她的目光，顺手拎起身旁一件旧衣服把玩，淡声对她说：“原因挺可笑的，我全力以赴了八年，自信地以为能凭实力入选国家队，结果在选拔赛的前一天，我在训练时摔出了赛道，还被冰刀割伤……”

他像在说别人的事，平静到毫无波澜。

秦幼音却听得心惊肉跳，她根本不需要亲眼所见，也能想象当时的惊险和痛苦。

她不禁问：“受伤之后……”

“之后吗？”顾承炎仰头，长睫微垂，在眼下落出阴影，继续道，“我在省队最好的兄弟取代了我，得到进国家队唯一的名额，我才知道，那天是他有意绊倒我，刻意把冰刀割在我腿上的，而我最信任的教练，不但知情，还亲手参与策划了全部。我出局了，被兄弟和教练联手铲除。”

那个所谓的教练，在最后一次见面时，撕掉了以往的温和面具，冷笑说：“只要我在一天，你就别想通过省队往外走半步，国家队选拔，不管再过几年，你都不可能有机会。你还真以为自己是什么省队之光？我告诉你，你从来就是个挡路的障碍！”

秦幼音心里堵得酸楚。

被信任的人欺骗、伤害，被人亲手在心上插了一刀，她太明白那种滋味。

顾承炎嘴角划开笑，摸摸她的头道：“肉肉乖，你就当故事听，不用为这种破烂事儿不好受。”

“可是……就这样了吗？”她紧紧皱眉问，“不能再回去？你滑冰那么厉害——”

顾承炎暗沉的眼底有光彩粲然一跳，她是在认可他。

他歪着头，有些无奈地叹笑一声，提起手中的旧衣说：“这是我受伤那天穿的上衣，几个地方都坏了。对我来说，短道速滑的比赛生涯也一样，坏了就是坏了。”

他在类比，也在告诉她自己的决定。

秦幼音用力抿着唇，忽然怯怯地探出手说："能……能把衣服给我看看吗？"

顾承炎自然听话。

她接过来，依次检查破口，酝酿了半晌，鼓足勇气问："既然坏了，那可不可以让我……帮你处理一下？"

顾承炎惊讶地挑眉，不知道她要做什么。

秦幼音脸颊红了红："你先去忙其他事，不看行吗？"

小姑娘皮肤宛如染了胭脂般红，顾承炎屈起手指蹭蹭她的脸回道："好——你喜欢看我滑冰？那我溜两圈给你看。"

"可是你的腿……"

"没事儿，"他离开看台，修长身影踏上冰面，说，"滑给你看就不疼了。"

秦幼音不禁攥紧衣服，心脏跳动悄然加快，咚咚敲击耳膜。

她意识到自己的反应，慌忙低下头，在小兜里找出个轻飘飘的盒子，是她从小就习惯随身携带的针线盒。

顾承炎不记得自己在冰上盘旋了多久，以往满心充斥的焦躁苦闷，似乎全被涌动的热潮取代。

他遥遥望向台上的纤瘦身影，不由自主地朝她靠近，双手扶住栏杆，喊她的名字："秦幼音。"

秦幼音刚好抬头，略显局促地站起身。

"社长……"

顾承炎微怔。

下一秒，他看到她张开手，那件坏了许久的上衣，被她稍一用力，轻轻展开。

他眼瞳猛地一缩。

所有损坏的位置，全部被细密针脚妥帖缝合，遥遥看过去，竟然连痕迹都没有，犹如新生。

秦幼音脸上露出了浅浅的酒窝，清甜软糯地跟他说："你看，我修好啦。"

没有什么坏了就是坏了，衣服可以修好，那其他也是同样的。

顾承炎呆呆地站在场边，几乎忘记呼吸，耳朵里什么都听不到，一下一下，净是轰鸣的心跳。

他说不清这一刻的感觉。

唯独知道，他眼睛大概是红了，只想立刻飞奔上去，把那个努力修补着他的女孩，死死按进怀里，绝不放手。

第七章

我喜欢你啊

[20]

冰场到看台顶层，台阶有二十多级，顾承炎胡乱脱掉冰鞋，直冲着秦幼音大步跑上去。

秦幼音先是被顾承炎的来势汹汹惊到，以为他不高兴了，等人冲到跟前，才看清他染红的狭长眼眸。

向来桀骜不驯的“小阎王”，居然像是……要哭了。

秦幼音不知所措地眨眨眼，把衣服捧给他看，说：“没骗你，真的好了，我……很会修补衣服的。”

她继承了妈妈的好手艺，是她认为自己唯一能拿出手的优点。

顾承炎哪里想看什么衣服，满心全是她这个人，偏偏她还不明所以，又纯纯地叫了声“社长”，老实得不像样，反而特别招人。

他尽量不失控，接过衣服，指尖在几个精巧的缝合处抚摸过，鼻音闷闷地说：“手工真好，跟新的一样。”

秦幼音提起的心刚要放下，就听到他沙哑的声音在耳畔继续道：“那能不能辛苦你……也修补修补我？”

他身上的、心里的口子，都很奢侈地希望……她能亲手缝合。

秦幼音呆住。

四处空荡无声，全是加重的呼吸和心跳。

顾承炎抬眸喊：“秦幼音……”

才念完一个名字，活泼的儿歌旋律突然炸响，吓得秦幼音肩膀一缩。

“对……对不起，是我定的闹钟……”

顾承炎到了嘴边的话硬生生卡住，故作冷静地问：“闹钟？”

秦幼音忙点头回：“嘉嘉说熄灯前回宿舍，我怕忘记看时间，就提前定了一个，”她试探道，“现在十点四十了……”

离熄灯还有二十分钟，小孩儿要走了。

顾承炎懂，他抓了抓微湿的额发，失落地答应："那我送你回去。"

他舍不得吓她。

很晚了，女生宿舍楼下已经没什么人。秦幼音听程嘉的话，在上楼前先望了望 316 的窗口，确实一片漆黑，阳台的窗帘似乎也拉着。

她压了压心里莫名其妙的忐忑，跟顾承炎道别："社长，等你有空，我再请你吃饭。"

顾承炎实话实说："只要你找我，我随时随地都有空。"

银白月光下，男生落拓站立，被夜色晕染，平添了叫人心乱的温柔。

秦幼音不敢多看，往后退两步，转身跑向宿舍楼。

在她身影快要消失时，顾承炎又喊她："在速滑馆我最后跟你说的话……是认真的。"

秦幼音蜷了蜷手指。

是那句……修补他吗？

她不明白，也没胆子深究，更快地溜走，顾承炎的声音却紧追不舍："到宿舍记得开灯，在阳台跟我招个手。"

她又不是小孩子，不要。

顾承炎知道她想什么，扬声补充："你不招手，我就上去敲你的门。"

秦幼音气闷，不情愿地回应："知……知道啦。"

顾承炎抬头盯着 316 宿舍的窗口，心里格外软。

在兄弟和教练那里淤积的痛苦、愤懑，这么久以来他用过各种方式排解。

他整夜失眠，拼命消耗伤腿，日复一日在速滑馆里发呆，全都无效，唯独今晚……

秦幼音用那双纤细的手，把他从深海里捞了上来。

顾承炎口中神奇地泛上丝丝甜味，一边脑补着要怎么跟秦幼音正式表白，一边聚精会神地注视阳台，估计秦幼音应该要出现了。

就在这个时候，316 宿舍阳台窗口浓重的黑暗里，有什么白乎乎的东西倏然晃过。

顾承炎神经一抽，猛地站直。

秦幼音跑到 316 宿舍门前时，离熄灯只剩下五分钟。

楼道里很安静，灯已经灭掉一半，各个宿舍都房门紧闭，走廊幽长透着些许恐怖。

她很怕鬼怪之类，咽了咽口水，先拉了一下门把手，确定门是锁的，那证明水管已经被修好，维修工人早离开了。

秦幼音急忙掏出钥匙拧开，摸黑进去后，第一时间去找墙上的开关。

她以为灯一定会亮，另一只手习惯性地将门关上。

然而按了两下，依旧一片漆黑，同一时间，门也顺势合上，砰地轻轻响了下。

秦幼音僵住，有股莫名的阴森寒意顺着脊背急速涌起。她立即回身想开门，黑漆漆的卫生间里，却骤然传出清晰的滴水声——

“滴答！”

空荡荡地回响。

三秒后，又一声。

“滴答！”

比刚才声音更大！

紧接着，诡异水声越发密集，一下一下冰冷地敲击在地板上，似乎黑暗里有什么东西，正浑身湿透，水淋淋地蠕动着向她逼近。

秦幼音脑中一片空白，张开口，喉咙却干哑得发不出任何声响。

她犹如被冰块兜头砸下，全身战栗，跌跌撞撞着扑到门上去拽把手，门锁竟然被人从外面锁死。

秦幼音惊恐地拍门，拼命挤出微弱的呼喊，然而余光里，有道幽绿光线猝然亮起，她本能地扭过头，正对上一颗近在咫尺的骷髅头骨。

拉扯到极限的心理防线在这一瞬间轰地崩溃，秦幼音虚弱跳动的心脏仿佛被利刃一刀捅穿，她叫都叫不出来，直接软倒在地上。

看不到底的深深幽暗里，惨绿的骷髅架子一寸寸地向她挪动，阴森的滴水声催命般落在耳边。

秦幼音满脸全是无意识涌出的泪，窒息感逼到顶峰，胸腔像是要裂开一样剧痛。

她意识开始不清醒，用尽力气朝自己的柜子爬过去，耳中是鸣钟般的巨大嗡嗡声。

终于……

终于碰到了。

秦幼音不断地干呕，颤抖着扒开柜门，去熟悉的地方摸索药盒。

没有……

药没有了！

她绝望地哭出来，死死摁着胸口要往桌子下面缩，手刚探过去，就摸到一大团黏糊糊的毛发。她吓到极致，保持最后一丝理智想躲去阳台。

阳台……

阳台！

有人跟她说，回宿舍后，要开灯，要去阳台跟他挥手。

有个人在等她报平安。

秦幼音剧烈地咳嗽，黑暗里有什么东西湿漉漉地扯住她的头发，她哭到撕心裂肺，挣扎着往阳台挪动，手死命地揪住窗帘哗啦一扯——

两个藏在后面，长发遮脸，满脸血红的厉鬼，一起怪叫着扑向她。

秦幼音彻底坠入深渊。

模糊意识里，门外似乎有脚步和喧闹声，她听不懂，一切都混沌不清，只浑浑噩噩记起某一天她在冰场被欺负时，有人气愤地对她强调："以后再有这种事，你就喊我名字，记住没有？"

秦幼音想说，其实她记住了。

她把自己紧紧地缩成团，极低极哑地叫了一声从未叫出口过的称呼："炎哥……"

顾承炎打电话打到第三遍，重重挂断，不好的念头迅速成型。

他最后盯了一眼楼上316宿舍黑洞洞的窗户，快步跑进女生宿舍楼，正好被出来关楼门的宿管阿姨截住。

"你干啥的？晚上敢闯女生宿舍，赶紧给我出去！"

顾承炎满脸戾气道："你听没听见三楼有动静？"

阿姨完全不理他说："快走，不然我喊保安来了啊！"

顾承炎挥手一把挡开道："楼上可能出事了。你要不就拿着钥匙跟我上去，要不就让开，爱喊谁喊谁！出任何问题我承担！"

阿姨看他不像开玩笑，急忙追上问："你到底要干啥？这可是女生宿舍楼，大家都休息了，你一个男的咋能——"

顾承炎厉声低喝："316宿舍住的是我女朋友！真要出了事，你能负责？"

阿姨一噎："能有什么事啊？"

顾承炎没空跟她啰嗦，直接往楼上疾冲。

"哎哎，你给我站那儿！"阿姨匆匆回屋拿了一大串钥匙，道，"要上楼就安静点，等会儿要是没事，你等着进保卫科挨处分！"

三楼，不少宿舍还没睡，听到走廊里沉重、急匆匆的脚步声，相继有人开门。

女生们一出来就看到竟然是男生夜闯女生宿舍，而且还是顾承炎，再然后几乎整个楼层的女生都出来观望。

站在316宿舍门外，顾承炎用力拍响房门，没有人回应。

阿姨皱眉问："是不是就没回来啊？"

顾承炎心底发冷，又一次拨通秦幼音的电话。

手机铃声随即在316宿舍门内大响，久久无人接听。

阿姨脸色也变了，忙把钥匙串拿起，心急下迟迟找不出来。

顾承炎攥紧拳头，砰地砸响门板："音音，在不在里面？"

依旧寂静无声。

顾承炎再也没法忍，把阿姨拨到一边，干脆利落地抬起腿，狠狠地踹上木头门，然后不停顿地再踹第二下。

周围不断有女生发出惊叫。

顾承炎从头到脚罩着冰冷狠戾，没人敢接近半步。他黑瞳里深得要滴墨，踹上第三脚。

门锁咔地裂开，木板轰然向后撞到墙面，应声碎落的，还有立在门边，一具临床医学老师办公室里会用到的骷髅。

围观的女生们全被吓到失色。

顾承炎只觉得脑中一炸，一把夺过阿姨的手电筒照进屋里，晃过蜷缩在宿舍中间，那个小小一团的影子。

他打过数不清的架，这是第一次想要人命，想立刻把人挫骨扬灰。

顾承炎扔开手电筒，脱下身上的外衣，两步跨过去把没了声息的小姑娘裹住，抖着双手抱起，一点点收紧，牢牢箍进怀里，脸颊贴上她冰冷、湿漉漉的额头。

他的心从来没有这么疼过。

"乖啊，不怕，"顾承炎一身凶煞，声音却低柔至极，"哥来找你了。"

[21]

宿舍里太黑，单凭门口透进的昏暗光线，根本看不清秦幼音的状态。

但不正常的体温和微弱呼吸，都昭示着她出现了严重的身体反应，必须尽快送医院。

"总电源开了！"下楼去开闸的学生在楼梯上大喊。

宿管阿姨赶紧按下屋里的开关，但灯依然不亮，她怒骂一声："谁把这屋的电路给整坏了！"

这下所有人都明白过来，整个事件肯定是有人蓄谋的。

顾承炎没空在乎别的，搂紧秦幼音径直往外走。门外叽叽喳喳的女生堆里，突然有人尖叫一声，指向骷髅架子后面道："你们快点看看，那儿是不是有东西！"

顾承炎的余光刀子似的扫过。有个像是人形的轮廓，正在阴影里躲着，被发现之后，吓得脚一滑踉跄地出来，摔到顾承炎脚边，差点抓伤秦幼音的腿。

那人影支支吾吾道："炎……炎哥，都是误会，我……"

顾承炎半个字都没说，直接将人一脚踢开。

人影摔到一边，身上罩的黑袍子散了，恐怖的面具也掉下去，露出女生惊慌的脸。

顾承炎眯起眼。

他认得，对方是当初在冰上戏弄秦幼音的罪魁祸首之一。

不止她，这宿舍里肯定还有其他人，他在楼下看见了阳台上白色的影子。

顾承炎呼吸加重，手指骨节握得咯嘣作响。

怀中的人忽地发出一点痛苦的气音，瘦到轻飘飘的身体开始一阵接一阵地战栗。

他一凛，忙把秦幼音用力抱紧，破开人群跑出宿舍楼。

外面夜凉如水，顾承炎低头看到秦幼音惨白的脸色，疼得每根神经都在暴跳，护着她朝校外狂奔。

医院里灯光通明，顾承炎停车后抱着秦幼音冲进去，很快有值班医护赶来，把人安置在病床上推进急救室。

顾承炎寸步不离地跟上，被医生拦住说："你在外面等着，准备办住院手续。"

急救室外，顾承炎俯身撑着膝盖，几秒后睁开眼，拿出手机拨通电话："女生宿舍楼里有几个渣滓，给我一个一个揪出来。"

陈年一下子清醒："炎哥，出啥事了？你嗓子咋哑成这样？"

"少废话！"

顾承炎摁掉电话，一动不动地守到秦幼音出来。

病房里，医生连接好心电监护仪，低声跟顾承炎说："送来还算及时，没啥大事，要是再晚可就不好说了，小姑娘这个地方——"他指了指心口问，"特别脆弱，到底怎么引起的？"

顾承炎哑声说："她受了惊吓。"

医生点头道："怪不得。她不是先天的毛病，照我看，是以前受过什么重大刺激，而且时间不短，平常应该有用药，今天要是能早点吃上，不至于这样。"

夜已经很深。

医生走后，顾承炎坐在病床边，目不转睛地看着秦幼音毫无血色的脸。

小姑娘躺在被子里，安静得像是连呼吸都没有。

怎么会有人舍得伤害这么乖的她！

顾承炎把输液的流速调慢，伸手一下下抚摸她的头发，指腹在她脸颊上爱惜地摩挲，嗓子哑得变了调：“肉肉别害怕，没事了，哥在这儿陪着你，你什么都不用管，欺负你的人，一个也别想好过。”

秦幼音感觉自己一直在漆黑里下坠。

“肉肉。”

她意识混沌地撕扯，全身上下痛到不能动弹。

“醒一下好不好，肉肉乖，就一下，再不醒哥真要吓死了！”

谁在喊……怎么会有人，叫这么难听的名字……可是语气太温柔了……

“肉肉，你不醒，是不是想看哥掉眼泪？你故意的是吧，秦幼音——”

秦幼音……

肉肉，叫的是她！

不对，不是没有人救她，她明明感觉到了，蜷在宿舍里的时候，那个最高最强势的影子，踹开门进来，一把就将她拽离了深渊。

秦幼音吃力地睁开眼，视野里，那张轮廓分明的俊脸近在咫尺。

她愣愣地盯着顾承炎，所有情绪似乎在这一刻全活了过来，眼泪完全不受控制，哗地淌下。

顾承炎手忙脚乱地给她抹泪。

等医生过来确定没事了，顾承炎才忍耐着走出病房，换早守在外面的程嘉和齐晶晶进去。他则站在走廊里，再次拨通秦宇的电话。

从夜里开始，第三次了，无人接听。

他又翻出从秦幼音手机上找到的另一个号码，备注是“爸爸同事王叔叔”，这次电话被接起。

“谁？”

顾承炎说：“我找秦宇。”

“队长在执行任务，估计三天才能回来，”王闯说，“你到底有什么事？”

顾承炎挂掉电话。

他靠墙合眼，眼前反复闪现的，是夜里帮秦幼音盖被子时，无意中在她上臂看到的疤痕。

烟头烫出来的旧伤，不止一个，那些狰狞印记落在她奶白细嫩的皮肤上，刺得他眼眶要裂开。

再加上医生说的，还有她昏睡时断断续续的呓语，他能够猜出大概……

手机振动，是陈年打来的，语气冷肃："哥，全按你说的弄好了，你随时能过来。"

顾承炎回头看了眼病房的小窗，低下眸，遮住其中狂涌的幽暗，说道："我现在就去。"

顾承炎开车二十分钟，停在一栋老旧二层楼的院墙外。

楼面上全是恐怖的宣传画，外观装修成废旧医院的样式，招牌摇摇欲坠，几个大字血淋淋的：18号精神病院。

这是市里大名鼎鼎的网红鬼屋。

顾承炎下车，十几个人高马大的男生跟着陈年拥上来，恭敬地喊着"炎哥"。

他扫了眼冷清的门口问："清场了？"

陈年忙说："清了，整个上午咱包场。敢动到嫂子头上，让她们尝尝吓死的滋味儿！"

顾承炎没有表情，迈上台阶，又问："现在什么进度了？"

"嘿嘿，哥你自己看。"陈年领着他到接待大厅里，工作人员让开，把鬼屋内部的监控画面展示出来，"哥儿几个一直没闲着，确认没错，宿舍里就是冰场那三个女的，直接拎这儿来了，正享受呢。"

顾承炎漠然地抬眼。

监控画面里，三个女生披头散发，分散在不同的病房里，吓得不成人样。

顾承炎往出口走，坐在休息椅上，淡声说："把闲杂人清干净，三个都叫出来，全程录像。"

两分钟后，喧嚣响起，女生们交织在一起的怪声尖叫和哭喊由远及近，三个人站都站不起来，被凑成一堆推出来，瘫坐在地上。

顾承炎靠向椅背，冷冷地睨着，问："鬼屋好玩吗？"

三个女生一下子止住声，悚然抬起头。

上午淡金的阳光中，男生坐在几步开外，长腿舒展张开，手肘搭着扶手，一张脸半藏在暗影里，锋利无瑕，黑瞳压得人喘不过气。

顾承炎俯视道："是不是出入一个学校，待过一个社团，就搞不清楚我到底是谁了？"

他嘴角微微勾起。

女生们平常见了要花痴的样子，此刻却害怕得只想让人尖叫逃走，这哪还是什么顾社长。

“小阎王”……

谁不知道的，睚眦必报，不见血绝不罢休的“小阎王”。

顾承炎慢慢站起身，居高临下道：“胆子不小，第二次了，敢动我的人。”

三个女生顷刻间溃不成军，大哭着争相说：

“是楚昕！”

“楚昕让我们做的！她恨秦幼音，打听到秦幼音不敢听鬼故事，还胆小，她就认定秦幼音肯定怕鬼。”

“是她故意弄坏水管不让秦幼音早回，也是她布置的宿舍、剪断的电路、拿走的药！全是她！”

“说好就是恶作剧的！要不我们也不能……不能答应！”

“真是她让我们做的，聊天记录我都留着！而且门是她从外面锁的，她就躲在别的宿舍里！不怪我们，我们真不知道秦幼音会吓得这么严重！”

“炎哥求求你……”

有一个女生哭着挪到顾承炎腿边。

顾承炎看也没看一眼，转身就走。

很好，楚昕。

顾承炎第一时间赶回医院，秦幼音精神状况不好，昏昏沉沉又睡了。程嘉和齐晶晶在病房外一起抹眼泪。

看到顾承炎出现，两个人连忙站起来：“对不起……”

顾承炎没说话，推门进去，重新守到床边，把毛巾用热水蘸湿，小心地给秦幼音擦了擦脸。

半个小时后，秦幼音从噩梦里醒过来。在她记忆里，顾承炎已经走了，现在又看到他出现，她以为不是现实。

她迷蒙地望着他，轻轻糯糯地顺着本能叫了一声：“炎哥……”

顾承炎一下子愣住。

秦幼音皱了皱鼻尖，意识依然不太清醒，莫名觉得自己叫得特别不好听。

顾承炎……才大她一岁而已。

她绵软地哼了两声，揪着被角，擅自改了称呼：“小……小炎哥……”

顾承炎丢下毛巾，定定地凝视她，胸口仿佛被数不清的小爪子疯狂抓挠，又痒又酸，还疼得厉害，也甜到方寸全无。

他蹲跪在床边，把她凉透的手握进掌心里，心跳得全世界都在轰鸣。

秦幼音睫毛半垂，羽扇般乌黑细密。

顾承炎凑到她跟前，指尖轻轻抬起她的下巴，哑声低哄："你刚才叫我什么？听话，再叫一遍。"

[22]

秦幼音很乖，此刻判断力又弱，听到让她觉得安全的声音在提要求，就柔柔顺顺地软声叫："小炎哥……"

顾承炎离她很近，这三个字从耳朵钻入心底，搅出一路的惊涛骇浪。

"秦幼音……"他抚着她的脸，着了魔似的问，"你知不知道我是谁？"

秦幼音眼帘沉重，勉强半抬着，老实地点了下头回道："是小炎哥。"

顾承炎真要疯了，虽然清楚她还迷糊着，清醒过来很可能不会承认，但他也管不了那么多，直接把她的头揽过来，热烫的嘴唇压下，吻在她的额头上。

许久，顾承炎才起身，给她把被子盖严实，看她虚弱得睁不开眼，想问的话全压了回去："你再睡会儿，哥就在医院里不走，别怕。"

病房外，程嘉看到顾承炎出来，急忙迎上去，眼眶通红，问："是不是楚昕？说啥宿舍水管坏了，肯定是她捣的鬼！"

"你知道什么，都告诉我。"

程嘉深吸口气说："楚昕暗恋你，所以讨厌音音，但我感觉这个不是重点，我认真想过了，是从那天下午，她回来撞见我们视频开始，才突然变本加厉的！"

"视频？"

齐晶晶帮着程嘉，把那天跟秦宇微信视频的过程复述一遍。

顾承炎皱眉，正好陈年的消息也过来："哥，打听得差不多了。那楚昕是个绣花枕头，平常装成白富美，实际没钱，全部用的假大牌，背着好几笔校园贷款。她还有个同学说，看到过她鬼鬼祟祟进一栋破居民楼，好像是回家，根本不是她平时说的豪宅。"

装有钱，打肿脸充胖子，对秦宇避讳到需要冲他女儿发泄。

与其说讨厌，还不如说，她是怕有什么东西会被秦幼音拆穿。

顾承炎有一万种方式让楚昕付出代价，但他真正想要的不是单方面报复，而是他的小姑娘能够好起来。

他再次拨通王闯的电话："我是秦幼音的同学，她被名叫楚昕的舍友弄伤住院了，我想问问，您认不认识这个人？"

王闯憋了半天，骂出一句脏话，立刻道："我现在过去！"

王闯是穿警服来的，二话不说就要往病房里冲，被顾承炎拦住，听他说道："小孩儿睡了，不方便。"

王闯打量顾承炎两眼，确定秦幼音没有大碍，才去少有人走的楼梯间里点了根烟："你跟我闺女是啥关系？"

顾承炎直视他道："我昨天晚上陪她回宿舍，发现出事，闯进去把她送来了医院。上次秦叔叔受伤，也是我跟她去的。"

一句话什么都没点明，但偏偏字字都透着无比暧昧。

王闯以刑警的眼光审视了顾承炎半天，终是叹了口气道："楚昕她爸是队长以前的老搭档，有过命的交情。当年两人一起接了任务，对方是臭名昭著的犯罪团伙，抓捕当天，楚昕她爸以为胜券在握，冲动之下，不听上级指挥，私自提前动了手。

"不但他丢了命，还连累整个支队差点全军覆没。是队长反应快，保住了大伙儿，把那头目和二头目给抓了。

"但是也因为这事儿，队长被那帮漏网之鱼报复，他受了重伤，嫂子……"王闯吸口烟，"嫂子没了，他才把不大的闺女送去了南方。"

顾承炎一动不动地听着。

王闯停了半天才说："队长最痛苦的时候，楚昕她妈来队里闹，说孤儿寡母的没法生活，她男人牺牲了，应该给补偿。

"其实哪是牺牲，是犯错，上头不追究责任都是照顾了。但是队长不忍心，想起了自己的老婆孩子，就私下里拿钱，每月接济她们娘俩。"

王闯说着，把烟捻灭在垃圾桶上，恨恨地说："谁知道那是个白眼狼！楚昕她妈看队长这么殷勤，就硬说她男人是叫队长害死的，说他失职，没保护好搭档，给钱肯定是心里有愧！

"队长看孩子还小，天天吃不饱穿不暖，越瞅越像自己闺女在受苦，也不跟她计较，还是按月打钱。上回还说，等楚昕大学毕业就停，这可好！有啥妈就有啥孩子，坏心动到我闺女头上来了！"

顾承炎眉宇里全是戾气，点点头道："我不管她是谁，动了秦幼音就不行，她做了多少错事，就得受多少惩罚。"

顾承炎回到病房的时候，秦幼音已经彻底醒了，被程嘉逗得有了笑容，然而一见到他进来，那点笑容马上消失，忐忑不安地垂眸。

虽然不出意料，但顾承炎心里还是挺难受的。

他就说吧，小孩儿可没良心呢，清醒以后根本不会对他负责。

程嘉和齐晶晶自动退出去关上门，秦幼音更局促。

她……她刚才做了特别过分的梦！梦到她叫顾承炎“小炎哥”，还被他……用嘴唇碰了额头！

秦幼音咬着唇，被顾承炎抬手拨开，他低声说：“有伤，别咬。”

这一碰，秦幼音险些弹起来，语无伦次地叫：“社长……你……”

顾承炎坐在床沿，双手撑在她两侧，有点委屈地问：“怎么，睡醒就翻脸，我不是你的小炎哥了？”

秦幼音惊呆了。

等反应过来他话里的意思，她脸上迅速爆红，不敢置信地僵住。

不是梦？那……那额头上的触感……

顾承炎不依不饶道：“肉肉最乖了，叫声小炎哥给我听听，叫完了，我给你讲故事。”

她刚要反对，他又补充：“跟你爸爸秦宇，还有楚昕，有关的故事。”

秦幼音一窒，望着眼前棱角分明的脸，耳根逐渐涌上热度，弱弱地遂了他的心意：“小炎哥，你快给我讲。”

顾承炎耳朵都酥了，忍不住摸摸她的头说：“真是好宝宝。”

故事说到尾声时，病房门突然被急促敲响，程嘉挤进来，满脸气愤道：“刚有系里同学给我打电话，说楚昕在学校到处宣扬音音装病！还在医大的论坛贴吧里发了各种帖子！现在全校都在传音音的八卦——”

顾承炎抬眸问：“什么八卦？”

程嘉火大，忍了忍说：“故意装柔弱，想拿个小玩笑陷害她，还勾搭……勾搭你……”

顾承炎冷笑，安抚地拍了拍秦幼音气到发抖的手臂说：“肉肉，看到了吗？无耻的人还会反咬。

“我想跟你说的是，如果你不愿意出面，这件事我完全能代替你解决，没人敢造谣，没人敢说你半句坏话。楚昕这个人，以后再也不会出现在你眼前。”

顾承炎凝视她，说：“但是如果你想亲自解决，那我就在旁边护着你，你可以说任何想说的话，骂任何人，发泄所有情绪。你可以尽情去做，因为有我在。”

秦幼音怔怔地跟他对视，心底那些堆满了委屈和晦暗的空洞里，因为他几句话，搅起从未有过的狂澜。

程嘉捂住嘴，幽魂似的飘出病房，一头倒在齐晶晶身上：“完了，我不行了，我要死了，炎哥简直在线取命，音音到底是咋能扛住不沦陷的！”

齐晶晶感慨：“要不怎么说，别的女的贴都贴不上，只有咱音音才行呢！”

程嘉竖起大拇指道：“回答满分。”

齐晶晶还想说话，表情忽地一变，拽着程嘉去看走廊尽头，说：“好像是楚昕？”

这层是价格昂贵的单人病房，闲杂人不多，所以一有生人出现就非常显眼。

齐晶晶拍拍程嘉道：“真是！你快点去告诉炎哥，别让她吓着音音！”

话音刚落，楚昕踩着细高跟，直奔着病房的方向过来，离得老远就尖厉地扬起声：“秦幼音，你赖医院里想怎么样？不就是被吓唬一下，装得太过了吧？用不用我给你颁个奖？”

她不止一个人，身后还跟了一群被叫来看热闹的，就想一举把秦幼音逼到绝境。

在发现秦幼音是秦宇女儿的当天，她吓得要死，唯恐自己苦苦撑出的白富美人设倒塌，回家就跟她妈哭诉。

她妈抽她耳光：“废物一个！就你这鬼样，咋能找着有钱对象？我这么些年都白教你了？姓秦的欠咱家，给钱应该，那不叫资助！他闺女能有啥能耐，你不会想点招儿，让她先混不下去？她要是退了学，谁还能知道你的事？”

时间有限，她想到了最快捷也可能是最有效的办法——在宿舍里布置鬼屋。

她偷看过秦幼音的药物说明，挺严重的，说不定真能吓坏退学。

如今得知秦幼音竟然缓过来了，又听说三个在宿舍的帮手都被顾承炎抓到，她干脆破罐子破摔，到处宣扬，还趁顾承炎不在的时候，叫来一群人给秦幼音施压，她就不信秦幼音受得住！

反正到了这一步，她死也得拉上垫背的。

齐晶晶看这群人来势汹汹，勇敢地站出来阻拦：“干什么？”

楚昕一把扯开她，踢门就要往病房里冲。

然而门打开后，一道逆光站立的高大身影立在她面前。

顾承炎慢条斯理地挽了挽袖口，声音很淡：“别污染医院环境。”

他话音一落，陈年领着十多个高壮男生从外头不起眼的角落聚过来，轻松地把这群乌合之众全部制住，病房门随之一关，根本就是一出早有准备的瓮中捉鳖。

秦幼音还在床上，目瞪口呆地看着这一幕。

楚昕脸色灰白，总算明白过来，她所得知的顾承炎不在的这个消息，是顾承炎故意让她知道的，目的就是想让她过来！

爱恋仰慕，在这时全变成惧怕。

“你……你什么意思？我们可是……”

顾承炎嫌恶地眯眼道：“堵上。”

陈年从兜里掏出两个口罩，团了团塞进楚昕的嘴里，好整以暇地看着她露出惊恐的表情。

顾承炎冷声道：“还不错，送上门了，正好我家小妹儿还不能出院，找你不方便。”

他回眸，温柔地望向屏住呼吸的秦幼音问：“能下床吗？哥把人给你弄来了。”

秦幼音从楚昕进门起，心脏就蹦到喉咙。

顾承炎有无限耐心，站在原地，坚持朝她伸出手道：“乖，来哥这里，站不稳的话，哥扶着你，过来看看这个欺负你的人渣。”

秦幼音心底的某根弦绷到极限。

顾承炎笑了，双手朝她张开，声音更低：“来，慢点走，不用着急，有我呢，怕什么。”

秦幼音犹如被蛊惑，真的掀开了被子，试探着站了起来。

顾承炎胸中不禁一颤，眼前闪现的是小姑娘手臂上的烫伤，心里又疼又酸。

秦幼音咬住牙关，一双手攥得全是汗。她不知道自己哪儿来的胆量和勇气，一步步走到了顾承炎身边、楚昕的面前。

顾承炎第一时间接住她，两只手按住她的肩膀，守护神般立在她身后。

秦幼音仰起头看他，小心翼翼地拽了下他的衣摆，轻声问：“我这样是不是……狐假虎威？狗……狗仗人势？”

顾承炎失笑，同时也意识到了小孩儿的突破，激动地俯下身澄清：“小傻子，这叫撑腰。”

秦幼音犹豫片刻，认真地点了点头。

她抿紧唇，看着楚昕扭曲的脸，颤声张口，软绵地说出一句自己认为超级严厉的话：“楚昕，你……你真的太过分了！”

秦幼音一句话说完，病房里静得连呼吸声都没了。几秒后，有个扣着人的男生憋不住笑了出来。

他这一笑，陆续有人破功，被秦幼音逗得肩膀直哆嗦。

顾承炎的嘴角原本也挑起了，但一见这场景，脸色当即沉下来，威胁：“谁再笑一声试试！”

全屋分分钟噤声。

顾承炎护着秦幼音道：“说得真棒！继续，想怎么骂就怎么骂，上去揍她也行。”

秦幼音绞着手指头："骂人不好。"

顾承炎对上她柔润的浅黑瞳仁，心都融了，应道："好好好，不骂人，我们文明一点。"

秦幼音捏着拳头，想起顾承炎在故事里说的那些，翻涌上来的怒气战胜了心理障碍，她重新树立起决心，走到楚昕面前。

楚昕嘴被塞着，瞪着眼呜呜直叫。

秦幼音抬脸，深深吸气，撑着一股劲儿，流利地讲出两家纠葛，质问楚昕的恩将仇报。

楚昕表情狰狞，秦幼音感觉到肩膀上湿热的手掌，大胆地拿出堵她的口罩。她马上嘶声大叫："不可能！从小我妈就告诉我，全是秦宇——"

"她本身就是错的！"秦幼音尽力反驳，"是她不接受现实，心术不正！"

"你算什么，你凭什么说我妈？"

秦幼音一眨不眨地注视她："凭我的妈妈！她就是在那次的事情里，被无辜牵连才会去世的！"

楚昕蓦地噎住，面色如灰地死死瞪着秦幼音。

顾承炎低眸，把小姑娘揽入臂弯。

秦幼音眼圈慢慢泛红，如果没有出事，她会和别人一样，父母双全，有幸福的家庭。所有痛苦都不会经历，更不会像现在，因为一点小事就吓得瑟瑟发抖。

顾承炎听不下去了，不管秦幼音愿不愿意，把她压向自己胸口。

楚昕久久呆愣之后，从嗓子里挤出变调的尖叫声。

顾承炎示意陈年道："吵死了，赶紧把她弄走。"

陈年痛快应声。

"还有，走之前带她去见刑警队的王叔，"顾承炎狭长眼眸微合，说，"把过去的事让她知道个清楚明白，要打击就打击彻底。"

闲杂人都走了，病房里终于恢复清净。

顾承炎再不舍，也不能趁着小姑娘脆弱时得寸进尺，拽过椅子让她坐，自己则蹲在她面前，等她的状态平稳下来。

秦幼音吸吸鼻子，轻声问："小炎哥，你刚才说……要打击她到底？"

顾承炎"嗯"了声。

"另外那三个女生的行为没她这么严重，但按照校规，她们的情况也不会太好。"他拍拍她，"别担心，这些都是她们罪有应得。"

秦幼音怯怯地跟他商量："如果她们都知道错了，我们就留一点余地，惩罚不那么严重……好不好？"

顾承炎叹了声，心疼地捏捏她脸，小孩儿就是心太软，他必须得时时在她身边守着才行。

他佯装生气道："这么简单？那我白出力了，我心理不平衡，除非你给点补偿。"

秦幼音犹豫得不算太久问："这次要什么？"

顾承炎舌尖扫过唇边，笑道："不着急，等我想好就告诉你。"

说话时手机振动，顾承炎垂眼看看，学生会长发的，告诉他医大论坛的实名认证账号已经注册好了，随时能用。

顾承炎点开链接，复制会长发来的账号，登录论坛，用户名就是他本名，认证是滑冰社社长。

他找到程嘉口中那些造谣"秦幼音勾搭他"的帖子，不厌其烦地挨个去后面回复："正式声明一下：秦幼音没勾搭我，是我在勾搭她，而且，她还没同意。"

当天下午，学校里各种八卦消息纷至沓来，秦幼音在病床上窝着，看程嘉和齐晶晶亢奋得连拍大腿，叽叽喳喳停不下来。

程嘉把手机举到她面前道："音音，你快看！楚昕这下彻底完蛋了！我的妈！炎哥真够速度的，不服不行。"

手机视频里，楚昕脸上的妆全花了，眼周黑乎乎洇了一圈，神色恍惚，正被一个中年女人抽耳光。

齐晶晶说："楚昕之前造谣你那些事儿，全都不攻自破了。她以前就积怨不少，挺多同学都出来说她，而且扒出了她用的假名牌，还有两个贷款公司一起找上门，说她逾期不还，连警察都惊动了，直接带走她。"

程嘉说："照片上那中年女人是楚昕她妈，听说楚昕出事，闹得尽人皆知，就跑学校里来揪着她打，骂得整个宿舍区都能听见，据说超难听，特没素质。"

齐晶晶说："说起来她也挺惨，摊上这么一个心理变态的妈，大庭广众之下真不怕丢人。"

程嘉说："学校领导全惊动了，故意吓人的事也彻底闹大，而且炎哥那边也出了点力，追究到底，楚昕这回肯定没路了。"

齐晶晶密切关注着临床医学系里的微信群，忽然惊呼："有新进展！楚昕申请休学了！"

秦幼音惊讶地坐直道："休学？"

齐晶晶猛点头道："她得尽快把挥霍掉的那些贷款还清，不然可够她受的了。而且她妈这么一折腾，她名声算是毁透了，在医大根本就待不下去了，不知道以后还会不会回来。”

秦幼音又看了看视频里那个中年女人的恐怖嘴脸，幻想了一下自己温柔善解人意的妈妈，心里说不上是什么滋味。

她又问：“那三个女生呢？”

齐晶晶说：“这事儿学校本来决定严厉惩戒，但后来不知道怎么轻罚了，改成严重警告。”

秦幼音明白，这是顾承炎听她的话，在楚昕的事情解决后就收了手，没有继续深究。

她蜷进被子里，无所适从地翻滚两圈，涨红着脸给顾承炎发微信：“社长……”

顾承炎秒回：“叫错了。”

秦幼音捶了捶床，重新发：“小炎哥……”

顾承炎满意了：“怎么了？如果又是谢谢，那就不用说。”

秦幼音呆住，看着刚打好的谢谢两个字，欲哭无泪。

小炎哥……真是好难伺候。

周日傍晚，秦幼音输完液痊愈出院，顾承炎来接她，程嘉和齐晶晶也在。

程嘉笑嘻嘻道：“音音，炎哥给咱换宿舍了，我们都已经收拾好，新宿舍条件可比原来的强多了。”

齐晶晶点头，说：“而且新舍友是超级大美女！”

秦幼音紧张地看了看顾承炎，楚昕已经休学了，为什么还要换宿舍？

“之前就联系好了周末换，没想到中途出事儿。”顾承炎想想就自责，轻戳了下她的额头，“原来那个316宿舍，虽然人渣没了，但是你对那儿的记忆不好，你再住回去肯定难受，干脆换栋楼。”连着她的两个舍友一起换过去，免得她心里不安。

回程是顾承炎开车，秦幼音自然坐在副驾驶。启动前，顾承炎探身过去，几乎贴到她身上。

秦幼音呼吸一凝，定定地看着面前线条完美的侧脸，他睫毛黑而长，低低压着，身上有干净的青草味。

顾承炎拽过安全带，绕到她胸前，“哒”一声扣好，声音磁性微哑，烙在她耳边：“忘了系是不是？”

秦幼音紧握着车门把手，仿佛待宰的小兔子。

后排座上，程嘉和齐晶晶小声咬耳朵：

“你说咱音音啥时候才能开窍？”

“那就看炎哥啥时候正式表白呗。”

“炎哥在论坛上公开表白那事儿，音音还不知道吧？”

“估计炎哥想亲口跟她说。”

顾承炎低咳一声，两个八卦的女生一起乖乖闭上嘴。

新宿舍在隔壁楼，新建的，环境比之前的好很多。秦幼音要见新舍友，据说还是跟楚昕外形类似的大美女，站在门口免不了忐忑询问：“新舍友……凶不凶？”

程嘉大笑道：“你见见就知道了。”

正说着，屋里的人听到动静，走到门口，“哗”一声拉开门，先看见了顾承炎招呼：“哟，来了。”

顾承炎说：“你知道该怎么做。”

高挑女生一拨长发，风情万种道：“交给我，你放心。”

秦幼音看着两人极其熟稔的互动，手指悄悄蜷起。

女生径直上前，上下看了秦幼音一番，一把就把她抱住说：“哎妈呀，小萌妹儿就是招人稀罕，以后你就跟姐混了，不管有啥事，姐罩着你！”

秦幼音完全惊呆。

顾承炎眼瞅着自己家小宝贝被霸占，气得把秦幼音抢回来道：“辛月，你差不多得了。”

“哥，不乐意了？”辛月扬眉道，“音宝儿从今天开始就归我了，以后有你闹心的。”

程嘉和齐晶晶在旁边一起鼓掌。

这位美艳霸道的新舍友辛月，就是炎哥老姨家的亲表妹，专门被炎哥安排过来陪音音玩的人形治愈道具，外加……追妻小帮手。

等放下东西，小帮手辛月上岗，立刻发挥作用说：“咱四个今儿正式结盟，走，出去撮一顿。”

说完，她凑到秦幼音跟前，柔声问：“音宝儿，你看我哥吧，这些天也费了不少劲儿，都瘦了，要不带他一起去？”

秦幼音望向顾承炎。

顾承炎还有点紧张，生怕秦幼音不带他。

秦幼音轻轻点头。自己本来就欠他一顿饭，现在……折算下来要欠无数顿了。

餐厅里灯光温柔，气氛极好，到处是约会的小情侣，他们坐的是大桌，两排沙发面对面，三个女生自动挤在一起，剩下顾承炎和秦幼音紧挨着坐。

秦幼音舀着碗里的粥，心神不宁。她就算再迟钝，也知道情况太不对了……

顾承炎对她做过的所有事都在眼前晃，从最开始她以为他是在捉弄她，到后来他一次次不遗余力地照顾、维护她，直到现在……他几乎从早到晚在她身边。

让人闻风丧胆的“小阎王”跟她的世界，原本相隔那么遥远。

她怕他，也仰望他。

秦幼音吃得心不在焉，辛月喊了她两声她才听到。

辛月笑得意味深长：“我们仨去趟厕所啊，你先慢慢吃。”说完拽起两个“电灯泡”火速溜走。

靠着墙边的位置，安静不受打扰，只剩下秦幼音跟顾承炎两个人。

秦幼音眼睛低垂，手在桌子下抓着裙摆，呼吸逐渐不畅，吐息微微变重。

顾承炎放下筷子，侧头看她。

灯光照射下，小姑娘莹白剔透，淡淡笼着甜香，无时无刻不在戳他的心。

他的情绪再也不想压抑，从今以后，只想光明正大地把她护在怀里，捧到天上。

他低声开口：“肉肉。”

秦幼音一震，长睫不住轻颤，有些难以言明的预感。

他眼尾勾着她说：“你说要给我补偿的，那我能不能要求你认真听我说句话？”

秦幼音咬了咬唇，不知要怎么回答。

她抬眸看他，声音颠簸，冲动地问出了口：“顾承炎，你到底……想做什么？”

顾承炎专注地凝视她，在小姑娘水色泠泠的眸子里看到了自己的倒影。他咽下原本打算说的话，转而问她：“你这么问，是我表现得还不够明显吗？”

秦幼音惴惴不安，心跳频率急速攀升。

顾承炎一手扶在桌沿，一手按住沙发，缓缓向她靠近。

他近距离盯着她的唇，沙哑地说：“秦幼音，我喜欢你，在追你啊。”

[23]

突如其来的表白，对秦幼音来说堪比原子弹爆炸，她手腕不稳，差点打翻了碗，忙低下头扶住。

顾承炎整个心都被她紧紧捏着，不禁倾身过去，离她更近，说：“肉肉，你不知道……我有多喜欢你。”

炎哥怎么想的就怎么说，他不太会什么弯弯绕，也不擅长修饰委婉。

秦幼音被他刺激得快窒息了，小蚊子似的要求：“你……你先别说了……”

顾承炎也就表面装得像条大尾巴狼，心里其实特别慌。

这些年顾承炎走南闯北，没有不敢干的事，没有过不去的坎儿，偏偏就是在感情上一片空白，头一次把心掏出来，捧给小姑娘看，可小姑娘不让说了。

顾承炎不知不觉把她压入沙发角落，胸中甜甜涩涩地搅着，皱眉说：“我不逼你，但你得明白我的心思。我不用你次次说谢谢，我想要你回应我。”

秦幼音被他高大身影罩着，毫无反抗之力，缩在墙边，大睁着圆圆的杏眼。

男生近在咫尺，伸手可触，他所有的好和不好也都一股脑地浮现在她面前。

顾承炎追问：“为什么不让我说？你对我，真的就没……”

没有喜欢吗？

秦幼音脑袋里乱糟糟的，她迎着他漆黑的眼，下意识地说：“我对你……”

顾承炎不满她越躲越远，伸手想把她拉过来，袖口顺势上提，露出小臂上花纹繁复的大片文身。

秦幼音瞄到，赶紧闭上眼睛。

她跟顾承炎之间最大的障碍，就这样自动凸显出来。

秦幼音带着鼻音幽幽地嗫嚅：“我对你……一直是有点怕的啊……”

怕？

顾承炎心一空，秦幼音……怕他？

他刚要追问，哪知餐厅所有灯光骤然熄灭，视野跌入一片漆黑，客人们的惊叫声不约而同地响起。

秦幼音也吓得“啊”了一声。

事发突然，顾承炎来不及考虑，手臂一揽，直接把她圈入怀里，安慰道：“没事没事，哥在这儿。”

秦幼音下意识地拽住他的衣襟，被他紧紧抱着，额头抵在他坚硬的胸前。

怦怦巨响的，是他的心跳。

她咬住嘴唇，试图压抑心里猛蹿上来的羞赧。

没过几秒，有服务员举着蜡烛跑出来，说：“抱歉抱歉，突然跳闸了，马上就好，老板说今晚全场八折。”

顾承炎根本没注意，他连自己在哪儿都快忘了，手臂不由自主地收拢，把小姑娘牢牢抱着，俯身在她颈边，小心翼翼地汲取着她的香软。

服务员也就转个身的工夫，灯光重新亮起，电路恢复，顾承炎不得不退开。

这么一出意外之后，辛月也领着俩“电灯泡”回来。

秦幼音如获救兵，用手贴着脸降温，惊慌地说：“我们回去好不好？”

辛月拿鄙视的眼神瞄顾承炎：跟我小嫂子表白失败了？

顾承炎凉凉地扫她一眼：滚蛋！

出了餐厅，秦幼音被踩了尾巴似的，小腿倒腾得出奇地快，俨然一副被猛鬼撵的架势。

顾承炎在后面跟了一路，眼看着她冲进宿舍楼，难受地喊：“秦幼音。”

秦幼音手足无措地定住。

顾承炎问：“你就那么怕我？不回头看我一眼吗？”

秦幼音心里挣扎着。

她确实没有以前那么怕顾承炎了，但文身、打架这些，总归是她避之不及的点。他做她的恩人，做社长，做朋友，她都可以尽量去忽略不想这些点。

可是，他提出了这么亲密的关系……

她本来就因为过去在小姨家留下的阴影而对异性心存抵触，更何况她对恋爱还一窍不通……

对未知的胆怯，把她的悸动死死压着。

秦幼音转过身，脑袋低垂，不知怎么有些想哭。她小声地说：“对不起……晚安。”

顾承炎在楼下站了很长时间才回宿舍，舍友一见他进门，马上邀功道：“炎哥，你有个快递，我帮你拿上来了啊！”

他抬了抬眼帘，看到桌上放着个纸箱，打开才发现是上回买的文身贴纸，发货太慢，刚收到。

别人五大三粗地文着乱七八糟的辣眼睛图案，秦幼音也爱看。

可换成他……

顾承炎长睫低垂，挽起袖子瞅瞅手臂，颜色确实淡了，他抽出一张贴纸藏衣服里，带进卫生间，锁门。

炎哥仰头站在花洒底下，任水流冲过紧绷的身体。

他把旧花臂一起洗干净后，拧眉揉了下刺痛发红的皮肤，把新的又重新贴上。

真是的，好委屈。

要靠这种东西维持在秦幼音那里仅有的关注。

小孩儿到底怕他什么？

顾承炎保持着低气压走出卫生间，凶神恶煞得叫人不敢直视，把迎面过来的舍友吓了一大跳，惊呼：“哎哟炎哥，吓死我了。”

炎哥正烦着这个词儿，森森地问：“哪儿吓人了？”

三个舍友互相对视，悄悄地吞口水。

今晚的炎哥，气场吓人，眼神吓人，表情吓人，文身也很吓人。

顾承炎烦躁地扬眉道：“说！”

舍友要哭了，急忙解释：“误会误会，哥你帅哭了，一点不吓人！我用生命发誓！”

顾承炎抓了抓滴水的发梢，绕开舍友，躺上床用手臂蒙住眼。

就是啊，他到底哪儿吓人了？

舍友壮着胆子，在底下提醒他：“哥，下周就要开游泳课了，明天选课截止，你可别忘了。”

过了半晌，顾承炎才问：“游泳课？”

舍友兴奋地点头说：“据说是校领导刚定的，所有新生都上，室内游泳馆，男女混合，时间自己选，大家都拼命在挤各系系花的课！”

顾承炎想了片刻。

等等，男女混上！室内游泳课！穿泳衣的！

他急忙翻身把手机摸出来，给辛月发微信：“赶紧问问你嫂子选哪节游泳课！”

辛月正在跷着脚啃苹果，收到微信，呵呵两声，脸皮真厚，表白都失败了，还敢说人家是嫂子。

她放下苹果喊：“哎，小嫂子！”

电脑前面的秦幼音一惊。

辛月抽了自己一巴掌暗骂：“嘴瓢了！”

她清清嗓子，一本正经地靠过去问：“音宝儿，你游泳课选了吗？咱一起上行不？”

秦幼音刚登录进校内系统，乖乖地点头回：“我想选人少的时候上。”

程嘉和齐晶晶的专业课太多，选择余地很小，都是人数爆满的时段。

“行，你说咋办就咋办。”

看着秦幼音在周四最后一节课上点了确定，辛月才飘回自己的位置，顺手选了同一节，然后给顾承炎回复：“定了啊，哥你自己看着办。先说好，我帮你通风报信，但是你得有度，别逼她太紧。”

秦幼音虽然不知道自己被卖了，当晚睡得也很不安稳，睁眼闭眼全是顾承炎低低说着“喜欢你”的样子，他的眉眼、声音、温度，像张无形的网一样罩住她，仿佛越挣扎越紧。

天边刚透了亮，她就醒过来，无精打采地找出平板电脑，猫进被窝里画了张表情包。

顾承炎整夜失眠，正揉着眉心，手机忽然叮地响起，是条特殊关注博主发的新微博。他顺手戳进去一看，是新的表情包，小猪崽黑眼圈超浓重。

神了！完美反映他此刻的现状。

顾承炎回复一行字："画得好，是我的真实写照。"

说来也是巧，这个画手是他当年无意间上网碰到的，起初的猪崽画得很粗糙，偏偏每张的表情和配字都能跟他心境契合，像是给他量身打造一样。

他自然而然关注，提过意见，给过鼓励，亲眼见证着这个画手一点点进步，被更多人熟知，直至成为他的唯一爱用表情包。

秦幼音用被子蒙住头，直至最新回复跳出，她才安下心，在"画得好，是我的真实写照"的旁边轻轻点了个赞。

那时她绝望到极点，孤立无援，极端地选择结束生命，被强行救回来后，没日没夜地乱画，开始画得很丑，生硬又粗糙，胡乱放到没人关注的微博账号上。

偶尔出现的评论都在嘲笑她画得不如小学生，唯独有一个人认真地给她留了六个字："猪崽子很好看。"

往后三年，一直到今天，善意回复从未间断。

这个人，秦幼音不知道多大年纪，也不知道是男是女，甚至根本没有过直接的交流，却神奇地成了她熬过那段日子的小小灯塔，锲而不舍地照亮了她。

手机的振动声让秦幼音醒过神，她揉揉眼，一看来电人，连忙接起来，喊了声："爸。"

秦宇嗓子哑得过分，说："音音，爸回来了，你能出来一趟吗？"

半小时后，秦幼音跑出校门，上了熟悉的老旧黑色轿车。

一段时间不见，秦宇又沧桑不少，眼里全是血丝，盯着她看了半天，嘴唇嚅动着说不出话。

秦幼音试探地握了握他的指尖，轻声问："楚昕的事，您会生我的气吗？"

秦宇一愣，大手随即摸上她的头道："是爸不好。"

他帮助楚昕母女的初衷，是心有不忍，结果资助对方到如今，却让自己闺女差点被其所害，听说这件事后，他只觉得痛心。

秦宇反复问了两遍秦幼音的身体，确定她已经康复，他才沉声说："既然过去的事你都知情了，那我也不瞒你了。

"当年抓捕的那个头目深知犯下的案子罪无可恕，便把罪责都揽在自己身上，已经伏法。那二头目被判了二十年，在监狱里减刑两次，快提前释放了。他那些漏网之鱼沉寂了十来年，最近又开始活泛，所以我才没能经常来看你。”

秦幼音脸色发白，担心地问：“那您会不会有危险？”

“当然不会，”秦宇斩钉截铁道，“爸是担心你。”

当年妻子被连累的惨状，他到现在仍记忆犹新，半点不敢拿秦幼音冒险。如果早知道那个二头目会减刑，他根本不会答应女儿来这里上大学，离他这么近。

秦宇叹气道：“以后爸要是跟你见面少，你别失望，都是事出有因。”

不等秦幼音失落，他立刻转移话题，扔出炸弹问：“还有，那个有文身的小伙儿，究竟咋回事？”

秦幼音杏眼睁圆。

秦宇哼了声道：“你王叔都跟我说了，别当我不知道！上回我是怎么交代你的，还敢交那种男朋友！”

秦幼音脑袋要炸了，慌忙摆手道：“不，不是呀，我们——”

“他照顾你，护着你，替你解决麻烦，是不是真的？”

秦幼音噎住，弱弱点头回：“是……”

“那还有什么可说，”秦宇拍板，问，“那种眼睛长到头顶上的小年轻，要不是喜欢你，能干这些？”

秦幼音哑口无言，抿着嘴快哭了。

秦宇糟心地摇头说：“你大了，我这当爸的也管不住。不过经过这件事，他瞅着还算有点谱，下回带出来让我见见，要是不合格，趁早分手。”

秦幼音委屈巴巴地下了车，目送汽车开远，捏紧小拳头。

为什么解释不清了……顾承炎根本不是她的男朋友！

正想着，汽车又倒了回来，秦宇降下车窗，探出半张脸，严肃地道：“注意分寸！不许让他占便宜！如果做了坏事被我知道，绝不轻饶！”说完彻底绝尘而去。

秦幼音毫无力度地跺了下脚，她没有答应……

真的，真的不是啊！

下午第一节又是三系混上的公开课，秦幼音提早到教室，挑了中间靠墙的位置。陆续有同学进来，她身边很快就被占满。

上课前五分钟，顾承炎走进来，秦幼音眼睛始终瞄着门口，等到真的看到他，她赶紧垂下眼帘，装作不知。

教室里逐渐安静，无数目光集中在顾承炎身上。他走到秦幼音的那一排，站住，侧头盯着她。

她坐在最里，低着脑袋不肯回应。

外面五六个同学俱是提心吊胆，有人试探地问：“炎哥，要不我去后面，这个座给你……”

没等他说完，刚进来的老教授咳嗽一声说：“哎！又是顾承炎！不回座干啥呢？”

秦幼音吓一跳，顾承炎平时成绩都扣了，要是再犯错……

她忍不住动了动，蹙眉望向还定定站着的身影，无声地嗫嚅：“小炎哥……”

顾承炎眼睫这才一颤问：“怎么？”

秦幼音着急地说：“你……快找位置坐下。”

顾承炎唇抿成线，狭长眼尾徐徐染上低落的暗色。他盯着她停顿几秒，沉默地走去后排。

坐在秦幼音旁边的女生这才长出口气，好奇地挨近她，悄悄地问：“你居然不跟男朋友坐一起，该不会吵架了吧？”

秦幼音差点咬到舌头，怎么回事，在爸爸和同学眼里，顾承炎是她男朋友了？

她解释：“不是啊，我们不是那种关系。”

“骗人吧。”女生翻出论坛里的帖子给她看，说，“炎哥都这么公开表白了，搁谁身上不得高兴疯，你不会真的还没同意？小老妹儿，你抵抗力够强啊！”

秦幼音以前没进过医大的论坛贴吧，这还是第一次看。

她接过女生的手机，看到顾承炎的那句回复，心口禁不住一抽，像被有力的手一把掐住。

老教授站在前面，讲到重点，满场搜索提问目标，一眼瞧见最扎眼的顾承炎，根本没在好好听讲，要么低头失神，要么一动不动注视斜前方的小姑娘。

没得怀疑，果断点他起来。

“顾承炎”三个字一被叫出来，秦幼音比他本人更紧张。

怎么办，他肯定不会，再答不出又要被批评，期末考试百分百挂科了！

秦幼音额角出了细汗，抓紧时间去看题目，把答案写在纸上，才想起顾承炎离她好远，根本看不到，她又匆匆打字，给他发去微信。

顾承炎没表情地站着，答案就在嘴边。

他不是不学无术来大学混的，更不想被秦幼音看不起，每门课程，他都有暗地里认真学。

但就在答案出口前的一瞬，他看见了秦幼音扭过头，表情是少见的惶急，他放在桌面上的手机也振动了，弹出微信对话框，里面是一字不错的答案。

从见到她起，一直紧紧皱缩着的心，终于尝到了一丝丝珍贵的甜。

他不说话。

老教授再次催促。

秦幼音又发了第二条："答案是对的，你快说呀。"

顾承炎双手按着桌沿。

他从来不知道，所有心绪情感，喜怒哀乐，能被一个人这样完全牵动着。

她冷淡不理，他就无所适从。

她给予一点关心，他就贪婪地渴望更多。

顾承炎觉得自己坏透了，他抬眸，一字一句地说："我不会。"

老教授气急败坏，把他前两次的恶劣行径又拿出来敲打一遍，将桌案拍得震天响，下了最后通牒，如果下回提问再答不出，立即取消考试资格。

顾承炎坐下后，把手机放到腿上，小孩儿发来了一连串微信，问他为什么不答。

他回复："你不是不理我，也不管我吗？"

秦幼音手腕一顿，不敢回眸。

顾承炎又说："现在怎么办，我马上要挂科了。"

他掀起眼帘，凝视着墙边那个坚持躲他的小身影，胸口鼓胀酸痒。

他继续发："你要是还想管我，能给我补习吗？"

一排字扰得秦幼音整节课都心律不齐。

上次顾承炎扣了 20 分，可全都是为了她……

临近下课，她皱着小脸，慢慢戳着屏幕："好吧……那等周末社团活动。"

顾承炎秒回："不行，太晚了，改成周四游泳课。"

游泳课？

秦幼音愣怔时，就听到前面的女生们在悄声议论：

"哎，你知道不，顾承炎选的是周四下午的课，我们全宿舍都抢进去了！他选完马上爆满！"

"我们也是！我还特意买了性感泳衣。"

"喂，人家顾承炎有女朋友了好不好。"

"有就有呗，又不影响我们纯欣赏是吧！就他那身材，全校哪个能赶得上，而且文身超帅，看两眼也赚翻了。"

周四下午，跟她一起？

秦幼音浑身僵硬，又收到了顾承炎的新消息："小孩儿，等周四游泳课时，给你看八块腹肌。"

第八章

男朋友预备役

［24］

周四游泳课来临时，秦幼音踟蹰在宿舍门口，眼前飘过“八块腹肌”四个大字，很没出息地想打退堂鼓。

辛月整理好东西，搭住她的肩，催促：“走哇，音宝儿，快迟到了。”

秦幼音一张巴掌脸上尽是愁苦道：“我想逃课。”

辛月差点笑出来。

平常最爱学习的超级乖宝宝，这是得被逼成什么样，才能说出逃课的话。

辛月语重心长道：“为了躲我哥？”

秦幼音苦兮兮地看她，对她的明知故问有些委屈地回道：“上游泳课的时间，是不是你告诉他的啊……”

“是。”辛月大方承认，“毕竟是我哥嘛，他跟我都那么喜欢你，我想让你做我小嫂子也无可厚非对不对？再说了，以我的了解，顾承炎这人特别执着，不达目的绝不罢休。你就算这次逃课，那还有下次。这学期不上，总还有下学期，他绝对不会放过。”

秦幼音垂下脑袋，小小“呜”了声。

辛月被她这副小模样萌得肝儿颤，搂住她拍拍，说：“反正被顾承炎给盯上，逃脱概率太小了，你还不如直面迎上去，最多当他不存在，别搭理他呗。”

秦幼音被辛月连哄带拖，到底出了门。

男生宿舍里，顾承炎还没走，他为了以防万一，特意把现有的文身给洗掉，准备重新贴张新的。

手臂放在水流下冲洗的时候，顾承炎隐约觉得这次买的贴纸似乎没有以前质量好，用着有点过敏，而且很容易就洗净了。

时间紧迫，他也没工夫细想，端正贴好以后，照了下镜子确定没问题，揣起一条大浴巾就直奔游泳馆。

上课前十分钟，馆里已经人满为患，女生更衣室里很挤，辛月大刀阔斧才抢下两个位置。

秦幼音看看四周脱光的女孩，有点为难地把手指放在衣摆上。

旁边的辛月刚放下包，手机开始大响，她接起电话就变了脸色，问："非得现在去？行行行，知道了……"

秦幼音有种即将落单的不好预感。

果然，辛月皱眉挂了电话说："音宝儿，学生会有急事让我过去，我不能跟你一起上课了。"

秦幼音咽了咽，点头道："好，我自己可以的……"

两个人的泳衣都在辛月包里揣着，她急匆匆地拽出一件给秦幼音说："抱歉啊，下节课我一定陪你。"

辛月走后，秦幼音吸了口气，默默给自己鼓劲——

怕什么……上课而已。

她定住神，窝在角落快速脱掉衣服，光着身子把泳衣拿出来一看，顿时傻了眼，居然——居然是酒红色细带露背小裙摆的性感泳衣！是辛月拿错了泳衣，把她的超级保守款泳衣给带走了！

外面有老师在喊："大家抓紧，三分钟之内集合！拖拉的同学要扣分的！"

秦幼音更是欲哭无泪。

更衣室里，其他人陆陆续续换好，正互相评价着彼此的身材。

"哇，你这件好性感啊。"

"你也不差，这件泳衣小一千元吧？为了跟顾承炎一起上课你也是拼了！"

秦幼音一字不落听见，不自觉地回眸，说话的几个人俱是丰胸、细腰、大长腿。

老师再次扬声道："还有最后一分钟！"

秦幼音收回目光咬咬牙，用最快速度把泳衣穿上，尽可能挺直脊背，走出更衣室，排在女生队伍的最后面。

她刚站稳，就听到此起彼伏的抽气声，还夹着激动的轻呼声。

男生更衣室里，有道修长人影缓步迈出。

顾承炎优越的身形在一众同性里鹤立鸡群，黑色短发利落，眉眼深刻而清隽，平直宽肩上搭着大块浴巾，胸腹上蓬勃舒展的漂亮肌理半遮半掩，紧窄腰际以下，是长至膝弯的短裤。

女生们的兴奋全变成了"太小心眼了吧，上个游泳课遮那么严实"。

"他好像在看这边！"

“看谁呢，看谁呢？是不是看我？”

秦幼音脸颊涨红，赶紧缩了缩，藏在人群里。她刚躲好，老师正巧画到最后一个名字，大声念出：“秦幼音。”

顾承炎眯起眼。

老师没听到回答，再次喊：“秦幼音，来没来？”

秦幼音攥着手指，不得不把轻弱的音量努力提高：“到。”

“在哪儿呢？我看不见。”

女生们整齐划一地回头，惊诧目光全部集中在队尾，不约而同地挪动脚步，让最后面的身影露出。

小姑娘亭亭站着，全身皮肤瓷白胜雪，双腿笔直纤细，腰肢被酒红泳衣包裹，窄窄不足一握，再往上，胸口饱满隆起，更衬得小巧一张脸精雕细琢，纯真里透着不自知的媚。

刚才嘴碎的几个人目瞪口呆，脸上集体变色，男生们的目光也全被吸引住。

顾承炎死死盯着秦幼音的性感泳衣，狭长眼尾含着怒意敛起，冷冷地侧头道：“都瞅啥呢，那是我媳妇儿！”

他扯下肩上的浴巾大步流星走过去，目不斜视地赶到秦幼音身边，众目睽睽之下，把浴巾往她身上一裹，咬牙切齿，嗓子是哑的：“秦幼音，你能不能让我省点心！”

秦幼音慌乱地仰头。

顾承炎跳着怒火的黑瞳气势凌人。

之前那几个女生看到他逼近，贼心不死地眼睛乱瞟，他眼刀横扫过去：“瞅啥，我是我媳妇儿的！”

炎哥高调宣示完主权后，人群彻底乱了套，秦幼音杀伤力极低的“谁是你媳妇儿”被彻底淹没在各种声浪里。

游泳课老师都年轻，对这种情景有点喜闻乐见，看了一阵热闹才把队伍归拢，很快就讲清基本动作，随后安排：“大家先自由练习，等会儿有几位高年级的师兄师姐过来客串帮忙，可以取取经。”

顾承炎直接进更衣室打电话问：“辛月，泳衣怎么回事儿？”

辛月茫然道：“小嫂子的超级保守款，你还不满意？”

顾承炎气疯了，说：“她穿的是……”

“性感”两个字死也吐不出，他狠狠地说：“红色的！”

“红的？”辛月忙翻翻包，说，“我拿错了，她的在我这儿！”

“少废话，赶紧给我送来！”

辛月不敢怠慢，紧赶慢赶把泳衣送到，秦幼音通红着脸，飞奔进更衣室去换。

一道背影吸引多少人在暗暗打量，顾承炎心火上升，烧得额角直跳。

秦幼音换好泳衣，总算是自在了。她能感觉到顾承炎今天的怒气格外旺盛，她不敢沾惹，害怕地躲远。

而且……他态度那么凶，花臂那么惹眼……处处都吓人。

他进她退，他追她躲，结果就是，顾承炎比刚才更窝火。

顾承炎不能再轻举妄动，烦闷地坐在泳池边的休息凳上，目不转睛地盯着那个小身影。

老师在不远处拍手道：“大家注意一下，你们的师兄师姐都到了，为了促进学习积极性，那就异性搭配——”

顾承炎根本没兴趣，看都没看一眼。

然而他发现秦幼音愣了一下，追着她视线拧眉望过去，不禁低骂一声。

徐冉穿着短裤短袖，笑得温文尔雅，在几人当中很是显眼。他一眼找到秦幼音，直接冲她走过去，怕她拒绝，还找出个冠冕堂皇的理由：“我来教你，刚好找你有事，系里在统计十一假期留校的名单，要组织活动，你应该参加吧？”

秦幼音果然被正经的话题吸引，认真考虑时，不知不觉被徐冉引导着下水。

顾承炎站起来，一眨不眨地看着，心里乱窜的分不清是嫉妒还是火气，灼得五脏都在酸疼乱跳。

秦幼音谁都不怕，只怕他。

他控制不住地向她靠近。

秦幼音在水下套着救生圈。旁边有几个女生也在笨拙地学习，一见到徐冉下来，忙喊：“师兄，能不能帮帮忙？”

徐冉无法拒绝，嘱咐秦幼音两句，就游过去暂时协助。

秦幼音独自漂在水上，不经意地转头，看到了岸上的顾承炎。

他凝视着她，遮不住眼睛里面强势的侵略性。

她慌忙避开，目光向下，看到了他垂在身侧的大花臂。

过去只见过局部，这还是初次看到全貌，花纹诡异复杂，张牙舞爪，处处透着无法无天的诡异邪肆。

秦幼音垂下眼，不敢再跟顾承炎对视，搞不懂他今天怎么会一反常态，比以前还凶。

她本能地拖着救生圈往远处拼命跑，漂出一段以后，突然惊觉异样，她的身体好像在不断变重，露出水面的部位越来越少。

不对……

她慌忙扑腾两下，居然下沉更快，是救生圈……救生圈在漏气！

秦幼音额头一下子就出了汗，高度紧张之下，心悸又来势汹汹。她张了张口，一时没发出声，努力拍打水面，然而救生圈瘪下去的速度更加迅速。

秦幼音耳朵里在乱响，全世界只剩下无边水色，她恍惚听到有人在大声叫她，身后还有扑通入水的巨大声响。

她用尽力气转过身，挣扎中，头已经快没到水下。

最后出现在视野里的，是飞快朝她游过来的那个熟悉身影。

顾承炎怕吓着秦幼音，一直没敢靠得太近，发现情况不对的时候，心脏几乎蹦出，他毫不犹豫地扎进水里，直奔着小孩儿冲过去。

越来越多人发现变故，整个馆里都在惊呼，老师也跑过来大喊。

顾承炎全都听不到，他速度逼到极限，脸色发白地够到秦幼音脱力的手，死死攥住扯到怀里，抱紧她的腰腿向上托。

“肉肉，跟我说句话！”

秦幼音经过极短暂的窒息，头发已经湿透，呼吸急促，猛烈呛咳，伏在他肩上只字难言。

徐冉终于从震惊里反应过来，急忙要靠近，顾承炎怒喝：“滚！”

他搂紧秦幼音，拼着体力尽快上岸，把她放平，手掌按压她的胸口叫道：“秦幼音，音音，你回答我一声！”

秦幼音并没有昏迷，只是呛了水气上不来，堵得胸口剧痛，睁不开眼也说不出话。

顾承炎急疯了，持续按压后，见她还没有明显好转，掐着她的下巴转向自己，低头就要将嘴唇覆盖上去。

秦幼音迷迷糊糊地感觉到滚烫的热源接近，急得一咳，那口水终于呛出嘴角。

顾承炎一把抱住她，抚着她的脸，给她抹掉水迹。

平常天不怕地不怕的“小阎王”，这时候已经没办法发声。

他不住地安抚她，艰难地哑声问：“难受吗？好点没有？”

秦幼音有些混沌，心里害怕又后悔，脑子里只知道身边的人是顾承炎，他又救了她，把她从水里捞了出来。

她的委屈和不自觉的依赖混杂着，忘记了其他，下意识地含糊嗫嚅：“小炎哥……”

顾承炎急忙答应，双臂抬着，不住地摸她的头。

秦幼音迷蒙地睁开眼，看得不太清楚，顾承炎的一双霸道大花臂，就在她视线范围里不停地晃。

她用力眨了眨眼，盯着花臂，依然看不清。

秦幼音这下是真的慌了，胆子也跟着变大，不由自主地抓紧他的手腕，恐惧地问："我……我眼睛是不是泡坏了？我什么都看不清……"

顾承炎抬起她的脸。

秦幼音顿时茫然了，哎，怎么回事，小炎哥的五官还是清晰的，跟平常差不多，那刚才……

她重新低下头，再次看向那一双花臂，还是一样模糊！

秦幼音吓到坐直，捧起他的手臂抬高，高度近视一样把眼睛近距离贴上去。

顾承炎也终于感觉到了一丝异样，随着她的目光，一起落到自己的大片文身上。

文……文身？

他迷茫一瞬之后，一双眼震惊地睁大，全身石化般，一动都动不了。

秦幼音眨巴眨巴眼，看看文身，再仰头看看顾承炎。

死寂了片刻后。

她总算找回跑丢的声音，不敢置信地、尽可能轻柔地小心问出口："小炎哥……你……你的花臂呢？"

顾承炎僵硬地一寸寸扭头，无比绝望地重重合上眼。

花臂呢？

他特意新买的，新贴的整整两胳膊……居然全在游泳池里给泡到模糊了！

[25]

顾承炎被惊天巨雷击中，好半天缓不过来。

他像个雕塑一样僵硬地蹲跪在地上，在脚边聚成的两摊水迹，分外凄凉。

秦幼音也没比他好多少，一头雾水地凝视着他化成马赛克的大片文身，脑袋里全是问号。

那些让她惧怕的奇诡花纹，现在成了被溶开的水墨画，只剩下一些模糊印记，其他的……全在一滴一滴流淌的黑色水珠里。

噢噢噢，水珠要掉了！

秦幼音鬼使神差地摊开双手去接，水珠砸进她掌心里，墨汁一样……

她的脑细胞彻底不够用了，问："这是……没文好吗？是不是得去找文身店赔钱啊……"

顾承炎心都碎成了泥，脸皮再厚也不能继续骗她。他糟心地扶额，吃力地说：“肉肉，对不起，这是我买的贴纸……刚才泡水……掉色了。”

秦幼音呆滞三秒，断开的神经“啪”一声对接，她蓦地抬起头，眼底有光彩隐隐亮起：“贴……贴纸？”

顾承炎迎上她瞪大的眼睛，简直万剑穿身，苦涩地低下头说：“是……让你失望了。”

小孩儿肯定更烦他，更要躲他了，他唯一一个能吸引她的地方，成了丢脸的骗局，他再也没希望走近她。

秦幼音惊觉情况有误。

不是，等等，顾承炎到底是有什么误解！

她郑重其事地问：“小炎哥，你为什么要贴文身贴？是觉得好看吗？可是这个东西多吓人啊，又凶又邪气……”

顾承炎脑袋瞬间短路问：“吓人？凶？”

秦幼音皱着鼻子回：“是啊。”

“你，不喜欢？”

秦幼音惊得直呛水说：“当然不喜欢，我最怕文身了。”

顾承炎气血轰隆上涌，眼前直发黑。他敏感察觉到后头一帮人要往前凑，凶狠地一回眸警告：“别过来！都给我离远点！”

然后，他强忍着一拳打死自己的冲动，卑微地垂下头，声音略抖：“你说，你怕这个？”

秦幼音认真地回答：“超怕的！”

顾承炎一口血堵在喉头，真相脱口而出：“我是以为你喜欢，为了追你，才特意贴给你看的！”

他信念全塌，忍不住把乌七八糟的手臂往她面前伸，委屈死了地控诉：“而且这贴纸质量一点也不好，你瞅瞅，我都过敏了，可痒呢！”

顾承炎音量不自觉地提高，再次吸引了围观群众，以老师为首，以为秦幼音出现什么不良状况，坚持往前凑。

“秦幼音同学，你感觉咋样？快点去校医院看看吧？”

秦幼音这才完全清醒，惊觉自己还在顾承炎怀里特别亲密地靠着。

她赶紧挪了挪，跟他分开少许，接着哆哆嗦嗦扯下身上裹着的浴巾，盖在了他的手臂上。

“小炎哥，你还是先挡着吧。他们要过来了，我怕有人笑话你。”

顾承炎被秦幼音给同情了，有点哭笑不得，又把浴巾给她裹回去，干脆利落地将她打横抱起。

秦幼音涨红着脸抗议："我不严重，能走，你放我下来！"

顾承炎不为所动，坦然地转过身。

人群哗啦围上来。

徐冉脸色难看地冲在最前面说："秦师妹，怪我，没检查好救生圈就随便拿给你。"

顾承炎目不斜视从他面前经过说："用不着说废话，她没工夫听。"

老师也挤过来说："同学，你冷静点，我们还是一起送她去校医院。"

顾承炎一步没停，回："不用，她有我就够了，谁都别跟着。"

淡淡一句话，威慑力十足，硬生生把池边的人全部截下。

顾承炎把秦幼音放在更衣室门前，嗓音还是哑的，问："肉肉，你自己行吗？要不我陪你？"

"不，不用！"秦幼音连浴巾都没来得及甩掉，一弹一跳地冲进去，生怕他跟来。

更衣室很静，秦幼音扶着柜门，按压剧震的心口，努力消化过大的信息量。

顾承炎的花臂是假的，传言也是假的，他身上干干净净，根本就没有文身！

"肉肉？"顾承炎担心，在门外喊她。

秦幼音恍过神，磕磕绊绊地答应一声，急忙开始换衣服。她绕到颈后去解泳衣的绳结时，不经意摸到了自己的上臂内侧，忽然僵住。

顾承炎的声音再次响起："换好没有？怎么还不出来？是不是难受？"

秦幼音松开咬住的唇，胡乱抹了下眼角，站起来套上外衣回道："来了……"

走出游泳馆时，还是上课时间，校园里人不多。

顾承炎把自己的帽子扣在她头上，俯身要把她托起来说："走，去医院。"

秦幼音摇头道："我没事，就是呛了一口水。"

顾承炎见她坚持，舍不得硬来，何况心里七上八下疯狂颠倒着，想知道一个答案，他低声问："我真的不放心，而且……我还有话跟你说，咱们找个地方坐坐行吗？"

什么话，秦幼音知道的，她抓着衣摆不吭声。

顾承炎不得不搬出另外的借口说："你答应游泳课之后给我补习的，不算数了吗？"

这么强悍的一个人，示起弱来秦幼音哪里招架得住，她犹豫了一会儿，放弃抵抗，轻轻地点了下脑袋说："那去图书馆吧……你先往前走，我有点事，很快就过去。"

顾承炎嘴上答应，其实根本挪不动步，望着她背影拐了个弯，走进游泳馆附近的药店，出来时，手里提着个小袋子。

他立即迎上去问："买的什么？"

秦幼音仰脸，把袋子递给他说："是治过敏的药膏。"

顾承炎愣住。

他说他手臂过敏很痒，她居然记得……

意识到这个事实，他很激动，一把抓住秦幼音的手，不由分说地径直往图书馆里带。

图书馆是今年新建的，面积大，自习室多，还有些边边角角的小房间没有安排用途，暂时空着。

顾承炎早已对地形了如指掌，熟门熟路地带着秦幼音找到其中最隐蔽的一个，进去关上门，腿一伸，勾过一把椅子把门堵上。

空荡荡的屋子里，唯有她跟他两个人。

秦幼音慌了，问："你……你干什么……不是补习吗？"

"是补习。"

顾承炎把小姑娘往上一提，放在墙边横摆的一张桌面上，不给她逃走的机会，双手左右撑开，把她困在当中说："就这么补。"

秦幼音被他的气息铺天盖地地罩住，心跳快到呼吸困难。

他离得太近了，侵略性十足，秦幼音难熬地往后躲，说："你别这样，能不能好好学习……"

"能。"顾承炎凝视她，问，"作为交换，你能不能好好跟我说几句话？"

见秦幼音不答，他又提出："那这样，你问我一个知识点，只要我会，你就回答我一个问题，很公平。"

秦幼音还真就信了他的邪，以为他对这门课一窍不通。

他答不出，她就可以跑。

可鬼知道学渣顾承炎，为什么会轻轻松松把一堆难点对答如流！

"好，换我了。"

顾承炎反扑过来。

"第一个问题，既然你不喜欢文身，为什么崇拜地看别人？饭店老板、搬钢琴的，甚至还有陈年。"

秦幼音冤枉得要哭了："哪有崇拜，我明明是害怕！"

顾承炎也冤枉，问："害怕？我要是那么盯着一个人看，那肯定就是喜欢，还喜欢得要命！心都恨不能掏给她！"

就比如此刻，他盯着眼前的人。

秦幼音面对他灼灼的眼睛，抵抗力越来越弱，耳尖热得火烧火燎。

顾承炎倾身凑得更近，跟她的鼻尖只隔着一只手掌的距离，面对她无措的样子，他不忍再争辩，低叹地问："好，是我太笨了，误解了你的意思，做出蠢事……那你告诉我，除了文身，你还怕我什么？"

秦幼音微喘着，努力贴向背后墙壁。

"很凶……"

"我以后不凶了，还有呢？"

"抽……抽烟也不好。"

"我不抽烟！上回在校门口等你，是点陈年的烟驱蚊子！"他咬着牙道，"还有？"

男生的体温放肆侵袭，时刻酝酿着要变本加厉，秦幼音手脚都在渐渐发软，她不由自主地嗫嚅："还有……打架，特别可怕……"

顾承炎说不出话了，心里泛上钝钝的疼。

是，他打架，被她亲眼撞见过，抵赖不了，记忆也抹除不掉，他无可辩驳。

顾承炎燃起的希望就这样落进一阵煎熬里。

半晌后，他往前更近半步，把额头抵在她纤薄的肩膀上说："秦幼音……我全都改，我保证以后不做让你害怕的事。"

秦幼音吐息急乱，湿凉的手抓住他的衣襟。

"我肯定能改。"顾承炎轻蹭两下，靠向她馨暖的颈窝，哑声央求，"那不喜欢我这件事，你也试着改一改，好不好？"

[26]

秦幼音还是选择了落荒而逃。她就好像是突然得到了爱抚的孤独流浪猫一样，比起受宠若惊，更多的是惶惑、脆弱。

她一路不敢停歇地冲回宿舍，冲进门踢掉鞋就爬上床，钻到被子里裹住脑袋。

"出什么事了？"

辛月站到床梯上，强行扒开被角，露出秦幼音乱糟糟的脑袋，和红成番茄酱的一张巴掌小脸。

程嘉急忙问："病了？发烧了？"

辛月仔细瞅瞅她，反倒冷静下来说："散了吧散了吧，没事儿，小家伙被人给表白了。"

程嘉和齐晶晶眼睛放光，同时长长地"哟"了声。

这时秦幼音手机响起，她反射性地又往被窝里藏。辛月帮她掏出来一看，对着来电人姓名挑起眉梢说：“不是洪水猛兽顾承炎，是你徐学长。”

徐冉？秦幼音露出一撮头发，伸出瘦巴巴的小爪子道：“那，那给我吧。”

电话里，徐冉又对她道了一次歉。

秦幼音迷迷糊糊的，根本没听清几句。

徐冉叹了口气，重新提起在泳池边问过的话题：“院里催着统计活动名单，你确定十一期间留校吧？”

秦幼音眨眨眼，她没有家，小姨那里不可能回去，而爸爸住的地方，她至今还没见过，不留校去哪儿。

徐冉应了声：“好，那我就把你的名字填上去了，十一当天，留校的同学统一组织出去露营……”

挂掉电话好一会儿，秦幼音才理清了刚才徐冉说的话。

她脑袋一空，腾地翻身坐起来。

十一，要跟好多不熟悉的人一起去露营？

顾承炎在图书馆待到很晚才出来，茫然地站在路边，不知道该去哪儿，中途有学生经过，嘻嘻哈哈地闲聊，音量不低。

“你听说没？中医学院组织十一留校的学生集体去露营。”

“露营？去哪儿？咱们院咋就没这种好事。”

“好像是西山那边，风景挺好的，吃的也多，正好方便小情侣们沟通感情。”

“中医学院倒是为‘单身狗’的终身大事操碎了心。”

顾承炎黑瞳沉了沉，给辛月发微信：“露营？音音去吗？”

辛月回得痛快，刺激他：“去，还是徐学长专门打电话来问的，两人可聊了半天呢。”

顾承炎手指一紧，果断把辛月拉进黑名单。

他在初秋寒凉的夜风中站了片刻，拨通系里负责人的电话说：“咱们系也组织一个十一的露营活动，跟中医学院联合，一起去。”

负责人犯愁道：“哥啊，不是我不愿意，咱没钱。”

顾承炎说：“钱我出，你负责办。”

“好嘞！”负责人一拍大腿，激动不已，说，“哥你说，要多少人参加！我现在就去发通知！”

“一个人。”

“啊？”

“就我一个人参加，”炎哥语气不善地反问，“不然呢？你当我的钱是大风刮来的？”

负责人太阳穴突突直跳，炎哥厉害，他败了。

离十一假期只剩下三天时间，全校都在忙碌着放假回家，时间走得飞快。

秦幼音自己都说不清到底在逃避什么，尽一切可能躲着顾承炎，撞见了也飞快溜走。她努力用学习填满所有空隙，看似不受影响，唯有自己知道，夜夜躺在床上时，意识都被某人的脸和声音占据，搅得不得安宁。

她睡不着，就去摸身上凹凸不平的伤疤。

摸一下，心里塌下去一点。

也能把从未幻想过的恋爱……那种离自己无比遥远的美好，再驱赶开一些。

十一当天一大早，露营的队伍在校门口集合。

因为要过夜，秦幼音带了不少东西，背一个沉甸甸的双肩包，把她的肩膀都压下去少许。

领队站在大巴车前扬声说：“临时有一个小变动，因为咱们队伍的人不算多，车上还有空位，所以决定跟兄弟院系的同学联合出游，大家欢迎！”

掌声稀稀拉拉。

秦幼音没由来地冒出不安预感。

兄弟院系？

下一秒，她的预感落实。

她肩上的大背包被人从身后轻松拎起，卸下，提在手里。

秦幼音一转头，几天没好好见过面的顾承炎，穿一身黑色运动装，正站在阳光底下垂眸看着她，眼中有缠绕的血丝。

“我天，是顾承炎！”

“炎哥跟咱一块儿去？”

“咱院儿小仙女是炎哥对象，多正常！”

顾承炎无论走到哪儿都是高人气。他一露面，之前还有气无力的人群立即像打了鸡血般，掌声啪啪响。

秦幼音的小心脏又开始不听使唤，她避开视线，轻声问：“你家不是本地的吗，凑这种热闹干什么……”

顾承炎拢住她的肩膀隔开外人，护着她上车，语气低沉：“我媳妇儿家不是本地的，我要跟她一起去。”

秦幼音耳朵一红，碍于周围人多又不能反驳什么，她快走几步，坐到后排临窗的位置。

她旁边的位置没人敢碰，顾承炎沉默坐下，打开包，拿出小饭盒、保温杯，一样样地摆出来垫在自己腿上。

秦幼音偷偷用余光瞄。

包子？烧卖？蒸饺？豆浆？还有小米粥？

顾承炎戳戳她说："肉肉，吃早饭。"

秦幼音心虚地咕哝："我……我吃过了。"

"骗人可不是好小孩儿，"顾承炎先把豆浆塞她手里，"再不吃凉了，而且车一启动就放不稳，到时候洒我腿上，伤该疼了。"

秦幼音脸都被他气鼓。

总拿腿伤说事儿，认准了她拒绝不了这个理由！

秦幼音被强行投喂，嘴里塞得满满的。顾承炎侧过身，挡住不相干的视线，伸手帮她把滑下来的头发别到耳后。

皮肤相触，有酥痒的电流。

他克制地收回，紧盯着她低声问："这几天你睡得好吗？你不跟我见面，不接电话，也不回我微信，我一直失眠，根本就睡不着。"

秦幼音心口酸涩地抽了下，咀嚼变慢，垂下脑袋，无声地吞咽。

医大离露营的西山路程不短，接近中午才到达目的地。集体午餐之后，先是自由活动，下午就开始安营扎寨，搭起几个大帐篷，安顿好住处，以便晚上的露天烧烤能顺利进行。

运动医学系只来了顾承炎一个，属于超预算的人员，原定的集体帐篷里没他的位置。

秦幼音有一点担心，但也不好问，跟同学们忙碌时，有意无意地看他。

看了几眼，又觉得自己瞎操心。

炎哥是谁啊，哪会没地方住，周围各种档次的酒店那么多，说不定等会儿他觉得没意思，就会提前走了。

秦幼音好不容易管住自己眼睛，就听旁边女生夸张地惊呼一声："炎哥厉害了！"

她不禁扭头。不远处，顾承炎单手扛着崭新的帐篷骨架回来，旁边跟着两个殷勤提着篷布和工具箱的人。

他选了块离秦幼音的帐篷不远不近的位置，把骨架落地撑开扎稳，压根儿没用人帮忙，手臂一扬铺开篷布，压边定角游刃有余，没一会儿就搞定，汗都没流一滴。

反观中医学院的大伙儿，个个气喘吁吁，一言难尽地目睹全程。

人跟人差距这么大的吗？

顾承炎脱了外套扔进帐篷，短袖上衣露出干净浅白的有力双臂。他走到秦幼音身边，揉了下她头顶道：“去里面歇着，你有什么活儿，我替你干。”

有了顾承炎参与，中医学院大部队的进度突飞猛进，太阳落山前，把住处落定，烧烤的阵势也全面铺开。

天黑以后，露营的气氛达到最高潮。

秦幼音这一整天下来，心情就没平复过，顾承炎如影随形地跟在她身边，又不逾矩，她无从抗拒。

只能尽可能硬着头皮往人堆里钻，以往她最害怕吵闹喧嚣，到今夜，竟然比不上顾承炎带来的强势威胁。

秦幼音正蹲在烤架边发呆，领队大叫：“快快快，烧烤料不够了！赶紧去两个人多买几包！”

男生们基本都在干脏乱累的活，这种轻巧任务自然落到女生头上。

系里一个眼镜妹站出来问：“谁跟我去？”

秦幼音和她还算熟悉，又感觉到顾承炎追逐的目光，主动站起来说：“我们一起……”

眼镜妹欣然点头，拉住她就往营地外面走。

秦幼音听到后面的脚步声，攥了攥手指，回头说：“你别跟着了，留下吃东西吧。”

顾承炎站住，没有说话。

走出一段距离，眼镜妹感慨：“音音你超好命啊，有顾承炎这种男朋友，老多人羡慕你了！”

不等秦幼音否认，她们已经走到来时路上经过的最近一家超市，可超市竟然提早关了门。

眼镜妹纠结地捂了捂肚子叹道：“太倒霉了吧，等我查查地图，看哪儿还有。”

她放大地图搜索一圈，指指右边的路口：“走到头，有个大超市。”

秦幼音望过去，那条路还算热闹，有不少营业的烧烤店，外面一桌桌坐满了人。

西山这里算是风景区，又逢节假日，人多实属正常。

眼镜妹表情更苦说：“咱快走吧，我肚子有点疼，刚还以为买完马上就能回去，这下可好，又得费时间。”

秦幼音点点头，跟她一起走过去。

路很宽，但被大大小小的桌子和客人占据，就显得拥挤。秦幼音小心绕过各种障碍，加快速度往超市赶，可才走一半，眼镜妹就弯下腰道：“完了，我不行了，哪儿有厕所啊？”

她脸色发白，没办法地抓住一个烧烤店的服务员，以两块钱一次的价格，得到了去蹲坑的允许。

眼镜妹拽拽秦幼音说：“音音，你在这儿等，或者先去超市都行，我尽快啊！”

秦幼音站在一张桌边，原本打算等她出来，桌上的客人却不知哪句聊得不对，忽地一拍筷子，吓得她浑身一抖，连忙挪开几步。

她往不远处望望，这里离超市应该很近了，比起这里，超市肯定更安全。

下定决心，秦幼音给眼镜妹发个信息，就快步往前走，走了一截也没见到超市，倒是经过一个巷口时，看到里面亮着便利店的灯箱。

秦幼音吸了口气，不想舍近求远，于是小跑着拐进去。

她一只脚刚踏上台阶，便利店的门一开，相继走出五六个壮实男人，有两个手上还拎着啤酒，醉醺醺地大声笑骂。

秦幼音紧张地往旁边躲了躲，拎酒瓶的醉眼蒙眬，反而一眼就盯到她脸上。

“哟，这小妹儿长得好看——”他边说边伸手摸她脸。

秦幼音头皮都炸了，急忙闪开，不敢再往前，后悔地退两步，准备朝巷子外跑。

男人的大手比她更快，一把抓住她的胳膊说：“跑啥跑，走，再去喝点！给，给你钱！”

男人的恶臭酒气扑到脸上，秦幼音脸色惨白，叫出声来，男人烦得去搂她腰。

秦幼音战栗着踢打，死死挣扎，根本抵不过，她吓得眼泪沁出，挣扎着滑到地上，男人干脆要把她抱起。

他才一弯腰，骤然听到疾奔的脚步逼近，腿上猛地正中一脚，力气大到足能让人骨裂筋断，他登时怪声号叫出来。

秦幼音紧紧抓着衣襟，惊恐地抬起头，不等她看清楚，已经被一双手臂搂住。她心里轰地一塌，急促地抽噎着，用力抹眼睛，声音彻底变调：“小炎哥……”

[27]

回到营地时已经有些晚了，顾承炎把秦幼音带到自己的帐篷里，拧开给她带的保温壶，用温水浸湿纸巾，仔细替她擦脸。

秦幼音合上眼，心乱得彻底，一大堆话想说，却在面对他时，半个字也挤不出来。

顾承炎定定地盯着她。

可小孩儿闭着眼，是害怕看见他的伤吧？

顾承炎扔开纸巾，用指腹轻柔地蹭蹭她的脸颊，低声说："擦干净了，没人能看出你哭过。今晚，你受惊吓了，早点去睡。"

秦幼音恍恍惚惚地离开帐篷，待在外面看着顾承炎垂着头一动不动的影子。

出来放风的眼镜妹惊喜地"哎"了声："音音，你回来啦。"

秦幼音鼻子酸得厉害，说不出话，任由眼镜妹拉走。

靠近帐篷时，她问："我们有带医药箱吗？"

"领队那儿应该有，怎么，你受伤了？"

秦幼音摇头回："炎哥不小心划破了一块皮，我想……"

"懂了，懂了！我陪你去问！"

领队果然装备齐全，秦幼音捧着东西，又跑回顾承炎的帐篷外。

这么半天过去，他居然还保持着之前的姿势，灰突突的修长剪影被灯光映在篷布上，落寞得戳人心肺。

秦幼音眨眨酸痛的眼，抓紧手中的药品。

顾承炎多凶啊，凶得那么多人也拿他没办法，可他这么凶，都是为了护着她。

那些她自以为坚固的防线，在他为她流血的一刻，就全部碎成了尘粉，荡然无存。

秦幼音吸吸鼻子，轻声喊："小炎哥。"

里面的身影震了下，而后急忙过来拉开帐篷门。

秦幼音对上他布满血丝的黑瞳，问："我能进去吗？"

顾承炎甚至以为自己看错了，不太敢置信地挪开。

秦幼音坐下，垂着眼说："伤口必须处理，我帮你行吗？"

顾承炎终于相信不是做梦，他手忙脚乱地换了个姿势，伏低身体，尽可能迁就她的高度。

那道血迹犹存的伤，就这样清清楚楚地暴露在秦幼音眼前。

她深吸口气，先把手消毒，轻颤着用药棉蘸上碘酒，触到上面。

顾承炎没动，只有眉皱了下。

秦幼音动作更小心，着急地问："疼吗？"

顾承炎沉浸在她身上的暖香里，心都要破胸而出，所有难过翻腾成炽烈潮涌，怦怦地剧烈跳动。

她微凉的指尖偶尔碰到他，电流和暗火穿透皮肤，扎进血肉。

他嘶哑地回答：“不疼，你再多抹点。”

秦幼音抿唇，轻柔地给他把伤口处理干净，停下手。

顾承炎万般舍不得道：“这就完事了？你再好好看看，是不是还得多抹两遍药？”

秦幼音长睫颤动，胸口震得发疼。她倾身过去少许，仰着头鼓起脸颊，给他小小吹了口气，声音细弱：“吹吹就好了。”

女孩甜美干净的气息拂在脸上，顾承炎脑中绷到极致的某根弦在这一瞬铮然扯断。

他根本控制不住自己的手，一把揽住她的腰，紧紧把人扣到怀里。

“秦幼音，”他煎熬地咬住牙关，“你别走行不行？别怕我，行不行？”

秦幼音脸上血红，下意识地攥住他肩上的衣服。

顾承炎不管不顾地抱着她，恨不能压进自己身体里说：“对不起，是我答应你的事没做到，可你别怕我……”

“求你，”他一遍遍重复，“别怕我，别躲着我。”

秦幼音耳边被他一声声的央求厮磨着，头重脚轻，犹如掉进了火热的暖流里，不见底地往下坠。

她吐息滚烫，全身都仿佛不属于自己，但并没有挣扎，乖顺地贴在他的胸前。

[28]

顾承炎拥着秦幼音，声音低沉：“秦幼音小朋友，请问……我可以吻你吗？”

一句话，成功让小朋友羞愤到爆炸。

顾承炎目的达到，趁她防备不及，手臂收得更紧，揉着她脑袋问：“就算不让亲，至少也得给我个准确回应，是不是接受我了？”

秦幼音眼睛微微暗下去道：“我不躲你了。”

更多的，她还需要时间。

顾承炎又问：“我有名分吗？是不是你男朋友？”

秦幼音绞着手指。

他低头寻找她的眼睛，没脾气地商量：“男朋友预备役行吗？”

隔了几秒。

“还不行啊……”他笑，语气更柔，“好，那就拿我当备胎，反正我赖定你了。”

这个词秦幼音接受不了，顾承炎怎么可能是备胎，她小声喃喃："预备役就预备役……"

夜太深了，顾承炎得到名分，恋恋不舍地把秦幼音送回女生帐篷。隔天天还没亮，他就精神抖擞起床，把附近早点摊上的早点端回来一大半。

女生们都起床晚，秦幼音刚揉着眼睛爬出被子，眼镜妹就疯狂地摇她叫道："音音！炎哥给你买好早饭了！快点过去吃！"

秦幼音往外一看，顾承炎气定神闲地坐在她视线可及的地方，手边一大排的早饭热气袅袅。

她手机紧接着响了，两条微信。

一条昨夜发的。

"乖乖，明天一起吃早饭。"

一条刚刚发的。

"媳妇儿，快来，想你。"

秦幼音捂眼，他要不要叫得这么随便啊！

吃饭时，顾承炎美滋滋地喂她，看她嘴里塞得鼓鼓的就开心。

秦幼音好不容易咽下包子，及时挡住他又递过来的油炸糕，一本正经地讲："小炎哥，你不可以乱叫称呼。"

顾承炎眼尾微扬："不让叫媳妇儿？"

"乖乖也不好。"

顾承炎侧头托腮，脸上映着晨光，干脆地说："那就换，起名可难不倒我。"

秦幼音刚想说话，顾承炎已然面不改色地喊出一大串："小宝贝、小可爱、小天使、宝贝媳妇儿、小亲亲……"

秦幼音叹为观止，再想到这些全是用来叫她的，一口气憋着险些没喘上来。

顾承炎骄傲地问："媳妇儿，你喜欢哪个？"

秦幼音觉得跟他较劲的自己简直蠢透了，她默默拣起一块油炸糕放嘴里，气若游丝地放弃抵抗："你还是按以前叫吧，就……"

预料中的"肉肉"两个字并未出现，就听到顾承炎果断地在她脸蛋儿上轻轻一掐说："好，媳妇儿真乖。"

秦幼音气哭。

早饭过后，领队组织人马回程，路上天气不如来时好，越接近市里，浓云越重，有下雨的征兆。

等大巴车到达医大门口时，已有闷雷隐隐响起。

秦幼音没带伞，着急地要往宿舍区跑，被顾承炎揽住肩叮嘱：“慢点，别摔了。”

话音才落，就有雨点掉下，顾承炎怕秦幼音着凉，俯下身将她一抱，和以前一样托在手臂上，宽大外衣抖开，同时罩住两个人的头顶。

顾承炎舍不得快走，磨蹭了半天走到宿舍楼下，秦幼音一眼就发现不对劲。

大白天的，楼门居然上锁，楼上所有窗户紧闭，外墙上搭着架子，似乎在粘贴什么泡沫一样的东西。

顾承炎蹙眉道：“贴保温层？”

“保温层是什么？”秦幼音不懂，从他手臂上下来，去看看楼门，确实锁了，“我给宿管阿姨打电话问问……”

电话接通，阿姨说：“我看你昨天早上背着包走，不是回家了吗？咋这么快就返校？”

“不是呀，”秦幼音忙说，“是院里组织活动。”

“那你也没来找我，留校住宿舍要提前登记的！”

秦幼音急出汗说：“对不起，我忘记了……”

放假前几天一直被顾承炎的表白困扰，当天又早早出发，辛月她们还提醒过她，可她还是忘得一干二净。

阿姨说：“学校趁假期给宿舍楼加保温层，有不少工人进出，为了安全，就把留校的女生都临时集中到一起住了，你没打招呼，那肯定没安排你的床位，估计是不好办——”

秦幼音茫然地听着，盘算自己兜里的钱够不够去住几天旅馆，或者在校外租一周房间。

爸爸几天没联系她，上次打电话也匆忙挂断，她肯定不能去吵他的……

顾承炎听懂原委，干脆抢过秦幼音的手机，斩钉截铁地说：“没事，她已经找到地方住了。”说完挂断。

秦幼音攥紧包带，犯愁地皱着小脸说：“你干什么……”

宿舍楼的玻璃廊檐外，雨逐渐变大。

顾承炎再次把她托起来，用衣服蒙好，问：“你信不信我？”

秦幼音看看雨势，再看看锁住的楼门，不由自主地觉得孤独无助，缓缓点头。

她当然信。

顾承炎唇向上一弯，转身迈入雨中说：“那就好好趴着别乱动，跟我走。”

第九章

命中注定相亲相爱

［29］

顾承炎的黑色大越野还停在校门外的老位置。

他跑到车边时，几乎下起了瓢泼大雨，撑起的衣服早就在路上湿透了。秦幼音没等坐稳，先看到他眉骨上湿淋淋的纱布洇出了一层微红血迹。

秦幼音急得脸色发白，顾承炎忍着疼安抚她：“一点也不疼，纱布湿了就扔掉，没啥用。”

她坚决摇头道：“不行！雨水不干净，我们找个药店好不好？”

顾承炎想继续哄她，脑袋里却猛地灵光一现，套路小媳妇儿的方案分分钟成型。

他傻啊，这么好的借口，绝对能把被拒绝的概率降到最低。

顾承炎清清嗓子道：“这大雨天的，药店都关门了不说，视线受阻也不好找，你要是不放心，那跟我去个地方吧。”

“去哪儿？”

“我本来就打算带你过去的。”顾承炎按下启动键，现场编瞎话，“我有个朋友十一出国，留下套房子空着，里面有个小采摘园，种了点蔬菜和水果，托我帮忙照看，还让我随时带人去玩，随便住。你看，反正你现在不能住宿舍了，与其出去瞎找，还不如……”

他疯狂暗示：“是吧？”

秦幼音向椅背靠了靠道：“那是别人的房子，我不可以。”

“我们关系特好，就跟我自己的房子一样，你跟我还客气什么。”顾承炎压着如鼓心跳，保持自然，继续道，“再说了，里面有药，你就算不愿意住，也先帮我看看伤，我再带你走，行吗？”

车窗外暴雨漫天。

秦幼音哪还能说不行，说：“那……那你说话算话。”

顾承炎眼尾一弯，调高空调温度，踩了一脚油门将车开出去，车身穿破雨帘，直奔“朋友家的房子”。

到达目的地时，雨势减弱，玻璃外的风景逐渐清晰。秦幼音趴在窗口，震惊地看到一片错落有致的奢华别墅群。

顾承炎熟门熟路地停车入库说：“别紧张，除了咱俩没别人，哥带你到处转转。”

车库直通客厅，面积大到超乎秦幼音的认知，但装修风格非常温馨，越深入，她对陌生环境的紧张越被淡化，逐渐对这里生出一股莫名的亲近。

上药的时候，顾承炎盘坐在客厅地上，含笑看着她，得寸进尺地要求：“你再给我吹吹，肯定好得更快。”

秦幼音触摸着他被雨水泡肿的伤口，眼眶发胀，糯糯地道歉：“对不起……”一边说，一边真的屈起腿，言听计从地凑过去。

顾承炎心都融了，把她往臂弯里一搂，揉揉她软乎乎的蘑菇头说：“秦幼音，你怎么这么乖，逼人做坏事知不知道？”

秦幼音一慌，连忙往后躲说：“是你想法不对，你再这么乱动，我就不管了。”

“好好好，我听话，你别走。”顾承炎攥住她纤细的腕子，说，“我带你去个好玩的地方，后院有个小菜园，除了花和菜，还有葡萄架，现在正好能吃，特别甜。”

秦幼音的好奇心被勾起来，眼巴巴地跟他去了。穿过透明走廊之后，她吸了口气，快赶上速滑馆一半大的……小菜园？

园子顶上有能开合的玻璃棚，丝毫不受大雨影响，里面错落有致，色彩浓艳而井井有条，一看就是被精心呵护的。

顾承炎拉着秦幼音走到葡萄架旁，摘了颗最紫的葡萄喂进她嘴里道：“你看，来都来了，要不今晚就住这儿吧，楼上房间都干净。”

他及时补充：“你住一头，我住一头，两间房隔一个走廊，里面还能上锁。”

秦幼音既然肯来，就是信他的，但……

她低下头说：“小炎哥，我知道这里好，可再好的东西也和我没关系，我不能占便宜。”

不属于的，够不着的，她向来连边都不会沾，顾承炎是她长到这么大，唯一鼓足勇气抓住的遥不可及。

她吸了下鼻子道：“还有，我过来就是为了给你找药，能看见这些已经很满足了，等雨小了我们就走吧。我还是想去药店，看有没有能去疤的，我不希望你留下印子。”

她的话声很轻很软，却犹如带着刺，往顾承炎的皮肉里扎。

他问：“我留不留疤有那么重要？”

秦幼音点头。

“重要，就像受过伤害之后的证据，看见了总会想起来，那么疼的回忆，我不想让你记着。”

顾承炎跟她面对面站着，缓缓蹲下身，仰头望进她低垂的眼睛里道：“好，那从今天开始，我们一样一样地试药，疤如果能去掉，你就跟我一起；如果不能，那我跟你一起。”

秦幼音眼眶一红，顾承炎起身拥住她窄窄的背，眼前闪过的全是烟疤。关于她以前经历过的事，他不忍想更不忍问。

他心里难受，怕自己当着她的面失控，拍拍她的头道：“乖，你先在这儿玩，我去弄点喝的，马上回来。”

两个人各自沉浸在情绪里，谁也没有注意到别墅大门外传来的声响。

有位身材窈窕的女士，匆忙下了出租车，拖着行李箱一路踏水狂奔到门口，熟练地刷指纹进入。

这道门过了，要经过露天的门厅才能到达主屋，中途会路过菜园子。

女士特意从机场赶回来，就是因为满心牵挂她的大辣椒，她顾不上下雨，把行李随手一放，踮着脚冲过去。

“哎哟，我的菜，我的葡萄，我的花——”

她脚步噔噔，把水踩得啪啪响，气势凛然地扑到菜园门口，拽开园子门。

秦幼音正团着身子蹲在花池里，身边是一片盛放的米白色月季花。她听到响动，猝然回头。

女士一眼发现秦幼音，在原地连退三步，一把捂住胸口。

秦幼音吓到不会动，傻傻望着她。

女士也瞪大眼，死盯住花丛里穿着米白裙子、小脸儿精致娇嫩的秦幼音足有一分钟，突然扯开嗓子，失声大吼：“哎呀，妈呀！顾二火你在不在家！我没白伺候哇！咱家院子里的月季花——居然成精啦！”

死寂片刻之后。

顾承炎的身影火速跑出客厅，一样用大吼回答：“什么月季精！妈，那是我媳妇儿！”

[30]

别墅的偌大客厅里，门窗紧闭，气氛凝固，静到针落可闻。

赵雪岚女士以大剌剌的豪放姿势占据沙发主位。

秦幼音挺直脊背，膝盖紧紧相贴，规矩地坐在她对面。

剩下的顾承炎，则憋憋屈屈地待在秦幼音这一侧的最外沿，再次争取想朝她靠近一点时，被媳妇儿一个哀怨的余光扫过，立马老实。

他这是什么破命，咋能这么倒霉！

他妈明明今天下午的飞机出发，跟团去巴厘岛度假至少一周，家里没人，他才会毫不犹豫地带媳妇儿回来，畅想着能过上几天不受打扰的甜蜜小日子，说不定就能转正了。

结果可好！

梦幻泡影了不说，还让媳妇儿受到惊吓，措手不及应付见家长的重大场面，最重要的是，他费劲编的谎话，被当场拆穿。

顾承炎捏捏眉心道："我说明一下。"

"顾二火，闭上嘴，"赵雪岚霸道地打断，目光转向秦幼音，口吻无限放柔，说，"让'小月季'说。"

秦幼音欲哭无泪。

她已经搞懂了情况，明白是被顾承炎给骗了，这里根本不是什么"朋友家的房子"，是他自己的家，眼前这位眼神火热的漂亮阿姨，就是他妈妈。

秦幼音长睫急颤着，尽可能平稳地解释："阿姨，我跟顾承炎一起参加学校的露营活动，回来时突然下雨，我宿舍……"

她神色焦灼，生怕顾妈妈误解她是很随便的女生。赵雪岚心疼地"哎呀"两声说："别着急，别的不重要，你就跟妈说说，你真是和二火回来的？不是我那盆月季花变的？"

秦幼音一噎。

顾承炎闹心地在旁边小声说："那园子里所有活的东西全是她孩子，月季花更是她心头肉。她平常就爱看那些神神道道的破电视，你今天穿的裙子和月季一个色，长得又跟花似的好看，她直接走火入魔了。"

秦幼音有点窒息，又觉得……顾妈妈很可爱。

她咽了咽，很认真地澄清："阿姨，我真的是人。"

"瞅这小模样、小身段、小裙子，就跟我那花长得一模一样。"赵雪岚蹙着眉叹气，眼里水光闪闪，说道，"我不管，反正你在我园子里出来的，就是我闺女。"她想想又气闷道，"这么招人稀罕的闺女，咋能给顾二火当媳妇儿！"

顾承炎当场愤怒地喊：“妈！”

“咋了，我说得不对？”

“你就算再喜欢，人家小姑娘出了这个门，跟你半点关系也没有。”顾承炎双手环胸，冷冷地挑唇道，“你想沾她的边儿，只能借我的光，还没搞清楚？”

赵雪岚愣了两秒，随即一拍大腿——

哎呀妈呀，这事整得多悬，差点搞混利害关系。

二火说得对，当不成妈，当婆婆啊；当不成闺女，那就当儿媳妇啊。

赵雪岚心一定，幸福感腾腾往上涨，眉开眼笑站直说：“闺女等着啊，妈现在就给你做饭去。”

秦幼音连忙随她起身说：“阿姨，不用，我这就走了——”

“那可不行！”赵雪岚丝毫不认生，过去抓住秦幼音的手，不由分说地往里面带，说，“等吃完饭，妈再带你上街买点日用品，学校放假这几天，你就好好住家里，咱娘俩搭伴儿去做美容、买衣服，你稀罕啥妈就给你买啥！”

秦幼音脸彻底红了，被赵雪岚一口一个“妈”刺得酸酸涩涩，心里一股看不见的热流在不断涌出。

顾妈妈……根本就没有往坏处想她，嘴里念叨的，全是要待她好。

短短一会儿过去，赵雪岚已经痛快地从园子里拔了一筐菜回来，开冰箱拿鸡拿鸭，手起刀落，迅速下锅。

顾妈妈都做到这个程度，她再拒绝就太不懂事了。

秦幼音挽起袖口，决定去厨房帮忙，等饭后收拾完再走，哪知被顾承炎扣住肩，提着后领拎到了楼梯后面的小角落里。

“你，你放我下来，”她气鼓鼓道，“小炎哥，你又骗人！”

“我错了乖乖，”顾承炎垂下头蹭蹭她的头顶，说道，“直说你肯定不会来，为什么要骗你，你不明白吗？”

秦幼音被他沉沉的气息压着，呼吸频率不自觉变快。

她……明白的。

顾承炎把她挤进狭小空间里，俯身去寻她的眉眼嘴唇，指腹在她下巴上刮了刮说：“你住外面我不放心，也不想跟你分开……”

秦幼音被他撩拨得无计可施时，外面骤然响起一声大喊：“顾二火，你对我小月季做啥呢？”

顾承炎内心爆粗口。

赵雪岚几步冲过来，拽住秦幼音就走，顺便瞪了儿子一眼教训：“男孩子家家的稳重一点，不要天天满脑子不正常思想。小月季得呵护，呵护懂不懂？”

秦幼音迷迷瞪瞪地就被赵女士给解救了，留下顾承炎被亲妈气到原地转圈。

一个多小时，赵雪岚亲手做了一桌子八道硬菜，秦幼音看得眼花缭乱，只觉得色香味俱全，头一次认识到东北菜的勾人之处。

在顾承炎和赵雪岚期待的注视里，秦幼音自觉责任重大，郑重其事地挨个尝过一遍，越尝眼睛越亮，嘴上油汪汪地点头肯定："超好吃！"

赵雪岚一脸幸福地拍拍她头催促："快吃，妈以后天天给你做。"

饭后秦幼音要去收拾，被强行按住，等烟火气散掉，她确定自己真的该走了。

赵雪岚早有预料，没逼着她一起上街，而是提前知会人大包小包送货上门，拉着她一起拆袋子。

"呀，这睡裙多好看，跟我们小月季可真配。"

"你看这电动牙刷，毛软还细，你帮妈试试效果，要是好使，妈也买一把。"

"还有化妆品，专门给小姑娘预备的，我岁数大了可用不了，你今天要是不用，那就得搁到过期。"

顾承炎在一边眼巴巴地看着秦幼音，无赖到底，说："肉肉，车忘加油了，这片儿打不着出租。"

秦幼音进退两难，赵雪岚贴心地牵住她的手，轻声说："那这样，你跟妈上楼一趟，妈有点事想跟你单独唠唠，唠完再说别的，行吗？"

赵雪岚说完，不着痕迹地朝顾承炎眉骨的伤扫了一眼。

秦幼音顿时一凛，是啊，她竟然忘了，妈妈看见儿子受伤，怎么可能不问问缘由。

二楼主卧里，秦幼音刚准备承认顾承炎的伤都是因为她，赵雪岚却先一步开口："闺女，你来。"

秦幼音听话地过去，顺着她的目光，看到了墙上一排相框。

是男孩子从小到大的影像，从刚刚满月的襁褓，直到最后一张照片上是十五六岁的青葱少年。他手提冰鞋，戴着速滑头盔，眉目精致，满脸的桀骜不驯。

"他从小就这样，脾气坏，瞅谁都烦，到处惹是生非，"赵雪岚笑道，"天天缠你身边，给你添了不少麻烦吧？"

秦幼音立刻说："没有，他很好……保护我，帮了我很多。"

赵雪岚神色温柔道："他是撞大运了，遇上你这么懂事儿的小姑娘。"

秦幼音依次看照片，定格在其中一张上。

相框下方标注着十二岁，但里面的顾承炎显然比同龄孩子高上不少，虽然稚气未脱，但已有了现在的夺目。

他穿一整套的速滑装备，立在冰面上，黑亮的眼里神采飞扬。

秦幼音想起那夜的速滑馆，他捧着一件坏掉的上衣，淡声说着坏了就是坏了，心脏处不知不觉泛上连绵的涩。

关于他付出的那八年时光，直到此刻，她才有了确切的真实感。

赵雪岚缓声说：“炎炎爱滑冰，小时候别的孩子还上房揭瓦，他就开始耗在冰场里了。那会儿我跟他爸还没离婚，就当个爱好支持他，日子过得挺快，他也没那么躁，学得特别快。”

秦幼音垂在身侧的双手慢慢收紧。

“后来他爸变心了，在外头另找了一个，”赵雪岚并不避讳，坦荡地说出来，“想把炎炎要过去，再把我甩开，让我净身出户，算盘打得响着呢。

“炎炎一心扑在滑冰上，对他那些臭钱看都不看一眼，坚定跟我。我们娘俩就离开他们顾家那豪宅，除了每个月的赡养费，啥都没有了。

“小孩儿比大人还势利眼，出事以后，同学也好，滑冰上认识的朋友也好，都说他闲话，速滑的装备买不起贵的了，更被冷嘲热讽。

“我也做得不好，那段时期心态崩溃，对炎炎没少打骂，情绪一失控，还把责任全推他头上，特别过分。炎炎当时才十三岁，小屁孩一个，也说不上受了多少委屈……”

秦幼音默默咬住唇，眼底泛着潮热。

赵雪岚坐在床边叹气道：“就是自那年开始，他性格越来越硬，谁敢惹他，他就揍谁，上来劲儿不要命，到后来谁也管不了，身边人全都怕他。但该没钱还是没钱，有一回又被叫家长，我气得想去抽他，结果看见他在速滑馆里头，穿着磨坏的冰鞋，还憋着劲儿在练。

“我受不了了，回家狠狠抽了自己几巴掌，出去找活儿干。

“到今天，市里二十多家连锁的美容会所都是咱家的，有大房子住，有好车开，想要啥就买啥。但是炎炎出事儿了，腿受伤，人也消沉了，到底因为啥，他死活不跟我说，我也问不出来。”

赵雪岚停了少许，摸摸秦幼音的头发说：“很多东西，当妈的无能为力，他就那么封闭自己，谁都走不近。

“闺女，妈知道你现在还不喜欢他，妈也不勉强你。

“但他真是头一回对人这么掏心掏肺，以后要是有可能的话，你就对他稍微好点，他这孩子，其实心里挺苦的。”

秦幼音长睫沾湿，别过头不出声。

等不下去的顾承炎上来敲门问：“好了没啊？妈，你别扣着我媳妇儿不放。”

赵雪岚飞快地蹭一下眼角，没个好语气，说："催啥催，外头等着！"

秦幼音努力吸气，压下哭腔说："阿姨，他眉骨的那道伤……"

"不用说，肯定跟人打架打的。"赵雪岚没怀疑，"闺女，他毛病多，你多担待。"

她说完马上转移话题，领着秦幼音上三楼，把四五个卧室挨个打开看说："都这么晚了，再走多危险，妈可放不下心，你挑一间，就当住旅馆了。"

秦幼音一回头，顾承炎就守在楼梯口，眼睛明亮地等着她选。

她心里酸软，拒绝的话堵在喉咙里，最后乖乖选了最小的一间。

赵雪岚兴高采烈地把必需品都堆进来，警告顾承炎两句，就下楼回房不问世事了。

顾承炎确定不再有人打扰，心可算松下来，挤进门里，帮秦幼音铺床。

秦幼音推他出去说："我，我自己来，你快去睡吧。"

顾承炎不愿意道："我才跟你在一块儿待了几分钟。"

"那也该睡了，"秦幼音强调，"不许再过来，我会锁门的。"

夜深人静。

秦幼音洗漱干净换上睡裙，爬到香软的大床里，只留一盏昏黄台灯。

她把被子盖到下巴，杏眼望着并未拧上的门锁，既然住了，就相信顾承炎，他才不会……

念头刚想到一半，房门把手忽然被人从外压下，门逐渐被推开一道缝隙。

打脸来得这么快吗?

秦幼音心脏猛跳，本能地紧紧闭上眼装睡。

顾承炎悄悄进来，是实在忍不住，想来她床边打个地铺，守着她。

他蹲在床边安静地看了她许久，想要亲近的渴望几乎要破胸而出。

为了转移注意，他把被子在她床边的地板上铺开，仰躺上去，按着鼓动的胸口。

她的温度触手可及，甜暖气息丝丝缕缕地绕过来，往他的四肢百骸里放肆蔓延。

顾承炎被蛊惑得再次坐起，又靠到床边，再也克制不了自己的满心热切，滚烫的唇覆在了她光洁的眉心上。

秦幼音只觉得脑中轰隆一下，爆炸了一样。

她头晕时，他的唇移开，下一秒，带着更灼人的热度，贴在了她的鼻尖上。

秦幼音不知怎么，竟有点想流泪。

她指甲抠着手心，感觉着他的唇蜻蜓点水般又在她嘴角轻擦而过。

他跪在床边，掀开被子侧面的一点空隙，把她的手牵出来，爱惜地捧在掌心里，很幼稚地握着后才不舍地躺下去。

秦幼音数着秒，用尽力气熬过十分钟，床边男生的呼吸声终于归于平稳，昭示他已经入睡。

她这才慢慢睁开眼，转头去看他。

两人的手仍牵在一起，她的心在没人能看到的地方沦陷着，有种冲动驱使，她抗拒不掉。

想跟他……再亲近一些。

秦幼音借着夜色给的勇气，试探着把脸贴在了顾承炎有力的手上，轻轻唤他："小炎哥……"

地板上的顾承炎一下子咬紧牙关。

[31]

秦幼音叫得很小声，三个字里混着连她自己都意识不到的依赖，她又念一遍："小炎哥。"

顾承炎深受刺激，全身肌肉都绷得发疼，这可是小孩儿自找的，他要是还能忍得住，就不是个男人！

他眼帘即将掀开，起身朝她扑过去的前一瞬，秦幼音再次张开口，闷闷地嗫嚅："你再给我点时间好不好，我会走出来的，学着……怎么去接受你，怎么谈恋爱……我保证努力，学会给你回应。"

卧室里灯光昏黄，如薄纱般温柔笼罩。

秦幼音把眼睛埋在顾承炎的手背上："小炎哥，你再等等我……"

顾承炎感觉到了微微的濡湿，是她在以为无人发现的静夜里，默默沁出的泪痕。

所有燥热的血全被心疼和酸软压住。

顾承炎仍旧闭眼，装作熟睡，不着痕迹地把她的手握得更紧。

没关系，只要小孩儿愿意走近他，他能忍。

隔天一早，秦幼音醒来时，顾承炎还躺在地板上，被子全压到身下，他穿着短袖短裤什么也没盖，她急忙下床，扯着被角往他身上蒙。

顾承炎正梦到媳妇儿在甜甜地亲他，刚好一只凉丝丝的手摸过来，熟悉的暖香逼近，他本能地顺势一拉将人扣到怀里，毛茸茸的头立即挤过去，埋在她脖颈间胡乱磨蹭。

秦幼音手忙脚乱地推他。

顾承炎轻松压制，他体温火热，覆着她沙哑地喃喃：“肉肉别动，让哥亲一下。”

现实里不可以过激，那做梦总能更进一步。

“小炎哥！”秦幼音耳尖血红地抵住他坚硬的胸膛，说，“我要生气了。”

生气？顾承炎猛地睁开眼，梦里的人竟被他箍在身下，蘑菇头散乱，眼眶含水，活脱脱一副被欺凌模样。

完蛋了！要是把好不容易钻出壳的小孩儿给吓回去，他就算死一万次也不够看的。

秦幼音在他松动的第一时间爬起来道：“你——”

顾承炎火速地卷上铺盖说：“乖乖，都是梦，你就当还没醒！”

他抱着被褥、枕头要跑，秦幼音忍不住追上去打他，跌跌撞撞经过走廊，被带到了他的房门前。

顾承炎推门道：“进来进来，给你随便打。”

秦幼音才不肯，转身想走，视线不经意掠过他门口的柜子，意外地定住。

那上面是一套……猪崽图案的贴纸？

顾承炎顺着她的视线看过去，一下子了然，骄傲地把她牵到跟前，在柜门上拍了拍说：“好看吧，不比你箱子上贴的那个差。”

秦幼音被眼前情景震得发愣，语无伦次问：“我……我的箱子？你看到了？还有这个图……”

她匿名放在网上的，顾承炎怎么可能会知道！

还像她一样做成了贴纸，放在这么明显的地方。

顾承炎俯身撑着膝盖，扫过她腕上的那根装饰：“当初第一次在飞机上见着你，你可怜巴巴地举手要不到毯子，我就觉得你的手链跟小猪崽表情包很像，之后你自己拖着行李去上大巴车，我看到了你箱底的贴纸，确定了。”

“确……定？”

“确定咱们俩都喜欢猪崽表情包。”他笑道，“这表情包挺小众的，咱俩这么巧能撞上，是不是命里注定要相亲相爱？”

秦幼音没注意到别的，只听见他在说，他喜欢。

她随手画的、自认为一大堆缺点的、那些乱七八糟的图，他却在不清楚作者是谁的情况下，就给予了最大的肯定。

顾承炎指着其中一个戴墨镜、文身的，正经跟她说：“肉肉你看，这张像不像那时候贴花臂的我？”

秦幼音心跳加剧。

不是像，画的……原本就是你本人啊！

顾承炎还问：“我印了好多，你要不要？给你贴宿舍里，多可爱。”

秦幼音回答不出，鼻子酸酸地摇头，撇下他跑回房间里砰地关上门。

太过分了！

顾承炎居然是她表情包的粉丝！还那么坦然地夸她画的猪崽可爱！

秦幼音脸上酡红，晕乎乎地晃到床边，爬上去一头扎进被子里，捂着脑袋僵了片刻，憋不住开心，把自己团成一个球，翻卷着来回打滚。

秦幼音本以为住一天就该走了，万万没想到她根本架不住赵雪岚的火热攻势，出去逛街、吃饭、遛弯儿、看电影、聊天永无止境，到七号下午，她才跟顾承炎一起回学校。

临走前，她把赵雪岚给她买的东西都规规整整地摆在房间里，将自己悄悄准备的礼物留在床尾，恋恋不舍地多绕了两圈，安静地关门离开。

赵雪岚万般不舍，千叮万嘱让她每个周末都必须过来住，趁她上车不注意的时候，往她包里塞了个小盒子。

快到医大时，秦幼音才发现，打开盒盖，里面是张特殊定制的银行卡，上面印着米白色月季花的照片，外加一张字条。

字条上写着：“在咱东北，儿媳妇第一次上门，婆婆都得给见面礼，我有这么好的小闺女，那必须不能少了，换成现金怕你背不动，就拿张卡，随便花。”

秦幼音烫手似的把盒子塞给顾承炎说：“小炎哥，你还给阿姨。”

“见面礼哪有还的。”顾承炎拒不接收。

刚好前方路口红灯亮起，他踩下刹车，手臂绕到秦幼音身后，按着她的后颈转向自己。

“乖肉肉，”他慢慢叫她，漆黑瞳仁望着她波光潋滟的眼底深处，说，“你要是怕用着有负担，那不如早点把我身份转正了吧。

“我做梦都想……

“做你名正言顺的男朋友。”

[32]

炎哥绝不放弃任何机会向媳妇儿推销自己。

耐心等她接受是一回事，紧追不舍的强攻又是另外一回事，完全不冲突。

他摩挲着她细软的发梢，真心诚意地推销："早用早享受，早买早安心，做了我女朋友以后，咱俩照样能慢慢来，而且我随便让你使唤打骂，天天给你跑腿，好处多着呢。"

秦幼音听得脸热，又忍不住想笑："我对男朋友才不会使唤打骂，让他跑腿……"

顾承炎心痒地拨了拨她的小下巴尖问："那怎么对待？"

秦幼音认认真真道："我肯定喜欢他，会对他很好的。"

这一句话，顾承炎犹如一口吃了十斤的蜂蜜、柠檬，一边酸得嫉妒她口中那个"他"，一边把自己往"他"身上套，又甜得恨不能原地转换身份。

顾承炎还想继续争取，秦幼音兜里的手机忽然振动起来，是秦宇。

秦幼音清清嗓子，一本正经地接听："爸，您忙完了？"

"刚回市里，"秦宇的声音很大，溢出听筒，"十一太忙了，也没能去看看你，自己在学校过得还好吗？"

秦幼音心虚地看了顾承炎一眼，红着耳根说："挺好的……"

"你性格老实，爸放心，就是注意点，别一下子跟那个男生走得太近了。"秦宇语气冷肃，"还有件事爸得提醒你，往后一段时间，晚上尽量少到校外去，校园里面比较安全。"

秦幼音觉得话音不对，立即想起上次秦宇提到的事情，那个当年害得她一家人阴阳相隔、造成她从小寄人篱下的罪魁祸首。

"爸，是不是有什么事？"

秦宇窒闷地吐了口气回："没有，这是防患于未然。你不用瞎想，保护好自己就行了。"

电话挂断以后，微信里收到秦宇转来的生活费。

秦幼音失神地盯着手机屏幕，身上不由自主有些发冷。

飞驰的越野车平稳地停在医大门前，她肩上多了一只炙烫的手。

顾承炎把秦宇的话听得一清二楚，虽然不了解全部，也猜出了五分。他探过去解开她的安全带，唇在她薄薄的刘海上碰了碰道："不用怕，哥在这儿呢，不管什么情况都能保护你。"

秦幼音一回宿舍，立马收到了三个舍友的热情拥抱。

程嘉和齐晶晶亢奋地追着问："十一都跟炎哥去哪儿玩了？关系确定没？亲了没，抱了没？有啥进展快说说！"

辛月在一旁笑得神神秘秘道："进展大着呢，连家长都……"

秦幼音扑过去捂她的嘴，阻止："求你别提！"

三个女生也不忍心太逗她，闹了一阵就暂且放过。

秦幼音磨磨蹭蹭挨到辛月身边，轻声问："月月，你知不知道顾承炎他……他的腿伤是在哪里治的？"

她这几天憋着没有问赵雪岚，是不想让阿姨去回忆痛心的事，换成表妹，应该更容易聊。

辛月爽快地说："这我还真听我妈提过，他去北京看过一段时间，把基础的伤稳定住，后续治疗和复健都在市医院，好像是一个……姓陈的骨科专家？挺有名的。"

秦幼音确定了，就是上次遇见的那位陈大夫。

她想去找陈大夫一趟，问问顾承炎的伤情到底有多严重，要怎样才能尽快恢复，重新回到冰面上运动。

哪怕她能做的微不足道，她也希望……

能把他被撕破的梦想缝起来，帮他重回赛场。

晚上睡前，秦幼音打开平板电脑又画了一张表情包，想到顾承炎也会看到，瞪大眼睛画得格外认真。

猪崽一只蹄叉腰，一只蹄举起，配的文字是：受的伤，一定可以补好的。

秦幼音守着评论一条条刷新，三年多以来一直照亮着她的那个ID很快回复："那得分谁去补，别人没用，只有喜欢的人才行。"

她就是顾承炎……喜欢的人啊。

秦幼音红着脸悄悄点赞，又去乱七八糟地猜测，除了这一条之外，剩下的那上百条里，会不会有顾承炎给她发出的只言片语。

隔天，秦幼音早早起来，在网上预约了下午陈医生的面诊。另一边，顾承炎正好也收到了赵雪岚的信息："你不是要找疤痕专家吗？王姨的电话我给你发过去了啊，真没看出来，你还挺注重外表，怕脸上落了疤，小月季嫌弃你是吧？"

这王姨是疤痕方面的权威专家，市医院的主任医师，跟赵雪岚的美容会所有些联系。

顾承炎不甘示弱地顶回去："不管有没有疤，我媳妇儿都爱我。"

他拨通那串号码，简单询问后决定："我今天下午就过去。"

王主任问："是刀伤对吧？"

"不是，"他沉默少许，低声说，"是烟疤。"

临近跟王主任约好的时间，顾承炎在校门口骑上大摩托车，风驰电掣经过公交站点时，被一辆刚停下来的公交车挡住视线，没注意到顺着人流挤上去的秦幼音。

秦幼音坐公交车赶到市医院，静静地等在陈医生的诊室外，在百度上输入了“短道速滑顾承炎”。

出来的结果很多，大多是各种论坛贴吧里面女生的花痴帖子，还有几段比赛视频，她点开其中一个。

画质并不太好，而且冰场赛道上有五个选手，但她只一眼就认出站在中间的身影就是顾承炎。他穿黑色比赛服，身材出众，头盔提在手里，镇定自若，跟别人的如临大敌全然不同。

哨声一响，他冰刀划开，动作流畅而有力，轻松把对手甩到身后。

秦幼音反复看了好多遍，压着嘭咚嘭咚鼓动的胸口。

小炎哥这么出色，怎么可以……被几个渣滓埋没掉。

陈医生过来时，见到秦幼音很意外。

秦幼音跟他进去，软声说：“我想问问……”

“问你爸吧？他早没事了，骨裂一个月就好。”

“不是，”秦幼音低了低头，赧然承认，“我想问顾承炎的腿伤。”

陈医生愣住，想起上回小姑娘还对顾承炎躲之不及，这才多久，就羞答答地跑过来关心。他忍俊不禁道：“你要真想帮他，那可救命了，你跟他说俩字，估计比我絮絮叨叨两天都管用，他那条右腿要是再不好好上心对待，比赛生涯就真要断送了。”

同一时间，楼上王主任的办公室里，顾承炎正在被数落：“你这孩子，咋不早点来医院看？伤口要是及时处理好，根本不至于留这么深的疤！”

顾承炎摸了下眉骨，笑得欠揍：“没事，留了挺好的。”

他问：“烟疤能去掉吗？”

王主任说：“要是新的能好去一点，间隔太长就不好办了，深吗？有几个？”

顾承炎狭长的眼微眯，半晌才哑声说：“深，很多。”

而且很有可能……不止他看到的那些。

王主任面露难色道：“普通的治疗手段估计够呛，那就借助医美试试，你有空把人领来，我带她上仪器看看。”

顾承炎斩钉截铁地拒绝，小孩儿心理那么脆弱，把伤口袒露给他已经耗尽了勇气，怎么能再揭给其他人看。

“有没有药膏？效果慢点也行。”

王主任没办法，反复强调外涂的作用微乎其微，最后到底拗不过顾承炎，开了三种当前反馈最好的给他。

顾承炎提着药走步梯下楼，经过骨伤科这层时，随意一抬眸，正看到一片将将消失的衣摆。

太熟悉了，他不可能认错。

顾承炎匆匆冲进走廊，秦幼音的背影消失在电梯口。他等不及下一趟，返身回去要往下跑，刚巧被从诊室里出来的陈医生截住说：“哎，你们这对小情侣咋还分头走。”

意识到他话中的意思，顾承炎震惊地问：“她来找你的？”

“可不是，专程过来问你的腿伤。别看小姑娘不爱吱声，其实对你可关心了。”

顾承炎说不出话，一口气飞奔到一楼，远远看到秦幼音出了医院大门，他喊她一声，但被各种嘈杂的噪音覆盖。

他打她手机，周围太吵了，她感觉不到，乖乖地独自往公交站走。

她看似固守界线，不愿跟他亲近，却偷着来询问他的腿，不声不响为他奔忙，用她自己的方式努力走向他。

顾承炎说不清心里的感觉，只觉得血流颠倒冲撞，激得他酸涩到喉咙发苦，也甜得整个人都被蜜灌满。

公交车来得很及时，秦幼音上去找个位置坐下，没发现窗外相隔不足五米，有辆漆黑闪光的摩托车追上来。

红灯时，公交车和摩托车先后停下。

秦幼音的手机响了，她紧张地措好了词才小心翼翼地接起：“小炎哥？”

听筒里，车声人声，轰轰震耳，可他的呼吸仍然分外鲜明。

她不禁问：“你在哪儿？”

顾承炎含笑开口，嗓音刮过她的耳膜：“我在一辆公交车旁边，追着我媳妇儿满城跑。”

秦幼音一震，条件反射性地望向外面。

午后鼎盛的阳光下，高大男生骑在摩托车上，长腿撑开点地，五官被描上耀眼的金线，他拿着手机，一边注视她，一边挑起淡色嘴角，懒散落拓，又肆意勾人。

公交车到医大停下，秦幼音慢腾腾地走到大摩托车旁边，有点小心虚，喊道：“小炎哥……”

顾承炎顺顺她的头发问：“自己去哪儿了？”

她忙编个理由应付他，又觉得有些不对，忍不住追问：“那你去哪儿了？”还骑着超炫酷的大摩托车到处招摇过市。

顾承炎克制地抚着她的脸，似笑非笑道：“特意出去跟你偶遇的，被我逮住了吧。”

秦幼音不想在康复方案还没着落的时候让顾承炎知道，何况也心急地想快点回去整理陈医生说的情况，生硬地转移话题：“我还有课，你……你慢慢去停车，我先走啦！”

顾承炎极力按捺着狂涌的心绪说：“六点社团活动。”

等到时候，他非得找个没人的地儿，找她好好问问。

各大社团经过一个多月的磨合，到十月初有一次统一人员调整的机会，学生可以自由申请转换。

滑冰社因为有顾承炎在，一直很受关注，再加上冬天临近，国内国际的相关赛事逐步出现在新闻里，连带着一个小小社团也有了热度。

这次人员转换，就有十来个新进的成员。

秦幼音到达速滑馆时，已经有不少人在。

顾承炎跟副社长在冰场的另一端清点人数，一看到秦幼音出现在速滑馆，离得老远就跟秦幼音招手。

秦幼音踮了踮脚，也鼓着勇气招手回应他。她走上看台，打算把包放下，看到有两男一女坐在靠下一排，正朝顾承炎的方向打量，不时窃窃私语。

这些人都是生面孔，估计是新成员。

秦幼音礼貌地点头示意，这两男一女像是没看见似的，依旧自顾自继续说话。

她倒也没太在意，从他们旁边经过，迈出两步后，意外听到其中一个男生哼笑说：“什么省队尖子，我听说他是被省队淘汰的，根本没有啥能耐。”

秦幼音停下。

另一个附和：“我说也是，真要有本事，早进国家队了，平常装得人五人六的，就空壳子一个，也就能糊弄糊弄这帮二百五菜鸟。”

秦幼音双手缓缓攥起。

女生也笑，尖声说：“我还听人说他人品不行，投机取巧，在省队里坑队友，所以才会被人家给踢出局。”

秦幼音牙关咬得发疼。

她胸前起伏，那些人的字字句句一个不漏地往耳朵里钻。

“哈哈哈，说得对，我看他就是垃圾，要不是这边活动少，积分好混，我才不……”

秦幼音忍无可忍，霍然转身，回到三个人面前，颤声喊：“你们说什么呢！”

三人一怔，仔细看清楚面前的人是个瘦瘦小小的女孩儿，完全没当回事，起来拨开她就要换地方。

秦幼音怒火冲头，她也搞不清哪里来的劲头，抖着腕子，一把扯住那女生的衣袖一边说：“这里是滑冰社，不想来可以不来，但是谁也不能乱讲我们社长！”

女生一甩袖，反问：“我就说怎么了？”

“不行！”秦幼音比她矮，僵着脊背，仰起脑袋，坚决说，“我们社长，实力强，人品好，离开省队是因为被垃圾坑害受了伤！他很快就能恢复！”

女生被劈头驳斥，面子上挂不住，恼羞成怒。旁边两个男生为了给她出头，手一伸就要去推搡秦幼音。

秦幼音大睁着眼睛，丝毫不为自己的决定后悔，甚至在这种关头又往前迎上一步问：“在我们滑冰社里，你想干什么？”

男生的骂声正要出口，脸色猛地一变，他两腿膝盖不受控制地弯折，肥胖身体往前狠狠一栽，跌跪到台阶上，扑到了秦幼音的脚边。

秦幼音吓得一躲。

下一秒，她看到顾承炎下颌绷紧，挺拔而立。

他目不转睛地凝视秦幼音，声音沙哑地说：“宝贝，他是想给你道歉，你要嫌恶心，哥就帮你一脚踢开。”

第十章

对你的喜欢不是一点点

[33]

撑腰的人来了。

秦幼音顿时底气十足，用最快速度收拾自己的不适反应，有板有眼地说：“社长，这几个人根本就不想来滑冰社，是为了混积分，还在背后讲闲话诋毁社长，应该严惩。”

顾承炎的视线黏在她身上。

小孩儿怕是完全不清楚他现在什么心情。

地上的男生哀叫着要爬起，却又不小心再次摔倒，狼狈不堪。

旁边两个人没想到暗地里过嘴瘾会真的惹来正主，再听刚才那句“宝贝”，才意识到他们不屑一顾的女孩儿竟然就是大名鼎鼎的秦幼音。

这下谁也不敢造次，脸色难看地辩解：“我们也没……”

顾承炎打断这人的话，转身扬手，副社长火速飞奔过来问：“炎哥，啥指示？”

“把他们清出去，用我的名义，强制交换到活动最多、要求最严格的社团，”顾承炎交代，“顺便告诉那边的社长，这三个人人品有问题，需要高压教育。”

“好嘞！”

乱糟糟的吵嚷戛然而止，等副社长带人走后，看台上彻底恢复安静。

秦幼音硬邦邦的身体终于逐渐回软，聚起的力气也流失掉。顾承炎手掌盖在她头上揉了一把吩咐：“你坐这儿别动，等我十分钟。”

顾承炎安排好社员活动，甩掉冰鞋一步三个台阶跨上看台，把乖乖待在座位上的秦幼音一搂，扛着就走。

秦幼音惊呆了，本能地推了他几下，惊呼：“小炎哥你干吗？有人在看！”

“谁爱看谁看，”他嗓子很哑，说，“我扛我媳妇儿，怎么了？”

顾承炎带她离开冰场，拐入后面一间更衣室。他关门拧锁，环视一圈屋里，没有一个满意的地方能放她。

他干脆坐下，把她摆在自己腿上，手臂环住，不让她乱跑。

秦幼音扑腾着要下去。

顾承炎挨近她，声音压低："再挣扎，我现在就亲你。"

秦幼音分分钟老实，委屈巴巴地瞪他。他被她看得呼吸发烫，盯着她问："为什么要做那些事？"

"哪……哪些……"

"专门去医院问我的腿伤，又因为别人说我闲话去吵架。"

反驳，争吵，据理力争，对秦幼音来说有多不容易，没人比顾承炎更清楚。

顾承炎忍不住扣上她的腰，吐息侵袭到她耳侧说："别告诉我，这些跟我没关系。"

秦幼音眼前一花。

他全都知道，就连刚才冲突的内容，他也听见了。

她干涩的唇动了两下，很清楚敷衍没用，闭闭眼睛，轻声说："我……我不想让你放弃短道速滑比赛，你为此付出了八年的时间和精力，投入那么多热情……小炎哥，我问过医生了，你的腿能好，只要坚持复健，状态也可以恢复，还有心理上的障碍，我也……我也会争取帮你克服。"她睫毛扑簌着，努力表达，"再试一次吧？你那么厉害，我不愿意你被几个坏人挡住。"

秦幼音说完，壮着胆子挑开眼帘，望向他的眼。

"上次在冰场，你不是问我，除了补衣服之外，能不能修补修补你？"她脸颊燃着血色，温柔到极致，说，"那我现在回答可以吗？我能的，我想……把你修补好。"

顾承炎胸口微胀，眼眶发酸。

以前受再重的伤，流再多的血，他也从没流过一滴泪。

可现在，她几句话……

顾承炎扑上去把她拼命收进怀里问："秦幼音，你还不承认？你喜欢我是不是？是不是？"

秦幼音不受控制地撞入他的颈窝，男生干净炽烈的气息包裹住她。

她为难地抿唇，不知道怎么回答。

顾承炎忽然又改变主意，揉着她的背匆忙说："别……别说了，万一不是怎么办，我就当你是喜欢！"

秦幼音鼻子泛酸，她自己都搞不清楚。

除了单纯的感情之外，她要迈过的障碍太多了。

每天睁眼闭眼，都有人在脑海里问，你确定能克服阴影？你确定能给他正常女朋友该有的回应？你确定他不会对你失望？一旦他反悔离开，你还能再一次承受这样的打击？

秦幼音揉揉眼角，还是尽力说：“对不起，我还不能确定……但是至少我想回报你对我的好。”

这句真的比不回答还要刺激人。

“我不要回报，不用你谢我！”顾承炎死死搂着她说，“我想要喜欢……”

秦幼音揪着他的衣摆问：“到底什么样，才算是喜欢？”

顾承炎合上眼说：“秦幼音，我不认识你的时候，什么都影响不了我，可现在但凡跟你沾上一点关系，什么都能影响我。你对我……有这样吗？”

更衣室里尽是沉默，还有她不稳的轻喘声。

“没事。如果我回去滑冰能让你喜欢，那我就去做，我会配合治疗，争取早点好，尽快恢复训练。”

她问：“还能比赛吗？”

顾承炎无声苦笑，以目前国内的选拔模式，所有想进国家队的选手必须通过地方省队选拔的渠道，他这条路已经被教练彻底堵死了，基本不可能有机会往上走。

他恢复得再好，训练得再久，成绩再出色，也不能参赛。

顾承炎蹭蹭她的脸说：“能啊，到时候一个一个比赛比给你看。”

秦幼音心疼得不知怎么办好，顾承炎不愿让她难过，低眸说：“下午我也去过医院，找了疤痕方面的专家。”

秦幼音意外道：“专家怎么说？你的印子能不能去掉？”

顾承炎拽了把椅子，把她摆在上面，自己敞开双腿坐进沙发，连着椅子把她一起拉到腿间。

“不止我能，你也能，但是药膏必须得我给你抹。”

“骗人……”

“真的，”顾承炎一脸真诚道，“专家说了，药膏得用体温融开才管用，你手总那么凉，只能我来。”

连哄带蒙了半天，秦幼音总算为难地掀起衣袖，把上臂的伤疤露给他看。

顾承炎皱眉凝视白嫩皮肤上的暗色坑洼，一言不发地把药膏挤到指尖，极尽小心地涂上去，均匀涂完两遍后，他拧上盖子：“乖，等干了再把袖子放下。”

秦幼音追问：“你呢？你也要涂啊。”

“我不急，回宿舍再说吧。”

她不满地从他手里把药膏抢下，挤到手上，又记起他说手太凉不行，于是把手指放到嘴边，呼出热气，一点点把药融化。

“小炎哥，你低头。”

顾承炎屏息，听话地把头低下，贴近她。

她温温热热的指尖，轻触到他的伤痕上，像是对待易碎品般耐心抚摸。

顾承炎嘴角咧开一个大大的微笑。

秦幼音抹完一遍，又挤出新的打算去抹第二遍，哈气时，不小心离得太近，药膏沾到了唇上，凉丝丝的，她用手背一蹭，反而弄得面积更大。

她看到沙发上有纸巾盒，抽了两张要擦。

顾承炎抬起眸，正对上她软糯饱满的唇，神经越扯越紧。

药里有薄荷，太凉了，秦幼音不自觉张口，露出一小块湿润粉红的舌尖，软绵地抱怨：“小炎哥，好冰啊……”

那根神经，就这样砰地扯断。

顾承炎伸手扣住她的后脑。

秦幼音刚好把纸巾盖在唇上。

即使隔着纸巾，即使感觉不到她的温度，他也低哑地喟叹着，箍住她加深了吻。

[34]

秦幼音大脑一片空白，直到顾承炎抱得更紧，唇也压得更深，纸巾眼看着就挡不住他的力度破开，她才强迫自己清醒，惊惶地错开脸。

两张被碾皱的薄薄纸巾随之飘落。

顾承炎沉沉念了声她的名字，扭过她的下巴，再次贴合。

秦幼音心里慌乱，不配合地来回闪躲，他只碰到了她的嘴角。

仅仅是蜻蜓点水的一下，秦幼音也像被火苗灼到，无措地大睁着眼睛，胡乱把纸巾捡起来盖在他唇上，跌跌撞撞地冲出更衣室，把门关上。

顾承炎坐着没动，粗重地低喘。

许久后，他缓缓直起身，把纸巾折成小块，贴身放进兜里。

秦幼音离开速滑馆，一口气跑回宿舍。手机一直在振动，她当作没听见，后来实在太频繁，她想调成静音，却不小心碰到了接听键，手机里立刻传出顾承炎的低沉声音：“秦幼音。”

他叫她全名……

肯定，肯定是看她一直不接电话生气了。

秦幼音㞞㞞地赶紧挂断，静音也不调了，干脆关机，然后爬上床，把脑袋挤进枕头底下，揪着被角蜷成一团。

黑暗里，心跳声无限加剧。

他亲她了，可她的反应怎么可以这么差，居然落荒而逃，现在连他的声音也没胆听！好歹……好歹镇定一点啊。

秦幼音后悔得直打滚，小心触摸被顾承炎吻过的位置。

过去了这么久，她才后知后觉地感觉到愈演愈烈的羞涩和甜。

隔天秦幼音睡过了头，迷迷糊糊地醒来后，先把手机开机，给小姨打了个电话。

小姨隔了半天才接，嗓音很哑，似是强打起精神问："囡囡，今天上午没课吗？"

"没有，"秦幼音担心地问，"小姨，你是不是病了？"

小姨笑着否认："我自己就是医生，有没有病我自己怎么可能不知道，别乱想。"

她紧接着转移话题："囡囡是有什么事吧？"

秦幼音垂头，支支吾吾地把顾承炎腿伤的情况说给小姨听。

小姨是当地很有名的中医，经营的那间小诊所，是秦幼音唯一觉得安全的地方。她长时间在小姨的诊所里耳濡目染中医知识，对中医了解颇深，才会在报考大学的时候选择了熟悉的方向。

昨天陈医生说得很清楚，顾承炎在接受西医治疗的同时，完全可以用中医手段辅助。她首先想到找小姨，过后还准备去学院里问问院里的老教授。

小姨把病情记下就挂了电话，答应等整理出方案后再联系，秦幼音放下手机才发现微信上鲜红的未读数字。

她犹豫不决要不要点时，最新一条微信消息跳出来："我等你下楼。"

秦幼音一惊，急忙下床跑到阳台。顾承炎正站在楼下，仰头注视着她的窗口。

看到她出现，他马上直起身，有些憔悴的脸上露出了笑。

秦幼音又心酸又自责，快速把自己收拾好冲到楼下。等进入他视野时，她又不由自主地放慢脚步，生怕被他看出什么端倪。

顾承炎等不及她慢腾腾地走，直接上前把她扣进臂弯里，在她的蘑菇头上狠狠地揉了几把说："秦幼音，咱们得约法三章了。"

秦幼音红着耳根浸在他的体温里。

他肃声说：“以后要是不高兴就打我骂我，绝对不准不接电话、不回信息，记住没有？”

秦幼音一时没吭声。

顾承炎按着她的后颈，把她压到胸口，俯身抱住说：“我一晚上没睡，你就当可怜可怜我。”

秦幼音腿上发软，抓住他的衣服，乖顺地点了点头。

两个人谁也没再提昨天那个吻。

两人一起吃完饭，秦幼音找个借口瞒过顾承炎，去学院里想找骨伤方向的老教授。她不上骨伤的课，对老师都不熟悉，去敲门前，鼓足了十二万分的勇气。

可还没等她的手落下，门先开了，徐冉从里面走出来，看到她一怔，喊道：“秦师妹？”

秦幼音意外见到认识的人，紧张感稍有缓解，询问：“学长，张教授在吗？”

“张教授去北京学术交流了，要一周左右的时间才能回来，而且这间也不是他的办公室，”徐冉微笑，“你找他？”

秦幼音这才惊觉自己连门都认错了，懊恼地攥着手说：“我找他……想问问腿伤的治疗。”

“你受伤了？”

“不是不是，”秦幼音摆手说，“是对我很重要的人。”

徐冉眸色深了深，沉默一下后，温和地说：“下学期开学，我就预备转去骨伤方向的专业了，最近跟张教授联系不少，关系不错，他性情挺固执的，不太好相处。你要就这么去问，估计得不到想要的答案，不如我帮你引荐。”

秦幼音喜出望外，小小鞠了下躬，道谢：“谢谢学长。”

徐冉盯着她，抬手想碰碰她的头，挨近时又忍耐住，把手背到身后说：“正好还有件事要找你，过些天学校有个宣传医药日的话剧演出，各个院都得出个短剧。”

秦幼音一听到表演就头皮发麻，忙说：“我肯定不行的。”

徐冉失笑道：“不让你表演，就用琵琶做个背景音，总可以吧？”

秦幼音说不出话了。

徐冉刚答应要帮她的忙，如果只是在幕后弹琴的话，她再拒绝就说不过去了。毕竟……连陈医生都说院里的张教授水平很高，她真的很需要他的意见。

见她同意，徐冉心情很好，叮嘱她：“那就周三、周五的下午六点半，来学院楼的会议室里排练，临时有什么变动我再给你发微信。”

自从上次冲动地亲了媳妇儿之后，顾承炎真的感觉到了难熬。

那天一夜没睡，不过好歹在宿舍楼下抱到了她，他以为风波过去，媳妇儿能回到以前那样跟他相处，这次他一定憋住，慢慢来绝不冲动。

万万没想到，折磨才刚刚开始。

本来商量好的每天晚上都一起来速滑馆里，她陪着他逐步复健，做一些最基础的康复训练。

结果，胆子那么小的秦幼音，不知道怎么会突发奇想接受了学院里的话剧演出的邀请，每周至少两天晚上在他够不着的地方排练，把他完全丢在一边。

就算她如约来了，也是让他自己待在冰场上，她坐在看台聚精会神地摆弄手机，老半天也不看他一眼。

好不容易撑到周末，顾承炎重新打起精神，提早跟她预约说："肉肉，周末两天你都得陪我。"

秦幼音回复得很痛快："好。"

她这一周始终没闲着，把跟顾承炎腿伤的相关情况研究透彻，又找了好几家有名的中医诊所去询问，默默整理了很多资料，从伤病治疗到短道速滑的训练强度，一一了解，熬了好几夜。

虽然现在没有出路，他也上不了应有的赛场。

但万一呢……

万一以后有机会，她想让他有万全的准备。

周六到了速滑馆，秦幼音仍然和前些天一样，坐在看台上偷偷对着手机上浩瀚的资料埋头学习，趁顾承炎不注意时才抬头去看他，紧紧追随他在冰面上蜿蜒出的痕迹。

她做的所有事，都没有让顾承炎知情。

既怕万一最终效果不好，他会失望，也有着小女生别扭的矜持，不想自己那么多的在意被他发现。

秦幼音遇到难点，抠着手机屏幕琢磨时，感觉到高大的身影走近，阴影笼罩住她。

她不禁抬头，看到顾承炎皱眉站在面前，垂眸注视她的手机屏幕。

秦幼音急忙锁屏,欲盖弥彰地把手机搁到一边问:"你……你怎么上来了？"

顾承炎没精打采地在她身旁坐下，语气沉暗："想你了。"

"想我？"秦幼音不解，脸颊悄悄红了一层，问，"我不是一直在这儿吗？"

顾承炎扯扯嘴角，哑声说："人是在，心在吗？"

秦幼音心一跳，别的来不及说，倒是先听出他嗓子哑了，赶紧站起来去找喝的，问："渴了吧？喝水还是饮料？"

她的体贴，又让他抽缩的心迟缓跳动起来。

顾承炎紧盯着她，想说喝什么都行，想说中午一起去外面吃饭，想说能不能多关心我一点，但都还没说出口，她的手机先响了，两个人的目光同时看过去。

手机屏幕亮着，显示信息详情。

发信人徐冉："秦师妹，来学院一趟吧？张教授回来了，我带你见见他，正好今天加一场排练，你再来磨合磨合，我等你。"

秦幼音迅速把手机拾起来。

顾承炎靠着椅背，呼吸隐隐加重，每一下吐息都刮得身体里火烧火燎。

她拿得很快，但他还是瞥到了关键字眼儿：

徐冉，排练，我等你。

[35]

秦幼音根据小姨和寻访过的几位老中医的说法，已经给顾承炎制订出了一套可行的康复方案，只等着张教授过目后给出调整意见，就可以正式实施了。

终于盼到张教授回来，她怎么可能耽搁。

她捂紧自己这点小秘密，抱歉地跟顾承炎说："学院里有急事，我先走啦，等结束给你打电话。"

顾承炎别开脸，半晌才问："话剧演出，徐冉也参加？这么多次了，他一直跟你在一起排练？"

秦幼音如实说："对，他是主演。"

顾承炎垂在身侧的手缓缓攥紧，骨节绷出突兀的青白色，问她："不去行吗？"

"当然不行。"秦幼音害怕再错过张教授，答得有些急。说话间，徐冉的微信又来一条，是在催促她，她忙把包提起，忐忑地看了顾承炎一眼，轻声说，"那我……去了。"

顾承炎牙关咬着，所剩不多的理智在提醒，别把小孩儿守得太紧，会吓到她。

他艰难地挤出一声"嗯"，下句还没来得及说，得到首肯的秦幼音已然飞奔离开看台。他站起来想追，她却一心赶路，连头都没回一下，只留给他一个背影。

顾承炎站住，一直到她彻底消失在门口，才眨了下过分酸涩的眼睛。

那个徐冉，发了一两条微信而已，她就这么迫不及待？

速滑馆里气温很低。

以前他冬夏都来，从没觉得冷，但现在，所有热度全被她带走了，他仿佛被丢进冰天雪地一样，从心底生寒。

顾承炎再也待不下去，胡乱换上外出的衣服，大步往中医学院追，边跑边计算时间，笃定能在秦幼音进去之前抓到她。

转过最后一个林荫路口，离中医楼仅剩不足五十米。

他看到秦幼音的衣角，刚要叫她，另一道身影从楼里出来，含笑迎上她。

徐冉。

秦幼音加快速度跟徐冉会合，娇憨地仰脸看他，比画着在说什么。徐冉略欠身连连应声，甚至抬起手臂，虚虚去环她的肩。

顾承炎用力过大，右腿膝盖猛地一疼，他大声喊："秦幼音！"

比他更快的，是校园外开业的某家饭店，在中午吉时点起了五千响的鞭炮，喧嚣声震耳欲聋，所有杂音都被淹没。

噼啪声里，顾承炎看着秦幼音跟徐冉并排走进楼，她缩了下肩膀，肯定是被吓着了，徐冉在安慰她。

顾承炎抵不住伤处的反应，一步比一步慢，干脆坐到路边铁皮的长椅上，漆黑的眼盯着中医学院楼。

他吃力地拿出手机，一下下狠狠地戳屏幕，点出排在第一的、秦幼音的号码，拨通。

五脏六腑都被拉扯，连着腿上的肌肉筋骨一起，疼到冷汗涔涔。

也许她随便一句话就能解救。

然而嘟嘟嘟三声后，电话被挂断。

秦幼音站在张教授的办公桌前，把提前准备好的病历档案和康复方案铺开，正要开口解释时，手机嗡嗡振动起来，她跟张教授道歉，飞快地扫了一眼，看到是顾承炎，犹豫片刻，还是挂了。

等解决掉大事，再打给他。

张教授听完大致情况，把手边的打印纸一一仔细翻阅，最后拾起集几家之长总结出的康复方案，意外地问秦幼音："这是你自己弄的？"

秦幼音紧张地说："是我，让您见笑了。我知道问题有很多，麻烦您……"

"谁说问题多了，我瞧着好得很。"张教授不吝夸奖，"稍微补几处就能用，而且可以在经常受这类伤痛困扰的运动员身上推广这套方案。"

秦幼音又惊又喜："真的？都是……都是几位中医的医术好，我只做了归纳。"

张教授摇摇头道："归纳可不容易，能适应伤情，取精华去糟粕，不是谁都能做的，小姑娘有天赋还聪明，要不考虑往骨伤方向转转？或者以后考我的研究生也行。"

秦幼音在办公室里待了一个多小时，出来的时候晕乎乎的。

张教授为人和蔼，不但把方案给她反复推敲，认真修改，还像个爷爷一般关心她，并不像徐冉口中说的那样难相处。

徐冉等到她出现，第一时间赶过来问："怎么样？要是不顺利也别灰心，等下次……"

"挺顺利的，"秦幼音珍惜地搂住装着无价宝的小包，说道，"教授都帮我解答了。"

这下小炎哥的伤肯定能好。

徐冉有点傻眼。

张教授平常特严厉一个老头儿，对他少有好表情，他以为能凭借这一点，多制造点跟秦幼音相处的机会。

结果怎么跟他想的完全相反，老头儿居然还搞差别待遇？对乖巧的小姑娘特别有眼缘？

徐冉郁闷地吐口气，笑了笑道："那咱们抓紧去排练吧，大家都在等你。"

秦幼音摩挲着手机，脸颊泛起浅浅绯红："我想打个电话，打完就过去。"

她避开徐冉，小跑着溜到走廊边不起眼的角落，拨通顾承炎的号码，却提示对方已关机。

秦幼音皱眉想了想，记起今天到速滑馆时，顾承炎确实提过他手机电量不太足，但以为会一整天跟她在一起，也就没在意，还赖皮地跟她说："媳妇儿在我身边，我要手机干什么。"

她又打一遍，依然关机。

想着顾承炎很可能正在去充电的路上，她也就稍微按捺下急迫的心，走进彩排的会议室里。

整个剧并不长，需要用到琵琶伴奏的只有前半段而已。

秦幼音觉得以她的份额和熟练度，不需要参与排练这么多次，准备等下配合他们过完一遍就去找顾承炎。

结束后，秦幼音立刻起身打算道别，没想到有个辅导员突然推门进来说："服装到了！大伙儿辛苦辛苦，带全妆再排一次！"

徐冉百忙中不忘稳住秦幼音说："秦师妹，拜托了。"

秦幼音丧气地窝在椅子上，继续给顾承炎打电话，还是无人接听。

徐冉换了正式的西装三件套进来，不自觉挺直脊背，希望引起秦幼音的注意，可秦幼音心思全在手机屏上，眼都没抬。

另外两个女扮男装的同学也换好回来，同样身穿西服，一脸愁苦地甩着领带问：“谁会系领带啊？徐师兄，你会不？”

徐冉略显尴尬地捏了捏叠在手中的领带。

两个女生四处环顾，提高音量道：“有没有会系领带的，帮忙救救急！”

竟没人答应。

满屋子都是穿休闲运动装的学生，大家穿正装的机会少之又少，即使家里长辈常穿，做子女的也很难关注到这种细节。

排练的进程眼看着要卡在小小的领带结上，秦幼音抓住椅子扶手，轻声说：“我会……”

“音音，你会呀？好厉害！”两个女扮男装的女生高兴地跑过来，说，“快帮帮我！”

秦幼音接过领带，边系边轻声讲解过程。

两个女生看了半天也没学会，赞叹着她手法熟练，顺便给唯一还没打结的徐冉让开位置。

秦幼音面对徐冉，本能地有些抗拒：“学长，要不我教你，你自己来……”

徐冉苦笑道：“这哪是能现场学会的，你就帮到底。”

“你是不是怕举着胳膊太累？”他贴心地拉过一把椅子，坐在她面前，一副任由摆弄的样子，说道，“秦师妹，拜托了。”

秦幼音垂下眼睫，无奈地接过他的领带，不得已微微倾身，跟他距离拉近。

距离秦幼音跟徐冉一起进入中医学院楼，已经过去两个小时零十分钟。

以往的排练最多两个小时就结束了，这一次漫长到让人崩溃。

顾承炎在长椅上没动过，他知道手机没电了，联系不上秦幼音，就近乎自虐地待在原地，固执地想守到她自己出来。

时间是靠数秒过来的，膝盖从最开始每隔五秒疼一波，到后来十秒，半分钟，终于熬到现在，能走得自然，叫别人看不出来。

两小时十五分，顾承炎撑到极限，忍无可忍地站起，走向那扇大门。

他不知道话剧排练具体在哪儿，随手揪住一个学生质问。学生认得他，被他冷森森的模样吓得直咽口水道：“在……在会议室，二楼左拐最里面……”

顾承炎甩开手，大步跨上台阶，离得老远就看见会议室门口围着不少人在朝里面打量，捂着嘴窃窃私语，越走近，听得越真切。

“哎，你发现没，徐冉跟秦幼音其实特别配。”

“我早就发现了！你看不管是身高、外形，还是性格，都简直是天造地设！”

“你们胆儿挺肥啊，这都敢说，秦幼音可是顾承炎的对象。”

“哎呀，私底下随便聊聊嘛，顾承炎又不知道。再说本来就是事实，还是徐冉这种温雅书生气的跟萌妹更合适。”

“说起来，听说秦幼音不是还没答应顾承炎呢，搞不好她压根儿就不喜欢他，都是被顾承炎吓的，实际喜欢的是徐冉这款才对。”

有人还要接话，莫名觉得后背发冷，一回头，眼睛蓦地瞪大，急忙拉扯身边的人闭嘴。

门口围堵的人群，在看清逼近的身影是谁后，全都噤声，纷纷跑路保命，让出通道。

顾承炎沉默地越过障碍，停在敞开的门前。

相隔不足五米的地方，徐冉坐在椅子上，仰着头凝视秦幼音，满眼爱慕遮都遮不住。秦幼音低着眸，离他很近，细白手指在他脖颈前灵巧地打着结，无比专注。

她睫毛纤长，随着手上的动作一下下轻颤，唇抿紧，沁出鲜嫩欲滴的红。

徐冉看得着迷，低低说句玩笑，秦幼音嘴角弯了弯。

应了刚才那一句，天造地设。

顾承炎一眨不眨地看着，紧咬的口中尝到血腥味。

之前门口还热热闹闹的，忽然变安静，很快就有人被异常吸引过去，惊得一口气喘不上来：“顾……顾……顾承炎？”

最敏感的三个字刺得秦幼音精神一凛，她手僵住，蓦地回眸。

顾承炎立在那里，目不转睛地盯着她，瞳中透着不见底的漆黑。

秦幼音的心跳“轰”一声变奏。

顾承炎一言不发地迈进会议室，直冲着秦幼音过去，一把攥住她的手腕。

惊呼声四起。

徐冉脸色难看地要起身阻拦，顾承炎直接一脚踹翻了他坐的椅子，连着他一起扑通摔到地上，白西装沾了灰尘，没系完的领带散在一边。

秦幼音慌了，喊：“顾承炎……”

顾承炎定定地看她，问：“你叫我什么？”

众人都对顾承炎有耳闻，知道他可怕不能惹，何况他眉骨旁又添了一道刀疤，说不定是惹什么事留下的，比以前更凶戾了。

有胆大的学生试探上前道：“秦幼音还有事，你先别……”

顾承炎把秦幼音拽进怀里，死死按住她的腰，面无表情地侧过头说：“我带我自己媳妇儿走，谁敢废话一个字试试。”

[36]

一句话撂下，偌大会议室鸦雀无声。

灰头土脸的徐冉还没爬起来，自以为正义的几个同学都不由自主地往后退。

里里外外加起来二十几号人，谁也没胆在这样的顾承炎面前造次。

顾承炎把秦幼音抱起离地，不顾她推拒，手臂如钢铸般困紧，一步一步走出去，经过学院的走廊楼梯，给所有人看。

秦幼音在他的钳制里，宛如挣脱不开的小老鼠，眼睁睁看着排练现场人仰马翻，她像个宠物似的被抱出来，跟他平等说一句话都做不到。

“顾承炎，你松开我！”

顾承炎牙齿咬到没了知觉，全当听不见，一门心思把她往校外带。

不远处的林荫路上有人经过，随时可能会被人看见，秦幼音羞愤到眼泪打转，再次推他，加重了力气问：“你要干什么啊？这是校园里，好多人会撞到，你能不能尊重我一下？顾承炎，我不喜欢你这样！”

“顾承炎”，叫得和陌生人一样。

“我不喜欢你这样”，不喜欢。

顾承炎悬在一线的最后那点冷静，在她亲口说出的这几个字里被碾成尘粉。

他正好走到坐了两个多小时的长椅旁，秦幼音挣扎得厉害，他右腿支撑不住，手稍一松，让她站在椅子上。

秦幼音通红着眼睛问：“到底怎么了？你不分青红皂白就跟别人发火，完全不管我的意愿，当着那么多人抱我出来。你以前虽然凶，但是没有……”

顾承炎嘴角挑了一下问：“我跟别人发火，你不喜欢？”

他眼底全是冰凌，锋利且带着嶙峋的刺。

秦幼音感觉到冷意，停下没说完的话，怔怔地看着他。

顾承炎每根神经都被她灼得暴跳，四分五裂撕扯开，不止今天发生的事，最近一段时间她对他的忽视、冷待，早就如刀刃般地刮着他，刮到现在，骨头也要被她敲断。

他疼得冲口而出：“你是不喜欢我这些吗？你根本就不喜欢我，想早点甩掉我吧？！”

秦幼音下意识地抓紧不离身的小包，里面装着她点点滴滴为他聚成的心血，泪漫上来，蓄在眼眶里，逐渐看不清他的脸。

她轻声喃喃：“你在说什么呢？”

顾承炎崩溃地问：“在意我的腿，为我去医院，说要陪我康复陪我练习，真的就像你说的，是为了回报我，顺便让我赶紧有别的事做，别纠缠你，是吧？”

他眼里血丝遍布，继续道：“你明明不愿意跟徐冉接触，却宁可和他一起演话剧也不想跟我待在冰场里。你亲手给他系领带，也不肯多看我一眼，多关心我一句！我是麻烦、累赘，是缠着你不放的人，对吗？”

秦幼音的眼泪倾泻而下，再多委屈心事也讲不出了，全被重重压塌，关进漆黑的笼子里。

滚烫的泪水在脸上蜿蜒。

她语无伦次地哑声喊：“你说是，就是吧！反正我一直都在听你的，你说不喜欢，好，没错，那就当成……我一点也不喜欢你！”

秦幼音想再看看他，但无论如何也看不清。

她两腿虚软地爬下椅子，抱紧小包茫然地往前走，挥开他抓过来的手，回过头：“顾承炎，别再跟着我了。”

秦幼音战栗着，把衣服的帽子扣在头上，刘海拨下来，挡住红肿的眼。

她走得很快，像是毫不留恋，脚机械地迈着，手也机械地搂紧怀里的康复方案。路面上还有些残存的干枯落叶，踩得咯吱咯吱，四分五裂。

本来就是。

恋爱，顾承炎，那么奢侈的、遥不可及的所在，怎么可能会真的属于她。

沾过了，感觉过了，也花光了勇气去走近，但到底……让他失望了。

她习惯了被失望，还没习惯幸福。

正好又可以回到她原本该有的壳里，小炎哥也不用再被她连累，每天过得那么辛苦……

秦幼音跑起来，一口气冲到宿舍楼。经过门口时，顾承炎无数次来找她的画面猛然在眼前清晰，她沿路跟自己讲好的无数道理，毫无预兆地陷落。

她咬着唇无声地哭，一步也走不动了，像中学时一样，怕得去寻找没人的角落，浑浑噩噩地躲到楼梯背面阴暗的空洞里，蜷成一团，头埋在膝盖上。

秦幼音狠狠掐自己的腿。

她都做了什么……

小炎哥第一次生气，她不知道怎么回事，但肯定是她的错啊，如果她……她哄一哄，跟他说对不起，也许就……就不会失去他了。

再难过，也不应该凶巴巴地说谎，把他推开。推开了，她就永远也不会有了……

秦幼音后悔了，泪眼模糊地给顾承炎打电话，打了几个都关机。她已经忘记他手机没电，满脑子只以为顾承炎不理她了。

楼门外，有几个女生慢悠悠地进来，边磨蹭着上楼，边叽叽喳喳地说话。

“你是不是傻，这就要闹分手？他吃醋啊，你看不出来？”

“吃醋？”

“愁死我了，你少根筋吧？当着你对象的面，你跟那男的都要贴一块儿了，还帮他系扣子！你对象那么在乎你，估计气疯了。”

秦幼音靠在墙角，小小一尊雕塑一样。

吃醋。

小炎哥……踹倒的人是徐冉，他反复提过的，也是徐冉……好像还说，她亲手给徐冉打了领带。

秦幼音抓到救命稻草，胡乱抹抹脸跑出宿舍楼，挤上公交车去最近的商场，浑浑噩噩找了很久才找到一家卖领带的店。

导购见到女孩瘦瘦的一个，像是还哭过，语气放得极温柔：“小妹儿，想选点什么？”

秦幼音细声说：“买领带。”

“给爸爸还是男朋友？”

她手攥住回：“男朋友……”

导购猜出可能是小情侣闹了矛盾，耐心地问：“他身高和体重多少？肤色怎么样？”

秦幼音乖乖地描述：“有一米八多，体重我不确定，但是身材……特别好，他是运动员，肤色很白。”

“外形这么好，那基本不挑，别选太花哨的就行，”导购给她拿了几款，“配啥色衬衫？”

秦幼音愣了，小炎哥从没穿过衬衫……

她目光转向另一面墙，捏了捏自己的钱包：“我再要一件衬衫。”

精挑细选了将近一个小时，秦幼音买了白衬衫和深灰暗纹的领带，导购给她打到最低折扣，但她也花光了这个月的生活费。

秦幼音提着两个袋子，下电梯看向商场的落地窗外时，天早黑透了，顾承炎的电话依然关机。

她鼻子酸得顶不住，不知道该去哪儿，攥着的手机蓦地嗡嗡振动。

秦幼音急忙要接，却发现是陌生号码，她犹豫了半天，还是接了，刚说一个“喂”，电话里就传出碎到不成句的声音：“秦幼音……”

秦幼音的心脏一震。

“你真不要了……那我……我怎么办……你让我怎么办……”

秦幼音喉咙里被棉花塞住似的。

顾承炎那边的环境变乱，似乎有人找到他，七嘴八舌地说着话，肢体碰撞声和拖拽声响成一团，隐隐夹杂他忍耐的闷哼。

秦幼音终于挤出声：“小炎哥……小炎哥！”

没人再应答。

她额角的头发被汗湿透，又叫了好几声，才有人气喘吁吁地接听：“小嫂子，我是陈年，这是我的电话，你没忘了我吧？”

“陈年，”秦幼音重复，“他怎么了？”

陈年连哭腔都出来了，回道：“本来几个铁哥们儿今晚组个大局，炎哥老长时间没参加了，大伙儿都想找他来，结果可好，人是弄来了，跟没魂儿似的，一个字不说。桌上有个不太熟的男的，以为炎哥瞧不起他，仗着自己有几个臭钱，偷偷摸摸把炎哥的白开水换成五十来度的白酒。炎哥这一晚上心都没在这儿，拿着就给喝了，一满杯！”

秦幼音听到心惊肉跳。

“他抢了我手机就上卫生间吐，吐完不出来，我怕出事儿才闯进去的。而且他右腿不太对劲啊，吃不住劲儿。唉，嫂子先不说了，我得把他送回家去。”

秦幼音心口戳得全是血口子，嗓音变了调，追着说：“陈年，我……我想去看他……你能把具体地址发给我吗？”

她虽然在顾承炎家住过一周，但具体哪个区哪条街哪一号，没法跟司机描述清楚。

陈年亢奋地“哎哟”一声，说道：“发啥发，你就等着我，我把炎哥送回去，马上接你，千万等着别动啊！”

秦幼音在商场一楼枯坐了四十分钟，一双手的皮肤揉到火辣刺痛，陈年总算赶来说：“小嫂子，我就在门口，你出来就看见了，认准车牌号。”

她飞奔出去，陈年的副驾驶已经打开车门，她没等坐稳就拜托他：“开快一点可以吗？”

车飞驰而去。

商场门外的大片树荫里，有三个抽着烟的光头男人看到秦幼音被车接走，互相对看一眼，啐着唾沫离开。

路边风景越来越熟悉，秦幼音知道快到了。她抓着车门把手，遥遥看见别墅里隐约的灯光，心脏揪成一团。

陈年忍不住说："小嫂子，炎哥要是惹你生气了，你就使劲儿收拾他，别看他平时吓人，对你那就是一茶杯犬，随便揉搓，但是……你别真跟他分了，他受不了。

"之前滑冰的事儿，他提都不让我提，那天居然去我店里主动炫耀，说你答应陪他练习了，跟他一起再试一次。你是没见着他那眼神，亮得跟什么似的，今天再一见，眼瞅着命都要没了。

"炎哥虽然跟我说得不多，但我也能看出来，他之前受的打击其实特大，偏巧最难的时候就在飞机上遇着了你，是你把他从坑里捞出来的。打那以后，他掏心掏肺把所有心思全砸你身上了，陷进去压根儿出不来。

"我跟炎哥一块儿长大的，也没承想他一动感情是这样，特死心眼儿的，又犟，你就是他救命的药，他认准你，估摸着得一直缠着你了。"

秦幼音呼吸很慢，眼都不眨地望着接近的别墅。

赵雪岚早就等在大门边上，一见着秦幼音下车，立马上前把自己身上的大披肩给她围上，摸摸她的脸，咬牙切齿道："看这脸冰的，心疼死我了！我非把那兔崽子捶死不可！"

秦幼音摇摇头回："阿姨，我不冷。"

她被赵雪岚牵着进门，情绪一直还稳得住。

然而门一关，赵雪岚拥住她道："我闺女受委屈了。"

秦幼音也搞不清为什么憋好的泪就淌出来，她不敢在赵雪岚面前哭，低着头抓紧手中的袋子说："谢谢阿姨……他在楼上吗？"

赵雪岚没好气道："在他屋里。半死不活的，酒气熏死人，我瞅着就来气！"

"我能不能去看看他？"

赵雪岚低叹，翻箱倒柜找出个小圆球塞她手里道："闺女，你房间还是原样，你今晚就住下。这是防狼报警器。顾承炎以前没喝过这么多，也预料不了会有啥反应，他但凡敢对你有一点不轨，你按了我立马就过去。"

秦幼音站在顾承炎的房门外，门没关严，露出宽宽一条缝隙，能看到他不在床上。

她屏息迈进去，借着床头唯一一点昏黄光源，吃惊地发现顾承炎正蜷着高大的身体，坐在衣柜和写字台之间的地板上。

他头发很乱，半合的眼角还有猩红，脸色白得像纸，唇干涩得裂着一道道血口子，呼吸声极重，满屋都是酒气。

秦幼音眼眶一酸，急忙跑向他，颤声嗫嚅："顾承炎……"

顾承炎动了动，吃力地挑起眼帘，死死盯着秦幼音，狭长眼睛一点点红透。

他手忙脚乱地爬起来，不给秦幼音拒绝的机会，直接扑抱住她，垫着她的后脑压到地板上，唇循着她的热度贴过去，声音扯得破碎喑哑：

“别叫顾承炎，没有顾承炎了。

“你不喜欢他，他已经被你欺负得没命了。”

[37]

秦幼音身下是地板，身上是热烫紧绷的人。

顾承炎没有章法地拼命把她往怀里收，控制不住力度，勒得她很疼。

她下意识地推了一下，他僵住，下一刻就手脚并用把她缠得更死，像是恐惧失去她一般，恨不能把她压进自己身体里。

秦幼音心脏要撞出胸口，再次抵住他的肩，想撑开一丝呼吸的空隙。

顾承炎感觉到那双抗拒的手，一下下推开的动作像是刀尖在他心上捅出重伤。他哽咽着把头埋在她颈窝里，讨好地轻吻，无措地求她：“别推我，我疼……”

“媳妇儿我疼，”他满身是汗，嗓子里滚着粗粝砂砾般说道，“你关心关心我，你问我一句，问我为什么疼，我全都告诉你。”

他头脑昏昏涨涨，分不清时间长短，话音刚落，就觉得自己等了很久，呛得胸腔里空空震动，无望地问：“一句都不行吗？”

秦幼音被他搅得眼里沁出泪来，艰涩地张开口。

他不让她有说话的余地，眼睛在她脸侧蹭出淋淋的湿意。

“秦幼音，你怎么能这样……我下午说的都是气话，我是想让你哄哄我，你就算反驳一个字，我肯定也马上就好了。”他断断续续地咳嗽，“我特别好哄，你试一下就知道。

“为什么你连试都不试，就告诉我你不喜欢我，不让我再跟着你，以后不要我了……”

秦幼音眼前被水糊得一片氤氲，喉咙里辛辣刺痛，揪住他背上汗湿的衣服。

他一声声地问：“你生我气了，不是真的跟我分手，故意吓唬我的是不是？我做错事了，我道歉，你原谅我行吗？”

他紧紧咬牙道：“我不应该总想让你关注我，不应该嫉妒……嫉妒别人跟你一起排练，嫉妒你亲手……亲手给别人系领带，不应该因为她们说你和别人相配，就随便发火……”

他说不下去了，咳得止不住。

秦幼音终于搞懂了顾承炎一整天那么反常的原因，哭着抱住他，在他背上反复地顺。

顾承炎用力箍着她，一门心思往她颈边挤，带着浓重酒气的唇到处乱磨。

秦幼音战栗着躲，他惊惧地停下，用毛茸茸的头贴着她拱说："别躲我……"

"全都是我的错，媳妇儿，你打我骂我吧，或者别的什么都行，只要你能出气。"他略微抬起一点，血色的眼不安地盯着她，说，"就是不能分，不能不要我。你不喜欢的，我改。我今天做错了，那你罚我，罚我腿疼也不许吃药。你再说句喜欢我行吗，一丁点喜欢就够了。要是实在不喜欢，那你就先骗骗我……"

秦幼音心里疼得顶不住，冰凉手掌覆在他头上，抽噎着问："你的腿到底怎么了？"

顾承炎听到她的问话，愣住。

她关心他了。

所有堆叠的情绪、酸楚委屈、煎熬苦涩，在这一刻全找到了出口。顾承炎一字字地倾诉："你从速滑馆走了，我去追，跑到中医楼外面，看见别人出来接你，还从后背搂你肩膀，我太生气了……腿上力道就没用对。

"膝盖很疼，疼得挺不住，追不上你了。

"我在外面长椅上坐了两个多小时，才能站起来进去找你，看见你在给他系领带。"

他又重复一遍："你给他系领带……"

秦幼音顾不上什么领带不领带，马上要起来去看他的腿。顾承炎感觉到她挣扎，吓得一把搂住说："我不吃醋，不吃醋，你别走……"

她干脆伸手去摸，拽起他宽松的裤腿，碰到膝盖，伤处明显肿着，轻轻一按就陷下去。

他闷哼一声。

秦幼音急出眼泪，不容拒绝地推开他站起来说："我去楼下给你找药，上次我看见过有喷雾，先消肿，明天我跟你去医院！"

她跑向门口，顾承炎踉跄爬起，忍着剧痛追上去，从背后把她扣到胸前，肩膀撞上门，连拖带抱地把她往床边带说："不能走……你是我的，不能走！"

他刚才那点理智被酒精烧得一空，不顾她反抗，把她压到床上，拽过被子把自己跟她裹在一起说："我不上药，不去医院，我腿也不疼，我只要我媳妇儿！你别想借着机会把我媳妇儿带走！我媳妇儿可喜欢我了，舍不得跟我分开的……"

他念叨着舍不得，声音越来越轻，高度白酒的作用终于冲破极限，他意识开始不清醒，眼帘沉沉合上，手上仍然丝毫不松。

床很软，他很烫。

秦幼音在他的字字句句里彻底瘫软，一动也不想动了。

就这样吧，药明天再上，医院明天再去，堵在心里的那些话，都等明天再说。

今天晚上，就跟他待在一起……

秦幼音乖乖地躺在顾承炎怀里，转了转身，主动把脸埋在他胸口，手臂搭上他的腰，缓缓收紧。

她闭上眼，在被子里听他的心跳。

还有什么不确定……

她的一颗心早就在他身上了，所以当他发火冤枉她、赌气说狠话时才会受不了。以为要失去他的时候，她害怕得无所适从，可是又在确定他那么在乎她的时候，觉得全世界都重新活了过来，不再是一座漆黑牢笼。

她怎么可能不喜欢他？

明明是……喜欢到不行，却不敢承认。

秦幼音仰头，把睫毛上的水雾蹭在他下巴上。她看着那片湿润，忍不住凑过去，小心翼翼落下浅浅的亲吻。

顾承炎醒过来的时候，头痛欲裂，一下一下仿佛有刀斧在凿，全身酸痛到散架，膝盖上的神经突突直跳。

音音……

昨晚音音来了，后来她要走，肯定是他失控又做了错事！

顾承炎猛地睁开眼，马上要爬起来去找她，身上一牵扯，才惊觉手臂沉重，怀抱里有一团绵软的热源正在暖暖烘着他。

他呆住，一下也不敢乱动，僵了半晌，才不敢置信地掀开被角。

小孩儿睡在他臂弯里，长睫毛低低盖着，被干涸的泪黏成一缕一缕，顾承炎连呼吸都停了。

秦幼音睡得很沉，乖巧无邪，老老实实地偎在他怀里，还懵懂地蹭了蹭。

顾承炎忍不住凑上去亲她眉心、鼻尖，还想吻她嘴角，忽然意识到自己醉了一夜，身上全是难闻的酒气，哪有资格污染他的宝贝。

洗澡刷牙，必须现在就去。

顾承炎极尽小心地抽出手臂，下床进浴室，用最快速度把自己清理干净，带着一身水汽出来时，正看到秦幼音翻身。他紧张地光着脚赶紧往床边跑，不小心带倒了墙边的东西，扑通连响。

他停住不敢动，确定秦幼音没醒，才舒口气，低头。

脚边是……两个袋子，还有媳妇儿天天随身背的包，现在全敞开了，里面的东西掉出来。

顾承炎蹲下，意外发现袋子里居然是崭新的衬衫和领带，衬衫正好是他的尺码，他心跳飞快地拾起来，藏进衣柜最下层。

不管，肯定是给他的，是他的礼物！说什么也不会还回去！

他又回到墙边，想把媳妇儿的包收拾好，捡起地上散落的一摞厚厚的打印纸，一张张捋平。起初以为是她的上课笔记，直到他在某张纸的角落里看到了她写下的几个小字——

“小炎哥一定能好。”

顾承炎愣住，意识到什么，手腕不稳地从第一页开始读。

密密麻麻……她亲手留下的文字和图案，反复地总结、推敲，设立各种方案。几十页纸里，没有其他，尽是和他腿伤有关的内容。

这么多东西，要多少日夜才能攒出来……

顾承炎眼前有些发黑，手拄在地上攥紧。

落在一旁的手机，蓦地发出一声振动。

他挑开眼帘望过去，眼瞳猛一缩。

徐冉：“我想来想去还是要跟你道个歉。师妹对不起！是我私心太重，用帮你引荐张教授当筹码，逼你来参加并不喜欢的演出。”

顾承炎拾起手机，握到掌心青白。

第二条微信消息紧接着又来。

徐冉：“我知道你找张教授全是为了顾承炎，我还自以为是地在他面前招惹你，让你们闹矛盾。他脾气不好，有没有伤害到你？”

顾承炎合住眼，心里疼到喘不过气。

他缓缓起身，走到床头蹲跪下去，牵起秦幼音的手，解锁手机屏幕，给徐冉回复：“滚，再敢惹她一次，我要你命！”

发完，他把徐冉的名字从通讯列表里彻底删除。

他要把手机拿开，却心绪翻涌得指尖发抖，错手点开了后台，秦幼音最近常用的几个 APP 全都清楚明白地摆在那儿。

医学问答，骨伤方向的文献资料库，用来记录的便笺本……

最后一条便笺，记录时间就定格在两人在冰场分开前。

她那时低着头忙碌，一眼也不看他，是全心扑在这些枯燥浩瀚的资料里，为他的伤耗着心血。

顾承炎把额头埋在秦幼音细嫩的手心里，脑中嗡嗡巨响，不断有冷汗往外沁。

他就是个该被拖去五马分尸的垃圾！

昨天对她发火，说重话，惹她哭……

她小小软软一个，一点保护层都没有，还带着遍体鳞伤，默默地把他摆到那么重要的位置，他这个狗都不如的混账，居然欺负她。

顾承炎艰难地喘气，把秦幼音连着被子一起搂住。

秦幼音腰上的重量不断加剧，难受地醒过来。她迷蒙地睁开微肿的眼，看清顾承炎跪在地板上，死命地抱着她。

“小炎哥……”

顾承炎一震，急忙挺起身。

秦幼音双眼雾蒙蒙地望着他，糯糯地说：“你快起来，膝盖疼，不能这样。”

顾承炎眼睛一酸。

秦幼音见他不听话，揉着眼坐起身，拉他手臂。

她目光掠过不远处的墙边，看到自己的包在那里，两个袋子却没了，一慌，急忙要下床说：“我买的东西！”

顾承炎按住她，一眨不眨地盯着她，艰涩地问：“买了什么？”

“衬衫和领带……”

“给谁？”

“给你。”秦幼音红着脸，小声承认，“你不高兴了，我给你买的，想……想哄你……”

顾承炎五脏被一刀一刀地切割。

秦幼音着急地问：“你看到没有？还是我昨天来得太着急给弄丢了？我……我挑了好久的。”

顾承炎扶着床站起，摇摇晃晃地走向衣柜，捧出他藏起来的袋子。

秦幼音忙接过，一一检查，确定是她买的，才垂下头嗫嚅：“对不起，我不知道系领带这件事会让你生气……当时答应帮忙，是为了早点结束排练，好去找你……”

她忐忑地抬了抬扑簌的长睫，对上他赤红的双瞳，以为他还在介意，她鼓起勇气，轻轻说：“那你……把衬衫穿上，领带我给你系好不好？”

顾承炎沉默地脱下上衣，露出肌理蓬勃的光裸上身。

秦幼音耳根一烫，连忙扭开头。

他毛躁地把衬衫套上，扣子扣错也没发现，目光始终黏在她脸上，一寸不曾移开。

秦幼音转回目光，注意到错乱的扣子，浅浅笑了一下。她离近些，给他解开，动作柔缓地依次扣好。

她柔软微凉的指尖偶尔触到他胸前的皮肤，随便一下都激起他惊涛骇浪的战栗。

秦幼音打开领带盒："小炎哥，你低低头。"

顾承炎凑过去，听话地照做，耳中听着她轻轻的呼吸，身边全是她的体温和甜香。

秦幼音把领带绕在他颈间，手指悬在他扣紧的领口处，缓慢翻折打结。

眼里是他修长脖颈和凸起的喉结，手上沾染着他的灼热。

之前或许还有不解，但此时此刻她忽然懂得，系领带这件事，到底有多亲密。

顾承炎定定地凝视她，她饱满的唇近在咫尺，上面咬出细细牙印，洇出殷红血色。

秦幼音打好一个标致的温莎结，退开些，歪着头打量。

小炎哥穿正装也这么好看……

棱角分明，英俊到无可挑剔。

顾承炎哑声喊她名字。

秦幼音抓着被子说："我，我来说……"

顾承炎呆呆地注视她。

她想笑一下，却局促得要哭出来，努力吞咽了好一会儿，才认真地说："昨天晚上，还有以前，你问过我好多次，有没有……喜欢你。"

顾承炎心脏轰鸣问："有吗？哪怕一点点？"

秦幼音摇头。

顾承炎胸腔涩痛。

他伤到她了，她可能再也不会承认，是他把她逼回了壳里。

顾承炎惊慌地按住她的手。

不等他去求，秦幼音再次开口，她瘦弱的肩膀绷着，轻缓地、郑重地对他说："不是一点，我对你……是很多……很多点的……"

他牙关打战，坚持问："什么？"

她跟他对视，软绵念出两个字："喜欢。"

全世界在顾承炎耳边猝然炸开，所有色彩染成漫无边际的巨大烟花。

顾承炎听不到，也感受不到其他。

眼里一切都消失殆尽，唯有她开合的、说着喜欢他的那两瓣殷红嘴唇。

他彻底没了理智，跪在床边倾身向前，扣着她的后颈将她拉近，双手捧住她紧张到冰凉的脸，压下去，重重吻上他朝思暮想的柔软双唇。

第十一章

小仙女做我女朋友吧

[38]

秦幼音心里被甜蜜和酸楚同时充盈着，被顾承炎这样亲密以待，那些压抑住的委屈又被掀起，涩涩地胀在心口。她不禁伸出手，无力地挡他。

“媳妇儿……”顾承炎问得吃力，“怎么躲我？”

秦幼音双手撑住他的前胸，鼻音闷闷地软声说：“喜欢你，所以……要罚你。”

她看着他，杏眼中逐渐聚出水光。

“虽然我做错了事，可你冤枉我了，把我想得那么不好……还很凶地和我说话。

“我害怕你知不知道……我本来胆子就小，你又不是不了解。我能从以前畏首畏尾的样子变成今天，都是因为有你在。

“你如果凶我，比起别人，是几百倍……”她抽噎几下，又低低地改口，“是几千倍……”

其实不够……几万倍，也不能形容当时的感受。

顾承炎犹如被当头打了一棍，忙箍紧她，嗓子被人掐住般一个字都挤不出。

小孩儿瘦得可怜，背上的骨头一根根清楚分明，细细的腰一勒就能断。

他把她整个抱起来，转身和她调换位置，坐下去靠着床头，让她伏在他身上，扯过被子把她包住，从头到脚圈在怀里。

秦幼音更想哭了。

越被喜欢的人温柔善待，越是软弱无助，从承认“喜欢”起，她就卸掉了仅有的一层薄薄盔甲，把自己的一切全部敞开给他。

秦幼音抓起他的手臂，咬了他一小口，又把脸贴上去蹭蹭说：“所以要罚你，罚你……一个月，不可以亲我。”

顾承炎心都被她揉碎。

他喉结不住滚动，火辣辣地发出声音：“一个月，好长啊。”

秦幼音眨眨眼道：“那……半个月好不好？”

顾承炎无声笑，笑得要掉泪。

小孩儿又傻又乖，自己定的惩罚，却因为他反驳一句，马上就改掉了，生怕他有不满。

秦幼音没得到回答，指尖抠了抠他的领带，把头埋在被子里，再次让步：“一个星期，不能再少了。”

顾承炎问：“哪都不可以亲吗？”

秦幼音眼里还有水色，亮闪闪的，回：“不可以亲嘴，别的……要看你表现。”

顾承炎立刻吻她头顶，声音沉哑地告诉她：“媳妇儿，你听我说，不管以前还是以后，你都没有错，全是我的问题。我心眼儿小还爱瞎想，横冲直撞的，才失控让你受委屈。

“我爱上一个人就是毫无保留，所有感情全都掏给你，不剩下更收不回来。过去再大的事我也没怕过，但现在胆子太小了，天天害怕你改变主意，不愿意跟我在一起。

“我保证这是唯一一次，只要你别扔下我不管，怎么罚都好。”

秦幼音听着他坦坦荡荡的告白，不由自主地往他颈边偎了偎，说：“那一个星期，你要忍住才行。”

顾承炎合眼苦笑，唇上酥麻热烫的电流还在，他恨不得翻身压住她就吻上去，但是得熬，媳妇儿不允许的就不能做。

天光大亮，顾承炎再不舍也清楚该出去了，否则他那个妈肯定得上来捣乱。

他下床时，膝盖受力，痛感依旧。

秦幼音及时扶住他手臂，皱眉说：“上午我们就去医院。”

顾承炎嘴角挑得老高说：“我要秦小中医给我治，就用你包里的方子。”

秦幼音脸一热，拍他一下说：“那是辅助的，你肿成这样，必须先去陈医生那消炎。”

走到门口时，顾承炎手搭在门把上，扭头盯着她说：“出去以后，我可要到处跟人炫耀了，你再想后悔也来不及，我就问一次，秦幼音，你是我女朋友了吗？”

秦幼音长睫微垂。

她沉默三秒还不到，顾承炎果断蹲下身，无赖地揽住她的腿，可怜巴巴地仰起头求道：“求求小仙女大发慈悲，做我女朋友吧。”

秦幼音抿出笑，手指触上他的脸，沿着五官起伏抚摸过去，轻声答应：

“好呀。”

下楼后，赵雪岚正好把早饭准备好，秦幼音被两道热辣目光夹击，早饭吃得压力很大。

她捧着小米粥，前面的小盘子里堆积成山，还有两双筷子像在打架一样不断往她碗里送，还在试图垒得更高。

“闺女尝尝这个，妈给你包的小饺子，里头虾仁可大了。”赵雪岚对她笑靥如花，抬眸就凶神恶煞道，“顾二火你烦不烦人！忘了昨晚那鬼样子了？能不能靠边点！挤着我小月季了！”

“我挨着我媳妇儿怎么了，刚才坐下来我就宣布了，这是我通过官方认证的亲媳妇儿！”顾承炎绝不示弱，把自己夹的小炸糕搁到最上面，声音转柔，“乖宝，饺子不好吃，这个还行。”

秦幼音左右看看，一边是帅到流泪的男朋友，一边是美貌霸气的准婆婆，两个她都好喜欢，都在身边亲热待她。

她鼻尖发酸，端着碗不知所措，还有点害怕母子两个闹矛盾，急忙说：“不用对我这么好……”

饭桌上一静。

秦幼音不知道自己是不是讲错话，努力补救：“我……我都爱吃，不用为我忙……”

这回左右两边的筷子全放下了。

秦幼音茫然，慌忙地苦思冥想再说点什么时，两只手同时环到了她的肩上，难免互相碰撞，再次引发战争。

五秒后，顾承炎宣告胜利，把她一搂，揉了揉她的发梢说：“傻不傻，这算什么好啊。”

赵雪岚愤愤道：“就是，这算啥好。”

顾承炎舀起一小勺鸡蛋羹送她到嘴边说：“照顾你是最基本的。”

赵雪岚点头道：“他要照顾不好你，我第一个劝你们分手。”

顾承炎尽量忽视，一心一意喂媳妇儿吃饭道：“别把自己当外人，以后我就是你的所有物，随便收拾随便摆弄。”

赵雪岚郁闷，总觉得被比下去了，转动脑筋道：“就是，你以后把我当亲妈，妈等会儿陪你一起上医院，完事儿了咱逛街去。”

“医院”俩字果然吸引秦幼音。

她重重地点头：“好，去医院。”

赵雪岚顺势把饺子夹给她说："那快吃，吃完咱就走。"

看着秦幼音咽下去，赵雪岚得意地冲儿子挑挑眉。

小样儿，嫩了点。

顾承炎掐着眉心，醉了整宿头还疼，一大早的又被亲妈给气到缺氧。

陈医生每次见到顾承炎都会火冒三丈，这次同样不例外，但碍于家属在身边陪着，也没法多说啥，尽量按捺着情绪，用力摁摁顾承炎肿起的膝盖问："这又是咋整的？"

顾承炎知道他故意的，疼到冒汗也一声不吭。

秦幼音紧张地关注着顾承炎的反应，看到他拧眉合眼，就明白他有多受罪，赶紧伸手护住他的伤处，软声解释："真不是他粗心，是为我弄的……"

陈医生一见小姑娘水灵灵的眼睛，更埋怨不出口，怒视顾承炎。

顾承炎唇色泛白地扯开笑，揽着秦幼音的腰骄傲地宣布："陈叔，重新给你介绍，这是我小对象，我女朋友，我媳妇儿。"

连说了仨称呼，还有继续的趋势。

秦幼音脸红地戳他一下，跑去陈医生身边，把包里的康复方案拿出来说："我找院里的张教授修改过了，这是最终版本。您看看，如果没问题，等这次他消肿，我就开始实施了。"

陈医生接过来一看，满腔火气消掉大半，瞅瞅顾承炎道："亏了你命好，摊上这么细心又懂专业的对象，要不然看谁管你！"

顾承炎甜得两眼弯成桥，连看腿伤都变得可爱。

陈医生确定方案无误，可以和目前的治疗搭配进行，不出意外的话，坚持三个月就能有大幅度好转，可以进行专门的腿部训练，逐步恢复比赛状态。

"至于能不能回到巅峰状态去拿成绩，还得看你自己的斗志，"陈医生叹气道，"也得看运气。"

等顾承炎的伤处理完，取了口服和外用的药，秦幼音满心欢喜地琢磨着尽快实施，明天回学校就去做热敷的中药包。

顾承炎搂着她，听她各种计划畅想，嘴角静静扬着。

赵雪岚走在最后，表情复杂。

到了医院大门外，准备上车前，赵雪岚面上恢复如常，拉住秦幼音说："闺女，妈见你一次不容易，说好咱俩去逛街的。"

秦幼音记得，可顾承炎刚用了药，腿太疼不宜多走。

她为难道："阿姨，小炎哥的腿……"

赵雪岚摆手说："又没让他去，他回家歇着呗，这么大人了又不需要天天陪着，晚上给他带点饭就行了。"

顾承炎冷笑道："不好意思，我需要。"

他看向秦幼音，唇抿了抿，从头到脚都发出"媳妇儿快疼我"的巨大信号。

秦幼音正要做决定，手机忽地振动，她低头扫过屏幕，手紧了一下，跟顾承炎说："小炎哥，你回去休息吧，我跟阿姨……尽量早点结束。"

赵雪岚又叫来一辆车送顾承炎，自己带着秦幼音直奔商场。

顾承炎在车里支着额，对司机说："跟着，她们去哪儿，我去哪儿。"

开往商场的路上，秦幼音心里七上八下，反复去看赵雪岚给她发的那条微信："闺女，跟我走，有重要的事和你谈。"

等车停下，赵雪岚挽着她迈入商场，边逛边直奔主题："闺女，妈得好好问问你，你们俩既然都确定关系了，你也是真的喜欢他，那你真的打算把他腿彻底治好，送他走吗？

"他要去的，可不是随便坐会儿车就能到的地方。一旦走了，最近是北京，再远，那就是世界各地，你想见他一面可就难了。他还能不能回来，谁也说不准。

"如果换成我，不会给自己爱的男人治，我宁可他待在我身边，也不让他去追求什么梦想。

"你呢？你舍得？"

周日午后，商场里人声鼎沸，无数人流在身边穿梭。

秦幼音愣愣地站在原地，好一会儿都挪不动脚步。

她……根本没想过，满脑子塞的，全是让小炎哥的腿好起来，让他站到他热爱的冰场赛道上，让他自由地去驰骋，直到他获得最高的荣誉。

却忘记去考虑自己，也没意识到，他真正好起来的那天，就将是她跟他分开两地的时候。

赵雪岚心疼地顺顺她的背说："闺女，他比不比赛的，我都看淡了，咱家有钱，他也聪明，以后干哪行都不成问题。你可别犯傻，好好琢磨琢磨，千万别伤着自个儿的心。"

秦幼音说不出话来，赵雪岚也不急于一时，带她到处逛着散心。

逛到二楼鞋包区时，迎面遇上两个打扮光鲜的中年女人，一见赵雪岚就惊呼。

赵雪岚揽着秦幼音迎上去，第一时间炫耀："带我未来儿媳妇逛街呢，你们这么闲？儿子还没对象啊？"

眼见赵雪岚被缠住聊得火热，秦幼音懂事地走开说：“阿姨，我去那边等您。”

赵雪岚叮嘱：“别走远，妈很快就完事儿，相中啥抓紧买，别犹豫！”

秦幼音垂着头慢慢往前走，在附近几家店里打转，她攥着手机，害怕自己状态不好，打给顾承炎会被他听出问题。

手机连续振动了两下，她醒过神，惊讶地发现是秦宇发来的图片文件，还在持续进来新的。

秦幼音点开，吓了一跳。

连续七八张半身人像，全是面相凶戾的男人，有些剃了光头，还戴着大金链。

她刚想问，秦宇紧接着发来一段语音：

“音音，对这几个人有个眼熟，疑似最近被吸纳进犯罪团伙的危险分子，虽然那个人还没正式出狱，这些人也不能不提防。就当是爸爸杞人忧天了，多看看没坏处，哪怕不是他们，这类人见着也躲远点，晚上不要单独去校外人少的地方，注意安全。”

秦幼音忐忑地咽了咽口水，向上翻，争取把人脸认清，翻到中间一个光头时，她顿住，总觉得有丝眼熟，却想不起在哪儿见过。

或许……这样的人都长得相像，是她看花了眼，总之多注意，不会出问题。

秦幼音给秦宇回复完，一抬头，才发现自己进了一家鞋店。眼前货架上正摆着一双尖头平底的小皮鞋，比她最爱的那双更好看。

她下意识地摸了摸。

导购含笑迎上来说：“这是新款，您穿多大码，我拿来给您试试。”

秦幼音摇摇头。

价签就在旁边摆着，1299 元。

她视线向下，安静地走出门外，没留意到跟她擦肩而过的一双笔直长腿。

两秒钟后，身后有道戳心的熟悉嗓音响起：“这双，35 码的，给我装起来。”

秦幼音心脏一震，停住脚步，蓦地回头。

本该在家休息的顾承炎正挺拔地站在店里明澈的灯光下，递出卡。

秦幼音朝他跑过去问：“你怎么……”

不对，这个现在不是重点。

“我不要鞋，”她着急地说，“你别买，我不喜欢。”

顾承炎捏捏她的脸。

商场这么大，他拖着伤腿好不容易才找到她，跟了她三分钟，她唯独只摸了这一双，怎么可能不喜欢。

导购行动力神速，说话间单已经买完了，鞋子包好递到顾承炎手里。

顾承炎将秦幼音一揽说："乖，跟哥走，不走亲你了。"

商场每隔一段有安全门，安全门外的隔间里，为了方便顾客休息，有两排软座长椅。

顾承炎把怀里的小姑娘带过去，四周可算安静不少，他把她压到长椅上坐好，在她面前单膝点地，掀开鞋盒。

"还行，勉强配得上我媳妇儿的小脚丫。"

他去脱她鞋子。

秦幼音缩了下，轻轻地说："我……我自己来……"

顾承炎不容拒绝地抓住她纤细的脚踝说："听话。"

他把她的脚放在自己腿上，小心褪掉磨损明显的鞋，他火热的手掌在她脚上揉按两下放松，才缓慢套上柔软新鞋，恋恋难舍地放下。

秦幼音咬紧唇，呼吸不稳。

顾承炎给她换好两只，笑着欣赏道："好看！"

他仰头看她说："我媳妇儿可真漂亮！"

秦幼音双手紧紧按住长椅边沿，脚尖蹭着地面，小声问他："你怎么来了？"

顾承炎托腮道："不能跟你分开，想得不行。"

他勾勾手指，略微探身说："媳妇儿，你过来一点。"

"干吗？"

"我腿疼起不来了，"他极其郑重道，"突然记起有个特别重要的事儿，得马上跟你说。"

秦幼音老实信了，蒙蒙贴近他。

顾承炎翘着嘴角，扣住她的后颈压低，一口亲到她脸颊上。

亲完不满足，他又亲她另一侧脸颊。

秦幼音满脸通红回："就这件事？"

"不是啊，还有，"顾承炎目不转睛地盯着她，黑瞳中蕴满爱意，说，"我想问问秦小朋友，分开一个小时，想我了没有？"

[39]

秦幼音当然想，但不肯承认，心虚地避开顾承炎的眼睛，软绵地嗫嚅："才一个小时啊，不想。"

"没事，我想就够了。"顾承炎笑眯眯地把手臂撑开在她两侧，说道，"想出七八倍的份额，分你一点，就当成你也想我。"

秦幼音心里一酸，她不愿意小炎哥失落。

“那我，我重新回答，”她转回头，飞快地看他一下，把男生漾着微光的锐利五官映在眼底，改口说，“我有一点想你的……”

顾承炎要被乖到上天的小媳妇儿给萌死，拉过她啄了下鼻尖说：“好，那不分给你了，正好我还舍不得。”

他领着秦幼音找到赵雪岚，得意地给她晃晃两人相牵的手：“我带小月季回学校了。”

赵雪岚追上两步道：“闺女，有任何事，随时给妈打电话。”

秦幼音感觉着手上属于顾承炎的澎湃热度，那个话题又重回脑海。

她点头小声说：“阿姨，我会想好的。”

时隔两天一进宿舍，秦幼音立刻感觉到了重大变化。

居然很暖！

从入秋以来，东北的温度直线下降，尤其早晚，冷到像是在南方的冬天。

顾承炎知道她怕冷，给她准备了一堆充电和贴纸的暖宝宝，外加各种珊瑚绒的小毯子、小被子，她才勉强度日，上一次提起来，他还在说：“再坚持十天。”

那时她没懂，也没好意思问。

十天以后不是更冷？能有什么变化……

今天可算是大彻大悟，东北这个神奇的地方，居然有传说中的暖气！

秦幼音脱口而出：“好，好暖……”

旁边程嘉正好不满地吐槽：“医大宿舍不行啊，啥破暖气，在屋里还得穿毛衣，等再冷点，我们不是得冻死。”

秦幼音：要求这么高？

顾承炎回宿舍时，三个舍友也在抱怨。

“这啥啊，刚是温的，要不咱找宿管问问。”

“问也没用，我那天还听大三的说，学校里供暖就是差，不可能达到居民楼里那种穿背心裤衩的程度。”

“那也太冷了吧。”

顾承炎摸了下暖气片，刚刚温的而已，连烫手的程度都达不到，如果一冬天这么过来，小孩儿肯定得生病。

“炎哥，你看咋整，找宿管能行吗？”

“你们随意，”顾承炎点开网上的租赁信息，淡淡地说，“反正我有对象了，我媳妇儿怕冷，我得出去找房子。”

宿舍沉默三秒钟，忽地炸起。

“炎哥你终于把中医院的小仙女拿下了？”

炎哥撩起眼帘，毛茸茸的大尾巴快要翘上天，脸上还摆出高深莫测的表情，四平八稳道：“这不早晚的事吗？以后见面，记得管小仙女叫嫂子。”

从周一开始，秦幼音把上课之外的所有时间都给了顾承炎，正式把康复治疗提上日程。

等顾承炎膝盖的肿胀消掉以后，第一阶段先是用中药包热敷。

纱布缝成的数个长方形袋子，塞满经过打磨粉碎的药材，蒸煮激出药性后，绑缚在膝盖和脚踝的伤处，每十分钟用开水的热气再熏烫，反复三次以上，每天各两遍。

整个操作流程烦琐，又需要私人空间，地点不好选择。

冰场恒温，腿伤本就怕寒，更不能在治疗时把腿暴露在低温环境里，无奈只能挤在后面的小更衣室，但因为是公用的，也被社员有意无意念叨过中药味道太大。

坚持到快一周，周六的上午，秦幼音蹲着给顾承炎敷好药，摸了摸他被药材熏红的皮肤，心疼地咕哝：“总在这里不透风也不是办法……”

她仰头道：“周日我出去找个邻近的诊所吧，我们按时间租用一个小病房。”

顾承炎忍着药物引起的刺痛，把她从地上拉起来搂到怀里说：“不用那么麻烦，再等两天就好了。”

秦幼音又不懂了，两天怎么能好？

她带着鼻音问：“小炎哥，什么意思呀？”

顾承炎蹭蹭她泛白的脸颊，没直说：“秘密。”

小孩儿感冒三天了，这才刚要入冬，宿舍暖气总那个不温不火的样儿，让人怎么受得了。

他走了不少地方，选到一套最合适的房子，小区环境好，距离医大近，他正找家政公司在收拾，还有些家具没布置好，等全都搞定，马上哄她搬过去。

秦幼音不追着问了，转念想起另一件事，绞着手指纠结道：“那个……”

“嗯？”

秦幼音望天道：“有件事……”

顾承炎好笑道：“是不是想参加今晚的话剧演出？”

秦幼音后背挺着：“这可是你说的！”

顾承炎无奈地揉她头，小孩儿责任感强，还惦念着学院里的演出，他都清楚，也没打算拦着她。

他扬起眉梢道："你只记得别人的事，倒忘了给我的惩罚也要到期了啊。"

秦幼音鼻息一烫，掩饰地扭头，声音好似挤出来的："没忘……"

一周嘛，明天早上就到期了。

她耳朵红透，唇也泛上热意。

顾承炎捏着她下巴转回她的脸，凑近了挨过去说："今晚上想参加也行，两个条件，我跟你一起演出，坐身边看着你弹琵琶。"

"还有……"他跟她湿软的唇只隔一线，声音沉哑，"明天早上你乖乖的，让我好好亲个够。"

第十二章

是她的顾承炎

[40]

晚上的话剧演出还是在上次迎新晚会的大礼堂里举办。

秦幼音把顾承炎也带到了现场，不光是因为他在会比较安心，更是因为散场后有场学院内部聚餐，张教授参加，她存着小小的私心，想让张教授当面帮顾承炎看看腿。

演出前，秦幼音随大部队去到舞台，幕布尚未掀起，以徐冉为首的几个主演在选择站位，她则待在最边上，压住狂跳的心口，额上沁出细密的汗。虽说她胆子大了很多，但遇到这样人多的场面，还是难免紧张。

徐冉的目光落在秦幼音身上，正要朝她靠近，提示音响起，倒计时十秒。

幕布缓缓拉开，秦幼音呼吸急促地坐下，手指按在弦上轻微发颤。

要开始了……

她合上眼睛，心如擂鼓，吃力地平复时，肩上突然绕过一只温热的手臂，耳边随之响起低沉悦耳的男声："乖，别怕，哥在你后面。"

秦幼音心底卷起大浪，抓紧最后的几秒钟回眸去看。

顾承炎就站在她椅子后方的幕布阴影里，五官浸着一点点微光，正垂眸望着她。

他对上她的视线，俯身抚着她的头顶，再次说："别怕，哥不走，待在这儿陪你。"

幕布完全拉开前，徐冉忍不住又朝秦幼音的方向张望过去，眼瞳猛地一缩，心直坠到谷底，彻底断了念想。

那个角落里，女孩转身仰着脸。黑暗中，有高大的影子低下去轻吻她的眉心，她含笑承接，犹如定格的精致工笔画。

由于徐冉的不在状态，整场演出里不断有小失误发生，收效平平。在一旁当背景伴奏的秦幼音的琴音反而吸引观众的注意，成为讨论焦点。

顾承炎郁闷。

徐冉是不是故意的，自己沾不了边儿，就变着法儿给他添堵。

谢幕时，秦幼音也跟着站起，有人热情鼓掌起哄喊她名字。顾承炎忍无可忍，从阴影里迈出，沉默地往她身旁一站，接过琵琶，大大方方地环住她的腰。

台下一片惊呼，很快有散落各处的炎哥小弟负责控场，带头鼓掌。

观众们纷纷捂眼，这叫什么事儿，看个破话剧还得被迫吃“狗粮”，看全校著名情侣公然秀恩爱。

秦幼音不好意思地戳他叫：“小炎哥！”

顾承炎心情极好地啄啄她额角回道：“乖，这叫官宣。”

看以后谁还敢背地里乱嚼舌根，说他是个预备的，跟他媳妇儿不相配。

中医学院经费有限，为了省钱，聚餐地点定在离医大有段距离的农家菜馆，顾承炎给秦幼音拉紧小棉袄，系上围巾，跨坐到大摩托车上打火。

秦幼音咕哝：“我是不是穿太多啦？”

还没正式入冬呢，小炎哥把棉袄都给她套上了。

顾承炎说：“不多，你还感冒呢。春天之前，最后再带你骑次摩托车，往后再冷就不行了。”

他抓住她的手叮嘱：“抱紧了。”

秦幼音老老实实地从后面环住他的腰，通红的一张小脸全藏在头盔里。

农家菜馆生意挺火，门口车位停得满满当当，机车摩托体积不小，根本没位置。

顾承炎把秦幼音放下，将自己的手机也掏给她：“进去找地方坐，喝点热的暖暖，哥手机里有小游戏，你要是无聊就玩着解闷。我去停车，马上回来。”

秦幼音看了看夜色里车水马龙的街道，轻轻叮嘱：“那你快一点。”

她进包厢时，人已经到了多半，都是学院里的熟脸，倒也不至于太过局促。

张教授还没来，她安静地选了个不扎眼的座位，晃荡着腿等顾承炎。

百无聊赖时，秦幼音点开相册，翻了翻最近画的几张表情包，全是满屏装不下的粉红泡泡。她艰难选出一张比较含蓄的，发了微博。

刚发完，就感觉到顾承炎的手机振动了一下，她觉得奇怪，还没来得及去看，耳边乱糟糟的闲聊声里，忽地跳出个刺耳的名字——

楚听。

熟悉又遥远的两个字让秦幼音愣了愣，忙扭头去看，几个女生跟她距离不远，正叽叽喳喳地聊着八卦。

“就以前临床医学那个楚听？她不是退学了？恶意伤害舍友，又欠了一屁股债。”

“对对，是她，她挺漂亮的嘛，不可能认错。”

“不过现在真比不上以前了，满脸都是劣质化妆品。你看她处这个对象，也不像啥好人啊，一个大光头，还戴金链子。”

秦幼音神经一跳。

大光头，金链子，她无法不去联想秦宇发给她的那些照片。

秦幼音鼓起勇气走上前，试探地开口：“请问……你们说的楚昕，是我以前的舍友吗？”

几个女生一见是她，纷纷点头道：“是，最近有人看见她了，还拍了照片，学校各种群里都传开了，你不知道？”

秦幼音摇头，她一心扑在小炎哥的腿伤上，哪有空关注那些东西，问：“照片，我能不能看看？”

女生主动说：“我发给你。”

秦幼音回到座位，扣住手机深吸两口气，祈祷着两人千万不要有关，才翻转过来。

照片算不得清晰，但人脸能够分辨。

楚昕染了黄头发，化很浓的妆，跟一个光头男人搂在一起抽烟。

这男人……

秦幼音慌忙去找秦宇发给她的半身照，当中她觉得莫名眼熟的那一张，跟楚昕的男朋友足有九成相似。

她眼前有些发白，直接把楚昕的照片给秦宇转过去询问，希望能得到爸爸关注，但并没有收到回音。她呆坐在椅子上，连顾承炎回来都没有第一时间发觉。

顾承炎身上还带着外面的凛冽寒意，皱眉抓住她手问：“这么凉，谁惹你了？”

秦幼音看着他近在咫尺的脸，渐渐找回呼吸。

或许……只是杞人忧天。

秦宇也并不确定这些人一定会有什么过激行为，如果是巧合，楚昕离校处了个社会上的男朋友而已，那是私事，她不应该小题大做。

她……乱七八糟的事已经够多了，不想再让小炎哥费神……

秦幼音弯着眼睛道：“没……有点冷。”

顾承炎立刻把外套脱下来罩她身上，把她往怀中拢了拢，低声说：“肯定有事，别瞒我。”

秦幼音为了转移话题，把手机拿给他：“还给你，我没有动里面……”

她话音未落，手指不小心触到了解锁键，屏幕亮起，中间有条最新的特别关注微博的更新提醒，内容清清楚楚，是她刚发不久的那张表情包。

秦幼音惊呆了。

难怪……难怪她刚才一发，顾承炎的手机就跟着振动了。

可小炎哥……怎么会把她这样一个再普通不过的表情包博主，设置成特别关注？

秦幼音有种不敢深想的预感，她盯着他的侧脸，嗫嚅出声："小炎哥……"

顾承炎接过来一看，给她解释："是表情包。"

"为什么会特别关注？不就是一个……一个最普通的表情包吗？"

顾承炎笑了笑，拥着她肩膀耐心地说："不算普通，我关注这画手三年多了，刚开始画得很粗糙，但挺神奇的，猪崽的所有心理活动都很像我，我就给每条微博留言提意见，一直留到今天，我是看着这位画手成长的。"

"你瞧瞧画成这样，百分百是个小男孩啊。"他拨拨她小巧的下巴说，"媳妇儿，你该不是……为这个吃醋了？"

秦幼音脑中一阵阵嗡鸣，直直看着他，看到视线模糊。

三年多，每条微博都留言，心理活动像他，不厌其烦地给她提意见，还说她是个小男孩。

全部，全部是陪她熬过那次生死的……唯一照亮过她的那盏灯……做过的事情。

秦幼音手指紧了又松，再攥紧，仍然无法相信这种可能。她声音隐隐战栗，小声断续地说："我能……我能看看你微博吗？"

"当然能啊，"顾承炎马上解锁手机，点出微博来放在她眼前，"我任何东西你都随便看。"

秦幼音狠掐自己手臂，尽量平稳地接过来，目光落到他的手机屏幕上。

看到第一条评论记录时，她重重咬下牙关，仍在怀疑是不是凑巧。

视线向下。

每一评论、每个字，都历历在目，停在她的记忆里。

她手指发抖，点开顾承炎的个人信息。

三年多不曾更改过的用户名和头像，就这样毫无遮挡地撞入她的视野。

秦幼音心里仅悬一线的怀疑被彻底震碎。

她攥紧手机，缓缓把头埋入不断发颤的手臂间，眼睛大睁着，有泪水不受控制地接连涌上。

怎么……怎么可能？

当年她吞了安眠药，从死亡线挣扎回来后……

点点滴滴牵引着她走出地狱的那个人，根本不是别人。

是她的……她的顾承炎啊。

[41]

秦幼音身上力气被抽空，想蜷成一团去消化这个对她而言重逾万斤的事实，也想什么都不顾，直接扑进顾承炎怀里，死死抱住他不撒手。

她知道现在人很多，不应该失控，但衣袖被眼泪一层层浸湿，她能做的仅是咬着唇不发出声响。

顾承炎脸色彻底变了，把她连着椅子一起拉到近前问："音音，你是哪儿难受吗？还是疼？咱们现在去医院！"

饭店包厢足够大，又没正式开席，到的人基本都在自己的小圈子里说笑，倒没有谁特别关注这边的变化。

顾承炎说着要抱她起来。

秦幼音动不了，心脏抽搐麻痹着，她吃力地抓住他的袖口说："没事……等我，等我缓一下……"

顾承炎试探地抬起她的脸，看到发白的唇色，心口当即一炸说："这么严重了还等什么！"

当初她蜷在地上昏倒的画面给他留下的阴影太深，事关她身体，他半点险不敢冒，更没心思去深究原因。

秦幼音大口呼吸，坚持拉他："哥……听话……"

她呢喃出的三个字仿佛有魔力，轻而易举地把他定在原地。

他额角绷着青筋说："最多五分钟，五分钟再不好转，我就带你走。"

之前闲聊楚昕的几个女生虽然坐得近，但聊得太投入，并没发现邻座动静。群里又传出了新的图，其中一个说："这张拍得更清楚，我给音音看看去，她有顾承炎这种极品男朋友，楚昕找的却是个歪瓜裂枣，多解气啊！"

她边说边走向秦幼音，见秦幼音趴着，顾承炎守在一侧如临大敌，奇怪地问："音音咋啦？"

顾承炎眼帘撩起。

女生被他刺得一激灵，赶紧解释："我……我不是来打扰的，就有张照片想给她瞅一眼。"

顾承炎蹙眉道："什么照片？"

女生没胆耽搁，连忙递出手机说："楚昕找了个对象，刚才我给音音发过一张，没这个清晰。”

顾承炎扫过去，先看的楚昕，嫌恶地迅速移开，目光转向那个光头男人，眼瞳猝然一缩。

他拿过手机把照片放大，满屏全是那个男人肌肉狰狞的脸。

揍过的次数太多，熟悉到化成灰他都认得出。

顾承炎问：“什么时候的事？”

女生翻翻记录回：“他们在一起多久不知道，是最近这一周才叫人拍到的。”

等女生走后，秦幼音终于稳下来一点，身上虚软得厉害。

她刚动了动，顾承炎就把手贴上她额头，拨开她汗湿的鬓发问：“媳妇儿，是不是心脏难受？我兜里有药，你吃一颗行吗？”

秦幼音声音轻弱问：“药？”

顾承炎找出药盒，抠出一片说：“自从上回你住院以后，我天天都给你揣着药，刚吓死我了，没想起来。”

他端过杯子说：“水晾好了，先吃了再说。”

秦幼音乖乖接住药片，就着他的手喝下水，呛了几声。顾承炎顺着她的背，剥开一颗饭店提供的水果糖放她嘴里哄道：“乖啊，含一会儿，要不太苦。”

她哄他：“不苦……甜的。”

顾承炎心疼地揉她的头：“别想骗我，我尝过。”

“尝……过？”

“我媳妇儿吃的药，我总得知道是啥滋味儿。”

顾承炎扶她坐直，看了圈越发吵闹的包厢，眼底蓄着阴霾。

他给她把凌乱的刘海理顺，压低声音说：“这顿饭别吃了，咱们去医院看看。我早点送你回宿舍，太晚在外面不安全。”

秦幼音满腔的话堵得胸口疼，定定地望着他，不愿意移开眼。

她……有好多话要讲，想抱他，想在他身边，甚至神志不清地想去吻他。

她本能地嗫嚅：“我不回去……”

“乖，明天再出来，”顾承炎给她扣好外衣，牵住她手说，“走。”

等下把媳妇儿平安送到后，他必须得出去一趟。有些人渣败类，几天不敲打，就不记得自己几斤几两。

上次雨天巷子里，那光头用啤酒瓶留在他后背的伤疤还没好全，现在牵扯上楚昕，这两个人凑一块儿，能有什么好事儿，但凡存在一点会伤害到秦幼音的可能，他都得扼死在最开端。

顾承炎领着秦幼音往包厢外走，迎面跟张教授遇上。

"快开席了，小丫头上哪儿去？"

秦幼音混混沌沌的脑子清醒了一下，记起今晚的重点，忙拽住顾承炎说："教授，这个就是我男朋友，上次给您看的治疗方案，是给他……"

张教授了然地摆摆手说："想让我给他瞅瞅伤吧？行，看在小丫头的面子，上这边来。"

顾承炎明白小孩儿惦念这个，要是不看一眼，她总放不下。

张教授动作利落，掀起顾承炎的裤腿捏了捏脚踝和膝盖，点头下结论："还凑合，有得救，按现在的方法继续坚持治疗就行，能好。但是注意啊，治疗这段时间里可千万不能再受伤了。"

秦幼音苍白的脸露出笑，连连给张教授鞠躬说："您放心，我会看着他的。"

顾承炎看得刺目，不由分说地把秦幼音抱起，点头示意一下："她病了，我送她回去，您慢用。"

秦幼音头一次没反抗，乖顺地环住他的脖颈，汲取着他身上的热度。

离开农家菜菜馆，冰冷夜风迎面吹上来。

顾承炎仰头亲亲她的下巴，往远处看了眼说："摩托车停到后面了，把你留包厢我不放心，跟我一起去吧？"

秦幼音用力地点头。

顾承炎边走边问："今天怎么这么乖，难受得厉害吗？"

秦幼音哑声道："不是……"

不是难受，是不知如何是好，茫然又酸楚的，只想要尽量靠近他。

时间接近晚上十点，头顶天色黑浓，风有些烈。

农家菜馆是开在一栋有些年头的临街三层楼里，绕到后面，就接近一片老旧住宅区，停车时还算热闹，但到了这个点，黑压压望过去，没几盏灯亮着。

顾承炎加快脚步，鞋底踩在不太平整的沙石路面上，发出咯吱咯吱的响声。

秦幼音怕黑，满腔急涌的情绪说不出口，揪紧他的衣襟。

她迫不及待想告诉他，她到底是谁，他又在不知不觉时为她做过多重大的事。

可令她更恐惧的是，怕那些过去一旦掀起，顾承炎会接受不了……

秦幼音搂紧他，轻轻蹭着他的脸颊。

顾承炎被她奶猫似的小动作撩得气血上头，把她放在摩托车后座上，捧着她的脸吻了吻，声音沉暗："你再乱动，我可忍不到明天早上了。"

秦幼音眼眶潮热，拉住他手腕正想开口。

顾承炎突然眯了眯眼，眸中温柔顷刻间褪得一干二净，高大身形稍一挪动，把她严严实实挡住。

秦幼音一惊，紧接着听到远离主街的路口里，响起杂乱脚步声，往她跟顾承炎所在的位置汇聚过来。

顾承炎压住她的肩说：“别动。”

他挺起脊背，缓缓转过身。

同一时间，有男人啐了口唾沫，戏谑地扬起声调：“挺恩爱啊，咱‘小阎王’堕落得可够快的，进不去国家队，就找对象预备生孩子了？”

居民楼昏暗的外墙上，投映出至少七八道拉长的魁梧黑影，手里长长短短的武器摇晃着，宛如索命恶鬼。

顾承炎鞋尖在地上蹍了蹍，干脆利落地踢起一块有棱有角的石头，嗖地向前飞出。

对方一行人猝不及防，嘴里不干不净的光头正被石头砸中眉心，当即撕开一道血口子，他疼得大骂：“你找死！”

顾承炎站在原地，下颌微抬道：“你不来，我还想去找你。”

他把身后的人遮得一丝不漏说：“先带你这帮人滚，半小时以后，咱们换个地方见。”

光头听懂他的意思，捂着脑袋冷笑道：“顾承炎，你还当过去呢，让你吓唬几下我就能跑？我告诉你，现在我就算弄死你，都有人替我兜着！”

他抓着铁棍子说：“再说了，哥儿几个找的根本不是你，是你那小情人儿，上头的人指名点她，今晚谁也拦不住！”

光头声音拔高，与此同时，有数辆摩托车引擎响起，改装后的汽车也嗡地从各条小路里蹿出，雪亮车灯晃出刺眼白光，对准顾承炎直照过去。

“顾承炎，你要老实点儿，把这女的撂下，我跟你的恩怨可以结清，以后谁也别惹谁；你要不撂，今天可没人给你偿命！”

顾承炎冷冷地翘起嘴角，黑瞳里闪出噬人血色。

他错开半步，牢牢攥住秦幼音冰凉的手，低哑着吐出三个字：“你试试。”

[42]

顾承炎长腿迈开，跨上摩托，一手打火，一手抓着秦幼音紧紧贴在自己背上，沉声叮嘱：“别怕，别松手！”

他转身的一瞬，秦幼音看清了那个脸上淌血的光头，是照片上楚昕的男朋友，也是秦宇发来的犯罪团伙成员之一！

更是……

她终于明白为什么会对光头的脸熟悉。

这光头是她刚跟顾承炎认识时，在校外巷子里拎着啤酒瓶围堵顾承炎的人！是跟小炎哥有私怨的那人！

身下的摩托车震颤着启动，在来势汹汹的围堵中随时要正面冲上去。

秦幼音全身僵滞，本能地环着顾承炎绷紧的腰，一双手被他用力握住，耳边夜风呼啸，咒骂和引擎声搅成一团砸向抽痛的神经。

她全懂了。

这些人原本就跟小炎哥有仇，是他的手下败将，最近投靠了秦宇口中的犯罪团伙，自认为有了靠山，才会有恃无恐。

楚昕休学后，不但不反省，反而对她和小炎哥都恨之入骨，不知道通过什么手段认识了这些人，成了犯罪团伙和医大中间的桥梁，通过以前的同学关注她行踪。只要她一出校就被盯死，哪怕不是今天，以后也逃不掉。

他们为了那个即将刑满出狱的二头目，要抓她回去，无论是直接折磨，或者拿她去威胁秦宇，总之，她逃不开跟妈妈同样的命运。

可小炎哥凭什么要无辜遭受这些，他是被她连累的！

秦幼音猛地挣脱顾承炎的手，从他腰间松开催促："你快走！这件事和你没关系！他们抓我有用处，不会把我怎么样！你别管我！先出去再说！"

她动作从未这么敏捷，明明怕到手脚打战，仍然毫不犹豫地从车座上滑下去。

顾承炎被她吓得肝胆俱颤，一把将她拽回来狠狠攥着她腕子扣到胸前，任凭她怎么挣扎，他死不撒手："不许乱动！不许放开！"

他迅速拧下油门，偌大摩托车在暗夜里发出震耳的轰轰声，他眯眼认准一个相对薄弱的方向，瞬间加到最大马力，直冲着挡路的三辆摩托狂奔而去。

顾承炎开得太快太猛，不要命的架势让原本胜券在握的对方措手不及。

挡路的三辆摩托在即将相撞的一刻下意识避让，顾承炎面无表情，钢铸般的左手掐紧秦幼音，单凭一只右手，撕开看似水泄不通的包围，嗡地挤入前方漆黑的小巷里。

秦幼音没有时间恐惧流泪，她趴在顾承炎宽阔的背上，咬着牙让自己清醒。

五秒钟不到，后面立刻有人开车追上来。

车灯混在一起照射过来，噪声催命般揪扯着心脏。

秦幼音拼命抽手喊："让我打电话！小炎哥！你让我给他打个电话！"

她力气超过极限，硬是从顾承炎的钳制里挣脱，在急速的风驰电掣中哆嗦着掏出手机，拨通秦宇的号码。

嘟嘟嘟！

响了三声。

秦幼音崩溃地咬牙道：“接啊，爸您快接我电话。”

响到第四声，电话被接通。

秦幼音呛咳出来，来不及去听秦宇的声音，她也根本听不到，朝着电话嘶声大喊：“爸！有人追我们！您救救我们！求您，求求您，爸您救我们一次，就这一次！”

身后的人穷追不舍，有两辆车在岔路口分别拐向两侧。

顾承炎眼前尽是混沌的黑，他不顾一切地往前飞驰。

这里接近城郊，白天都算不上繁华，何况深夜，每条寂静小路纵横连通，陌生又深远地不停往前曲折延伸。

顾承炎对地形完全陌生，全靠这些年融进骨子里的本能，他轧过数不清的障碍，跟后方的人始终保持距离，一门心思开向有人的大路。

前面隐约感觉到光亮。

顾承炎咬住牙关冲过去，十几米开外的路口，却骤然有两辆大型越野横向驶来，车头严丝合缝，挡住去路。

摩托车被迫停下，在地上割出深深车辙。

后面紧追的人马转瞬即到，把退路封死。

顾承炎没有片刻停顿，一把捞起秦幼音抱住，劲瘦双腿迈开，对着挡路的越野跑过去，一脚蹬上轮胎借力，跃上车盖，修长身影有如凛冽刀锋，眨眼跳过车身，继续往前狂奔。

快到大路了。

把音音送出去，她就安全了。

顾承炎干涩的声音在风里扯裂：“找到路口就出去！往人多的地方跑！找最近的派出所！”

秦幼音攀着他，心被碾碎成泥，随着他剧烈颠簸。

“听到没有，音音，听到没有！”

秦幼音湿冷的脸被寒风切割，到处剧痛，她在黑夜里绝望地睁着眼道：“小炎哥……你放开我吧……”

如果不是抱着她，以顾承炎的身手，早就摆脱这些人了。

她像个沉重的包袱挂在他身上，坠着他的安危往尘土里掉。

光头带着一群人穷追不舍，很快赶上负担着两个人重量的顾承炎。他对顾承炎的弱点太了解，哪里有伤他一清二楚。

铁棍携着风声挥向顾承炎的右腿。

顾承炎拼尽全力避开，前面的路还有很长，黑寂寂一片，光线似乎在左侧，而左侧是一人多高的墙壁和屋顶。

他咽下喉咙里泛上的血气，猛地转身跃起，踏着墙面抬高，试图把秦幼音送上墙头喊："音音！顺着屋顶跑！跑到大路上去！"

顾承炎手推着秦幼音，正要把她扶稳，光头的棍子已经横扫过来，刮到他的腿侧。

"还想跑？"光头破口大骂，一路追逐下来，他眼睛里也渗了红，说道，"不愧是'小阎王'，腿都快废了还这么难搞！你挡着我弟弟滑冰，害得他腿断，现在又来挡我发财！给你大道你不走，非要蹚浑水，行，"光头积了多年的恨意完全爆发，他扯着秦幼音衣服将她拽下，"我今天不彻底废了你，这些年就算是白活了！"

光头恶狠狠地咧开嘴角，雪色车灯把铁棍映出惨白光芒。

他一棍子挥向秦幼音。

顾承炎扑上去一把搂过她，把她严实护住，然后死命朝前狂奔。

光头赤红着眼追上去，又抡起一棍，对准他右腿膝弯，恶狠狠砸过去。

铁棍闪着寒光，结结实实打中他的右腿。

顾承炎控制不住栽倒，粗喘着忍住闷哼。

秦幼音在他怀里，视野全是黑的，尚未意识到发生什么。

第二棍再次劈下。

顾承炎牙齿沁出血，单膝跪在地上，按着秦幼音，机械地低声念："别怕，音音别怕，哥没事，没事……"

秦幼音猝然反应过来她听到的令人牙酸的声响到底是什么，脑袋里轰地炸开，憋住的眼泪哗啦流下。

她挣开顾承炎，不由分说地覆在他背上。

第三棍随之落下。

顾承炎含着血腥，拉过秦幼音霍地站起，伸手握住落到眼前的铁棍。

光头对他的反抗毫无准备，愣了一瞬。

顾承炎满身冷汗，手臂猛一发力，空手把棍子夺下，逼出最后的力气，挥起一棍直捣在光头胸口，让他惨叫着趴倒在地。

后面的人一见情势居然逆转，一拥而上。

顾承炎再也没有力气，早已痛到没了知觉的右腿弯下。他扯开拉链把秦幼音团在里面，弓下身用自己身体做成最后的壁垒，压着她的头按向心口道："别看，闭眼睛。”

秦幼音喉咙里沙哑作响，眼眶几乎睁裂。

数不清的脚步逼近，拳脚和各种武器带着啸响，一股脑袭向顾承炎。

他甚至低闷地笑出来：“我还没好好亲着我媳妇儿呢……”

第一下刺痛钻入他的后背。

同一时刻，尖锐警笛震耳欲聋，铺天盖地地把浓稠黑夜扯破，有男人的声音撕心裂肺地响起：“都别动！警察！”

午夜十二点，市医院。

秦幼音呆呆地站在急诊室外，双眼空洞地看着医生护士来来往往。

负责陪她的女警察低声安慰：“音音，你先坐会儿，医生处理好自然就推出来了。”

秦幼音仿佛听不到。

有个护士推门出来，手里拎着件脏兮兮的外衣：“患者衣服，家属收一下。”

秦幼音突然活过来，跌跌撞撞地跑过去，一把将衣服抢到怀中。

她甩开毯子，把顾承炎的外套罩在自己身上，揪着衣襟，脸埋在里面，不停地抽动肩膀。

女警察看得不忍心，还打算接着安慰，王闯风尘仆仆地赶过来，挥手让她离开，摸了摸秦幼音的头道：“闺女，没事了，都过去了啊。”

秦幼音恍惚听出王闯的声音，哭着抬起头说：“我，我爸……”

王闯叹气道：“队长还在忙，这次连窝端了，一个也不剩，往后你们都安全了。”

她咬住唇，泪一滴接一滴无声地掉。

王闯心里难受，沉声说：“闺女，别怪队长，他真的尽力了。自从说那个人要减刑开始，他没有一个晚上睡过好觉，他怕跟你见面会让你有危险，那么想你，一次都不敢去看你。

“这群走狗是最近才开始活跃的，我们整个刑警大队都在全力搜捕，包括今天这伙人在内，但一是没有确凿罪名，不能直接把人逮捕；二是他们声东击西，分出另一帮人到处惹事，分散我们的注意。今晚在城南，就有他们同伙恶意纵火转移视线，差点误事，亏了你手机一直没挂，我们才定位得准，能及时赶过去。”

秦幼音裹紧有顾承炎气息的衣服，低低地抽泣。

王闯垂着头道：“你们一家都受苦了，队长当年缉拿罪犯是公事，结果十几年过去，这些不讲道理的恩怨还是了不清，搭上嫂子不够，竟然连闺女也没法安生，再加上姓楚的以怨报德，唉。

“音音，听王叔的，你别怪你爸，他过得够苦了……”

秦幼音靠在冰凉的墙上，轻声喃喃：“我不怪。”

一个人跌爬滚打长到十八岁，她早就不知道自己该去怪谁，可能怪来怪去，都是她命不好。如果从最开始就没有她的存在，说不定大家过得会更轻松。

王闯挠挠头，拍了下秦幼音的手臂说：“队长忙完就来看你，还有你那小对象，以前我老觉着有点不放心，这回真是……”

他摇头感慨：“真是让我没想到，把命都豁出去了。”

秦幼音指甲深深陷在手心里，视线模糊，整个眼眶都被泪浸得刺痛。

急诊室大门打开，两个护士推着病床出来。

秦幼音慌忙冲过去，顾承炎合着眼，脸上没有一丝血色，唇抿成线，干涩苍白。

她想去抓他的手，又怕不小心碰到针头，手足无措地、一步一步地茫然追着他往前走，满脸泪迹。

陈医生摘了口罩，拍拍她的肩膀安慰：“别哭啊，没啥太大事，右腿……”

秦幼音仰起头，愣愣地重复：“右腿。”

陈医生被小姑娘看得心酸，含蓄地说：“两下重击，第一下可能落在膝弯上，他反应快，躲了角度，旧伤只是震着了，不算加重；第二下敲在腿骨上，有点裂缝，打了石膏，养一阵看看。还有后背那下，刀捅进去一个尖儿，不深，昏睡是因为打药了，让他消停一会儿。”

秦幼音呆愣愣地立在医院走廊里。

陈医生缓声说：“有些事别强求，他的腿，短期内没有比赛可能，等以后的机会吧。”

秦幼音呆站着，医院屋顶的灯照在眼睛里，感觉不到亮，反而让人头晕目眩的黑。

她无声无息地挪进病房。

护士调好输液流速，已经走了，病房里仅有顾承炎一个人孤零零地躺在床上。

他平时那么无所不能的一个人，此刻静静地陷在被子里，像是随时可能会从她的世界里消失掉一样。

秦幼音关上门，慢慢地蹲在地上，抱住头缩起，咬着衣服悄悄地哭。

她分不清过了多久，有熟悉的喊声钻入闭塞鼓胀的耳朵。

“音音。”

秦幼音动了一下，身上酸痛难忍。

“肉肉……”

她吃力地抬起脑袋，红肿的眼睛看不清东西。

“媳妇儿……”

她迷蒙地望向病床。

顾承炎醒了，侧着头，黑亮的眼凝视着她，灰白嘴角弯出一线笑痕。

秦幼音以为自己哭不出了，但一对上他的目光，滚烫的泪还是倾泻而下。

顾承炎艰难地活动一下，朝她伸了伸手道：“过来。”

秦幼音站不起来，崩溃地隔着距离望着他。

他柔声说：“媳妇儿，我渴。”

秦幼音踉跄着爬起来，站在原地，不敢往前走。

是她害了小炎哥，在她身边的人都要跟着吃亏受苦，她还有好多话没来得及跟他说，那么多为他疯狂悸动的心情无法倾诉……

顾承炎坚持伸手说：“你这次要是再跑，哥下不了床，是真的追不上你了。”

秦幼音扛不住这句话，痛哭出声，脚步速度越来越快，扑到他身边。

顾承炎一把握住她，跟她冰块似的十指紧紧相扣，把自己所剩无几的温度给她。

他低喃：“好渴。”

秦幼音抽噎着手忙脚乱地倒水，洒出一大半，端起湿淋淋的杯子。

顾承炎笑着看她说：“你先喝一口。”

秦幼音言听计从，喝一口咽下，才觉得干涸扯痛的喉咙被滋润。

他沉沉地诱哄：“乖，再喝一口，别咽。”

秦幼音照做。

顾承炎懒懒笑道：“怎么办，我躺着不能动，没法喝水，需要辛苦小媳妇儿喂我。”

秦幼音睫毛垂下，不需要他说第二遍，抚着他的脸乖顺地趴过去，湿润嘴唇贴上他的干涩，一点点轻触濡湿，让水流入。

顾承炎攥着床单，闭上眼。

一口喂完，她稍稍抬起，他拽住，盯着她急颤的睫毛，哑声说：“不够。”

秦幼音止不住轻喘，抖着手去拿杯子，想喂第二口。

顾承炎眼瞳幽深，把她整个人拽到床上，侧身压过去，含住她甜软的嘴唇吞没。

[43]

吻得太深太急，秦幼音手脚发软，不自觉地环住他的脖颈。

哪想到病房门突然被“砰”一声推开，值班护士进来问：“顾承炎，药滴完了吗？”

病房里顷刻死寂。

顾承炎迅速扯过被子盖住衣衫凌乱的小姑娘，小姑娘差点吓死，缩在他臂弯里一下也不敢乱动。

护士定睛一看，脸色变了，斥责：“咋回事！回血了不知道吗？”

她快步跑到床边，药瓶不知什么时候空了，输液管里殷红的一截全是血。

护士赶紧处理，把针头拔掉，刚想严厉训上两句，一眼瞥到顾承炎怀里隆起的一团，气消了大半，无奈地说：“你这还伤着呢，后背和腿就不疼？”

她咳了咳，叮嘱：“年纪轻也不能瞎闹，注意点，重伤不能剧烈运动。”说完出去，还贴心地带上了门。

顾承炎怕把媳妇儿闷着，忙拨开被角。

秦幼音捧着他的手，咸涩的水滴汹涌溢出眼眶，沾湿他的病号服说：“小炎哥，对不起，都怪我……”

顾承炎心疼地亲她额头安慰：“不哭啊，哥一点也不疼，过几天就没事了。”

他把她困在病床上说：“今晚你就老实睡这儿陪我，不许跑了。”

秦幼音格外听话，乖巧地往他肩上一偎。

顾承炎抱着她，望向昏暗的窗帘道：“听好了，不管谁有错，秦幼音也没有。她是最无辜、最可怜的。记住了吗？”

秦幼音慢慢地点头。

顾承炎说：“腿就算废了也无所谓，以后能走，能照顾你就行，比赛什么的……”

他安静地笑了笑道：“反正我不舍得跟你分开，离开那么远，你自己怎么办，我又怎么办？小傻子，天天盼着我上赛场，真要把我送走吗？”

秦幼音早已精疲力竭，在他怀中有了睡意，含混地问：“小炎哥，为什么啊，为什么对我好……”

“我哪知道，”顾承炎捏捏她的耳朵说，“飞机上第一眼看你，才看了个‘小猪蹄儿’和后脑勺，就着了魔似的开始怕你挨冻受罪，追着你跑，后来……”

他说：“后来，决堤了。”

决堤到今天，再也无法收拾。

顾承炎说完，不经意转头，看见病房门外站着一个人，正透过门上的玻璃窗，疲惫地望着他。

他蹙眉，立刻认出，是秦宇。

秦宇跟顾承炎视线相对，缓慢摇了摇头。平常不苟言笑的刑警队长，指了指床上的小姑娘，做出一个很幼稚的睡着的手势，然后退到走廊长椅上，默默地坐了一整夜。

第十三章

她会爱那个为梦想拼命的我

[44]

秦幼音一直做噩梦，早上更是梦到顾承炎倒在血泊里，她迷迷糊糊地哭喊出来。

秦宇在走廊里始终保持警觉，听到病房里的声响，匆匆推门而入，就见女儿颠颠倒倒地念叨胡话，被男生搂住软声细语地哄着。

他憋了一宿，这会儿实在忍不下去，站到床尾闷咳一声。

顾承炎腿打着石膏没法动，侧头看他一眼，不受影响地继续跟秦幼音说话，直到她意识恢复。

秦幼音躺在顾承炎的手臂上，先糯糯地唤了声“小炎哥”，紧接着看清床尾的男人，惊吓得脑袋一空，赶紧爬起来喊：“爸……”

秦宇面容憔悴，生硬地清清嗓子道：“做噩梦了？”

秦幼音抓了抓乱成一团的蘑菇头：“我……”

完蛋了，她跟男朋友这么亲密，被保守的秦宇抓个现行，上次他还千叮万嘱要她守着尺度，这回肯定要生气。

她挪挪身子，把顾承炎挡在后面，垂着头揽责任说：“爸，都是我……”

顾承炎一见小孩儿居然在这种事上护着她，啼笑皆非地撑起上身说：“跟音音没关系，是我拉她留下的。”

两人互相维护，他倒成了恶人。秦宇气也不是哄也不是，干脆跳过敏感话题，拿出开会时的沉着口吻道：“我过来说一声，整个作案团伙一个不漏，昨晚全抓住了。

“那个光头违法乱纪的事儿近期干了不少，罪名一堆，肯定跑不掉，得判个几年，还有楚昕……她跟光头是情侣关系，光头答应给她还贷款，她通过以前在医大的关系，替光头关注音音的动向，算是从犯，再加上她之前贷款不还被起诉，也会被抓进去。”

秦宇脸上肌肉绷得很僵地说：“他们本来提前计划好了在聚餐的晚上堵人，但是因为顾承炎出现，所以他们临时增加人手，大部队全调动了，我们才能一网打尽。”

他望着秦幼音道：“音音，坏人都进去了，往后就没有噩梦了。”

还有一句“爸爸对不起你”卡在他喉咙里，堵得生疼，却觉得苍白又无用，说不出口。

秦幼音把手放在顾承炎右腿的石膏上，小声说：“谢谢爸爸来救我们……”她望着他，杏眼闪动，问道，“爸，您有没有受伤？”

“当然没有。”秦宇笑得发涩，宽大手掌盖在秦幼音头上揉了揉，余光扫过顾承炎说，“音音，你去卫生间洗洗吧，哭得脸都花了，顺便把这个给你王叔送去。”

他随手掏出个东西塞到秦幼音手里，摆明了要支走她。

秦幼音纠结地在爸爸和男朋友中间看了两圈，弱弱地求情：“爸，小炎哥是为了救我才这样的，您别为难他。”

她一步一停，万分不放心地离开病房。

门一关，秦宇顿时神色一变，那点温和荡然无存，拽把椅子往床边一坐，锐利双眼逼视顾承炎，宛如对犯人审讯。

“姓名。”

“顾承炎。”

“籍贯。”

“本地。”

“父母做什么的？家住哪儿？”

“住宿舍，家在城东别墅区，没爸，我妈开美容院的，跟音音见过了，特别喜欢她。”

秦宇凝固的表情有了裂缝，坚持地询问：“有过几次恋爱经历？以前的女朋友还有没有联系？”

顾承炎直视他回：“没谈过恋爱，没前女友，跟音音谈恋爱，是我这辈子唯一一次。”

秦宇沉默半晌，音调渐低：“跟她怎么认识的？”

顾承炎眉心微拧道：“她一个人从南方来上大学，没人接，在机场遇到麻烦，我帮了她，送她到学校，陪她找宿舍。”

简单几句话，正刺中秦宇的痛点。他搭在膝盖上的手缓缓收拢问：“你不是有文身吗？她胆子小，不怕你？”

“我误以为她喜欢文身，所以就故意贴了文身贴，而且早就洗掉了。至于怕不怕我……”顾承炎一字一句地说，“她第一次让我走近，是迎新晚会，她爸爸失约没来，她怯场不敢上台表演，是我在她身边，她才做到的。”

秦宇双手握紧，气势凌人地问：“你在指责我？”

顾承炎扯扯嘴角道：“不敢。”

病房里气氛僵滞，许久没有声音。

过了足足五分钟，秦宇低下头，一口气无声散掉。他卸下有意撑出的威严，苦笑道：“怪我，指责我，都是应该的，你要是跟我毫无怨言，一味顺着，我倒要怀疑你对音音是不是真心。”

顾承炎也放软态度，恭恭敬敬地喊了声：“秦叔叔。”

秦宇盯着他的腿道：“谢谢你保护音音。你腿伤的情况我都知道了，后续治疗康复的所有费用我会负责，但是你不要用这个做挡箭牌，趁机欺负音音，勉强她做不愿意的事，否则我饶不了你！”

顾承炎眉目含光道：“我不要钱，更不会欺负她。我只希望，您能放心地把她交给我照顾，以后她任何事，我负全责。”

秦宇隐约露出一丝欣慰，很快收起。他瞥向门口，确定秦幼音不在，才郑重地面对顾承炎。

“我家里的事情，王闯都和你说过了，我也不想重复。

“我要说的是，那个团伙的二头目还在监狱里服刑，他们是想迎他出狱，拿当年抓他进去的仇人——我，还有我女儿来开刀。

“他们这次被抓进去，我能确保牵扯到那个二头目，让他最近一次的两年减刑作废。

“至少在这两年里，音音是安全的，但期限到了之后，我没办法百分百保证她平安无事。

“我考虑过让她退学，重新再考，离我越远越好，但是她肯定不会答应。好在有你了。她那么喜欢你。如果你带她走，她会愿意的。”

顾承炎敛起嘴角，深深注视他。

秦宇眼中溢出全无修饰的慈爱，低声说：“我种下的恩怨，必须我去承担，等过两年，音音大三可以实习了，你就带她去外地，别的不重要，安全第一。”他抬眼问，“顾承炎，你能做到吗？”

顾承炎一个字也没有废话，斩钉截铁地回答他：“能。”

三天后，顾承炎伤情完全稳定，背上的刀伤虽然要等上一周才能拆线，但已在逐渐愈合，没发生感染，右腿骨裂不存在错位，打着石膏可以回家静养。

秦宇以刑警大队的名义替顾承炎向医大送了书面说明，表示他协助办案有功，医大安排了领导来看望，还给批了一个月的假。

秦幼音同样请了短假，在医院里跑前跑后照顾他，忙成小蜜蜂。

顾承炎眼睛追着她跑，逮着她靠近的机会一把抓住，将她拎到床上抱着说：“不是请了护工吗，你跟着折腾什么？累坏了怎么办？”

秦幼音耳朵沁出粉色说：“就算有护工，我也不能不管你呀……”

“好，管我。”顾承炎在她软乎乎的脸颊上亲一口，“等下午出院，到拆石膏能走之前，真的就指望你管我了。”

秦幼音秀气的眉皱着问：“这么大的事，真的不告诉阿姨？”

“不告诉。”顾承炎果断决定，搜刮出她拒绝不了的理由，“我妈知道得唠叨死，何况受伤的原因她一定会问，你愿意让她了解实情吗？”

秦幼音一凛。

她不愿意。

她太自私了，不想阿姨对她有任何可能的反感，去影响她跟小炎哥之间的感情。

秦幼音垂头问：“那，那不告诉……可是出院以后你去哪儿？宿舍人多又乱，你休息不好，我也没法照顾你。”

顾承炎扬起眉梢，看着她红润的唇，神神秘秘地轻声说：“我在学校外面租了房子，刚找人收拾好，直接搬过去住就行。”

秦幼音吃惊地问：“什么时候租的？”

“出事前两天。”他说，“那时候你感冒了，还天天蹲在速滑馆的小更衣室里给我敷药，我想有个让你舒服点的地方，所以……”

没等他说完，虚掩的病房门骤然一响，一道声音响起：“炎哥，出院手续已经……”

“哎妈呀，我的狗眼！”没敲门的陈年鼻血差点飙出来，“我……我有罪！继续继续！把我当空气，千万别杀我！”

顾承炎气得牙痒痒，扯着枕头丢他。秦幼音红着脸，音量堪比小蚊子：“先出院吧……”

陈年推来早预备好的轮椅，顾承炎借力站起，接过长至腋下的拐杖，艰难地挪动身体，特意赶来陪炎哥出院的一众兄弟也拥过来搀扶，他拒绝道：“用不着。”

只有秦幼音能近他的身，紧紧抓着他手臂喊：“小炎哥……”

顾承炎没把任何重量分给她，咬牙换到轮椅上，摸摸她头说：“没事，适应就好了，我自己可以。”

拆石膏要至少等一个月，他必须克服。

从轮椅上车又是一番折磨，秦幼音能做的太少，眼睁睁看着顾承炎脸上血色褪掉，抿着唇忍痛，靠在椅背上不出声地平复呼吸。

腿伤引发的疼在前两天尚有药物压制，不算太难受，从今天起往后的小半个月，才是真正的煎熬。

车启动，缓缓驶入拥堵街道。

秦幼音贴在顾承炎身边，手寻过去，跟他十指用力相扣。

他的体温总是那么暖，她挨得更紧，把睫毛上的水雾悄悄蹭在他的衣袖上。

顾承炎租的房子是医大周边环境设施最好的小区，步行到医大校门口五分钟的路程，合适到无可挑剔。

等进了门，其他人放下行李走后，陈年一脸的欲言又止。顾承炎哄着秦幼音去卧室看看布置，陈年才压低声音问出口：“哥……今年选拔赛的新消息，国家队改革，头一回接受个人报名，不用通过省队，而且就只试行这一年，你……听说了吧？”

顾承炎没言语。

陈年揪头发：“我……唉，我不知道说啥好了，咋能赶得这么巧！”他支支吾吾道，“下月初开始报名，元旦时就比赛……”

剩下不到两个月而已，哪怕奇迹降临，伤也不可能好。

顾承炎下意识地按住右腿，言简意赅地回答他：“陈年，滚蛋吧。”

陈年酸涩地“哎”了声，实在不忍心多提，起身就跑，顺便关上大门。

顾承炎垂眸片刻，转着轮椅靠近卧室，敲了敲门。

秦幼音手忙脚乱地出来，娇俏地立在门边，余光仍黏在身后温馨的漂亮公主房里。

顾承炎拉住她手问：“喜欢吗？这间是给你准备的。”

秦幼音进来时虽然猜到了，但听见他亲口说出，心跳还是凌乱一片。

她望望客厅，人已经都走了。

初次这样跟他独处在一个绝对私人的空间里，她紧张得胸口发闷，深知自己不该留下，吸了口气说：“这是你租的房子，你在这儿好好养伤，有什么事，我马上从学校过来，很快的。”

顾承炎眼里汹涌的光猝然转暗。

秦幼音既是说给他听，也是说给自己听，试图压下心底熊熊燃烧的小火苗：

“我先扶你上床躺下，再熬点粥，等照顾你吃完饭……”

顾承炎攥着她手腕：“吃完饭你去哪儿？”

“回……回宿舍。”

“你不是说管我吗？要把我一个人留下？”他嗓子哑下去，“我跟你说实话，房子原本就是给你租的，宿舍太冷，我不想你生病。哪怕没出意外，我也准备收拾好早点把你接过来，咱俩一起住。”

秦幼音咬唇。

这可是……同居啊！

可她看着腕上那只筋骨利落的手，浅白手背上，密密针孔还泛着青红，再往上，他蹙眉凝视她，精雕细刻的五官蒙着急切，漆黑眼瞳里有黯淡层层堆叠。

三天下来，他不知不觉瘦了一圈，此刻坐在轮椅上，修长双腿只能蜷曲。

秦幼音鼻子一酸道：“不是不管你。”

“那是什么？”顾承炎盯着她问，“怕我欺负你？我舍得吗？你不高兴的事，我一件也不会做，再说我腿这样，哪有欺负你的本事。

“还是你不愿意跟我黏在一块儿？

“或者房间不喜欢？那我现在找人过来，把家具和装修全换了。”

顾承炎说完就打电话，秦幼音连忙按住，蹲下去伏在他腿上说：“喜欢，特别喜欢，我从小到大，根本没有过……属于自己的房间。我愿意黏着你，也不怕你欺负我，”她绵软的脸蹭着他，“我本来……本来就相信你，知道你不会随便欺负……”

顾承炎心口在颤，俯身去揉她头顶。

秦幼音抱住他小腿，温驯地睁开湿润的眼睛，轻声控诉：“其实就是要跟男朋友同居……我……我不好意思呀！”

顾承炎胸口堵满的晦涩一融，捧起她的脸，笑眯眯地商量：“那能不能麻烦秦小朋友克服克服？哥受伤了，特别脆弱，一分钟也离不开你。”

他这么直白热切，秦幼音完全招架不住，下了好大决心才说：“那……那我们不要告诉我爸爸！”

[45]

顾承炎情绪低落进土里和幸福到上天，只隔着秦小朋友一个决定的距离。

得到媳妇儿应允，炎哥毛茸茸的大尾巴简直要甩成螺旋桨，一把捞起她抱在腿上说：“我家肉肉真好，哥给你做饭去。”

厨房里必要的生活用品一应俱全，米面粮油是刚刚路上众兄弟去现买的，规整地摆在橱柜里，冰箱也是满的，新鲜蔬果色泽诱人。

顾承炎上网查查菜谱，强行背下来，拿了菜就要下厨。

秦幼音坚定地拦住他说："你好好去歇着，不准乱动，我给你熬粥或者煮面。"

小姑娘套上围裙，轻车熟路地在厨房打转。顾承炎抓着轮椅的手缓缓收紧，看似不经意问："肉肉，你怎么会做饭的？"

这个年纪的小女孩，学习成绩又那么好，不是应该十指不沾阳春水吗？

秦幼音没多想，自然地说："我八岁的时候就能弄一家人的饭了。"

顾承炎掌心在扶手上磨得有些火辣。

八岁，她才多大一点，况且妈妈没了，爸爸又在奔忙，哪儿来的一家人。

他问："一家人是谁？"

秦幼音切菜的手顿了顿，声音变轻："小姨一家……"

小姨、小姨夫，他们的儿子周岭……阴暗的记忆顺着这个豁口，有要失控沸腾的趋势，秦幼音及时止住，回眸甜笑着征求他的意见："小炎哥，吃蔬菜面，还是番茄鸡蛋面？"

顾承炎深深地注视她，摁下无数想问的话，也分不清满心既疼又酸的，到底来自猜测还是预感。

关于过去的事，他一个字都舍不得逼问她。

"哪个简单，"他柔声说，"咱们就吃哪个。"

饭后，秦幼音把顾承炎推到他的房间，接了热水给他擦脸。

顾承炎幸福地低喃："残废了也挺好。"

她不满地推他："乱讲什么！"

卧室这个地点实在太暧昧，秦幼音给他收拾好不敢多留，跑回自己屋里，扑到大床上，肩膀意外被硌到。她掀开被子一看，里面竟放着个打着缎带的小盒子，还有卡片，上面是顾承炎张牙舞爪的字："给我家小可爱的睡前礼物。"

秦幼音紧张地掀开，里面是条细细的闪着光的项链。

她咽下惊呼，爱惜地将项链捧在手心，对着灯光看了半天，才满脸通红地拱进被团里，攥住项链开心到打滚。

一不小心滚到枕头上，敏感察觉枕下也有东西，她手伸进去摸到另一个小盒，卡片上写："宝贝肉肉要做个好梦。"

里面是一对小巧的耳钉，设计简单圆润，像个萌萌的小贝壳一样。

她把两个盒子搂怀里，仰躺在床上望着屋顶傻笑，笑到咳嗽出来，忙捂住嘴小心翼翼地爬起，跑到门边听外面没动静，又迷迷糊糊绕过来，路过写字台时，余光成功捕捉了一个绑着蝴蝶结的大袋子。

还有吗？

她兴奋地跳过去抓住，卡片上换了内容：

“哄小公主的玩具。”

袋子里是个粉胖的猪崽，肉脸圆嘟嘟的，屁股上卷着一小截短尾巴。

秦幼音快抱不下了，把三样东西端正摆床头，晕乎乎地发了半天愣，想把衣服挂进衣柜，打开柜门就惊呆了，里面满满当当，全是整齐悬挂的新衣服，下层摆了一排各式各样的小皮鞋，夹子别着一张卡：“哥攒了很久，每件都问过赵女士和辛月的意见，凭她们对你的了解，希望我家小媳妇儿能喜欢。”

这是干吗啦……

秦幼音眼前逐渐模糊，怔怔地在房间里环顾，不知道还有多少藏着心意的角落没有被发觉。

她吸吸鼻子，拧开锁走去顾承炎的房门前，把耳朵贴在上面。

没动静，睡着了吗？

她揉眼睛，趴了会儿刚忍住冲动想走，忽然听到里面有什么坠地的声响，掺杂着顾承炎隐忍压抑的闷哼。

秦幼音吓一跳，顾不上考虑，直接推开门跑进去。

顾承炎正撑在床边，吃力地伸臂去捡地上的药盒，见到她进来，也惊了一下，哑声问：“我吵到你了？”

秦幼音无声地摇头，蹲下帮他捡起。

止痛药。

她手指把药盒捏到变形。

顾承炎床上被子凌乱，台灯的光是暖的，照在他脸上依旧一片苍白。他额上沁着细密的汗，身上的米色短袖衫很皱，有微湿的痕迹。

“不小心碰掉了，”他说，“小孩儿这么晚了还不睡？”

秦幼音眼里热得发疼，把药片抠出来，倒了温水递到他面前。

顾承炎扛着腿上一波波泛上的酸痛，笑道：“哥不疼，真是不小心碰的……”

“顾承炎，”秦幼音红着眼喊他名字，“难受怎么不喊我？你跟我强撑什么，我是外人吗？”

顾承炎愣了少许，拽过她搂紧说：“不是外人，是我媳妇儿。”

秦幼音把泪抹到他汗湿的胸口问：“疼不疼？”

“疼啊，”他低低地承认，一下下亲她额头、鼻梁，说，“抱着你就不疼了。”

秦幼音抬起湿亮的眼看他说：“给你抱……”

顾承炎笑着去吻她嘴唇，吃了药的苦涩舌尖不敢碰她，就恋恋不舍地在她唇边反复厮磨。

秦幼音尝到一丝药味，难过地嗫嚅："你疼了不说，还乱给我花钱……"

"不是乱花啊，那点东西算什么。"

"可是，可是你还小，不能挥霍阿姨的钱给女朋友……"

顾承炎笑倒在她身上，一本正经地为自己正名："小可爱，我十六岁开始就没花过家里钱，自己和朋友一起做些小生意。"

顾承炎把她的小脑袋挪到自己肩上说："后来身边的兄弟各自有发展，我看着前景不错的，就参参股。陈年那破乐器行一大半都是我出的资，没想到收益还行，东拼西凑加起来，算不上多有钱，养我家小肉肉还不成问题。"

秦幼音由衷地感慨："我小炎哥最厉害了。"

顾承炎亲亲她的嘴角说："快睡觉吧，不然这么抱着，我容易想坏事。"

秦幼音脸一热，赶紧闭眼睛。

过完周末，秦幼音请的假彻底告罄，要每天按时回医大上课。

周五下午最后一节是三系混上的公共课，临下课时，老教授推推眼镜问："顾承炎伤咋样了，还不能上课？"

秦幼音下意识地站起来回答："还没好，要再休息一段时间。"

老教授善意地瞅着她问："看来这是转正了？"

秦幼音耳朵一热，在满教室喜闻乐见的眼神里，磕磕绊绊地说："对，对呀……我……是顾承炎的女朋友。"

女朋友一直到下课铃响还害羞到冒烟，慢吞吞地挪出去。陈年领着两个高壮男生守在外头，笑嘻嘻地说："奉命送你回家。"

从她恢复上课起，天天被这么当成重点保护动物，秦幼音再次要求："过去这么多天了，已经没有危险了，可不可以不送……"

"那得炎哥点头，"陈年跟她保持着炎哥要求的安全距离，边走边说，"小嫂子，冬天到了，天黑得越来越早，我们送你应该的。"

离开教学楼后，外面天色确实已经黑透。

临近小区大门时，陈年装作随口问："嫂子，哥最近……状态咋样啊？他跟你提没提……滑冰比赛之类的事儿？"

秦幼音心一坠。

只要她在家，顾承炎状态一直很好，但偶尔的几次，她看到过他把轮椅转到窗边，盯着外面静静发呆。

关于滑冰的事，他绝口不提。

陈年暗地里抽了自己一巴掌，马上打哈哈："我就闲得没事瞎问，嫂子你别当回事啊，哥近期本来也没比赛嘛。"

他心里冒苦水，运动员的职业生涯非常短暂，巅峰时期能有几年，眼看着离选拔赛报名的日子越来越近，炎哥唯一一次能回到赛场的机会……

炎哥可能就要这么不声不响地错过了。

秦幼音默默走进小区大门，眼眶胀得想哭，视线不经意被新开的一家花店吸引。

她在窗外站了一会儿，跟陈年说："我进去逛逛，你们回去吧，谢谢你们送我。"

秦幼音走进花店时，里面两个女孩正亢奋地咬耳朵。

"也太帅了吧！"

"我的天，我都看呆了，个子又高脸又好看，可惜拄拐杖哎……"

"你可真挑，帅成那样就算残疾我都认了！"

"醒醒，别做梦，人家买的是玫瑰。"

秦幼音听得不太清，指尖触了触花瓣，赧然地问："请问送男朋友……应该买什么花？"

两个女孩对视一眼，纷纷道："今天怎么了，小区里漂亮的人全都有对象了。"

秦幼音被带到玫瑰花丛里，被五颜六色的花包围，她选了一枝最饱满的白玫瑰。

干净的，纯粹的，是她的小炎哥。

秦幼音捏着人生里第一枝花，生怕它被风吹了被尘土污了，努力加快速度往家走，快到楼门时，她猛地停住，愣愣地望着前方。

楼门廊檐的灯亮着，光线很柔，有道修长的身影立在那里，头微微低垂，右手拄拐杖，很艰难地站着。

天冷了，他穿了厚外衣，帽子有一圈绒毛，衬得人格外温柔。

秦幼音胸口胀到发酸，把花藏到背后，朝他跑过去喊："小炎哥！"

顾承炎抬眸，见到她的一刻，眼里瞬间溢出无限光彩。他一只手按着拐杖，另一只手也背在身后，本能地想奔向她，一动才记起腿不行。

他苦笑着费力走近道："饭做好了，上去就能吃，我的肉肉终于回家了。"

秦幼音疾步扑到他面前，仰脸看他，唇间呼出白气道："回家啦。"

她把花抓紧，忐忑地往前递出。

顾承炎比她更快，把小心藏着的一大束红玫瑰捧到她眼前。

一枝纯白。

一束火红。

两种颜色在凛冽冬夜里撞到一起，还有他迫不及待压下的炽热深吻。

[46]

秦幼音送出了她人生中的第一枝花，同时也收到了人生中的第一束花。

她一路走回来，脸颊冻得泛白，在顾承炎微凉嘴唇的碰触里，飞快聚积出红晕。

顾承炎牵她回家。饭后竟下了大雪，秦幼音趴在窗口好奇地张望，顾承炎干脆给她穿暖和，戴好围巾帽子，带她去楼下玩。

再回到家已经很晚了，顾承炎进卫生间洗漱，秦幼音要去照顾他，他不忍心她忙来忙去，扭头扬起眉梢，故意吓唬："你来就得帮我洗澡。"

秦幼音㞞㞞地缩回被窝里，从那晚起，每天跟他和衣躺在一张床上，已经是她做过的最大胆的事了，不能更过分。

卫生间隐约响起水声，她默默浮想联翩时，枕边丁零一响。

是小炎哥的手机。

她顺着看过去，屏幕上是陈年的微信。

"哥，我还是意难平，越想越要哭出来啊，你怎么能这么苦！"

秦幼音愣住。

苦？意难平？

她不愿意擅自动顾承炎的手机，可陈年的微信接二连三地往外跳。

"我好几天睡不着觉了，哥。"

"你那么拼命地训练，还有那么好的天赋，咋就能一次一次失去机会，我太难受了。"

"要是选拔赛晚上三四个月，你伤好了，百分百全国第一！"

秦幼音呼吸几乎停止。

直到手机屏幕黑下去，她才伸出手，又点亮了。

她点开陈年的微信对话框，除了这几条消息，还有未删记录里，明晃晃的一张宣传图片——全国短道速滑职业选拔赛。

国家队唯一一年面对个人选拔的试行。

报名时间，两天后，本赛区的比赛时间，元旦当天。

距离今晚，仅仅一个月。

秦幼音终于明白晚上回来时，陈年欲言又止的到底是什么话。她攥住手机，把头埋到枕头下，手上太过用力，点到了不该碰的地方，系统发出短促的提示音。

她迷蒙地抬头，看到自己戳开了添加图片的选项，顾承炎相册里的一排照片随之显示。

除了她，还是她。

唯独有一张，也是字体密集的宣传图，却跟陈年发来的不太一样。

秦幼音颤抖着手，退出微信，点开他的相册，找到这张图。

是比陈年更完善、更细致的报名须知。

而存图的日期……

秦幼音捂住嘴，视野一片模糊。

日期是聚餐出事的当天，时刻是开饭前，他去停摩托车的几分钟里。

在出事前，顾承炎就已经得知了选拔赛的消息，他什么也没来得及说，没有机会告诉她，就义无反顾地用自己的身体，替她挡住了那个漆黑夜晚本该由她去承受的所有伤害。

[47]

顾承炎洗漱完回卧室，发现秦幼音缠着被子已经睡着。

小孩儿卷饼一样把自己裹成一个筒，背对他的位置，一动不动，呼吸绵长。

顾承炎失笑，按捺住想逗弄她的心，尽量安静地把伤腿挪到床上，吃力地躺下去。

睡到深夜，顾承炎莫名心神不宁，忽然惊醒。

他先本能地伸手去抱，却扑了空，连床单都是凉的，迷蒙的睡意一下子散尽。他猛地睁开眼，借着窗口透进的银白月色，震惊地看到秦幼音蜷成一团，卧在他的伤腿旁边。

顾承炎屏息，立即想撑起身去拉她。

然而秦幼音毫无所觉，指尖在伤处反复摩挲。在他将要坐起的时候，她凑上去，把唇贴到石膏上，战栗着吻了吻。

顾承炎怔住。

月光里，小姑娘缩在床角不知道多久了，用近乎赎罪的姿态，虔诚而悲戚地亲吻着他。

这一幕无声画面，把他晃动不稳的心脏一箭击穿，连血带肉，疼得四分五裂。

顾承炎吞咽着喉间涌上的苦涩，重新闭上眼。

他也是在这一刻明白过来，秦幼音那时根本就醒着，是在故意装睡，等他睡着，好一个人爬起来，默默释放她的内疚。

事情过去这么久了，她其实没有一天走出来过。

秦幼音弓着身，把脸轻轻地枕在他腿上呢喃："小炎哥，你的命怎么这么不好，居然喜欢上我。看看你遇到我之后，都碰上了什么事。一辈子那么重要的梦想，就断送在我的身上了……"

顾承炎眼眶酸胀，故意大动作翻身，含糊地喊她："媳妇儿。"

秦幼音吓呆，瞪大眼睛看他。

顾承炎手在身旁胡乱摸，做出半梦半醒的样子："媳妇儿……"

秦幼音乖乖拱进他臂弯里趴下。

顾承炎一把搂紧她，掀开被子把她纳入怀中，低声哄："睡觉，不抱着你，我就做噩梦。"

一直到秦幼音真的放松下来，身体不再紧绷，他才挑开眼帘，摸过手机，把通话记录和信息翻了一遍，看到跟陈年聊天记录里的报名宣传，又到处找找，扒出了相册里更详细的那张。

顾承炎捏紧手机，痛骂自己几万遍也不解恨。

他是不是有病，这种东西看完不马上删，留着过年？

顾承炎咬着牙睁眼到天亮。

跟秦宇对话后，一直盘桓在他心里的犹豫，终于在目睹秦幼音自责的样子后尘埃落定。

早上七点刚到，他把提早编辑好的微信给陈医生发过去——"陈叔，你那儿的新型封闭针，用够剂量，能坚持几个小时？"

陈医生隔了十分钟才回："顾承炎，你是不是想死？"

顾承炎嘴角翘起，回答三个字："我想赢。"

他不管陈医生发过来的一大串激动责骂，扣住屏幕，垂眸抚摸秦幼音的头发。

没有她之前，他活着就是那么简单直线，全情地投入训练、比赛，把所有时间精力，包括从少年起不断积压在心底的无数苦闷折磨，全部投入冰场。

父亲的恶心嘴脸，母亲那时的歇斯底里和打骂，同学队友的嘲讽孤立，都融在一双双用坏的冰鞋里。

后来滑冰也坍塌了，连同着他的兄弟教练，他的梦想坚持，一把火烧成灰。

人生都成了笑话。

跟教练对峙回来的路上，他在满地灰烬里，遇到了他的音音。在最伤痛的地方，她缝好他的衣服，明明自己一身伤，还甜甜地保证，会修补他。

从那以后，别的都要靠边站，任何人，任何事，都不可能比秦幼音重要。

别说一条腿，命给她又怎么样。

天色渐亮，秦幼音还没醒，咕哝着贴在他胸口熟睡。

顾承炎低头亲亲她微凉的眉心，手机振动个不停。他翻过来瞄了一眼，陈医生的叫嚣还在继续：

“封闭针的副作用你不知道？”

“还找我要新型的，新型的你受得了？”

“你老实点，腿能养好，非要打什么封闭，以你那几处伤，要想上场，打多少针想想也有数！”

“那就等于麻醉了你懂吗？你感觉不到疼，一场比赛下来腿不得直接折了？”

顾承炎看得烦，调成静音，将手机扔远。

从秦宇找他谈过后，他就一直在想。

两年后带音音去外地，保护她的安全，可究竟哪个城市，哪家医院，哪个诊所，能比待在国家队里面更安全？

只要他进国家队，拿到几个冠军做保障，就有资本提要求，把音音带进去做实习队医，不再受外界打扰。

但要面临的，是那之前可能长达一年多的异地。

他每天用尽全力想着更好的出路，终于在音音沉默的痛苦里崩溃。

如果不去比赛，她或许一辈子也走不出，永远对他心怀愧疚。她跟他，谁都无法承受这种变质。

顾承炎吻她的额头，蹭过她的鼻尖，贴上她的唇。

外面隐隐有敲门声。

顾承炎皱眉抬头，安抚地把秦幼音包在被子里，艰难地移下床走进客厅，敲门的是满头大汗的陈年。

陈年一见炎哥脸色不好，吓得直突突，说：“哥，我错了，昨晚给你发微信你没回，我就知道肯定不对劲，是不是让小嫂子看着了？”

顾承炎反应过来，原来陈年发过微信，被音音删掉了，他冷冷地怒视：“你找死？”

陈年双手合十道：“我一时冲动，小嫂子没哭吧？”

“我媳妇儿哭不哭用你管！”顾承炎没个好语气，“你都发啥了！”

陈年边掏手机边回想：“好像说，要是比赛能晚三四个月，你肯定全国第一……”

顾承炎歪了歪头，撑着拐杖微抬下巴，淡声说："那我告诉你，比赛就算只剩一个月，你哥也照样是全国第一。"

顾承炎决定做得再斩钉截铁，也不敢跟秦幼音透露半句。

陈医生那边的新型封闭针，提前半个小时注射，在用了足够剂量的情况下，能维持三小时无痛感，足够滑完比赛。

但除开注射时的剧痛，腿在药物作用下，几乎等于没知觉，原本的伤会在过度使用中变本加厉。

有的运动员为了追求成绩，连续大量使用，感觉不到疼于是超负荷消耗，导致普通的韧带拉伤直接变成断裂，腿废掉不说，身体承受不住后续的副作用，免疫力减退，各种骨质脆弱、肌肉无力的后遗症轮番发作，人也算是毁了。

所以陈医生才那么反对，恨不得手撕了他，省得他作死。

顾承炎向他保证："我是去比赛的，不是去寻死的，我还没领证结婚好吗？"

陈医生不信他的邪，愤愤地给赵雪岚打电话。赵雪岚不磨叽，只有一句话："他成年了，得为自己的决定负责，我不干涉。你就跟他说，他如果有个好歹，我们小月季立马'改嫁'。"

顾承炎气得要命，最后还是靠秦幼音醒来跑出房间找他，他才被她的温柔抚慰，低声说："媳妇儿，下午陪我去拆石膏吧。"

"好……"

秦幼音对知道他错过比赛的事只字不提，也说不出口，日复一日鞭笞着自己，越临近元旦，越是心疼他到寝食难安。

顾承炎不忍，拥着她说："以后肯定有比赛机会的，哥跟你保证。"

元旦假期转眼即到。

放假三天，元旦赶在星期一，是假期的最后一天。

秦宇破天荒地没有去忙，放假前打电话给秦幼音："音音，假期别住宿舍了，爸接你回家。"

秦幼音惊呆："回……回家？"

跟小炎哥住了这么久，她早已把这里当成家，爸爸的房子，她来东北上学半年了还从没有机会去过。

秦宇"嗯"了声："爸晚上去学校找你。"

挂了电话，秦幼音难过地望向顾承炎："小炎哥……"

同居的事不敢让爸爸知道，父女俩一起过元旦更无可厚非，但这个元旦意义不同，她怎么忍心放着顾承炎不管。

顾承炎蹭蹭她的嘴角，眼瞳深暗道："去吧，正好这两天哥有点事，忙完接你回来。"

秦幼音问："什么事？我不能一起吗？"

顾承炎笑得淡然说："特别小的小事，等做完了，做好了，我再跟你说。"

分别的傍晚，顾承炎把秦幼音送到宿舍，虽然他的腿不用拄拐，但仍走得慢，动作快了会酸疼，吃不住力。

秦幼音在宿舍楼门回眸看他。

夕阳底下，他长身而立，眉目染红，尽是晃眼的光彩。

她很久没和他分开，这样几天见不到面，只觉得整颗心都被他牢牢绑缚住。

顾承炎守着秦幼音拿好必需品上了秦宇的车，又站了片刻，等到车影彻底消失，他才一步步走向速滑馆，坐在当初秦幼音为他缝补衣服的位置，俯下身，抿着唇把狭长冰刀擦到一尘不染。

他将所有尘封的速滑装备清理干净，塞入包里，拉上拉链。

本赛区的比赛，从元旦当天上午九点，到下午六点，在市体育中心的速滑馆内进行。

全程共分三个赛段，每赛段三个小时，五人一小组，由系统自由分配，每个赛区仅有唯一一个胜出名额，是比赛全部完成后，用时最短的第一名。

顾承炎被分配在最后一个赛段，下午三点开始，具体排在几组要进场后才通知。

下午两点二十，陈年把车停在市体育中心的停车场，哆哆嗦嗦地扭过身。

顾承炎和陈医生坐在后排。

陈医生沉着脸，双手扣紧保温箱不愿打开。

顾承炎催促："您能快点吗？我还等着完事去接媳妇儿。"

陈医生眼角皱纹直颤说："顾承炎，我再问你一次，你真要这么干？"

顾承炎把运动长裤卷起，露出小腿，分别把膝盖、骨裂处和脚踝指给他看："对准了，这针挺贵的，一支也别浪费。"

陈医生咬牙切齿，被他激得一鼓作气撕开注射器的包装，把第一支药液抽入。

顾承炎淡淡地看着他的手说："打。"

皮肤消毒，针头抵上去。

陈医生说："你确定为了这三个小时，要用这条腿甚至以后的健康去换？"

顾承炎黑瞳微眯，嘴角划开笑痕道："三个小时我要，这条腿、健康，我也要。我身体素质够好，用量又不超标，不至于被副作用影响。我也有分寸，能控制力度，何况这里面的对手，根本用不着我耗全力。”

陈医生拧眉注视他说：“但你必须承认，风险很大。”

顾承炎懒懒地靠向椅背，眸光灼人。

“谁活着没风险，我愿意承担。我只要拿下这场比赛，这条腿上所有的伤，我媳妇儿都有本事治好，你信吗？”

陈医生不言。

顾承炎问陈年：“你呢，信吗？”

陈年也不吭声。

顾承炎按住陈医生的手，逼他把针刺入。

剧痛传来的时刻，顾承炎扬眉笑了，轻声说：“我信她。”

[48]

第一管药打进去，就不可能停下来了。

一针针扎完，顾承炎腿上多出数个殷红的针孔。陈医生神色凝重地把一小堆空瓶收起，紧盯他的反应。

顾承炎面无表情，侧头合眼，抵靠在车窗上，看不出疼还是不疼。

陈医生揪心地问：“咋样？”

顾承炎低低地开口：“别吵，安静会儿。”

他手在没人能看到的角落里攥紧，唇线合成一把晦暗的弓，右腿上火辣胀痛，熬过十来分钟后，逐渐被麻痹取代。

顾承炎缓慢挺直汗湿的脊背，点头说：“好了。”

陈医生爆粗：“好什么好，再等会儿！”

被强行押着待满半个小时，顾承炎动了动，像不是自己腿似的用力拍一下，满不在乎地推开车门说：“我走了，不用等我，过后我自己去医院。”

他提起包搭在肩上，试探地走两步，确定完全失去感觉后，干脆大步流星。

陈年憋不住追了上去：“哥！嫂子不在，我给你当啦啦队！”

“一边儿去。”

“你要不让我跟着，我现在就告诉嫂子！”

顾承炎瞅他梗着脖子那样儿，还真没法拦，自顾自地迈上体育中心大门外的台阶，走出不远，刚能遥遥看到里面人群熙攘时，有道声音冷不丁从身后戏谑响起。

“哟，我没认错吧，‘省队之光’名不虚传，腿折了还敢来凑热闹？”

顾承炎懒得理，接着往上走，陈年恼怒地回头：“你谁啊！”

说话的人快走几步赶到顾承炎旁边，盯着他发笑："我要是你就不来了，好歹留点脸面，拖着伤腿当炮灰，不够丢人的。"

顾承炎漫不经心地扫了一眼。

这人是他当初接任医大滑冰社社长时，站出来挑衅的那个业余选手。

男生自命不凡地继续道："我劝你趁早回家，既然被省队除名，就老老实实去当个社长耍威风得了。"

那时被顾承炎当面打脸，他一直郁郁不平，得知国家队开放选拔，第一时间报了名，而且特意打听过，顾承炎受重伤住院，一个月前还有不少人见过顾承炎打石膏拄拐杖。

一个月，神仙也不可能好，他相当于少了压在顶上的千斤巨石，绝对能一雪前耻。

顾承炎冷淡地说："滚。"

男生一怒，不等他再出言讽刺，前面场馆入口，有工作人员拿着大喇叭在喊："还有没有第三赛段的选手，快点过来签名，最后两分钟！"

顾承炎无视拦路蝼蚁，登记进入馆内，一路上不少人对他注目，窃窃私语，他全当不存在。

三小时内，五人一小组的 500 米速滑比赛，平均每组安排十分钟，总共要进行近二十组，选手名字会在电子屏上显示。

前五组的人选已经公开，并没有他。

顾承炎看向得分屏，目前排名第一的成绩是 50 秒 28。

他唇线稍挑，这种水平，他在腿受伤的情况下，有至少 8 秒的领先余地。

顾承炎走向更衣区，手机响起属于秦幼音的特殊铃声，他赶紧接听："媳妇儿，想我了是不是？"

小姑娘语调糯糯地说："小炎哥，你到底什么时候忙完啊……"

她不说想，但字字句句里都是惦念。

顾承炎尽可能轻松带笑地道："快了。"

将近三天没见面，这在他们恋爱以来是头一遭，他只希望再见到时，她能不生气，不怪他，也不流眼泪。

他边走边哄："晚上就能去接你——"后半句话戛然而止。

顾承炎停在周遭拥挤穿梭的人流里，瞳孔微缩，漠然盯着前方相隔不足五米的中年男人。

这人他熟悉刻骨，化成灰他都认得。

中年男人的表情精彩纷呈，震惊错愕到极点，直奔顾承炎过来。

顾承炎对着电话说话的声音依然和缓，哄道：“乖，哥这边有点情况，先挂了。”

他放下手机，男人正好逼到跟前，嘴边肌肉控制不住地抖动，死死地瞪着他的腿：“你的腿不是受伤了吗，怎么会来比赛？”

顾承炎玩味地笑出来说：“宋哲明，废了我的腿，还煞费苦心关心我？我的腿受不受伤，你怎么知道的？”

宋哲明作为省里短道速滑队的首席教练，身兼省队主负责人的身份，这次国家队选拔，名正言顺来现场监管。

他早在报名前就关注过顾承炎，得知对方再次重伤住院，右腿打了石膏，自信满满地认定对方绝不可能有机会出现，所以他连名单都没检查，直接给予审核通过，却死也没想到，居然会在赛场见到本该残废的眼中钉！

“不可能！”宋哲明失控地低吼，“你打针了？”

顾承炎冷笑，伸手拨开他说：“你省着点力气，等成绩出来再崩溃也不晚。”

宋哲明去扯他手臂，被他一把甩开。

顾承炎本就是目光聚焦的中心，也有很多人知道他跟省队的渊源，都在暗中打量。

宋哲明神情扭曲，狠狠地剜着他永远挺拔的背影，快步挤出人群，冲进二楼的一扇门内：“后面的分组暂缓，有个人必须特殊安排！”

陈年亦步亦趋地跟在顾承炎身侧，脑筋转过来，吃惊地问：“哥，你是不是早知道会撞见那个垃圾！”

顾承炎“嗯”了声。

宋哲明是省队负责人，他无法避开，一旦相遇，哪怕他做不到把他剔除名单，也免不了设障碍。

陈年越发不可思议道：“也就是说，你打算比赛的时候，除了确定自己用封闭针，还已经预料到要跟老仇人碰面，甚至被他现场使绊子？”

顾承炎依然只有一个平淡的“嗯”。

“哥，我没啥可说的了，”陈年佩服得五体投地，说道，“你为这梦想付出真的太大了。”

顾承炎没说话，进入更衣区之前，扭头望向不远处的偌大冰面。

梦想吗？

从什么时候开始，他的梦想不再是虚无缥缈的未来，不需要用无休止的滑冰去消磨寂寞苦闷，而是换成了一个人的名字。

想跟她长长久久，抚平她的伤痕，给她最大宠爱，霸占她的心。

她那么努力地修补他，想把他送到高处，他要保护她，更不忍让她失望伤心。

顾承炎提紧手中的装备，似是跟陈年说，也似是自语："不是梦想，是……她会爱那个为梦想拼命的我。"

前五组比赛结束，时钟走向三点五十，大屏幕刷新，同时公布了后续的全部分组。

等待的选手们不约而同发出惊呼。

最后一组的五人，顾承炎排在首位，后面三个皆是赫赫有名的高手，在速滑圈里无人不知，竟集中到了一起。而另外一个，陈年咂嘴皱眉，不是别人，正是在馆外出言不逊的那个人。

顾承炎换好比赛服，也在抬头看屏幕。陈年跑过去说："哥，有阴谋！把成绩好的选手集中在一组，明显是故意给你施压！"

宋哲明站在二楼居高临下，不屑地笑："打完针最忌用力过度，你又废了近一年，等着腿断吧。"

他后面的男生试探地说："教练，顾承炎……还是挺厉害的，在学校社团轻松碾压我。"

"所以才需要你。"宋哲明低声道，"一旦他领先，就想办法绊倒他，过后我安排你进省队，以后保证你前途无量。"

男生握住刚得到的特殊药品，喜上眉梢，更加庆幸自己来主动投诚。

场外，顾承炎拎起冰鞋，听陈年带着微微哭腔的后悔，劝他不要比了马上回家，他漫不经心地说："你要么走，要么闭嘴，我去热身了。"

陈年趴在栏杆上，眼眶发红地望着顾承炎走到热身区，无所顾忌地使用伤腿。他忍不住拿出手机，拍下一段视频，咬牙编辑了一条朋友圈，点击发送之前，选择了仅对秦幼音可见，然后关机。

他抹抹眼睛，炎哥，我不打电话不发信息，不算违背你的意思。

小嫂子，你要是看不着就算了，纯属天意。

但你要是看着了，拜托来现场，亲眼见见这个要豁出自己的顾承炎。

秦宇的房子在五楼，八十平方米不到，陈设简单，家具不过最基础的几件，接女儿来之前，专门给她买了张床。

元旦当天，秦宇临时加班，把秦幼音独自留在家，冰箱里准备了一堆速冻食品。

秦幼音呆呆地望着窗外，微信消息提示音忽地一响，是辛月发来的元旦祝福，她慢吞吞地回了。注意到朋友圈有红点，顺手戳进去，在看清最新一条是什么后，愣了愣，蓦地把手机凑到眼前。

十秒不到，她脸色彻底煞白，胡乱地披上羽绒服，飞奔出家门。

秦幼音给陈年打电话，陈年关机。她立刻打给顾承炎，响了许久无人接听。

她跑到路口，天上飘了雪，纷扬落满她头发。她眼里不断涌着潮热，极力压下去，焦急地拦车，坐进车里后，报上当初在报名海报上看来的比赛地址，她哆嗦着拨通陈医生的电话："顾承炎他……"

陈医生沉默。

她指尖掐进手心里问："他腿那样，怎么能去比赛的？"

陈医生长叹，知道瞒不住了，事情已成定局，也没什么不能说的："他坚持打了封闭针，刚才在场馆外头，摁着我手扎进去的。虽然我也生气，但希望你……别怪他，他说想赢，不让你再对他愧疚。"

秦宇的房子距离建在城郊的市体育中心，不堵车的情况下尚有四十分钟车程。而天下了雪，元旦又人多车多，用时几乎翻倍才堪堪赶到。

秦幼音下车，一步三个台阶冲上去，被工作人员拦住："哎，里面有比赛呢，你干啥的？"

"我是家属，"秦幼音睁大眼睛说，"我是选手顾承炎的家属！我要进去找他！"

工作人员皱皱眉，不禁望向馆内。

马上就到最后一组了，但里面仍旧人声鼎沸，比完的选手没一个走的，全在看台上守着，议论纷纷的声音在外面都听得清楚，平均五秒出现一次"顾承炎"的名字。

工作人员问："你是他啥人？"

"女朋友！"秦幼音急得失声喊，"他媳妇儿！"

工作人员瞅瞅女孩红透的鼻尖和含水的杏眼，心软让路："可以放行，但是你不能影响比赛啊，进去直接上看台。"

秦幼音一头扎进馆里，顿时被吵闹人声搅得晕头转向。

她个子矮，站在下面什么也看不到，更何谈去找人。她咬唇跑上看台，一口气冲到最高层，放眼望向中央。

电子屏幕上大大标着顾承炎的名字。

巨大冰面上，没有闲杂人了，除了裁判，唯有五个身影立在起始线前。

她一眼看到中间那个修长的人影。

顾承炎穿纯黑色比赛服，脚下是她熟悉的那双冰鞋，手里提着头盔和护目镜，一言不发，微微低着头，寂寥而又落拓无畏。

秦幼音眼眶热烫，手拢在嘴边大喊：“顾承炎！”

她找准他的位置，马上要跑下去进冰面找他，却因为裁判吹了第一声哨响，全场都激动地站起来，热烈鼓掌起哄，挡住她的去路。

旁边有女生热心地拉住秦幼音道：“你也是顾承炎的‘迷妹’？太巧了，我们都是！这个角度好，你别换啦，一起看！”

秦幼音心脏突突跳得胸口生疼：“我不是——”

“哎，开始了，开始了！”

秦幼音悚然转头，穿透无数举高的手臂和人影，看到顾承炎慢条斯理地戴上眼镜和头盔，简单活动关节，俯身做出极其标志性的起始动作。

她忍耐的泪流下来，用力推开挡路的人，强行往下挤，口中无意识地嗫嚅：“哥，哥别这样，我们不比了……”

“你跟我回家，”她一门意思要去冰场拦他，眼前被馆顶的灯光晃得发白，脚步错乱，“我慢慢给你治腿，以后有机会的，我错了，我再也不自责了……”

看台上的男生在议论。

“我听说顾承炎带伤比赛？那够呛啊，他这组全是高手，剩下那个好像还跟他有点私人恩怨。”

“不知道咋分的组，高手扎堆可不是好事儿，影响发挥。”

“本来就有伤，他又那么扎眼，搞不好要被联合起来针对。”

“就算再厉害，被四个人围攻也赢不了吧？”

秦幼音还在拼命挤，瘦小身体穿过一层层障碍，扑到冰场的栏杆边。

人声鼎沸，她大喊顾承炎的名字。与此同时，第二声口哨吹响，比赛宣告正式开始。

场馆内所有目光全部聚焦冰面。

五个选手一起俯身，屈腿，刀刃在冰面上蹬开，身影瞬间向前。

秦幼音无法眨眼，怔怔锁住最中间的黑色影子，喉咙犹如被人狠狠掐住，不能呼吸。

短道速滑的正规比赛里并没有划分明确赛道，在按圈滑行的情况下，选手间随时会发生身体接触，碰撞推搡绊倒完全属于常见。

顾承炎右腿仿佛棉花，没有知觉，也不能百分百精准控制。

他在划开第一步的瞬间，就清楚意识到被左右三个人集体针对，而最外围的那个过去明明水平相差甚远，今天却像吃了兴奋剂一样紧随其后。

危机遍布，顾承炎压低的嘴角反而勾起，护目镜下的双瞳黑不见底。

他身上每一根神经、每个细胞都在叫嚣着疯狂涌出，与冰刀契合，过去八年的汗水似乎全部重新活跃。他手扶冰面，流畅侧身逼近第一个弯道，冷静找到两个对手中间刹那拉开的空隙。他左腿骤然聚力，拉动右腿，如羽箭般雷霆穿过，冲得头筹。

全场爆发出沸腾尖叫。

秦幼音死死攥着栏杆，眼泪一直在往外冒。她迅速擦掉，极力去看清他。

四个对手在后面穷追不舍，三人明显技术高超，有配合地试图包围挤掉顾承炎。

顾承炎在又一个发力后，本该全麻的右腿泛出一点疼痛，他咬住牙关，义无反顾地继续向前。

音音……

哥一定能赢。

以前想进国家队，是打算一辈子走这条路。

现在想进国家队，是想一辈子保护你！哥以后拼命去拿冠军，争取出我们两个人的空间，把你带进来，让你没危险，咱们好好守在一起。

第二个弯道。

顾承炎耳侧风声猎猎，余光瞥到紧跟的几道影子。他戴着手套的左手按住冰面，精悍手臂借势施力，推动身体再次加速，利落地跟抱团的三个选手拉开两个身子的距离。

看台又一次炸开欢呼。

秦幼音呆立在场边，眼睁睁地看着强势领先的顾承炎在她面前如虚影般掠过。

距离这么近，又那么远。

他修长的身体弯成线条优美的弧，像流光一样极致璀璨。

她完全窒息。

这样的顾承炎，她无数次幻想过。在梦里，他没有伤痛，意气风发徜徉在属于他的比赛场，把他的傲气和热爱尽情挥洒。

秦幼音捂住嘴，剧烈翻腾的血液涌到头顶。

她记起坐在他的摩托车后面，在大街小巷里风驰电掣。此时此刻，她也仿佛就在他的怀里，被他无声地极力爱护着。

他不顾一切撞破障碍，换得她剔除任何内疚和自责以外的、最干净纯粹的爱。

奋不顾身燃烧的顾承炎，她根本阻止不了，她不能再陷入消极，她要救他，要用尽全力去爱他。

秦幼音大哭出来，声音淹没在满场狂热的喊叫声里。

她张开口，探出身，声嘶力竭地喊：“小炎哥！你加油！我们能赢！”

顾承炎用一条伤腿，保持稳定领先。

最后一个弯道，顾承炎手指刚刚触向冰面，一道鬼祟挤近的身影突兀出现在他的左侧，要追上显然不可能，竟争分夺秒做出向侧面摔倒的动作，脚下冰刀直奔他的左手，更要波及他的腕骨和膝盖。

看台上的人纷纷紧张大叫。

秦幼音扯到极限的神经惊惶挣断。

顾承炎手已触地，在刀刃割来的一刻，他迅速转换角度，手有短暂片刻腾空，全靠腿部斜向支撑，避开伤害，顺便冰刀一划，把偷袭的小人直接踢出赛道外。

他右腿承力，感觉着钝钝酸痛，抿紧的唇无比畅快地向上弯起。

音音。

你看见了吗？哥真的能赢！

往后不管什么事，哥都能护着你。

顾承炎黑瞳微敛，比赛服把双腿上紧绷的肌肉勾勒得淋漓尽致。他甩开一切阻碍，以绝对优势，率先冲破终点。

成绩在计分屏上实时显示。

41 秒 36。

全国所有赛区，全部参赛选手，他是出类拔萃的第一名！

第十四章

媳妇儿的事全是急事

[49]

第三声口哨响彻速滑馆，代表着整场国家队选拔赛正式结束。

看台上喧嚣一片，明明都是来参赛的选手，却在短短不到一分钟里，忘记自己原本身份，成了彻头彻尾的亢奋观众，集体起身，心服口服地为顾承炎呼喊鼓掌。

这是真正当之无愧的胜利标杆。

宋哲明仍站在二楼，从显眼位置挪去角落，瞪着刺眼的成绩，拳头攥到发白。

摔出赛道的男生亲眼看着顾承炎飞速越过终点，愤怒地击打冰面，想爬起来，却被附近对他的嘘声震得再次摔倒。

顾承炎微合着眼，刀刃继续顺着冰面蜿蜒游走，滑向赛场出口。

他没工夫享受成果，想的尽是抓紧离开。如果撑得住，就先去找音音，过后再去医院，如果撑不住……

顾承炎感受着腿上一波比一波明显的疼痛，手抓到出口栏杆，刚要迈上去，前路被一道瘦长身影挡住。

他抬眸，看到对方穿一身不起眼的工作服，笑吟吟地把兜里的胸牌递给他瞧，上面写得简洁明了："短道速滑国家队总教练——姜成。"

比赛尘埃落定后，场馆里完全乱了套，乱糟糟的人群一股脑朝外走，秦幼音是唯一一个逆行的存在。

她终于找到坐立不安的陈年，沙哑地叫了他一声。

陈年惊吓地回头："嫂子，你真来了！那比赛，你……"

"我全程都看了，"她眼圈红红地着急问，"他人呢？"

陈年挠头道："刚出场就让一男的给叫走了，好像是国家队的总教练！哥这回肯定成了！"

秦幼音胸腔里翻天覆地，连声追问："这场是定局吗？后续还有没有？"

陈年忙说："是，一局定乾坤，不然哥也不能拼命，而且咱们赛区是全国最后一站，哥滑出来的成绩不单在这儿排第一，全国也是第一！"

他想起那时飞机上顾承炎的消极颓唐，忍不住酸楚地抹泪，把今天顾承炎受的罪，遭的黑手算计尽数讲给秦幼音听："小嫂子，炎哥真做到了，他不是为自己，是为你，为你俩能好，你……你别生他气，心疼心疼他。"

秦幼音脸色素白，陈年每说一句，她心口就重重剜一下。

"我去找他。"

陈年拦着道："不知道他被带哪儿去了，咱在这儿等着。"

秦幼音摇头道："我等不下去，找不到也没关系，但我必须要去找。"

一楼拐角处的办公室里，顾承炎瞥了眼墙上的钟，不卑不亢地对姜成说："姜教练，我时间不多。"

姜成很了解地点点头说："药效快过了？"

既然看出来，也就不用隐瞒，顾承炎淡笑道："是啊，我随时可能倒下。"

姜成蹲下身，让顾承炎把有伤的地方指出来，他上手依次捏了捏，感叹："年纪不大，够拼的，你这是第一次打封闭针？"

得到肯定答案，姜成舒了口气道："你要是打过三次以上，我可不敢要你了，往后绝对是病秧子。"

他满意地笑出声来："幸好啊，不然未来称霸世界冰场的小嫩苗，折在这儿就太可惜了！"

顾承炎不动声色地问："我合格了吗？"

"腿上三处大伤，被对手围攻，还能滑出全国第一的成绩，离世界纪录只差两秒多，你说合不合格？"姜成正色道，"不过你情况特殊，国家队也不可能白养个病人，好在近期不是比赛季，我做主，给你三个月的休养时间。三个月内，你的腿要是能恢复到可以正常训练，就是我的正式队员，表现出色的话，明年世锦赛直接选你出战。但是如果三个月恢复不了，那不好意思，你再出色，我也等不起。"

办公室的门并未关严，露着宽宽的一条缝隙。

秦幼音在偌大场馆绕了一整圈才找到这里，她不敢打扰，老老实实地守在门边，也听清了里面的对话，紧张地揪住衣摆。

三个月……

顾承炎声音平稳无波："能稍微改一下吗？"

姜成兴致十足地问："怎么改？"

秦幼音在门外死死咬唇，小炎哥肯定是想改得更长，她绝对用尽全力……

顾承炎直视姜成道：“三个月内，我腿伤恢复；一年内，我拿下至少一个世界冠军，只要我做到，您就答应我一个条件。”

姜成简直喜欢死他了，憋着不表现，淡定颔首道：“说说看。”

顾承炎毫不犹豫讲出自己唯一的诉求：“我女朋友是医大中医学院的学生，特别聪明，医术特别高，特别有潜力，等她大三可以离校实习的时候，我要让她进国家队做实习队医。”

秦幼音彻底呆住，怔怔地望着顾承炎。

外面天已黑透了，暖黄路灯下飘着雪，折出柔润的光映进窗内，他站在那里，被光镀了满身，勾勒出强悍而温柔的轮廓。

她嗓子里又痒又胀，流过眼泪般苦涩的东西。

姜成愣了，一拍大腿道：“你还没进国家队呢，就琢磨着带家属了？”

顾承炎固执道：“不行就算了。”说着要走。

姜成错愕道：“等等，你拿我国家队当啥了？不让带对象就撂挑子？”

“当归宿，当避风港。”顾承炎坦坦荡荡道，“我是为她来比赛的。不管我走哪儿，都必须带着我媳妇儿，哪怕现在不能带，也得给我一个确定的日期。”

姜成莫名觉得自己那一亩三分地被这孩子看得特重要，有点开心，板着脸挥挥手道：“行行行，你先把腿弄好，真拿着冠军再说！药效该过了吧？赶紧去医院！”

说完，他把名片塞给顾承炎，交代他随时准备去北京办理预备队员的手续，末了又说：“两年可不短，到时候分没分手都不一定，小年轻别那么早下定论。”

秦幼音听着，心在瑟瑟地抖。

顾承炎没生气，反倒笑了笑。

“分手？”他说，“不可能。”

顾承炎转过身，右腿上犹如扎满了细小的刀片，一下下刮骨割肉。他不愿失态，慢慢朝外走，心不禁沉下去。

看来真要去医院了……

到底几点才能结束，几点才能见着音音。

他眉心拧紧，双手拉开办公室的大门，被外面白亮的光线刺得眯了眯眼，错落睫毛间，恍然看到跟前有个瘦弱的影子。

顾承炎不敢置信。

女孩歪歪扭扭地套着米色羽绒服，长到锁骨的细软发丝有些凌乱，杏仁眼里汪着水，也像汪着漫天的云霞月色，无所保留地倾倒向他。

顾承炎低喃：“音音……”

秦幼音不想再哭了，可一面对他，太多酸软甜涩的感觉一起搅上来，最后只剩下无能为力。

顾承炎顾不上腿，大步上前把她抱住道：“你怎么来了，我……”

时隔三天，秦幼音再次贴上他怦怦震动的胸口，告诉他：“我全看到了。”

你的苦、你的疼、你的心，还有无人能及的出色，我都看到了。

顾承炎几天来苦思冥想的说辞一下子作废，他舔了舔干涩的唇，一时手足无措，揉着她后背求情：“不生气好不好？”

他应对对手和教练那么四平八稳。

在秦幼音面前，他却仿佛成了做错事唯恐被责怪的小孩。

他不怕其他的，怕的是她不理他，躲开他。

秦幼音的心太胀太酸了，可又满得尽是甜软，她哽咽着说：“不生气。”

“也不要再自责。”

她点着脑袋道：“不自责！”

“哭也不行。”

“不让哭的话，那……”她轻声问，“这样呢？”

她挣开顾承炎的怀抱，拽住他领口拉低，努力踮起脚，闭起氤氲的眼睛，主动贴上他的唇。

几分钟后，陈医生黑沉着脸，和陈年一人一边，把顾承炎扶上救护车。

秦幼音跑得快，先爬上去，坐在最前面，脸红地要求：“让他枕着我的腿……”

顾承炎本来抗拒地要求坐自己车去，一见这样，立刻乖乖躺下，枕在媳妇儿腿上。

陈年去开越野，陈医生随救护车同行。

车子启动，驶入黑夜的车海里。

元旦，新年的第一天，是团聚热闹、幸福美满的时刻，夜空不时有烟花绽开坠落。

顾承炎唇上的血色褪得干净，一手扎入输液针头，一手寻到秦幼音，跟她十指紧扣。

腿伤引发的疼痛钻进骨髓，沁出的汗把他的厚卫衣浸透。

秦幼音眼泪悄无声息地掉下，感觉到顾承炎在打冷战，无措地俯下身，把脸贴在他额头上。

陈医生叹息，拿出病历本发问：“什么时候疼的？”

顾承炎勉强睁开眼，低声说：“比赛中途。”

秦幼音惶恐地问："是不是用力过度了？会……会骨折吗？"

陈医生没好气道："是第一针他非得按着我，可能扎偏了，膝盖那块儿的药效没完全发挥！"

顾承炎弯出一点笑痕说："宋哲明知道药效时长，专门把我安排在最后一组，为了让我坚持不住。"

本来就处在药效末尾，再加上第一针位置不准以及被夹击的压力，痛感自然明显。

秦幼音这才了解，顾承炎取得那样的成绩，居然是在忍着疼。

"顾承炎，这回作够了吧？是不是该全力恢复了？你得坚持打七天吊瓶，吃一个月提升免疫力的药，把后续的副作用尽可能压下去。"

顾承炎艰涩地呼吸着，流下的汗把秦幼音的长筒袜润湿一小圈。

[50]

当晚顾承炎入院后，即使状态低迷到睁不开眼，对烦琐的各项检查也没有任何抵触，随便陈医生摆弄，强行保持着清醒。

一场酣畅淋漓的胜利，换来的是他膝盖和脚踝伤情加重，多处关节错位，本已逐渐愈合的骨裂处硬生生拗出裂缝，人也在发高烧。

推回病房的时候，他抵不住点滴里的安眠成分，昏睡不醒，秦幼音只能看着他无声无息的样子默默啜泣。

陈医生轻声交代："错位的关节都调整好了，腿上重新打了石膏，现在他发烧是因为炎症，明天应该能退，不用太担心，今晚你要是有空就多陪陪他吧。"

秦幼音出不来声，只能拼命点头。

陈医生带上门离开，病房里静得只剩不规律的呼吸声，窗外天幕漆黑，不时被升空的烟火点亮。

秦幼音趴到顾承炎枕边，手指抚着他的脸，跟他紧紧挨在一起。

没过多久，病房门被人轻手轻脚地推开。

秦幼音敏感地起身，看到赵雪岚扒在门缝边。

她连忙下床跑过去，赵雪岚一把抓住她的手道："闺女受苦了，大过节的还得在医院里守着这臭小子。"

"阿姨，对不起。"

"有啥对不起？"赵雪岚问，"顾二火从之前那副谁也接近不了的样子，总算是改变了不少。现在他有了坚定要走的路，能像那扑棱蛾子似的心甘情愿地往火堆里撞，这才是活生生有价值的活法。如果没碰上你，他现在还是苦闷地守着那点憋屈，摆副冷脸，到处打架发威，成天没个甜也没个暖，不知道灰突突的日子被涂上颜色到底是啥滋味儿。闺女，这是好事，是他幸运！你说说，有啥可对不起的？”

赵雪岚说完，张开手臂，秦幼音闻到了属于妈妈的暖香，鬼使神差地上前一步，轻轻靠进她怀里。

她小声叫：“阿姨……”

赵雪岚拍拍她的背说：“不用对不起，他爱你才这样，你也爱他就是了，多简单。我可不乐意听这声阿姨，就盼着你能早点管我叫妈。”

病房里传来低闷咳嗽声，秦幼音条件反射性弹起，惶急地往屋里跑，跑两步停下，有些不好意思地望向赵雪岚：“您把他交给我行吗……我一定能照顾好他。”

赵雪岚找陈医生问过情况了，也知道两人租了房子，但她真怕把闺女小身板给累坏，纠结一会儿，还是叹笑着摆摆手：“行，你说了算，万一整不了他，随时给我打电话。”

秦幼音赶回病床边，踢掉鞋爬上去，乖巧地缩在顾承炎身旁，这回不用教，自觉地含了口水，喂给他喝。

顾承炎醒过来，动动手臂，本能地把她一搂说：“媳妇儿，我不疼。”

秦幼音拱在他颈边：“大骗子。”

顾承炎沙沙地笑道：“你喜欢大骗子吗？”

“喜欢。”昏暗灯光里，秦幼音亲亲他的脸，说出他真正想听的话，“内疚什么的，都没有了，剩下的全是喜欢，还有……”

“还有？”

她撑起身，湿漉漉的眼无比专注地凝视他：“哥，你是我的骄傲！”

顾承炎在医院住了三天，退烧消炎以后被陈医生允许出院。

在出院前，秦幼音就找陈医生把关于封闭针副作用的情况问得巨细无遗。

严重情况下的症状很多，单单造成免疫力大幅下降这一点，就可能引起身体的各种病症，但顾承炎体质够好，配合药物辅助，加上各项检查结果，陈医生判断不会有大问题。

回家以后，秦幼音胆战心惊好几天，庆幸的是顾承炎并没有出现不良反应，她才稍稍放下心，去医大准备即将到来的期末考试。走了小半天而已，晚上回来，小炎哥居然破天荒不跟她同屋睡了。

她都已经习惯每天夜里窝在他旁边，听他的呼吸，时时起来照顾他，这下子突然没缘由地改变，不禁感到有些难受。

“为什么呀……”

顾承炎说得一本正经：“媳妇儿，我是个正常的成年男人，你老睡我床上，对我刺激太大，我怕忍不住碰你。”

秦幼音耳朵腾地一红，对这个理由反驳不出，蔫蔫地说：“那我扶你躺下再走……”

“不用，”他反常地拒绝，“你睡吧，我自己可以。”

顾承炎盯着秦幼音无精打采地走进房间，才脱力地低下眸，转动轮椅回屋关门，从药箱里翻出两片退烧药吃下，强行入睡。

免疫力下降，又碰上寒冬腊月，即使学院里批准他在家复习，不用上课，但还是没逃掉感冒。

他不想让音音知道。

不愿意把自己没用的一面给她看，尤其是跟这次打封闭针的副作用相关的。

顾承炎躺在床上，因为发烧头痛欲裂，平常缭绕在怀里的甜香没了，到处空落落的。

秦幼音坐在床尾，默默掀起睡裙，黯然低下头。她想了半天，把被子抱起来，磕磕绊绊闯进顾承炎房里：“小炎哥，我，我打地铺行吗？”

她还没说完就怔住，顾承炎脸色红得不正常，喘息很重。

秦幼音把被子一丢，朝他扑过去，把能想到的偏方全用上，守他守到半夜，烧才有了减退的趋势，他也逐渐恢复清醒。

“你病了怎么不告诉我！还骗我说不想和我一起睡！”

顾承炎拉她手说：“哪有小姑娘会喜欢这么弱的男人。”

“你哪里弱了！”秦幼音怒视他道，“你要是再这样忍着，我，我要离家出走了！”

顾承炎分分钟认输：“乖，别说这个。”

秦幼音把他的被子捂严实，小猫崽一样贴过去，吸着鼻子说：“哥……我把康复的方子改良了，等你石膏一拆，咱们马上开始。三个月之内，我保证让你好起来。你不许避着我，我还能照顾你多长时间啊……”她看着他的腿，憋了许久的话再也压抑不下去，从唇边涌出，“日子一到，我就没法天天和你在一起了。”

顾承炎进国家队，意味着她即将和他分开。

顾承炎涩然地咽了咽口水，合上眼，翻身抱紧她。

秦宇当时耳提面命，要求他无论如何不准对音音讲实情，两年后带她无牵无挂离开，危机必须隐瞒。

他保证了，发誓了，不会多说半个字。

也不能告诉音音，他究竟为什么要去国家队。

秦幼音望着屋顶，柔柔地笑道：“我的小炎哥全世界最厉害，在国家队一定能实现梦想。”

她却不清楚，顾承炎的梦想跟其他无关，就仅仅只是她而已。

顾承炎这次的石膏拆得快，复查几次确定情况稳定后，陈医生下了特赦，可以适当地尝试落地走路。等到期末考试到来时，他基本能做到缓慢行走。

可惜天寒地冻，几场雪下完，路面厚厚一层冰，秦幼音哪敢让他乱动，自己穿成圆滚滚的小熊猫，贴身保护他。

考场门前，秦幼音扒开围巾，比画着说：“我在逸夫楼考试，考完笔试还有一段操作，要慢一点，你等我过来接你！”

顾承炎点点她冻到红通通的鼻尖回：“好，等媳妇儿来接我。”

“真乖。”秦幼音两眼弯弯，扯住他衣襟低下来，轻轻亲一下他的脸，忽闪着睫毛赧然说，“给男朋友的奖励。”

做得挺大胆，实际㞞得不行，亲好了转身就跑。

顾承炎盯着他的白团子笨拙地滚进雪里，晃晃悠悠地朝对面的逸夫楼挪过去，渐渐变成一个小圆点，一瞬也舍不得移开目光。

他打开日历，数着倒计时。

还有五十八天。

顾承炎早早交卷，在冰天雪地里一步步走去校门口的奶茶店，买了杯滚烫的红豆奶茶放怀里保温，又尽力活动仍有些僵硬的腿，花了很长时间回到逸夫楼前。

音音在二楼考试。

他仰头望向那个窗口，虽然白蒙蒙一片什么也看不见，却依然看得入神。

顾承炎在雪中站了半个小时，逸夫楼里有学生呵着白气出来。

他迫不及待迎上前，手机突兀响起，是姜成的电话。

“这边手续都办好了，下周你来趟北京，把预备队员的流程走完，再熟悉一下环境，”姜成语调上扬道，“欢迎啊，我们未来的世界冠军。”

顾承炎举着手机，看到他的小团子飞奔出楼门，一心要往他的考场冲，下台阶时又害怕地减慢速度，伸出细腿小心翼翼地蹭着冰。

她那么瘦，那么软，小小怯怯的独自一个人。

顾承炎低低地应了声："我会按时去的。"

秦幼音提心吊胆地在台阶上试探，快下完时，忽然脚下一滑，惊呼着要摔倒。她绝望合上眼，捂住脸准备吃痛，却迎头撞入了一片无比安全的热源。

顾承炎敞开羽绒服，把她整个人接到怀里，用自己身体温暖着她冰凉的身体，合紧衣襟把她藏住，柔声问："谁家的小笨蛋摔跤了？"

秦幼音环上他的腰，仰脸甜甜地回答："是你家的呀！"

顾承炎亲亲她的耳朵，喉结滚动着，暗哑说："我下周去北京。"

"好……"

"很快回来，春天才正式报到。"

"好……"

秦幼音乖顺地不停点头，趴在他胸口不出来。

顾承炎给她热奶茶，俯身把她托起，往家的方向慢慢地走说："我家音音最怕冷了，得抱紧才行。"

鹅毛大雪落在身上。

秦幼音恍惚地想，今天是入冬以来最冷的一天。

她真的最怕冷了，可却盼着这个冬天能长一点，再长一点。

因为春天一到，她的小炎哥就要离开，去她看不见的地方了。

[51]

医大期末考试结束放了寒假，秦宇把秦幼音接回家。临近年关，他起早贪黑在刑警大队里忙，对女儿没办法面面俱到，只能放她一个人在家。

秦幼音正好抓住机会，跟小炎哥腻在出租房里，全力以赴给他治腿。

顾承炎启程去北京的当天，距离除夕还剩一个星期，机票是下午两点，中午十一点多就得出发去机场。

秦幼音撸着袖子忙里忙外地给他收拾行李，生怕有什么落下。

陈年开车来接，按炎哥提前在电话里交代的，先不去机场，而是往秦宇的住处拐。

秦幼音起初没注意，贴在顾承炎手臂上专心致志地叮嘱，心里其实还有点委屈，不懂小炎哥为什么不说带她一起去。

明明都放假了，她也能找出理由跟爸爸解释。

她把头扭向车窗外，猛地发现街景熟悉，趴过去一看，都快到爸爸家楼下了。她意识到顾承炎的打算，鼻子顿时酸了，问："你干什么？"

顾承炎下车送她上楼，把她推进门说："肉肉乖，在家玩三天，回来给你带礼物。"

"说好让我去机场送你的！"

"不行。"他俯身含住她的唇，几秒后不舍地稍离，说，"怕我走了你会哭，而且我不放心。"

秦幼音红透的眼睛怒视他，他关上门，下楼的脚步声逐渐消失。她气得把包丢在地上，将手机调成静音扣上屏幕，蜷进沙发里蒙住脑袋，打定主意不理他。

车上，顾承炎盯着无人接听的电话，陈年揶揄："小嫂子生气了吧。哥，你咋不带她去北京，多好的机会。"

顾承炎睫毛半掩道："不确定那边的情况，甚至不确定安全。"

陈年蒙了，安全？他刚要问，智商及时上线，恍然大悟地拍打方向盘："差点忘了！两个人渣才见着一个，还有一个在国家队呢！"

炎哥当年那好兄弟，往死里坑他的浑蛋，可不就是去年通过省队加入的正式队员。

陈年担忧地叮嘱顾承炎不要和他起冲突，先办好手续再说。

顾承炎没出声，还在摆弄手机，不停地给秦幼音发信息。

秦幼音憋了五分钟，实在受不了，很没出息地把手机翻过来，看到好几个未接来电和一串微信。

"肉肉，你要是不理我，我上飞机肯定会哭。"

"我哭了你会心疼。"

"为了不让你心疼，我发张昨天特意给你拍的照片，看完乖乖回一个。"

秦幼音屏住呼吸，抖着手点开小图就已经过分刺激的照片，大图下载完毕的一瞬间，她伸手捂住鼻子。

屏幕上，家中浴室灯光缠绵，映照着他轮廓完美的赤裸上身。

秦幼音看得头晕目眩，鼻腔发烫，赶紧点下保存，一边怨他拿福利照片贿赂，一边气若游丝地给他回复了一个句号。

他自己要求的……看完，乖乖回一个"。"嘛。

顾承炎靠着媳妇儿一个句号熬过飞机上的时间，出机场后有国家队的人来接。男生年纪也不大，见到他激动地打招呼："你就是老大说的顾小炎？我的妈，我还以为是哪个明星！队里那帮女的肯定得疯了！"

姜成在训练馆的大门口等他，几乎带着全体成员列队欢迎，重视程度不言而喻。

顾承炎目光不着痕迹地扫过去，并没有他那“好兄弟”的影子。

等打过招呼后，姜成领他去办手续，他似是无意地问：“还有我没见过的队员吗？”

“有两个。”姜成说，“一个岁数大了准备退役，还有一个去年刚来的，上个月申请留国外培训基地训练了。”

顾承炎翘了下唇。

姜成也有些莫名：“选拔赛刚完事，我回来介绍了一下你的情况，他很快提出调转了。”

顾承炎轻笑。

才这么点本事？当初不是抱着让他万劫不复的心吗？他人还没来，就吓得逃出国门了。

顾承炎在预备队员的档案上落笔签字，姜成翻翻登记本：“宿舍两人一间，接你来的那个男生当你舍友行不？他成绩也不错，好相处，跟你这种一瞅就惹不起的挺配。”

“我只跟我女朋友一间。”

姜成卷起几张纸拍他问：“你腿好了吗？冠军拿了吗？想那么远？”

顾承炎面不改色地反呛：“那三个月也没到，还不确定我腿能不能好，您已经把我正式入队的舍友都提前定了。”

姜成窒息，非要他不可的心思被小兔崽子给看出来了。

他羞恼地摆手道：“你做个准备，三天走不了了，年关有上头领导下来慰问，要求和你见见面，国家队是年初一放假，你就按初一打算吧。”

姜成知道顾承炎不好管教，生怕他半路跑了，把身份证扣到人事处，每天给他安排一堆日程。除夕当天，原本下午要来的领导提前到了早上，顺利见面后，姜成立马把身份证还给顾承炎说：“队里给你订的机票是今晚十一点的，到家估计得一两点了，春晚在队里看吧。”

顾承炎第一时间打开订票软件。

全国最火爆的春运，早在一个月前就一票难求，临时改行程不太行得通。

机票全空，改火车，动车高铁也售光，再换普通车次，连站票都没有。

微信对话框里，秦幼音最后一条消息停留在“哥，除夕快乐”。

顾承炎皱着眉，胸腔里火烧火燎，原本许诺的三天行程拖到一周，拖到现在竟连除夕大年夜都不能见她，过了十二点，那是新的一年，意义完全不同。

他干脆拨通租车公司的电话。

五分钟后，顾承炎找到姜成：“教练，机票退了吧，我开车回去。”

姜成震惊道："飞机一个多小时，开车要十二个小时！"

"但是到家时间也许能提早到零点前。"

姜成难以理解地问："你自己开？腿还没好利索，疯了？"

顾承炎点头一笑："嗯，我早就疯了。"

秦幼音等了七天，也没等到她的小炎哥回来。

她明白他在忙，不会经常去闹他。

秦宇整天在外面，她独自待家里，安静地守着日历，把时间全用在研究骨伤上，暗暗做了决定，等到开学，她就联系张教授，放弃中药专业，转去骨伤方向的专业。

她渴望跟小炎哥守在一起。

不单单是靠他去换得做实习队医的机会，她能更刻苦，让自己符合国家队要求，成为他的骄傲，而不是成为他的累赘。

除夕下午，外面街道相当冷清。

按东北的习俗，年夜饭吃得早，下午三四点钟就开席，喝酒要喝到晚上七八点。等到午夜零点敲钟跨年时，再吃韭菜馅儿的饺子，寓意团圆长久。

秦宇忙到下午两点多才风尘仆仆地赶回来，进门一看，秦幼音系着围裙在厨房里，菜已准备了大半。

秦宇满心歉意："音音，爸回来晚了。"

秦幼音杏眼弯成两道月牙说："没关系，我们准备吃饭吧。"

秦宇脱了警服问："给你小姨一家打电话问好了吗？"

"打过了，没人接。"秦幼音切菜的手不自觉停顿，声音低下去，"后来我发了信息。"

"发信息怎么行，等会儿再挨个打电话，你小姨、小姨夫，还有你周岭哥，他们一家子照顾你十来年，多辛苦，态度得重视点。"

秦幼音看着菜板，某个名字骤然如冰锥般刺下来，她的情绪不受控制地翻起，胀痛堵在咽喉。她鼓起勇气说："爸，我会给小姨打的，其他人算了吧。"

秦宇蹙眉道："算了？"

秦幼音吸了口气道："嗯，除了小姨，别人对我……"

"音音，人得懂得知恩图报，"秦宇正色打断她，"你过去跟我提过，生活里有小摩擦是不可避免的，但都这么些年了，你得感念好的，别记小仇。"

小仇吗？

秦幼音胸口起伏说："爸，其实不是小……"

“喂？”秦宇示意她一下，接起乍响的手机，问道，“又出事了？我刚到家跟闺女吃饭，不能晚点吗？有那么严重？这大过年的……唉，行行行，我尽快带人过去……”

电话打完，秦宇从窗边走向厨房，抓了抓头发，为难地欲言又止。

秦幼音放下菜刀，轻轻地问：“有任务了吗？”

秦宇点头道：“你做了先吃，别等我，晚上我要是回不来，冰箱里有速冻饺子，我买的韭菜馅儿，你看完春晚就睡吧。”

“好……”

“音音，别埋怨爸。”

秦幼音回眸浅笑，摇摇头道：“我习惯了。”

秦宇到家总共也没十分钟，又出去了。

屋子并不大，但莫名空旷得厉害，秦幼音低头看看半成品的菜，还是依次做好，放到桌上晾凉后，她一口没吃，盖上保鲜膜摆进冰箱里，留给秦宇。

外面开始有爆竹声响起，楼上楼下欢笑声交织，天色逐渐转暗，家家团圆热闹。

秦幼音趴在窗口，呆望着一周前黑色越野车消失的那个方向，望到两腿酸麻，邻居也开始放鞭炮了。巨响近在耳畔，她吓得一抽，捂住耳朵，脊背终于弯折，贴着墙面滑下。

屋里没有出租房的地暖，地上很凉，她蹲成一团，把头埋在膝盖上，眼里有咸涩液体静静涌出。

她没骗秦宇，是真的习惯了。

习惯从小到大一个个孤独冰冷的新年，习惯永远被人摆在最后的位置，她很擅长消化寂寞痛苦，再疼也能做到不出声。

外面的世界欢庆热闹，震耳欲聋。

她蹲在角落，因秦宇提到的那些话，回忆起了那个人的名字以及名字背后她被折磨的岁月。

秦幼音攥住手机，迷蒙地想着顾承炎。

“哥，我说假话了，我想你……特别……特别想你……你什么时候才接我走……”

她分不清熬到几点，手机忽地振动。

顾承炎。

秦幼音手忙脚乱地起身，一时慌得不知道怎么办，她声音太哑了不敢接，冲到厨房喝了口凉水，拼命清嗓子，匆匆按开电视，调到最大音量。

顾承炎打来第二个电话。

秦幼音对着虚空叫了好几声小炎哥，叫到没有哭腔，才试探地接通。

“媳妇儿。”

他的声音一出，她又撑不住了，把手背咬出深深牙印，清甜地笑着问：“小炎哥，你要上飞机了吗？”

顾承炎从上午开到深夜，一路高速驾驶，比预计时间提早了半个小时。他在空无一人的街道上飞驰，手打方向盘，转入熟悉的路口。

“嗯……有没有吃饺子？要睡了吗？”

秦幼音挪去卧室的飘窗边，努力让鞭炮声和电视声混杂，听着似乎热闹忙碌，她手臂蒙着眼睛，轻松地说：“爸爸在煮啦，等下就要吃，我在看电视呢。”

居民楼下，顾承炎挪动驾驶十多个小时后酸胀的腿，迈下车门，仰头向上看。

属于音音的那扇窗户，只亮着一盏昏暗的灯，映出窗台上可怜蜷曲着的小小身影。

客厅和厨房全部黑着，电视光闪动，光怪陆离。

哪里有人给她煮饺子，她也根本没在看电视。

他揣在心尖儿上疼爱的小孩儿，大年夜，独自缩在空无一人的房子里，笑着告诉他，她很好。

顾承炎拳头狠攥，打开后备厢，拿下他路上买的东西摆在路边，手指划动打火机。

他对话筒说：“乖，转头。”

秦幼音愣怔地问：“什么？”

火苗在寒夜里耀眼跳跃，他俯下身点燃引线，尽力压抑着嗓音里低暗的哽咽：“看烟花。”

他话音落下，伴随“砰”的一声炸响，极致绚烂的璀璨华彩，在秦幼音的窗前灿然绽放。

她守了一晚的漆黑长夜，刹那变成只为她流淌的彩色星河。

秦幼音握着手机，呆呆地凝望。

她目光无法置信地向下，定在那道高大挺拔的身影上。

顾承炎稳稳地站在那儿，穿过夜色和漫天坠落的光点跟她对视，柔声说：“宝贝，哥来接你回家。”

[52]

秦幼音跳下窗台，鞋都来不及提好就跑出门外。

心脏怦怦巨跳，他一回来世界瞬间五彩斑斓。

她噔噔噔下完一层楼，下面传来的脚步声比她更迫切，正在快速逼近。

四楼的声控灯坏了，虽然借着其他楼层的灯光，但还是灰蒙蒙一片。

秦幼音头晕目眩，刚要穿过，就被携着冷风撞上来的影子一把扯到怀里，坠入他热烫的呼吸和体温中。

她一把环住他的腰说："哥……你回来了。"

顾承炎抬起她的脸，吻上她凉润的唇瓣道："对不起，我回来太晚了。"

秦幼音勾住他脖颈磨蹭："不晚，我乖乖等你呢。"

顾承炎心软成泥，把她包在衣襟里搂起，哑声问："年饭吃了吗？"

"吃啦……"

"几个菜？"

"六……六个……"

刚心虚地回答完，秦幼音饿了大半天的肚子就特别不争气地咕噜了一声，顾承炎在寂静楼道里听得分外清楚。

秦幼音被当场拆穿，红着脸挤入他颈窝里。

"小骗子，"顾承炎抱紧她缓步往下走，"我也没吃，咱们去吃好的。"

秦幼音惊讶地抬头问："怎么会？"

顾承炎离开楼门，把她妥帖放进副驾驶，倾身压近，唇贴上她哭到红肿的眼帘亲吻道："一直在开车，争分夺秒赶着回到我家宝贝身边，没有时间吃饭。"

秦幼音反应过来顾承炎的意思，后怕地攥住他的手说："北京那么远，你一个人开车？路上还在下雪，腿又疼，多危险！不是有机票的吗，不差两个小时啊！"

"对我来说，差，"顾承炎把在北京给秦幼音买的小零食找出来，掰了一点放她嘴里，认真地说，"我要一起和你跨年。"

秦幼音傻傻地看他。

顾承炎揉了揉她的脸说："这些都能克服，什么也没有见你重要，你是第一位的。"

轮胎轧过积雪和满地鞭炮碎屑，发出厚实的咯吱声。

秦幼音靠在暖烘烘的座椅里，口中是他喂来的软糯糕点，他在说，她最重要，排在第一位。

顾承炎没去跨越半个城的出租房，而是开向车程仅有十来分钟的城东别墅区。

秦幼音认出路线，不禁忐忑地问："会不会打扰阿姨休息？"

“小傻子，”顾承炎单手握着方向盘，摸摸她的头说，“赵女士盼星星盼月亮，就等着给你包饺子，连硬币藏哪个里头都提前告诉我了，让我偷着夹给你。”

“藏硬币？”

“硬币代表新一年的福气。除夕晚上谁吃到，谁就是家里的小福星。”

顾承炎笑着说：“咱们家的，提前预留给小月季。”

秦幼音“呜”了一声说：“哥，别说了。你一说，我又想哭。”

别墅区过年装饰的花样多，处处红艳喜庆，赵雪岚在家门口望眼欲穿。

离得老远瞅着有车靠近，她激动地迎上去，把碍事的儿子扒拉开，揽上小月季肩膀，长吁短叹：“哎哟，可心疼死我了，要知道你一个人在家，我早把你接来了，哪还用得着这臭小子，大半夜才回来，害我闺女白受委屈！”

客厅里暖如初夏，赵雪岚喜笑颜开地拍拍秦幼音说：“先玩会儿，把衣服换了，妈去煮饺子，还有二十分钟到零点，咱准时开饭。”

顾承炎带秦幼音上楼进卧室，背抵着门一关，转身把她压在门板上，抬起下巴不由分说地覆上去。

秦幼音只来得及浅浅“呜”一下，所剩不多的神志就被他彻底掠夺。

他得到少许慰藉，终于稍稍放开，手伸进兜里，指尖挑开盒盖，拿出其中的小圈，不跟她商量，直接套在她纤细的中指上。

秦幼音感觉手指上一凉，惊讶地垂眸，瞥到一抹温润含蓄的闪光。

顾承炎把脸埋在她头顶，闷闷地说：“年龄不到，还不能结婚。我先买个戒指把你套上。不管我在不在你身边，都得让人知道，你是有主儿的。”

秦幼音把手抬高，入神看着指根一圈柔婉的亮光，双眸灿如新月，说：“小炎哥……你送我戒指了！”

“喜欢吗？”炎哥不安道，“我挑了三天，把训练馆周围的珠宝店逛遍了，要是不好看，下回我……”

秦幼音踮起脚，捧住他的脸糯糯地说：“好看！超喜欢！”

顾承炎心火沸腾，搂紧她，手上的动作不禁失去控制，赵雪岚突然在楼下大喊：“饺子好啦！快点下来吃饭！”

秦幼音这才惊觉他的呼吸格外热烫，惊慌地从他怀里钻出去，红着耳根噔噔噔跑下楼。

吃饭时，顾承炎挨着秦幼音坐下，偷看她的侧脸，食不知味，生怕自己刚才过火了，她会生气躲着他。

秦幼音睫毛乱颤，埋着脑袋默默把饺子往嘴里送。她吃一个，碗里就多一个，一双筷子不停给她夹。

她心里软软地跳动着，又甜又涩。

又一个饺子夹过来，皮很薄，透着一点点不同的颜色。

秦幼音想起，是硬币，新一年所有的福气都在里面了。她把这个饺子夹去顾承炎的碗里，清澈水润的眼终于有勇气望向他，乖乖地小声说："哥……福气给你，你有，我就有了。"

毕竟在妈妈眼皮底下，何况刚又险些越界，晚上肯定是要分房睡的，顾承炎长途驾驶后右腿酸麻难忍，夜里根本睡不着，过年间天气又极冷，他默不吭声地发了高烧。

封闭针的副作用仍在侵蚀他的抵抗力。

冬天还没过完，他已经病了三场。

秦幼音隔天就发现顾承炎的异常，心疼得后悔不迭，晚上老老实实地钻进他房间照顾。

顾承炎按着热烫的额头，拍拍身边，小姑娘柔顺地偎过去，贴在他胸口上。

他低低地问："媳妇儿，我碰你，你抵触吗？"

秦幼音抱住他，闷闷摇头。

怎么可能反感他，亲密依恋都来不及，她真正抵触的，是自己身上层叠的烙印，如附骨之疽，时时跳出来作祟。

秦幼音抬起头去亲顾承炎的嘴角。灯光下，眸光黯然如阴天的月："哥，我会克服的，你再等等我。"

大年初四，各大商场逐渐恢复营业，顾承炎的烧也彻底退下去，状态好了不少。

其间秦宇打电话来问过，得知女儿在男朋友家里，人家妈妈百般细致地宠爱着，纵使觉得不合适，也没底气说接回来由他照顾，只能默许。

赵雪岚提了好几次两家家长正式见个面，把关系明面定下，但碍于秦宇一直公务缠身，总没能成功。

秦幼音歉疚地跟赵雪岚解释，赵雪岚心直口快道："你有啥错，倒是你那个爸，也太不负责了，成天就知道忙工作，心里哪有闺女的位置，我都不敢想你是咋长大的！往后你就是我的孩子，让他尽情忙去，"她把秦幼音一搂说，"走，上街，妈给你买貂儿！"

秦幼音揽着她的手臂晃晃道："阿姨，小炎哥不能多走。咱们出去玩，他留下多可怜。"

赵雪岚点点她额头道："顾二火真好的命，小月季这么会疼人。"

顾承炎却看出秦幼音有心事，关起门拥着她问："怎么了？脸色不好。"

"从除夕到现在，小姨只回了条信息，一直不接电话。"秦幼音忧心道，"上次我问她你腿伤的时候，她声音就很不正常，像是病了。"

"打给家里其他人问问？"

秦幼音沉默。

其他人？哪个也不能打。

顾承炎顺顺她的背说："也可能是过年特别忙。"

秦幼音缓缓点头，小姨经营着中医诊所，节假日无休，也许真的是顾不上她，她不该乱猜。

她这么安慰自己，心里仍然惴惴不安。

等到初五，顾承炎领着秦幼音在外面吃饭，给她抹掉嘴边酱汁时，再次接到姜成的电话。

秦幼音忙抽纸巾给他擦手。

顾承炎笑笑地把指上酱汁吮掉，又亲了口她通红的脸颊，才起身去外面接听。

"小炎儿，队里请来个战术专家开坛授课，明儿你过来一趟，机票已经买了。"

顾承炎蹙眉道："教练，过年呢。"

"初六可以了。"姜成啧啧，说道，"上回你跟我提的，正式入队以后一个月回学校一趟，补四天课，我批准了还不成？"

补什么课，等国家队收了他，那就是正儿八经的国家运动员，医大自然会合理安排他复习考试毕业，小兔崽子说得冠冕堂皇，还不就是回去看对象的。

顾承炎稳得住，反问："四天有点短，您看一周怎么样？"

姜成气绝。

顾承炎垂眸道："我在队里训练强度翻倍，每次测试保证第一，换每月一周的假，行吗？"

"你知道翻倍有多累吗？知道新人进来拿第一有多难吗？"

"知道，"他说，"我乐意。"

顾承炎行程来得急，隔天一大早出发。这次有赵雪岚在，他没反对秦幼音送他，站在人流熙攘的安检口，把小姑娘按在怀里揉揉说："这次真的快。"

秦幼音抓着他衣服，糯糯地嗫嚅："我得习惯。"

习惯以后两年里时不时分离，习惯看他背影消失，只是这次不知怎么，她心里总是不安。她顾不上多少人在看，紧紧环着他的腰说：“哥，早点回来。”

跟赵雪岚回别墅的路上，秦幼音意外收到一条短信：“囡囡，小姨一家对不起你，你苦了这些年，小姨最后跟你道一次歉，往后和你爸好好生活，再也不要打电话过来了。”

小姨字里行间有诀别的意思，让秦幼音不得不联想到自己的猜测，她马上拨去电话，却被挂断，再打就是关机。

赵雪岚担心地问：“出啥事了？”

秦幼音攥了攥手指，如实地说：“在南方的小姨状况不太对，又不肯接电话……”

“问问别人呢，家人、朋友、邻居，总有知道的。”

秦幼音听到“邻居”，匆匆翻看通讯录，指尖定在一个名字上，是住在小姨诊所隔壁的奶奶，少数对她有善意的人。

她忐忑地拨过去，那边明白她的意思后，打开话匣子：“你还不晓得？你小姨是得了绝症哦，诊所早就关门了，在医院躺着，哪有个人真正管她，她男人忙着卖诊所卖房子，儿子在国外不肯回来。”

手机啪地掉在腿上。

秦幼音低头缓了缓，扣着座椅跟赵雪岚撑起微笑说：“阿姨，我想回我爸那里商量一下：您别和小炎哥说，我自己告诉他。”

赵雪岚纵使不放心，但明白是家事，她不该干涉过多，把秦幼音送到楼下，硬塞给秦幼音一张银行卡，让其有需要务必立刻通知。

秦幼音跑到楼上简单收拾行李，秦宇答应她在两小时内回家，会请假跟她一起去南方。

她订了两张机票，坐在床角发呆。

过去十几年，小姨大多时候都是柔弱而无能为力的，但她从没纵容过伤害，尽最大努力保护了她，否则她早就成了一抔黄土，根本走不到今天。

如果小姨病重时日无多，她必须去探望。

秦幼音等到中午，离登机时间越来越近，秦宇仍没有消息。她跑去窗口焦急地等，只等来秦宇的电话：“音音，爸今天实在请不下来假，你等我两天，或者你先走，随后我追过去。那边你毕竟生活时间长，环境熟悉也没危险，我放心。”

她怔住。

没危险，他放心。

秦宇完全不了解，她决定回去那个地方，要掏空多少胆量才够。

“爸，您能不能陪我一次，趁着去那边，我有很多话想跟您讲。”

听筒里，一直有人在催秦宇快走，秦宇把女儿的话听得断断续续，本能地认为是小姑娘在撒娇，交代一句：“你是大人了，勇敢点……”

秦幼音这次没听完，直接选择挂断。

她站在原地吸了吸鼻子，想着隔壁奶奶说的，小姨夫在忙着卖房子，周岭……在国外，她仅仅去见小姨，不会遇到他们。

小姨病重，拖一天都可能见不着了。

秦幼音独自去机场，走的是顾承炎早晨走过的安检通道。如果小炎哥在，一定会时刻陪在她身边。

可她，真能让他陪着去那个地方吗？

那是她的炼狱，装满她少女时的狼藉和混浊，她跌在地上，滚在土里，满身尘埃。

秦幼音的飞机即将起飞时，顾承炎在讲座间隙打来落地后的第三通电话：“我总觉得你有事瞒着我，到底怎么了？”

她头抵着窗口，想着跟他初识时，他从背后递来的毯子，忍不住轻声承认：“哥，我小姨病了，我得回南方去看她。你别担心，不严重，我用不了两天就回来，到时候我们再见面。”

“你爸爸去不去？”

“去呀。”

“手机给他。”

“什么？”

“把手机给秦叔叔，我要跟他说话。”

秦幼音没法动，顾承炎了然地低叹：“小骗子，又想糊弄我。”

她深吸一口气，郑重地说：“真的没事，我只是回去探亲而已，你该做什么做什么，不准着急去找我。要是被我知道你耽误国家队的正事，我会生气，不理你。而且我只是看看就回来，我保证。”

秦幼音不敢和他多说，唯恐泄露情绪。

在起飞前的最后两分钟里，她打开微博，选了三张新的猪崽表情包。

第一张，想你。

第二张，爱你。

第三张的猪崽脏兮兮的，仍然笑眯了眼。配的字是：我害怕你会嫌弃我。

飞机只能坐到上海，上海到苏月镇，还需要再辗转三个钟头的小巴车。

冬天的南方湿湿冷冷，空气里仿佛凝着冰凉的水雾。

小巴车上人是满的，秦幼音耳边不再是东北人的直爽腔调，换成从小听到大的江南软语，却并无亲近，只觉得透骨的寒。

越靠近，心底魔障似的阴影笼得越深，她望着窗外熟悉又陌生的树影，手脚全是僵的。

顾承炎的微信又来了。

秦幼音渴求地低头，看到他发来一张图。

是起飞前刚更新的那张表情包，猪崽捧着心，说爱你。

顾承炎正站在北京机场，给他能买到的最早航班办理登机牌。姜成又气又笑地在电话里骂他："小兔崽子，我服了你了，讲座还差个尾声你影儿就没了？你跑哪儿去了，赶紧给我过来！"

"抱歉教练，我有急事，我已经在机场了，下次请全队吃饭赔罪。"

"有多急？"

"媳妇儿的事，全是急事。"

姜成好奇，换别人，恨不得多接触队员和领导，他可好！

"小姑娘对你就那么大魔力？"

"对我的魔力吗？"顾承炎向上弯了弯唇，看着学生会长刚给他从秦幼音资料里找来的苏月镇地址，认真地说，"比您想的程度再翻个上千倍，也许能比得上万分之一。"

第十五章

再也没人能欺负你

[53]

正月寒冬，天黑得早，秦幼音到达苏月镇的时候，仅剩天际最后一线夕阳。

天空颜色浓郁殷红，像是利刃割开的伤口。

她跟诊所隔壁的奶奶问来小姨住的医院地址，低着眸不愿多看周围一眼，打车直奔过去。

十来分钟后，秦幼音在医院门口下车，抬头看了一眼八九层楼高的住院部，有些眩晕。

曾经她吞了安眠药，被拖来洗胃抢救的画面历历在目，刚到时还压得住的回忆，等到一来这熟悉的地方就开始隐隐决堤。

她一遍遍抚摸中指上的戒指，稳住神，迈上住院部台阶，一路乘电梯到消化科，找护士询问小姨的病房，得到答案后，心急又胆怯地挪去那间病房门前。

只看了一眼，她眼圈就红了。

十多年里唯一对她好过的那个人，正形容枯槁地躺在床上。

秦幼音冲进去，在床边颤声唤着：“小姨……”

病入膏肓的女人没反应，在她喊了五六声后，才迟缓地醒过来，一见她，混浊双眼里有了光，激动得要坐起来：“囡囡，你怎么来了？”

秦幼音连忙扶她道：“小姨你别动，好好躺着，我是来看你的。”

女人抓住秦幼音的手，来回打量许久，缓缓流了泪，虚弱地喃喃：“囡囡长得越来越好看了，比以前气色好了，哪里都漂亮。”

她说话十分吃力，一句话断续好几次，喘着说：“去东北这么长时间，过得好不好？还有没有人欺负你？”

秦幼音哭着摇头说：“特别好，我胆子变大了，也不用再吃药。小姨，我遇到保护我的人了。”

她专注地倾诉着，完全没注意到走廊里出现的两道人影，一高一矮立在门外，震惊地盯着她，阴寒目光如毒蛇般攀上她纤瘦的脊背。

女人摩挲着秦幼音指间的戒指，欣慰得连连叹气道："能让我们囡囡的病痊愈，肯定是个靠得住的男人，我放心了，终于能合眼了。"

秦幼音眼泪流得更凶说："小姨，我的病能好，你也能的！"

女人苦笑，艰难地伸手摸她的头发说："我是医生，心里有数，晚期了，就是在拖日子，走之前能见着你，真是太好了！你过得幸福，我也能跟你妈妈有个交代……"

秦幼音心如刀割，还想继续说，女人拦住她，神色略有紧张地说："囡囡记住，以后别再来了，把这里发生的所有事从你生命里剔掉，往后好好过日子。还有……我听他们说，周岭……周岭明天晚上会回来，还带着他女朋友梁彤……"

秦幼音身体条件反射性一抖，两个名字把她钉在椅子上。

"幸亏你早一天回来，千万别跟他遇上。"女人尽力抓着她说，"我住院前，收拾出来一些你妈妈的老物件，还有你过去那些笔记本和画，都没烧，一起留着，本以为没机会给你，现在……你如果想要就趁今晚拿回去，明天一早赶紧走。"

护士来换药了，嘀咕着住院费不够，需要补交。

秦幼音低喘着离开病房前，忍不住回头，女人无力地含笑望着她，眼中晶莹，尽是歉意。

她心里无比酸涩，把卡里攒下的生活费划出绝大部分，默默给小姨交了住院费，只留下回程的一点钱。医生说："你是家属？早点准备后事吧。"

秦幼音知道自己无能为力。

她无能为力的事实在太多了，多到已经成为习惯。

她头重脚轻地离开住院部，往通向医院大门的小路走，后面的两个人不声不响，鬼魅一样如影随形。

手机响起视频邀请的提示音。

秦幼音恍惚闻到酒气，飞快地看了一圈没发现异样，停下来期盼地翻起手机看，真的是顾承炎。

她呛咳了一声，忙用力清嗓子。她好想他，每时每刻都渴望他在身边，可担心他在国家队会忙，一个电话都没敢打过去。

现在他出现了，她的防线就随之倾塌。

视频接通，秦幼音找了个长椅坐下，努力让光线把脸照得漂亮自然，她抑住脆弱，浅浅笑着喊他："小炎哥。"

顾承炎看着她红通通的眼，心焦地低声提醒司机："开快点。"

然后，他柔声问她：“吃晚饭了吗，晚上找没找到落脚的地方，小姨怎么样？”

秦幼音说得轻描淡写：“吃过了，小姨……还好，我要去老房子里拿点重要的东西，之后就找个酒店住下，明早第一班车回去。”

她发现他似乎在车里，奇怪地问：“哥，你去哪儿？”

顾承炎盯着女孩婉丽的眉目回：“晚点再告诉你。”

视频挂断后，顾承炎目光转向漆黑窗外。

包了车，用了最快速度，还要一个多小时才能到苏月镇。

不能提前告诉音音，她肯定会傻等他，也可能会怨他自作主张，偷偷自责。

一切等见面再说，但夜越来越深了，他心里难安，不断记起音音提起小姨家时的黯然，她的伤疤和心病以及所有他尚未涉足的过去。

他沉声交代：“再快点。”

医院大门外白惨惨的路灯底下，秦幼音在湿冷的夜风里拦了车。

车影消失在路口，确定方向是往自家房子去，站在阴影里的男人慢慢踱出，打了个酒嗝，把抽了一半的烟扔在地上，鞋尖重重地踩灭烟头，骂了句脏话。

比他矮的那道影子也跟上，妆容精致的脸透出扭曲说：“她心理疾病那么严重，胆小得头都抬不起来，这种要死不活的废物，走了才不到一年，怎么可能好！还交了男朋友？”

看到秦幼音过得那么好，梁彤就恨得不行。

“周岭，”她嫉恨得要死，对周岭的态度却极其卑微，“我追你那么久，好不容易在一起，你不会还惦记她？”

周岭哑声冷笑，啐了一口：“惦记又怎样，你不是乐意贴着我，我逼你了？”

要不是提前回来一天，他根本想不到还能见着秦幼音，过去懵懂时没做完的事，在目睹长大成熟的她后突然念头疯长。

听他说了这些，梁彤恨不能把秦幼音碾碎了解恨，多年来深深扎根的嫉妒和怨恨成倍翻上，她大声问：“你刚才一直跟着她，到底想干什么？”

“干什么？”周岭眯眼看她，一脸不加掩饰的癫狂，说道，“这么好的机会，当然要找她‘叙叙旧’。你帮我堵她这一次，过后你想怎么收拾她我绝对不管，只要我顺了心，娶你也不是不可能。”

梁彤听懂深意，震惊地问：“你……你不怕弄出大事？”

“大事？就算真把她怎么样了，你借她几个胆子她也不敢吭声。”周岭眼瞳涌上亢奋的红，又点一根烟狠狠吸，去路边拦车，拉开副驾驶的门，“你来不来？要不来，咱俩没戏了。”

梁彤想到秦幼音越发明艳娇俏的脸，自己一直迷恋的男生还对其念念不忘，她全身打战，却怎么也恨不起周岭来，她把一切原因全部归结于秦幼音，恨对方迷惑周岭，又被那两句“随便收拾”“娶她”刺激，咬咬牙快步上前，钻进车里。

小姨家的房子在三楼，窗口亮着光，楼道里有人进进出出，有些秦幼音认得，是小姨夫那边的亲戚。

他们在往外搬东西，包括小姨的个人物品。她明白，这是扔的扔，卖的卖，准备清空了。

这些人对秦幼音视而不见，她也当他们不存在，贴着墙边往楼上跑。

希望小姨留给她的东西还在。

秦幼音站在门外，没看到小姨夫，才鼓足勇气挤进去，推开自己住过的狭小储物间，里面一片狼藉，但小姨交代的大纸盒没被移动，好好地摆在乱七八糟的柜子底下。

秦幼音蹲下，把纸盒抱出来，抖着手摸到里面属于妈妈的旧物以及自己一笔一笔记过的，七八个破了边角的厚皮日记本。

上大学之前，她拜托小姨全都烧掉，没想到留到了今天。

秦幼音咬唇垂下眼睫，不敢去翻，想先离开这里，然而没等她起身，就听到外屋突然静了很多，有道磨心刺耳的脚步声分外清晰，无限放大，啪嗒啪嗒向她靠近。

她太熟悉了。

熟悉到无数夜晚的噩梦中她哭叫着醒来，耳朵里都被这种声音充斥。

秦幼音悚然回过头，一道高瘦的人影已经立在储物间门口，似笑非笑地盯着她，幽幽地说：“好久不见啊。”

猛烈剧痛一瞬间贯穿心脏。

秦幼音脸色刹那惨白，嘴唇嗫嚅着说不出话。

逃，马上逃，一秒钟也不能停下！

她脑中完全空白，根深蒂固的折磨如钢钉嵌入骨髓，身体有了本能反应，她撒开手，把手里的东西全部丢掉，掏空力气，撞开周岭往楼下拼命跑。

周岭眼里闪着寒光，鲜红舌头舔舔嘴唇。

果然还这么胆小。

吓死她，她也不敢拿他怎么样。

顾承炎跨出车门，拧眉望向前面乱成一团的居民楼，高高低低的呼喊声不绝于耳。

“确认死亡了？”

“确认了，确认了，抓紧搭灵棚！再晚就有来吊唁的，别耽误收钱！”

“终于咽气了，天天拖着麻烦死了……”

他看到拎出的遗照，是个面相温柔和善的中年女人，心沉下去，再次拨秦幼音的号码，她却还是不接。

从进了苏月镇之后，他打了不下十通电话。

顾承炎的神经在暴跳，他攥紧手机，拨开混乱的人群直奔楼上。

地址上写了，在三楼，音音最后告诉他的，也是她要来小姨家拿重要的东西，他只能来这里找她。

顾承炎脑中仿佛有洪钟在撞，让人战栗不安的预感遍布四肢百骸。

他大步迈上楼梯，随手抓住一个人问：“秦幼音在不在？”

“不在，不在！”

顾承炎唇线合紧，高大身形和满身压迫气势叫屋里的人不由自主地侧过头看来，他厉声问：“我再问一遍，秦幼音到底在不在！”

有个中年男人正好从储物间出来，脚上拨弄着刚刚秦幼音散落一地的物品，有些怵他，硬邦邦地说：“谁找秦幼音，她刚才还在，不知道去哪儿了，丢下一堆垃圾！”

顾承炎一眼看见音音的小行李箱，耳中轰地一响，一个箭步冲上去拾起，视线随之落在那个开了盖子的大纸盒上。

因为反复踢动，盒中的东西震颤着移了位，几个本子东倒西歪，有一本已经摊开书页，也露出压在最下面的一摞斑驳画稿。

顾承炎全身血液凝滞，冻住，结成坚冰。

他死死瞪着，骨节在一声声作响，喉间滚上腥气。

画稿……

他四年前就看过，那个无意中刷新微博的下午，碰到了一个画工粗糙的“小男生”，胡乱描绘着阴暗窒息的场景，让人压抑且酸楚。

他破天荒地管了闲事，留言说：“你画得很好，能进步的，别放弃。”

此后四年，把这个微博账号设置成特别关注，跟着“他”一步步成长，看“他”从黑暗变成彩色，从绝望变成希望，就在上飞机前，他还存了最新的表情包，发给音音。

粘贴区

表情包上的猪崽说，爱你，想你。

猪崽也脏兮兮地笑着说，我害怕你会嫌弃。

顾承炎的心脏被无数把锋利尖刀剖得四分五裂。

他看到，笔记本翻开的那页上，是音音的字体，比起现在的字体，以前的字是那么稚嫩柔软，洇在干涸的水痕里。

她一笔一画地写："周岭今天又把我拦住了。爸爸不接电话，我好怕！谁能救救我？！"

[54]

冬夜的黑浓如泼墨。

秦幼音像从前做过多次的那样，一口气冲出曲折的楼道，扑入寒风里。

之前还在外面的人不知道都去了哪儿，空空荡荡弥漫着萧瑟，秦幼音被脚下杂物绊到，踉跄一下，就听见后面的人追上来。

脚步声渐渐逼近，如同在抓捕跛脚的猎物。

秦幼音被恐惧穿透，忘记时间忘记年份，宛如回到过去，她又成了孤身一人、无处可依的少女。

她下意识地顺着大路狂奔，急促喘息，肺里吸入冷气刺得生疼。

老房子这片住户不多，到了晚上更是人烟稀少。她没有路人能求救，她身体的反应也不再控制得了，许久不曾发作的心悸重新蔓延，嗓子沙沙作响，喊声含糊得微乎其微。

没跑出多远，她被几道影子拦住去路。

梁彤临时叫了人，在这个必经的路口堵着秦幼音。

她手一伸，拽紧秦幼音的衣襟，睨着她瓷白的脸颊咬牙切齿道："废物，又落到我手里了！"

梁彤扯住秦幼音垂肩的头发死命往居民区后面拉，秦幼音疼得惊叫出来，周岭也已经醉醺醺追到了她背后，提着棍子猛敲在她后颈上，手指探上她细弱的肩膀。

秦幼音头晕想吐，理智土崩瓦解，身体和精神上承受过的所有伤害尽数浮现。她大睁着眼，绝望地看着头顶惨白的月亮，心口抽搐着半倒下去。

她被几双手臂狠狠往前拖拽。她知道，不远处有个垃圾回收站，晚上是空的，即便喊破喉咙也不会有人来。

逃不掉了……

垃圾站近在咫尺，有咸腥纸片被风刮起落在秦幼音脸上。她想干净地死，颤颤巍巍伸手去拨，左手中指上却有一点斑斓光芒倏然划过眼睛，箭一般带着啸响，直直刺入她的脑海。

钻石。

她连校门口最便宜的路边摊都舍不得买……怎么可能有钻石。

周岭和梁彤也被戒指晃了眼，梁彤看得恼怒，强硬掰过她的手要去摘下她的戒指。

秦幼音拼尽全力抗拒，定定地盯着眼前一点不属于这个世界的光芒。

不对……

现在不是过去了，她早就离开了炼狱，到新的地方上大学，用尽整颗心去爱了一个人。

戒指是他亲手为她戴的，几个小时前，他还隔着屏幕吻她。

秦幼音被当作垃圾一样在坑洼路面上拖行着，满身尘土。

可她不是垃圾啊，她被天底下最好的男人，捧在手心里当宝贝一样疼爱。

秦幼音不再孤身一个人了。

秦幼音有小炎哥。

她像从一场大梦骤然惊醒，呛得连连咳嗽，笑容却在脸上一点点堆积，直到笑出声音。

周岭和梁彤在秦幼音的笑声里莫名毛骨悚然，他们已经进入垃圾站角门，七手八脚地拽起站立不稳的秦幼音，意图把她塞进一辆提前准备好的轿车里。

梁彤嘶声说："周岭，记住你答应我的话！否则……"

周岭酒气熏天，哪还听得到别的，扯着秦幼音手腕就往车里带。

秦幼音忍过强烈眩晕，狠狠咬下舌尖，用直达头顶的疼把昏胀逼退。她强迫自己使出力气，一脚踹在周岭小腹上，周岭猝不及防，她趁机跌撞下车，不顾一切往外跑。

顾承炎在寒夜里狂奔，手心握着秦幼音落在储物间里的手机，屏幕已布满攥出的裂纹。

他数不清找了多少地方，只知道黑压压的眼前逐渐染上红，像是眼眶里渗了血。

他声嘶力竭地大吼："音音！"

秦幼音头重脚轻，犹如踩在棉花上，仍拼命往前逃。

周岭大骂，几步赶上，一把薅住她的头发骂道："行啊，有长进，敢踹我？梁彤！过来摁着她！"

秦幼音嘴里全是血腥气，被周岭钳着翻身按到地上。她一扫怯弱，把血沫吐在他脸上骂道："人渣！你早就应该下地狱！"

"那也拖着你先下！"

周岭怒极，恶狠狠地把她纤白的脖颈掐红。

秦幼音哽着一口气，不要命地去打他，戒指上的钻石割过他的脸。

周岭硬别着她的手把戒指撸下，远远丢去垃圾站外。

秦幼音怔了一瞬，看着光秃秃的手指，仿佛生命也被拽离飞逝，她战栗着轻喃："戒指……"

她疯了，不知哪来的爆发力，一巴掌重重甩在周岭的脸上，踉跄起来去找戒指，一直憋住不肯流的泪忽然倾泻而下，喊道："我的戒指！"

周岭怒不可遏，更难以相信她会这么大胆。梁彤领着人上去，把她踹倒。

身体失去平衡前的一刻，秦幼音扑向前，抓住一根立在墙角的竹竿，凶猛地在膝盖上一掰两半，把锋利断口当成刀子，回身猛地扎向梁彤喊："谁敢拦着我！"

梁彤的脸被她划出口子，怪声尖叫。

秦幼音血色双瞳瞪着她道："三年多，你们欺负我，吓我，孤立我，伤害我！扔我的戒指，想让我死，害我再也见不到小炎哥！那就死啊！"

秦幼音瘦弱纤薄的身体在寒夜里犹如小小修罗，她满脸是泪，只知道戒指没了，小炎哥没了，再也见不到了。

这个地方，她出不去了。

她没那个运气能被他爱一辈子，她可能要先走了。

秦幼音看着暴跳如雷的梁彤，看着恶鬼一样来扯她羽绒服的周岭，过去和现在的记忆重叠，全是凄厉和折磨，她笑得嘶哑刺耳，怒吼："一起死啊！"

她衣衫不整地把锐利竹竿尽情挥向面前这些伤害她的人，在周岭要对她施加更大动作时，她把尖头对准了自己脖子上的动脉道："我不怕你们了。"

她哭出来，下一秒笑得又无比漂亮灿烂："我再也不怕了，我变成鬼就能找到戒指，回去小炎哥的身边，就能幸福了。"

竹竿切口刺破她细嫩的皮肤，鲜红血珠顺着雪白皮肤滚落。

时间分分秒秒都在顾承炎身上扎着钢针，痛到让人不堪忍受。

他已经分辨不出实际或者幻觉，耳朵深处撞钟般的轰鸣声里，他隐约捕捉到一丝属于音音的吼声。

东边……

东边！

顾承炎竭力奔跑，墨汁似的夜色中，有扇写着垃圾回收站的大门在雾气里逐渐清晰，他烧红的眼却被尘土里的一星亮点击中。

戒指。

他张口呼吸，抖着手去拾，只看一眼，太阳穴里就蓦地爆开剧痛喊："秦幼音！"

顾承炎撞到大门上，拼尽全力凶悍地去踹，两脚踹出凹痕，旁边一扇隐蔽的角门被风吹动，发出咯吱声。他跑上前伸手一拽，直接把门卸下，"砰"一声摔进垃圾站里。

"秦幼音！音音！"

顾承炎撕裂里面瞬间凝固的死寂，在飞扬尘土中闯进去，一眼看清定格的画面。

他如珍似宝的小姑娘，在划向自己的颈动脉。

顾承炎干涸的唇张开，抖动几下，失控地低吼出来。他冲上去踢开围在墙边的一群邪魔厉鬼，把女孩手中沾血的竹竿抢下扔远，死命地箍住她，一下一下往怀里收，收到无法更紧，粗喘着恨不得把她融化揉碎，一寸寸压进自己的皮肉骨血里。

"音音，音音，音音……"

他嗓子扭曲变调，反复喊她的名字。

秦幼音迷蒙地跌在他胸口，脖颈沁出的血染红了他的衣服。

"谁？"

他的声音磨心蚀耳："顾承炎，是顾承炎！"

她蒙着，反应很慢，糯糯地嗫嚅："骗人……我小炎哥离好远的……"

"不远，我来了，"她腿软跪地，他也随着跪下去，拦腰锁紧她，破碎字句从身体最深处碾压挤出，说，"来找你了。"

秦幼音浸在顾承炎的体温里，视线模糊地望着他的侧脸，颤声喃喃："真的是小炎哥……我，我有幻觉了。"

她抬高凉透的指尖想摸摸顾承炎，又蜷着手指落了下去，说："可惜我身上太脏，不能碰你……"

"哥，好疼啊，"她终于回到了这世上最炙热安全的地方，绵软地在他怀中缓缓合上眼睛说，"我想跟你回家……"

[55]

顾承炎僵滞地箍紧秦幼音，五脏六腑像是被捅穿搅烂般的疼痛，狂躁心跳震颤在空洞的胸腔里，撞得血肉模糊。

他从来不知道，原来人能疼到这种程度。

“音音……”他哆嗦着叫她，“音音你不脏，你碰我啊，想碰哪儿碰哪儿。”

顾承炎抓起她的手按在自己脸上，哄道：“乖，摸啊——”

他一下没抓稳，秦幼音的手就瘫软垂落。

顾承炎眼眶要裂开，水迹顺着脸颊汹涌淌下。他胡乱地摩挲她的脖颈，用唇去碰，感受到微弱的跳动，才哽咽着呛咳出来，把自己外套脱下包裹住她，紧抱着站起，在原地转过身。

周岭和梁彤他们还摔得东倒西歪，见到男人俯瞰过来的目光，从骨子里生出某种本能的恐惧，坐在地上连连往后退。

顾承炎搂着秦幼音一步一步往外走，周岭正跌在他的去路上。

男人不需要说话威胁，单单只是注视过来，就仿佛能让人皮开肉绽。

周岭吓到酒醒，惊慌地把腰间松开的皮带扣系上，却不知这个动作引爆了多大的怒火。

顾承炎一脚狠狠踢上他的前胸，他滚到土里呕出一口血，爬着逃窜。顾承炎跟上，踹中他的后背，在他的放声惨叫里，鞋底踱上他的脸。

“我……没……把她……”

顾承炎面无表情，下一脚要踩上他的喉管时，垃圾回收站的大门外，红蓝光映上天际，警笛声响彻浓浓黑夜。

晚上十一点，医院病房里，输液管垂在床边，透明药液滴滴答答流入秦幼音的身体。

她陷在雪白枕头中，嘴唇惨白如纸，鸦羽般的长睫在眼下遮出青灰色阴影。

顾承炎把她头发一绺绺理顺，掖到耳后。

她脸上还沾着在垃圾场跌滚的脏污。

顾承炎一刻也不想离开她，无法去打水，于是把床头柜上的矿泉水瓶贴身放怀里，用体温暖出热度，才倒到纸巾上，俯着身给她轻轻擦拭。即使她昏睡着听不到，他也低声哄：“媳妇儿变小花猫了，哥给你擦干净，水凉吗？”

秦幼音吐息缓慢，没有反应。

顾承炎依然问：“这么擦疼不疼？”

外面的两个警察推门进来，见到他的样子，都有些胸闷。其中短发的女警放轻声音开口：“医生说应该快醒了，她状态如果可以，我们需要问话。”

顾承炎没吭声，过了十来分钟，秦幼音手指突然抽动一下，蹙着眉喊了声“小炎哥”。

他急忙抚上她的脸颊应声：“音音！”

“小炎哥，我的戒指……戒指被人给丢了……”

顾承炎眼睛热辣，声音沙哑地说：“没丢！哥捡回来了！”

“捡回来了……”秦幼音挣扎着醒过来，对上顾承炎近在咫尺的深黑瞳仁，她傻看了一会儿，泪悄悄滑下，说，“哥，你真的来了……”

顾承炎贴过去把她抱到怀里。

女警叹了口气，找医生来给秦幼音做检查。

医生点点头道：“体征平稳了，心悸也基本恢复，脖子的切口不算深，没伤到主动脉，其他检查结果都在报告单上。”

“能谈话吗？”

“时间不要超过半个小时。”

得到医生首肯，女警不得不打断小情侣亲密，敲敲床头桌说：“小妹妹，可以配合吗？今晚发生的事，包括可能存在的前因，都需要你亲口陈述。”

顾承炎阴森森地扫过去，冷喝：“她吓坏了，非得今晚不可？我是几点报的警？你们又是几点来的？如果不是我找到她，等警车赶到已经出事了！”

女警理解家属情绪，尽量心平气和道：“寻找和定位需要时间，至于笔录……越早越好，这种事，难道要让施暴人先说吗？”

这种事，施暴人。

两个字眼儿狠戳着顾承炎心上的血洞。

秦幼音感觉到他手臂上筋络暴起，怕他会跟警察起冲突，忙说：“我可以配合，你们问什么，我都说……”

曾经那些事她一直忍着瞒着，生怕顾承炎知情，却在这个夜里让他见到了最不堪的场景以及接下来，将要巨细无遗地亲口陈述。

她受不了在他面前说那些。

秦幼音无措地推他，请求：“哥……你，你不要听好不好？”

顾承炎深深凝视她。

秦幼音眼里漫上哀求道：“在外面等我，半个小时就好……”

顾承炎沉默半晌，把她揽到胸前拍了拍，缓慢走出病房。

秦幼音盯着他的背影，用病号服的袖子粗鲁地抹眼睛，身体不由自主蜷起，往后退了退，贴在床头上。

女警已经明白了，神色沉重地坐在床边，放缓语气说：“周岭……不是第一次这么欺负你吧？”

门虚掩着，顾承炎背抵在门口冰冷的墙角，静静听里面的声音。

拳头一点一点攥起，直到秦幼音小声说了一个“是”时，骨节绷出死白。

秦幼音望了眼病房的门缝，眼底光芒寂灭。

她出生不久，妈妈被犯罪团伙报复离世，身心俱疲的秦宇不敢也不能把女儿留在身边，别无他法之下，把她送到几千公里之外的苏月镇唯一的小姨家里。

妈妈和小姨一个嫁去北方，一个留在南方，都是土生土长的水乡女人，长得柔美，性格温婉，很会照料孩子。虽然小姨夫有些微词，但在看到秦宇留下的大笔抚养费后，也笑脸相迎，没有表现出任何异议。

秦宇很快离开，剩下她在苏月镇独自一人跌撞长大。

她起初也觉得满足快乐过，小姨体贴，大两岁的哥哥周岭虽然爱掐她脸，倒也不凶，只有小姨夫偶尔不顺心会踢她，她也都不出声。

她很小就明白，要乖，要忍，难过的时候多想好的，委屈的时候，多想爸爸在外面有多辛苦，不能给他添麻烦，也就一天天顺遂地过下来。

刚上小学时，她是个扎羊角辫的小矮子，还有一点婴儿肥，不那么显眼。等到小学四年级的夏天，学校发了套新的夏季校服，是白色贴身短袖衫配格子短裙，她穿上的第一天，就被学校里很多人围观。

同学夸她漂亮可爱，老师笑着说她长开了，很漂亮。

她懵懵懂懂不太明白，当天晚上回到家，就被上了初一的周岭堵在房间里，笑容怪异地说：“秦幼音，你长得挺好看的。”

男生的表情太可怕，她吓得躲回屋里锁上门。后来没几天，小姨收拾房间，在周岭床下找出翻烂的不良杂志。

周岭不以为然，还趁小姨不注意，对着秦幼音做出一个恐吓的动作。

从那以后，她本能地感到危险，看到周岭就躲着，却仍逃不过他有意地戏弄。

学校外，楼道里，家门内，她的房间，阳台，客厅……任何地方，他都会出其不意地出现，看她的眼神充满攻击性，她尖叫逃开，一次次吓到哭。

秦宇来看她的时候很少，但爸爸是她心里唯一的依靠。

她尝试说过三次。

第一次还小，秦宇没放在心上，告诉她不过是小孩子打闹，住在人家家里，别跟哥哥起冲突。

第二次她想再提，就被秦宇的公务打断，跟她说：“爸爸事情太多，你自己乖点，别让爸爸操心。”

第三次时周岭已经变本加厉，她像是抓着救命稻草一样抓住秦宇，哭着说不顺畅。秦宇皱眉说：“音音，你怎么这么胆小了，一句话都说不好。爸爸真的很累，你让我省点心。”说完，匆忙走了。

她去找小姨，全盘说出。小姨震惊不已，怒骂训斥周岭，警告他再不安分就送他去少管所。

然而小姨夫得知后，却无条件维护儿子，将小姨和她一顿毒打，小姨只能搂住她瘦弱的小小身体和她一起默默承受。

苏月镇这方圆一片，重男轻女情况严重，女儿和妻子在家中地位低微。

小姨为了照顾她，毅然出去开诊所，凭医术有了颇高收入，也在家中有了些话语权，但并不足以震慑周岭，反而让周岭生恨。

随着年龄长大，周岭看秦幼音的眼神一天比一天恐怖，行为也越发放肆，某次她激烈抗拒把周岭砸伤，周岭狠狠瞪着她，说会让她后悔。

所有想得到的、想不到的责骂，每天换着花样落在她身上，她反抗过，爆发过，都没有作用，她走不出苏月镇，仿佛从出生起就是错误，永远走不出这段狼藉困苦的人生。

绝望是一层层加深的，深到极限，成了麻木和机械，但痛和怕还是懂的，知疼知苦，心理怎么可能不落下毛病。

梁彤仰慕周岭，自然对秦幼音恨之入骨，所有这个年纪的女孩能想到的坏，全施加在她身上。直到最后，她一丝丝生的念头都不复存在，最后给秦宇打了电话告别，却是忙音。

她半夜里跌跌撞撞逃去小姨的诊所，用备用钥匙打开门，缩在桌子下面吞了大把的安眠药。

那个晚上，她靠在桌边，默默望着窗外如水的月色，笑得很甜。

有些时候，死了真的比活着要轻松太多。

然而她还是被小姨及时发现，拉到医院洗胃。她迷蒙看向头顶白惨惨的灯光，可偏偏觉得，所有灯都已熄灭。

她是很多人口中的垃圾，废物，累赘。她胆子小，心理有病，什么都害怕，不敢挺胸抬头，活着都是错误。

她的病情反复加重，一个字也不肯再说，拖着皮包骨的身体闷在黑乌乌的小屋里乱画，从前很珍惜的画笔纸张，全成了发泄的工具。

可终究，她不过是想要一个出口。

她把最阴暗的画发到微博上，想让更多人来骂她，却有一个人，顶着最简洁的名字和头像，跟她说：“画得很好，别放弃。”

好像从来没有人，跟她说过别放弃。

这道光太微弱了，照不进她的世界，她甚至变本加厉，画让人皱眉不适的画稿，那人仍旧说：“好看，颜色再亮点就更好了。”

有一道光，每天都在坚持不懈地照到她身上，这道光在不断地变得更强更亮，轻抚着她累累伤痕的外壳，直到日复一日，刺破一个极其细小的角落。

她以为她需要很多光才能被照亮。

原来……一丝丝就够了。

只要有那么一缕分给她，她就像得到了所有弥补。

她走出房间，周岭被小姨强行送去国外上学，她让遍体鳞伤的自己站起来，吃药治疗，读书考试，可没想到，会在千辛万苦得到了一辈子最珍贵深重的爱后，差一点掉回深渊里。

女警流泪不停，默默给秦幼音递了杯水。

秦幼音手腕不稳，水洒在被子上。

女警合上笔盖，揉着额角深深叹息，她拍拍秦幼音的肩道：“先好好休息。”

秦幼音揪着被角，抬头问：“你相信吗？我说的这些。”

女警点头道：“我相信，细节都记在你的日记本里，我们已经看过了，和你说的吻合。”

秦幼音愣怔，忽地坐起，不顾手上针头，追着问：“你们看了日记本？那，那他……”

“你男朋友？”女警说，“他也看了。”

秦幼音跌回床上，慢慢地屈起腿，把脸埋在膝盖间，紧咬的齿缝间泄露出细细呜咽。

女警走出病房，意外发现顾承炎就在门口，他长腿屈起，蹲在地上，头垂得很低，犹如一团蕴藏着雷霆暴雨的漆黑云团。

危险压抑到让人望而却步。

顾承炎掀起眼帘，眸光猩红淬血。

女警下意识地咽了咽口水，看见他拳头关节处都是破口，像硬生生砸出来的。她向他走近两步，叹息说：“好好安慰她吧。”

女警走后，顾承炎站起身，手撑住微微打战的腿，脊背仍弯着。

有水珠悄无声息坠落，一滴一滴地砸在医院暗色的石砖上。

顾承炎回到病房，小姑娘绵绵柔柔的一小团，孤零零地贴在床头。

听到脚步声，她慌乱抬起头，定定看着他走近，轻声问：“你全都知道啦？”

顾承炎说：“知道了。”

秦幼音一双眼似是糅进了窗外夜空里所有晦暗的星球。

她仰着脸，努力笑了一下，想让自己好看点，小心翼翼地问他："哥，你还要我吗？"

[56]

顾承炎像被凌迟一样。

她一句话化成无形的利刃在他心里刮骨削肉，他想把自己碾碎了贴去她身上做铠甲，用血也好，泪也好，冲刷那些经年累月盘踞在她心上的厚重尘埃。

或者牺牲所有的一切，换取他几年时光，让他回到过去，早点认识她，把她护在羽翼底下。他能为她拼命，为她做一切，只要她平安天真地好好长大。

病房里很静，呼吸声分外沉重。

秦幼音不等顾承炎回答，扯着输液管挪去床边，半跪起来够着他的方向，忍着泪说："哥，我其实没那么糟，你已经把我的病治好啦，我现在不用吃药，心理也是健康的，有一点阴影都能克服掉，你信我，我一定能。还有……还有，我胆子大很多了，你看我今天，能打他们，捅得他们全是血，"她大睁着眼凝视他问，"我有进步的是不是……"

"而且我没有真的被他怎么样，"她语速飞快，不给他任何能够插言的机会，说道，"只是烟疤很多，除了手臂，小腹和腿上也有，虽然难看，但我……我会好好抹药去掉……"

她嗓子哑透，终于崩溃，整个人坍塌决堤说："我保证不让你觉得麻烦，你能不能……不要嫌弃我，不要丢下我，我已经……"

下一个字她说不出了。

颤抖的嘴唇被冲上来的男人凶狠堵住，无所依靠的腰背重回他臂弯里，他的唇又烫又湿，像是泪碾进她的舌尖，苦涩却又无比炽烈，仿佛要把她受过的所有磨难一把火烧成灰。

已过了零点，时间处在暗夜和凌晨的分割处，窗帘半掩的玻璃外，万籁俱静，病房外间或传来其他病房的痛苦呻吟。

"音音，"顾承炎反复亲吻她的额头、鼻尖，抚摸她细瘦的肩臂，哄得她昏昏欲睡，"你不用胆子大，不用那么坚强，任何阴影，咱们都慢慢治疗。

"你一点也不麻烦，你是我的命。

"疤痕不难看，更别说什么嫌弃，我家宝贝是天底下最干净、最纯洁的小姑娘。"

秦幼音素白的脸颊泛出血色，蜷在他怀里，他向后仰靠，让她趴得更安稳。

她困极了，迷迷糊糊地说："哥，我不想住院……"

"好，不住，明天带你走。"

病房里没有暖气，空调形同虚设，顾承炎扯过被子箍住她，半合上眼，克制着满腔疯狂乱窜的恐惧和戾气。

他看得比命更重的人，在稚嫩年纪里被肆意欺辱，逼得她绝望自杀。几个小时前，那人不知悔改扑向她，她抱着必死的念头，划开脖颈血管。

她是学医的，动脉在哪里一清二楚，也下了狠手，如果不是竹子不够锋利，她已经没了。

没了。

他只差分毫就永远失去她了。

黑暗中，她安静倒在血泊里的画面跳到顾承炎眼前，他眸子被红染透，手把床单揪扯出一条条裂纹。

但就算恨到极点，骨子里叫嚣着要把每个伤过秦幼音的人都挫骨扬灰，可那些人已经落入法网，他能够做的，只有加倍爱她、守着她，抚平过去她受到的所有苦痛。

隔天上午，女警又来到病房探望秦幼音，见她精神状态好了很多，深感欣慰，说："周岭和梁彤正在接受调查，另外还有件事，我个人觉得有必要通知你们。"

顾承炎抬眼。

女警难免带了些情绪，语气愤愤："周岭的父亲根本不管妻子后事，只顾收礼金，现在听说儿子出事，又跑去公安局闹，听说死者还在殡仪馆停着呢，附近住的邻居全在议论。"

秦幼音怔了怔才意识到，在她饱受折磨的两天里，唯一给过她港湾和庇护的小姨已经过世了。

就在她去医院看过小姨之后，小姨犹如了却了心事，咽下了最后一口气。

顾承炎揽过秦幼音说："小姨的后事不用别人管，我们来负责。"

丧事的全套流程顾承炎和秦幼音都没接触过，现学现做，办得完善也低调。追悼会上，没有直系亲人过来，他陪她作为小辈披麻戴孝，把想来看热闹的街坊邻居堵得哑口无言。

下葬时，顾承炎提前回了狼藉的老房子一趟，把属于小姨的个人物品一并带走。秦幼音在小姨的墓碑前把她的个人物品连同祭祀品点燃，一样一样放进火中。

她拾起其中一个记账的本子时，意外有个泛黄的信封从中间掉落。

信封上的字迹无比熟悉，上面写着"给音音 父：秦宇"。

"爸爸写的？"

秦幼音震惊，她根本没见过这封信，更不明白为什么会被小姨专门藏起来。

顾承炎拥着她的肩，替她把信纸抽出展开。

只扫了一眼，他就皱起眉。

秦宇在信上写，有些事一直没有跟女儿提过，当面也讲不出口，如今她上初中了，是大孩子，应该开诚布公地说说。

当初犯罪团伙报复时，女儿还小，跟妻子一起陷入困境，以他的机会和能力只能救一个。最危急的时候，他选了女儿。

妻子死后，他愧疚难当，看见女儿就全是痛苦，即便是把女儿送走后的多年里，也像逃避一般，不愿意过多面对。

女儿身上烙着他的选择和无能，也在经年累月的时光里越长越像妻子，每每见面，都如同对他的拷问。

他明明是疼爱她的，但总在不由自主地回避，他在信的最后说："对不起，爸会改变，尽量多关心你，你给我点时间。"

夹着这封信的那页本子里，有小姨当时留下的几行字。

小姨舍不得把信给音音看，因为音音太苦了。一旦知道，必定是毁灭性的打击。她日夜期盼向往的父亲，不但无法像天神那样接她走，还把她看作痛苦的来源。

顾承炎从秦幼音手中抢过信纸，撕成几片丢进火里，迅速成了灰。

凛冬清晨寒气浓重，远处萧瑟光秃的枯木间，有哭声断断续续。

顾承炎用力地抱紧秦幼音，也就在这个时候，她的手机嗡嗡振动，是秦宇打来的电话："音音，小姨还好吗？你这几天怎么样？我手头工作忙完了，下午可以过去。"

秦幼音贴在顾承炎颈边，感受到他脉搏跳动，笑道："我很好。小姨已经安稳下葬了，您过来也见不到。爸，不用来了。"

不用了。

挂断以后，秦幼音轻轻说："小姨为我付出太多。如果不是她一次次信我，救我，我早坚持不下去了。

"她还默默替我拦着这件事，怕对我打击太大。就连这堆火，也像她知道冬天太冷，最后要给我们一点温暖。"

顾承炎静静听着，任她把心底的话都倒出来。

"我以前总想，为什么爸爸不能稍微分担一点呢？"秦幼音望着远处说，"不要只是寄钱，可不可以多听我说说，陪我几天，在我无能为力的时候出现一两次。

“可就算都没有，我还是那么向往他，他是我在绝境里唯一能幻想的，幻想爸爸是坚不可摧的存在，总有一天，他会把我挡在身后，给我擦眼泪，说谁也不能欺负他的女儿。

“到现在，不需要啦。”

顾承炎注视她的眼睛。

秦幼音眸中水光莹然，仰着脸亲亲他的嘴角道：“我不是错误，不想做谁痛苦的根源，我想做秦幼音，也不用再幻想，因为我有你。”

她不该背着一层层的枷锁，拖着最爱的人往下坠。

从前跌在最黑的悬崖里时，她哭着描绘过的漫天星河、无垠宇宙、可望不可即的广阔深海和绮丽苍穹。

因为拥有了顾承炎，全部成为现实。

她什么都可以卸下，只想成为值得他深爱去燃烧全部的那个秦幼音。

顾承炎单膝跪着，把她按在怀里，想吻她，想声嘶力竭跟她说，他会给她一切。

他把偷着重新买的戒指拿出来，还是那么不由分说地套在她手指上。

“之前那个弄脏了，咱不戴，哥给你买新的。哥对你也没别的要求，就一个。”

秦幼音郑重其事地问：“是什么？我肯定超努力的！”

顾承炎亲吻她的指尖，烈烈凝视她，嗓音沙哑：“那就麻烦我的宝宝，超努力地快点长大，早点嫁给我，给我做新娘。”

他们来苏月镇已经将近一周，眼看着要到正月十五，赵雪岚打了好几个电话给秦幼音，旁敲侧击问她家里的事忙得如何，什么时候才能返程。

“闺女，妈想你了，南方冬天又湿又冷的，你可别待病了，回东北过节呗。”

秦幼音正坐在出租车里，从墓园往酒店去，她一口答应，蹭蹭身旁的人问：“哥，今天走吗？”

小姨没了，苏月镇再没有什么值得她牵挂。

“你还没恢复彻底，受不了这么折腾，多留一天吧。”顾承炎定了明天中午的机票，刚收到机票信息，屏幕界面跳转，切换成女警的来电。

他接起。

女警激动地说：“今天上午，周岭的父亲不知道找了什么关系，交了保释金把周岭和梁彤保释出去了！本来大家都愤愤不平，怎么也没想到，他们才出去十分钟，开的小轿车就在十字路口被一辆大货车撞翻，周岭当场死亡，他父亲和梁彤重伤在医院……”

顾承炎瞳色深暗，抓紧秦幼音的手。

女警有些哽咽："做恶事的人，哪怕想逃避法律惩处，也逃不过天罚。"

顾承炎紧紧合眼，低沉地应了一声，把电话挂断，侧身把秦幼音用力揽到怀里，不愿她再知晓一星半点与那些人相关的东西，哑声问："宝宝，午饭想吃什么？糖醋鱼好不好？"

秦幼音热烈地点头："好！"

她又纠结地问："可是你爱吃吗？"

顾承炎贪恋地望着她说："你爱吃什么，我就爱吃什么。"

中午的糖醋鱼很可口，顾承炎这个最怕甜食的人，都靠着秦幼音的乖萌吃相咽下不少。

下午气温适宜，是苏月镇冬日里难得的好天气。

顾承炎弯腰，把吃饱的小姑娘抱起来说："出去逛逛好不好？"

她在这里生活十多年，怕是哪里都没玩过。

秦幼音笑眯眯，小声地跟他说："其实我特别惦记中学门口的路边摊，那时候爸爸汇来的钱都被小姨夫扣着，不给我，而且梁彤她经常堵我，我被烧炭烫过一次以后，就再也不敢往前凑了，但是烤糍粑闻起来真的很香。"

她不再把这些当成无法启齿的伤痛。

曾经觉得重逾千金的负担，都能够说出来给他听。

顾承炎喉结滚动几下，笑着问："还能吃下吗？"

"能！"

正逢寒假，初中门口清冷，但因为挨着一片住宅区，路边摊还零零散散开着几家。

秦幼音开心地接过新鲜出炉的糍粑，仰头笑着说："哥，你尝尝！"

顾承炎略俯下身，双手撑着膝盖，专注地看她说："不喂可不吃。"

秦幼音夹起一小块，吹了吹递到他唇边。

顾承炎轻轻一推，送进她嘴里，紧接着覆上去，含住她温热的唇瓣。

焦香米香，还有她唇齿柔软的甜香，一起填满他。

顾承炎心中翻搅，含糊着喃喃："宝宝，过去所有不好的事，真的结束了。"

他问："我们去学校走走吧，怕吗？"

秦幼音坚定地说："不怕！"

寒假里，中学的大门紧闭，但门房有人值班，看到一高一矮两道身影走近，忙探头问："做什么的？"

他看清后愣了一下，越瞧秦幼音越熟悉，像几年前头都不敢抬的那个小姑娘，可又觉得不可能，她太漂亮爱笑，和印象里大相径庭。

顾承炎说：“我女朋友在这儿上过中学，回来看看。”

“行吧，快点啊。”

秦幼音中学时上课的楼还在，教室在三层，走廊最尽头的一间。

她远远望着，意识上以为能战胜，身体的本能却开始抵触，双腿扎在地上一点也动不了。她的手泛上湿冷，蓦地被温暖包裹。

顾承炎紧紧牵着她，高大身影把汹涌的晦暗全部挡住，他说：“别怕，我在。”

教室没有锁门，桌椅摆设一如从前，有尘埃悬浮在空气里，静得仿佛一段陈旧记忆被闯入。

秦幼音贴在顾承炎身边，伸手指了指靠墙的最角落：“我坐那里的……”

她耳边一下寂静，一下喧嚣。

她双腿发软时，耳畔有道声音低缓响起：“秦幼音小同学，这是你的教室吗？”

秦幼音无措地点头。

“好，先回到你座位上，马上有个新的转学生要过来，他会成为你的同桌。”

秦幼音茫然：“新的转学生？”

那个声音蛊惑着她：“听话，去坐下。”

秦幼音攥紧双手，一步步穿过浓稠时光，踩着一个又一个狼狈的自己，摸到那张熟悉的桌子，僵硬地坐下。

她盯着敞开的大门。

转学生……

很快有脚步声稳定而慵懒地响起，一道影子逆着窗户透入的橙红夕阳，出现在教室门口。

秦幼音的双眼一瞬睁大。

顾承炎穿一身这所初中的校服，上衣拉了一半，松松垮垮挂在身上。他狭长的眼略微眯起，高挺鼻梁下，轮廓分明的唇抿成一道桀骜的弧线。

他肩上挂着个书包，单手插兜，屈起食指在门上敲了下，像是真的面对着满屋眼睛，淡淡地自我介绍：“我是新转来的。”

秦幼音一眨不眨，怔怔地凝望他。

顾承炎走入过道，站到秦幼音的座位前。

“请问，这位置有人吗？”

秦幼音摇头，沙哑地说：“没有……”

顾承炎把书包往桌上一放，大剌剌地坐下，长腿伸开，侧头看她问：“小可爱，你叫什么？多大了？”

她止不住呜咽出来：“我……我叫秦幼音，今年十五岁。”

“秦幼音小同学——”

顾承炎一双眼包着无底的深切爱意，朝她伸出手。

“我叫顾承炎，比你大一岁，今年十六岁，东北转过来的，身手很厉害，从今天，现在，此时此刻开始，你归我了。

“只要有我，就再也没人能欺负你！”

第十六章

他实在太想她

[57]

秦幼音抓住了顾承炎的手。

强悍，温柔，无所不能，散发着源源不断的热度。

像一簇最炽烈的火光，一路坠入心底，沿途烧毁所有横亘在她少女年月里盘结的荆棘，在深处轰然炸裂，照亮了整个人生。

世界仿佛真的颠倒。

她的灵魂回到从前那个稚嫩无助的躯壳里，颤声问顾承炎："我……我还会受伤吗？"

"不会，有我在，谁也不敢动你。"

"我……想弹琴，想好好上课，想考大学……"

"我都陪你。"

"那你……会不会走？"

"不会，我这辈子都在你身边，不过——有个小小的条件。"

秦幼音握紧他，急忙说："什么条件我都答应！"

顾承炎手指抚上她的脸，帮她把碎发顺到耳后，嘴角有些匪气地翘起说："等你上了大学，得给我当媳妇儿，让我亲让我抱。"

夕阳漫上他宽阔平直的肩膀，把他全身勾勒出暖色金边。

秦幼音呛笑着扑上去，抱住顾承炎的脖颈，把泪蹭在他的校服上，大声说："好！"

第二天的飞机是中午，去上海机场，要提前从苏月镇出发。

秦幼音精神抖擞地一大早爬起来，小仓鼠一样满地跑，积极收拾搬运行李。看到小姨留下的大纸盒时，顾承炎问："带走吗？不想要我们就烧了。"

秦幼音下定决心道："既然留到了今天，那不烧了，带回去吧，没什么见不得人的。”

何况盒子里除了那些日记本之外，还有小姨给她的很多珍贵药方以及……

她的画。

坐进车里，秦幼音偷偷地瞄顾承炎，他肯定早知道猪崽表情包是她画的了，可是一直没机会提，她还有点羞于去问。

等上了飞机，顾承炎把她安顿在里面靠窗的位置，亲手系好安全带，脱下自己的衣服盖在她身上，包得严严实实。

秦幼音轻声抗议：“太厚啦。”

“冻着怎么办，我媳妇儿怕冷。”顾承炎跟她挨得很近，在她鼻尖一啄，目光有意无意地往后排掠了下，“万一等会儿再跟空姐要毯子，那么漂亮的手腕露出来，被后座哪个男的看见，我不是得气死。”

“手腕？”

“嗯。”他有丝鼻音，说，“我这么铁石心肠，当初都被一截腕子迷得神魂颠倒，绝对不能让别人有机会。”

秦幼音想起那时，顾承炎从后面递来毯子的情景还历历在目。

从最初，她的温暖就是他给的，也只能他来给。

秦幼音亲昵地蹭蹭他，把衣袖拉起来，露出细细窄窄的小臂，有一根简洁的手链绕在腕间，跟表情包里的猪崽一致。

她灵光一现道：“你是不是注意到这个啦。”

顾承炎点头，终于把默念过无数遍的称呼叫出口：“‘小猪蹄儿’。”

秦幼音杏眼弯成桥，凑到他耳边道：“那你知不知道，为什么猪崽会戴这个？”

“因为——”刚刚在路上她还觉得难为情提起的话题，这会儿水到渠成地说出口，“你最开始给我留言时的头像是一只手，手上戴了一个类似这样的护腕，我不想被你看出来，就改良成了手链。”

顾承炎愣住。

秦幼音望着他说：“哥，是因为你才有它的呀。”

飞机在巨大轰鸣声中起飞。

顾承炎随便翻开一本杂志挡住，侧过头吻上她水润开合的唇，去安抚心里搅起的天翻地覆。

少年时随意拍过的手，他早忘到脑后了，却被几千公里之外的她牢牢铭记。

她画成他最爱的表情包，戴了同款链子。在相遇的第一时间，吸引了他的全部目光，让他毫无招架之力地彻底沉沦。

会埋怨相遇太晚，但也从没有浪费一分一秒，她注定属于他。

他们一走出机舱，就感受到一股跟南方湿寒截然不同的东北干冷骤然袭来，亲切熟悉，秦幼音兴奋得深深呼吸，有种落叶归根的神奇归属感。

机场依旧熙熙攘攘，在传送带边等行李时，秦幼音好奇地发现大厅里新增了几块高清屏幕，在轮番播放旅游宣传片或时事新闻。她看了一圈，注意力很快被其中一块吸引。

屏幕上是最新的体育赛事。

在播完一段篮球比赛后，立刻切到滑冰场，主持人表情严肃，但机场吵闹，听不清在说什么。

冰场画面随之放到全屏，秦幼音下意识攥住顾承炎的手，让他去看。

短短几十秒的比赛，后背印着五星红旗标志的选手原本领先，中途却被人恶意绊倒，重重摔出赛道，撞上护板，抱着腿表情痛苦地被抬出场外。

总教练姜成就在护栏边上亲眼看着，暴怒地摔了胸牌。赛场混乱，队员们群情激奋，在跟裁判组交涉。

秦幼音看呆，无法自控地脑补出过去顾承炎受伤现场的画面，心脏抽成一团，她担忧地说："哥，你看时间，是一小时之前的比赛。"

话音未落，顾承炎手机振动，显示境外号码。

他跟秦幼音对视一眼，接起来果然是姜成。姜成嗓子哑得冒烟，气急败坏地吼："下三烂的 H 国队，又来阴的！顾承炎，我正式通知你，现在队里领头的主力摔伤进医院了，你的预备期提前结束，随时准备入队顶上他的位置！"

听筒里，各国语言乱糟糟嘈杂一片，姜成匆匆交代一句"等我电话"，没空多说别的，大骂着挂断电话。

姜成嗓门大，离得又近，秦幼音全听到了。

顾承炎安抚性地摸摸她的头发，再次抬眸看向屏幕，上面还在反复重播截取的关键画面，本年度的短道速滑世界锦标赛 500 米比赛场，享有盛名的国家队主力被邻国对手用了阴招，放大的截图里，冰刀切在腿上的细节一清二楚。

今年至少还有两场全世界范围的大型赛事，明年就是四年一届的冬奥会。

主力出事，顾承炎将跨过新队员的训练磨合期，直接被提到要面临重大赛事的位置。

秦幼音手指蜷着，仰头望望顾承炎凌厉的侧脸，又低下脑袋。

小炎哥要走了，这次是真的。

行李箱转到跟前，顾承炎一手拎下，一手搂住秦幼音，弯下身问她："小媳妇儿偷偷想什么呢？"

秦幼音努力笑得好看，说：“我在想怎么调整药方，这几天里再把你的腿再巩固好一点。”

“真的？”

“真的……”

她默默地靠在顾承炎手臂上，黏着一刻也不想分开。

姜成当晚发来了确切消息，要顾承炎一周后到国家队报到，以正式队员身份入队，腿伤后续的治疗康复，在队里边训练边进行。

秦幼音看着日历睡不着，一周以后，医大也快要开学了。

他可以去北京，但她现在还只是个大一学生，必须留在学校把专业学好，才能尽早有资格以实习队医的身份站去他的身边。

在城东别墅过完了正月十五，顾承炎就带着秦幼音回到出租房，过了七天无人干涉的小日子，两人如胶似漆恨不能长在一起。

秦幼音默默为即将到来的分离难受时，顾承炎告诉她，他已经跟姜成交涉好，这次可以带她一起到国家队逛逛，等开学时她再回来。

[58]

秦幼音被从天而降的惊喜砸晕，兴冲冲地开始收拾两人的行李，眼里的光芒藏都藏不住。

等顾承炎拉着小媳妇儿的手下了飞机，走出首都机场，还是上次那个队友方路开车来接。方路一见着秦幼音就“哇”了一声，特别自来熟地往顾承炎肩上一捶，夸道：“你小女朋友也太可爱了吧！”

见到生人，秦幼音局促了一下，很快调整好，牵着顾承炎笑得清清甜甜，跟方路打招呼。

方路被萌得倒地不起。

顾承炎不客气地回他一脚说：“别瞎看，我媳妇儿。”

方路笑嘻嘻地说：“别怪我没提醒你，到了全是寂寞老爷们儿的队里弟妹这种长相的女生那就是妥妥的焦点，现在我多看一眼你都不乐意，等入了队，有你吃醋的时候。”

顾承炎把他推进驾驶座道：“开你的车。”

临近国家队训练馆时，方路才恢复了正色道：“小炎儿，这回前辈受伤，对整个队打击都很大，教练头发都快愁白了，这么急把你拉来，肯定是把希望寄托在你身上。你后面压力可不小，腿能吃得消吗？”

秦幼音低眸，把手放在顾承炎的膝盖上。

顾承炎握住她，“嗯”了声：“既然来了，就不怕这些。”

他有音音的照料，腿肯定能好。

况且他本来就盼着早点有机会去赛场，和真正的各国强敌比赛，去夺冠军，把让音音能来做队医的筹码尽快拿到手里，他才能安心。

方路又说：“嘿，我还是不瞎操心了，你这种天命之子自然有造化。不过有件事我挺奇怪，你成绩这么牛，早该通过地方省队上来了，咋能拖到现在？”

顾承炎没回答。

方路马上接着念叨：“去年你们省队来的那个，前段时间不是主动留国外训练了嘛，这回队里出事，教练硬把他给叫回来了。这两天你俩就能碰上，你应该认识他吧？”

秦幼音抿唇，杏眼里含着怒意。

她知道，是当初害小炎哥受伤离队的那个所谓的好兄弟！

顾承炎顺顺她的背，淡声说：“不光认识，还特别熟。”

国家队训练基地占地面积大，冰球、冰壶，花滑、速滑的地盘都挨得很近。秦幼音沿路注视新奇景色，想把这个要长期留住小炎哥的地方看得再仔细一点。

方路的车停在速滑队大门口，车门刚开，姜成就风风火火地冲出来，半点也没总教练的矜持，跟秦幼音点头示意，简单招呼一声，立刻拽住顾承炎的手臂说：“可算来了，我约了五六个国家级的专家给你测评体能，他们都等着呢，赶紧的。”

顾承炎蹙眉道：“教练，我家属没来过，你让我把她扔这儿？”

“哎呀，这是速滑队，往后就是你家，你家属等于是全队家属，还能让她吃亏不成！”

秦幼音忙说：“哥，你快去吧。”

顾承炎把她揽过，对姜成举起一只手比个数字：“等五分钟行吗？”

他把秦幼音安顿在会客厅，给她倒了热奶茶，在平板电脑里播上电影，才揉揉她的脸说：“用不了多长时间，自己坐着别紧张。”

秦幼音点头，推推他道：“别让教练等急了。”

顾承炎走后，秦幼音卸下挺直的肩膀吐了口气，发现会客厅里有图册，捧起来翻了翻，是短道速滑国家队的介绍，后面附着几位著名选手的信息，第一页就是体育新闻里受伤的那位前辈，姓程。

她想起腿伤，心沉下去。方路的话时时在回响，她唯恐小炎哥的腿撑不住后续的比赛。

会客厅窗外有一行人路过，对话声很清晰地传进来。

“小程的伤是不是跟顾承炎受伤的位置差不多？”

“对，非常相似，可以合并治疗，请您过来也是为了一起看看。”

“行，现在先过去检查小程的情况，把方案确定了。”

秦幼音跑到门口，看见前方几道穿白大褂的背影，认出中间的是国内赫赫有名的骨伤专家。她忍不住追上去，想听听墙脚也好，或许能对小炎哥的伤情有用。

一行人进了二楼的某间休息室。

秦幼音没敢凑太近，贴在门外小心地往里看。程前辈坐在轮椅上，精神尚可，有人帮他卷起长裤，膝盖和脚踝的伤状确实跟小炎哥严重时相近。

专家蹲下去观察，开口直捣重点。秦幼音如获至宝听得入神，一不小心靠到门上，这门也不争气，发出“吱呀”一声。

所有目光唰地汇聚。

秦幼音涨红了脸，默念着绝对不能给哥哥丢人，挺起脊背，现场编瞎话：“我……我是今天刚来实习的队医组助理……听到您说的知识点，一激动就……”

她双手在袖口攥着，等待挨批评。

哪知道全场寂静，直到程前辈两眼发光，忘我地一拍轮椅道：“咱队里来了这么漂亮的小姑娘，专门请的治愈系吧！”

专家也笑着招手道：“能听懂我说的，证明水平不弱，进来吧，也说说你诊断的看法。”

顾承炎下了检测仪器，各项报告单没几分钟就到了姜成手里，他眉头拧出的死结稍稍松开一点说：“真是年轻底子好，封闭针的副作用消化得差不多了，体质过关，骨头的伤恢复还行，后续跟进治疗，赛前康复问题不大。”

姜成不禁好奇，摸着下巴问：“这种伤我见多了，很少有像你好得这么快的，你是有啥独门秘诀？”

顾承炎扬眉道：“有啊，我媳妇儿。”

姜成以为他秀恩爱，刚要拍他。

顾承炎严肃地说：“我没开玩笑，要求她来做队医并不是让她做我的附属品。教练，你早晚会知道她有多优秀。”

姜成不信地问：“一个娇滴滴的小姑娘，看着就没吃过半点苦，从小宠着长大的，能懂多少？”

几句话扎疼顾承炎的心。

他不想多说，回身要去找秦幼音。

姜成拦住他道："别跑，还差一项，特意请了个骨伤大拿在二楼，带你去看看。"

顾承炎跟着姜成接近休息室外，神经忽地一跳，即使里面很多人的交谈混在一起，他也敏感捕捉到属于秦幼音的声音。

音音怎么会在这儿？

他快步走到门口，推门往里看，一眼钉在秦幼音身上，要说的话到了唇边，却在看清她的动作后，生生卡在牙关。

室温很高，小姑娘脱了大衣搭到一边，穿条米色的小裙子蹲在地上。

细白的一双手放在男人腿上，仰着头，纤秀脖颈抬出美好弧度，长睫轻轻扑簌，专注望着男人的脸，甚至还柔声问："这样疼吗？"

顾承炎眸底不可自抑地迸出火星。

程前辈还真没注意门口动静，让特别认真的漂亮小队医给整得七荤八素的，正想让她给多按按，就听有人惊讶出声："哎，顾承炎？"

秦幼音一怔，蓦地扭头，对上哥哥直勾勾地盯着她的深黑眼瞳。

她忙站起来，手上力气不经意加大，把程前辈按得"嗷"了一声。

顾承炎面无表情地抬起手喊："宝宝，过来。"

称呼一出，满屋惊诧，程前辈的眼睛瞪成铜铃，暗想这下可坏了。

秦幼音心里哀叫，惨了，瞒不住了，整个国家队都要知道顾承炎的媳妇儿刚来就听墙脚了！

她心虚地慢吞吞挪过去。

顾承炎心口闷胀得忍受不了，上前一步把秦幼音拉到怀里，直视刚才明显心猿意马的程前辈，语气淡而冰："我媳妇儿刚来，对环境不熟，如果打扰，我们道歉。"

程前辈被他看得直冒汗，后悔贼心太大怎么就惹上了这位"阎王"："不是，那什么，小妹儿医术挺高，懂骨伤。"

"她当然懂，为我练的，"顾承炎眉宇间凶气横生，虽然笑得平静，却叫人头皮发麻，"但在教练让她正式加入队医组之前，不好意思，她是我的专属医生，只给我一个人治疗。"

[59]

休息室里鸦雀无声，休息室外的姜成愁得直扶额。

要说顾承炎，在队里相处一段时间之后大家都了解得差不多了，天赋卓绝，技术水平无可挑剔，个人形象更是整个速滑队的新晋台柱子，为人坦荡，气场瞧着虽然凶，性格其实很不错。但全身上下唯独有一片逆鳞，就是他这女朋友。

顾承炎入队以来所有的不听管教，不配合安排，固执己见死磕到底，全是为她。

队里谁不知道，顾承炎有个小对象，前一秒他在训练场上凶猛得要吃人，下一秒就能低柔迷醉地接电话管人家叫宝贝，平常连她的照片让队友看一眼都不乐意，结果第一回把人领来，才离开几十分钟就叫前辈给盯上了。

这要能忍，那他根本不是顾承炎。

专家出来打圆场：“小顾是吧？过来看看腿。”

“您辛苦，给程前辈看吧。”顾承炎把秦幼音的五指牢牢扣紧，抓得她发疼，回眸看了姜成一眼说，“教练，我有事先走了。”说完拾起秦幼音的大衣，领她走出休息室。

顾承炎步子迈得大，秦幼音细细的小短腿紧着倒腾才能跟上，他果断停下回身，把她一抱，直接托在臂弯里。

秦幼音咬着唇面红耳赤道：“哥……这是在国家队，你放我下来吧。”

“国家队怎么了，”顾承炎眸底凝着冰道，“我现在就带你把这地方走遍了，让他们看明白，你到底是谁的人。”

小炎哥动了好大的气……

秦幼音刚开始没懂，但他表现这么明显，说的话也恨不得把程前辈噎死似的，她心里就清楚了怎么回事，只想赶紧找个私密地方，她好哄哄他。

她可舍不得他吃醋。

顾承炎说到做到，不在乎任何人眼光，抱着她把各大训练场所全都走遍。队友们纷纷上来兴奋地打招呼，秦幼音干脆大大方方地环着他脖颈自我介绍：“大家好，我是顾承炎的女朋友。”

顾承炎微怔，满腔躁郁蓦地一散，终于忍不住嘴角上翘，捏捏秦幼音的脸：“这还差不多。”

正好方路急匆匆地跑过来通知：“小炎儿，国外集训的队员刚才归队了，比预计早点，这回全员集齐，教练喊着要开会，让你赶紧过去！”

顾承炎略一点头，揉了把秦幼音的头发说：“你跟我一起去吧。如果无聊，就在周围逛逛。”

秦幼音难免紧张：“要跟那个人见面了，哥，他实力到底怎么样？”

顾承炎扯扯嘴角道：“以前算是中等偏上，但在我受伤之后，他代替我参加国家队入选考试，当场成绩突飞猛进，像换了个人。”

秦幼音心一跳，自然想起选拔赛时，那个企图绊倒小炎哥的垃圾，当初在医大滑冰社明明差距巨大，却能突然追上小炎哥。

同样跟省队有关，同样的恶劣行径，同样体能增长。

秦幼音蓦地抬头："是不是……"

顾承炎摸摸她的小耳朵，低声说："我和你猜的一样。"

说话时已到了训练场外，大部分队员都在里面等姜成训话。秦幼音一一张望过去，唯有一个是刚刚没见过的生面孔。她攥攥顾承炎的手，顾承炎回握说："是那个。"

姜成眼尖看见他俩，赶紧摆手喊："顾小炎，来来来，你省队队友来了，你们正式见一面。"

秦幼音看着那个人，在听到教练喊小炎哥后他脊背都是僵的，头也没回。她想了想，轻轻松开顾承炎的手，悄声说："哥，你先忙，我去那边椅子上坐。"

如果猜测成真，那这人的恶劣指数直线拉高，对视为眼中钉的小炎哥的到来也不会坐以待毙。她莫名觉得自己需要离远一点，帮哥哥观察他的举动。

顾承炎不疾不徐地走向队伍，姜成没看出其中猫腻，拽着那人回过身："快握个手！以后就是一家人了！"

空气凝结。

顾承炎双手懒懒插兜，睨着对方的脸，一段时间没见，他竟消瘦黑黄了不少。

"有必要吗，薛义？"

薛义拳头狠攥了一下，抬眼看他说："顾承炎，伤好得挺快啊。"

姜成总算看出这两人之间浓重的火药味，他心里意外地绕了几道弯，面色沉了沉，先冲薛义问："咋回事？别给我整仇人见面分外眼红那一套！"

薛义绷着脸说："教练，不是说好今年的比赛我上吗？我特意留在国外训练就是为这个！哪怕程前辈负伤，我完全能顶他的位置，有必要指望一个拖着废腿的？"

这话说得过分，全队都皱眉。

"哎，薛义，说啥呢，小炎儿腿快好了。"

"是啊，你成绩好就这么说话？"

"再说小炎儿确实厉害啊，不比你差。"

姜成也有点恼，问："你什么意思？"

"没啥意思，有我就够了，用不上他，"薛义语气激烈道，"不然就现场比比，一圈 500 米，他要能滑过我，我马上闭嘴！他要滑不过，今年不能占我的比赛位，否则我不服气！"

秦幼音听得义愤填膺，强忍怒火走近两步，又隐隐意识到没那么简单。

姜成怒喝："你明知道他有伤！"

"那我让他 5 秒，"薛义坚持道，"再说他不是厉害吗？腿伤了还能赢选拔赛，怎么不敢和我比！"

现场乱糟糟时，顾承炎嗤笑一声："行，比。"

"顾小炎！"

"没事教练，"顾承炎漫不经心道，"有些人的嘴，不用您费心，我来堵。"他转头看向薛义，"滑过你是吧？可以，也不用多，快 0.01 秒够了。"

薛义气得胸前起伏，逮住机会拍板："分头换衣服，咱们单独共处一室不合适！"

"是不合适，"顾承炎无所谓地往外走，"我也怕我忍不住揍你。"

顾承炎走向更衣室时，秦幼音提前守在门口，焦急地说："哥！你的腿还没好！"

"别怕。"顾承炎安抚地亲亲她的额头说，"他在国外，不清楚我的恢复程度，以为我还是之前的伤情，而且故意激怒我，不就是怕我不答应吗？他胸有成竹，肯定有问题，我也需要近距离跟他滑一次，确定咱们的猜测。"

秦幼音咬牙抱他一下。

顾承炎向她保证："放心，我有分寸。"

他换比赛服时，将手机交给秦幼音。秦幼音拧眉在门外踱了两圈，某个念头在紧急情况下飞快成型，那个人不会又玩什么花招吧，他那么恶劣，做什么都有可能。她眼神转为坚定，悄悄地把自己的手机拿出来设置几下，塞在了更衣室门边的垃圾桶旁。

顾承炎返回训练场后，秦幼音马上偷偷溜入更衣室内，她身形娇小又灵活，轻松藏进一排柜子的侧面，捂嘴屏息。

薛义的脚步声逐渐接近，间或还有低沉的骂声，柜门被打开，离她至少六七米之外。

秦幼音沉住气，在昏暗光线里犹如一道安静的影子，她仔细听着每一点轻微的响动，窸窸窣窣之后，忽地传出手指和塑料摩擦的动静，紧接着，似乎有人拧开了瓶盖，有药粒在哗啦哗啦作响。

她心跳一瞬加速，稍稍探出一点头，看向薛义。

薛义侧着身，把倒进手心的东西仰头咽下。

秦幼音动作敏捷，马上按下准备好的拨号界面，下一秒，门外垃圾桶旁，提前放置的手机猛地剧烈振动，伴随吵闹铃声，如惊雷般炸开。

薛义猝不及防，手一抖，药瓶应声坠地，红色药丸哗啦撒出。

他吓得面无人色，不由自主地扭头看向门外。秦幼音趁着这短短刹那，极快地爬出去捡起最近的一粒，然后再飞快地缩回去紧紧抱住双腿。

薛义看了两眼确定没危险就回过头，慌忙蹲下身把药一粒粒捡起来装瓶里，走廊里有人喊："谁手机掉这儿了？还有薛义，换完没，咋这么慢？"

他答应一声，匆匆出去。秦幼音放开捂嘴的手大口呼吸，把药粒包好，小心揣进贴身的兜里，她争分夺秒跑回训练场时，差点被满室的惊呼弄出耳鸣。

秦幼音在一阵震耳欲聋的大叫声里，目不转睛地凝视冰面。

一黑一红两道身影咬得极近。

薛义是新生代里成绩领先的人物，没人敢看轻他，此刻他更是势如破竹，拼尽全力，满以为能甩掉顾承炎，顾承炎却紧随在他身边，半点没有伤员的样子，飞掠身姿如流畅的行云。

最后半圈里，薛义再次提速，露出冷笑，跟得紧又怎么样，不过如此，还是落他半个身！他必须在这次比赛把顾承炎压下去，绝不能让顾承炎破坏他今年的任何比赛！

薛义无论如何没料到，终点已经近到眼前，顾承炎居然还能发力，他只觉得眼角有黑影一闪，心都来不及提起，尖锐哨声就随之响彻。

薛义无法置信。

然而修长矫健的黑影在他前方侧过头，嘴角弧线冰冷，漠然对他说："记住，垃圾就是垃圾。"

场外的人毫不吝惜掌声，尽情拍打嘶吼。

姜成叉着腰，下巴指指计时表，高声宣布结果："顾承炎胜，薛义败，时间差，0.01 秒。"

全员见面会以薛义的高调挑衅中断，又以薛义的气急败坏收场。

药效还在薛义身体里持续作用，却再无发泄之地，他脸上肌肉扭曲，手臂隐隐发抖。姜成一视同仁，过来跟他说："你也太冲动了，对小炎儿哪那么大的劲头？是个男人能不能敞亮点，再说了，我又没不让你参赛，今年短道速滑世界杯还是派你参加。"

然后姜成踱到顾承炎身前，憋不住一脸喜色，顶顶他的肩膀说："真行，我没看错人。今天给你放假了，走前做个检测看看腿，没事休息吧，让女朋友给你护理护理。"

顾承炎目光冷锐地扫了薛义一眼问："教练，他入队以后水平一直这样？"

“差不多，今天是平均成绩，怎么？”

顾承炎冷笑道：“以后再说，我走了，你们练。”

他往外走两步，就见小媳妇儿乖乖站那儿等着，亭亭玉立，惹得人毫无招架之力。

顾承炎弯下身，张开双臂喊：“小可爱——”

小可爱“啊”了一声，也张着小手飞扑过来，一头扎进他怀里。

整个训练场死寂三秒，继而炸起此起彼伏的强烈抗议。

“水平碾压就得了！还现场虐单身狗？顾小炎你要不要脸。”

“想让我们死是吧？心可真黑！”

“快走快走！别留这儿扎眼睛！”

“疯了！我也要找对象！”

顾承炎揽着媳妇儿眉梢扬起，笑骂：“滚蛋，我又没逼着你们看！”

秦幼音寸步不离陪着顾承炎去做检查，看到结果才安下心。他腿骨的伤在逐步恢复，这样一场短时且有所克制的比赛，并没有对他造成什么影响，但酸疼感还是有的，像密密麻麻的虫噬一样。

秦幼音能体会他的所有感觉，即使他扛着不吭声也瞒不过。

顾承炎慢条斯理地放下裤腿，笑着说：“宝宝，咱们去看电影逛街吧。”

“看什么电影，逛什么街，跟我回酒店休息，”秦幼音板着小脸说，“不许乱跑了，我得给你敷药！”

顾承炎拿媳妇儿没办法，言听计从跟着她走。

夜色暗沉，窗外街道流光闪耀，车水马龙。

秦幼音对繁华夜景毫无兴趣，一门心思趴在床边，把药包固定在小炎哥腿上。

顾承炎靠在床头，一眨不眨地看着她，喉结滚动。

“宝宝，好了吗？”

“好啦，敷半个小时才可以拆掉，不能乱动。”

秦幼音舒口气，乖乖爬起来，扭过身子对上他灼灼的眼瞳。

顾承炎抬手道：“来。”

他今天的上衣很薄，领口也大，锁骨的利落线条明晃晃地露出，衣服贴在身上，勾勒出蓬勃肌理的轮廓。

秦幼音耳根莫名泛热，听话地挨过去，搭上他的腰，挣扎了片刻，还是讲出来：“那个薛义……”

顾承炎抱紧她，主动说：“他绝对有问题，体能和爆发力不正常，像是激出来的。”

秦幼音激动地把手伸到枕头底下，摸出一个包得严实的小袋子说：“哥你看！”

“什么东西？”

秦幼音眼中泛光道：“就是它！是它激出来的！我能百分之九十确定，只要我回医大找教授做个成分的精密检测……”

不等她说完，顾承炎脸色彻底变了，一把按住她：“怎么弄来的？你受伤没有？受惊吓没有？”

秦幼音赧然摇头，把过程讲了一遍，注视他说：“哥，你别担心，这个就是证据，只要是对你好的，对你有用的事，我都能做到。”

对他好的，不管有没有危险，她也能从柔软乖怯的小姑娘，变成无所畏惧的勇士。

仅仅为了他。

顾承炎怔怔望着她，许久说不出话来，心中甜涩交加。

[60]

隔天上午，全队集合，按照根据个人体质及特长制定的不同方案进行训练。顾承炎目前的训练内容集中在腰部以上，尽量避免过度损耗下肢的运动。

姜成把他当重点保护动物，没事儿就往他身边跑，亲眼盯着才放心。

昨天嚣张上天的薛义算是老实了，脸色更黑沉，跟顾承炎离了十万八千里，摆出一副不屑接近的清高样。

姜成拍着顾承炎的背念叨：“争取恢复好，五月初送你一起去E国上世界杯首站。”

顾承炎装得不经意地问：“薛义也参加？”

“是啊，早前答应他的，毕竟那时候没你，队里的新队员中数他成绩好，而且他对今年比赛特别执着，好像不上这辈子就没机会了似的，他性格确实有点怪，难怪你跟他不对付。”

顾承炎静静地接话：“他身体怎么样？”

“好着呢，体质超出标准，几年没见着这样的了，”姜成口没遮拦地小声开玩笑，“要不是检测没毛病，我最开始还怕他嗑了药来着。”

顾承炎敛眸。

果然，检测没毛病，薛义敢这么无所顾忌，必然是钻了某个严审之下的空子，但这种情况一旦证据确凿，被证实依赖药物，那他的运动员生涯就断送了，永远不可能翻身。

姜成又提醒："这两天刚集结，日程比较松，往后可紧了，你尽早安排小姑娘回学校吧。我承认她不错，骨伤专家也高度认可她的能力，但毕竟还小，得多学学再来。"

顾承炎看他一眼。

姜成有种不祥的预感："不是吧小祖宗？"

"嗯，她明天就可以回去，"顾承炎不负教练期望，四平八稳地说出专属句式，"但我有个条件。"

离开的飞机是第二天上午十点，从国家队出发去机场，车程不过半个多小时。

秦幼音贴着顾承炎一动也舍不得动，仍觉得三四十分钟的时间眨眼就过完了。

她不想跟他分隔两地，但是他们为此还需要走很长的路。

到了人潮拥挤的环境里，秦幼音更想哭。

这次一分开，小炎哥日程安排那么紧，等到他们再见面可能要几个月以后，她忍着懂事已经耗尽力气了，现在她还要坐有很多他们的回忆的飞机，让她一路上都要疯狂想他。

她蔫蔫地坐在一边，没注意顾承炎到底换了几张登机牌。

到安检入口时，秦幼音接过登机箱，沙哑地说："哥，我回去找张教授帮忙，尽快分析出那粒药的成分和效用，你先别急。"

"好，不急。"

"你别跟薛义正面冲突，防着他，不要让他算计到你。"

"放心。"

秦幼音咬着下唇，攥住拉杆的纤细手指泛出青白。

他……他都不说会想她。

顾承炎可受不住了，小孩儿鼻尖已经冒了红，眼睛里蒙着雾气，睫毛一扇一扇扑闪着惹人心疼。

他跟姜成提了条件，让他送音音回家。

姜成勉为其难答应的同时也要求，他必须当天下午六点前回队参训，否则扣三个月假期。

买回程机票时太迟了，最早的航班是晚上，顾承炎选了高铁，等送音音到家，一刻也不能多留，就要立即动身返回，坐五个多小时火车，继续回队训练。

音音如果知情，肯定强烈反对，不会让他送，但他怎么舍得让她自己走。

本想上飞机以后把这事儿坐实再说，结果小孩儿难过成这样，那还等什么啊，顾承炎拉住她："宝宝——"

"你……你不要惹我哭，"秦幼音不敢抬头看他，匆匆转过身道，"我走啦。"说完垂低脑袋快步挤进安检的队伍里，头都不敢回。

秦幼音憋着眼泪，拿着登机牌通过廊桥上了飞机，一看座位，又是跟顾承炎紧密相关的左侧靠窗。

她吸着鼻子坐下，自己系上安全带，前后都有乘客到了，靠过道的座位也坐了人，唯独身旁的位置空着。

不想看是哪个陌生人过来，她放下小桌板，双臂轻轻叠在上面把头埋进去，汹涌的孤独不舍终于在这一刻把她完全淹没。

耳边嘈杂混乱，没有一丝是她想听的声音。

秦幼音咬住衣袖。

忽然——

"你好，麻烦借过。"

有道低沉冷润的声音，穿过一切阻碍，钻入她的耳朵。

秦幼音如被电流击中。

"中间是我的位置。"他又说。

秦幼音全身是僵的，不敢相信，脊背涌上一阵阵的酥麻感。

她手指抓紧桌板边沿，鼓足勇气想抬头去面对失望的感觉。

然而比她更快的，是一只温热的手落在她头顶。

高大的身影近在咫尺，正垂眸望着她，狭长眼眶隐隐泛红，挺直的鼻梁底下，唇线是最温柔的弧度。

顾承炎弯下腰低声说："宝宝不哭，我来了。"

[61]

秦幼音生怕是幻觉，一把抓住顾承炎的手，磕磕绊绊地问："你……你怎么会来？"

顾承炎侧过身，用后背遮住其他乘客好奇的打量，给她把泪抹掉说："我要不来，还不知道刚才还走得那么果断的小孩儿，现在竟然趴桌上偷着哭。"

"果断是因为怕在你面前哭，"她抽抽噎噎诉着委屈，把心事都倒出来，"我从没跟你分开这么久过，我想你啊，没走之前就开始想了。"

“我也想，所以必须来。”

一个多小时的航程，从度秒如年变成稍纵即逝。

陈年开车提前等在机场，接到人后，按炎哥的意思直奔城东别墅区。

秦幼音反对地拽着顾承炎衣摆说：“哥，你马上就得坐高铁回去，别浪费时间了，医大比较近，你把我放在出租房。”

顾承炎捏捏她绵软的脸，附在她耳边说：“后天才开学报到，你现在回出租房能做什么？一个人趴在有哥哥气息的床上掉眼泪是不是？我给你打电话，你再假装没事，却饭也不吃，等到饿得不行了叫个外卖。我还得担心外卖员是不是好人。”

那点小秘密被顾承炎猜个正着，秦幼音脸上爆红，弱弱辩驳：“不是……”

“真不是？”

她眨眨眼，幼兽一样依恋地磨蹭着他的颈侧，悄声说：“可能比这个更过分，我还会偷穿你的衣服，抱着你的被子打滚。”

顾承炎深吸口气，选择捂住秦幼音的嘴。

真的，他家小可爱学坏太快了，明知他要走，还这么蓄意撩拨。

到了城东别墅，赵雪岚等在院外，眉开眼笑地把秦幼音揽过说：“哎妈呀，终于盼到小月季彻底归我的这天了，真不容易。”

她冲来不及下车的顾承炎摆摆手道：“赶紧走！别在这耽误我们母女团聚！”

赵雪岚嘴上虽然不耐烦，眼睛却在狂挤，暗示儿子放心，她会把音音照顾好。

顾承炎点了下头，深深盯着秦幼音泛红的眼，让陈年开车。

开学当天，赵雪岚把秦幼音送回医大，下车之前，秦幼音握着拳跟她保证：“阿姨您放心，我一定会把小炎哥保护好！”

她第一时间跑去中医学院办公楼找张教授，先说自己想转到骨伤专业，张教授大喜过望，哈哈笑着一拍大腿，她紧接着又说：“那您以后就是我的教授了，能不能麻烦您……帮个小忙？”

张教授眼角直抽抽说：“这么会讲条件！是不是跟那个坏小子学的？转骨伤也是为了他吧？”

秦幼音脸红，拿出包了好几层的小纸袋，弯下腰双手捧给他道：“拜托您，我急需这种药的详细成分，关系太重大，我不信别人，只能找您……”

张教授打开一看，吹胡子瞪眼道：“就半粒？防着我呢？”

“不是，是真的太珍贵了，”秦幼音双眼灼灼道，“我必须预防弄丢或者损坏。”

张教授意识到重要性，正色点头说：“行，自家的娃不管咋办？等着吧，尽快给你答复，你先把专业转过来。”

秦幼音花了两天时间把专业关系办理清楚，张教授那边也出了结果，他说：“瞅着没啥特别，但其中有一项……”

他点了点报告单上字数最多的化学名称说：“药剂系的老师说是种新型合成物，多数用在最痛苦的重症病人身上，理论上能短时间内大幅度促进心肺功能，连带刺激身体各方面达到一种——”

秦幼音攥紧拳头，帮他措辞：“达到一种亢奋状态？”

张教授点头：“我分析，可能比亢奋还高点，说难听了，回光返照的效果，反正用它的都是绝症病人，只要能减轻痛苦就够了，没人在乎代价。”

“如果健康的人用了呢？”

“估计像时效很短的绿巨人浩克？”张教授很时髦地说，“不过损害非常大，谁用谁有病。”

秦幼音心里有了底，但张教授并不懂得国际比赛场上那些事，她立刻转道去了运动医学的办公楼，询问与顾承炎相熟的老师：“目前国际反兴奋剂组织遵循的药物清单，您知道最新的吗？”

老师欣然提供给她。

秦幼音反复看了三遍，果然，清单里没有任何与这种新型合成物相似的成分。

薛义用的药，目前根本不在兴奋剂的黑名单中。

她问：“老师，这个列表多久更新一次？”

“不一定，国际组织始终在跟进，但架不住现在各种新式禁药层出不穷，只要有新发现，随时可能更新。”

秦幼音心脏怦怦跳着，她跑出楼外，找到个安静的墙角，守到小炎哥训练间隙，迫不及待地拨他电话。

然而手机刚响一下就被他挂断。

她垂头丧气，堪堪过去两三秒钟，手机突然响起，换成了视频邀请。

秦幼音蔫蔫的神经顷刻复活，深吸着气接通，怔怔盯着屏幕上出现的脸，嗓子堵得发苦。

这几天小炎哥非常忙，训练到很晚，结束时宿舍已经熄灯，没法视频。

现在终于看到他的眉眼，她像是几个月没见着了一样，差点掉眼泪。

顾承炎身上全是汗，湿淋淋的手指触着屏幕上通红的鼻尖，哑声叫她：

“宝宝。”

一个称呼便让秦幼音变得十分脆弱，她尽量收拾情绪，笑盈盈地把药物成分报告单给他看：“哥！我搞定啦！我跟你说哦……”

她像是竹筒倒豆子似的把一天下来的所有成果讲给他听，末了强调：“药效我们确定了，薛义肯定是每次需要表现之前都吃药，一旦不吃就会露馅！但是兴奋剂清单的更新还要等，一天不列入，这个就不算压倒性的证据。哥你不要怕，我们……”

顾承炎一眨不眨看着她，低低地说：“我不怕。”

秦幼音停了，怔怔凝视他漆黑的眼瞳。

他凑近，轮廓分明的唇无限放大，在屏幕上轻吻，声音沙哑仿佛带着电流，涌入她耳朵：“宝宝在保护我，我什么也不怕。”

短道速滑世界杯本年度的第一站于五月在 E 国开幕，距离现在仅剩两个月时间。

秦幼音除了上课外，每天暗中找资料和找相关专业人士查证，以这种合成物出现的时长和兴奋剂清单过往的更新频率看，今年内这种合成药物被列入清单的可能性很大。

顾承炎自从掌握情况后，很快有了对策，隔三岔五在日常训练中主动对薛义单挑，别的要求没有，唯独一个，穿常服，不需要换衣服，不给他嗑药的机会。

队里众人没觉得异常，毕竟是薛义挑衅在前，以“顾小阎王”的脾气，找他麻烦实属正常。

当初还是顾承炎带伤应战，现在薛义更没借口推托。

薛义脸色漆黑，众目睽睽下咬牙问：“不换训练服，误伤怎么办？”

顾承炎噙着笑走近他：“怎么，想起那时候故意穿常服训练，然后割伤我腿的事了？”

薛义表情骤变，生怕别人听到，硬着头皮答应，结果可想而知，被顾承炎轻松完虐。

姜成在旁边观战，觉出不对头，皱眉大喊：“薛义你咋回事！和以往的成绩悬殊这么大！病了还是状态不对？”

薛义狼狈扔下一句“重感冒”就逃出训练场。

自那天起，顾承炎有事没事拉薛义比赛，薛义有时会提前吃药，直接导致成绩起伏严重，惹得姜成心里有了疑团。

这样持续大半个月后，薛义突然态度大变，对顾承炎笑脸相迎，故意当着众人的面鞠躬道歉，诚恳地说：“小炎儿，怪我，不应该嫉妒你，以前有啥矛盾都过去了，往后咱是队友，互相帮衬，你原谅我一回。”

全队的人不了解往事，都起哄：“这不结了，闹什么闹，都是自家兄弟。”

顾承炎似笑非笑地注视薛义，静静看他演戏，声音冷淡道：“行啊。”

薛义开始殷勤备至，趁没人时给顾承炎解释，说当初会坑害他，全是受了省队教练宋哲明的唆使。

顾承炎的态度始终模棱两可：“是吗，那我冤枉你了？”

薛义一见有门儿，天天恨不得给顾承炎端茶倒水、提鞋洗衣，等了很久终于等到队里每月一次发放个人药品的日子。

顾承炎特意耽搁去晚了，薛义不负所望替他把几种维生素拿了回来，看似随意地扔过来：“小炎儿，你的药，记得按时吃，千万别落下。”

当天训练结束，顾承炎在收发室成功拿到了属于自己的加密包裹，里面是排列整齐的一溜儿药瓶，秦幼音娟秀的字端正地写在卡片上：

“想在我家哥哥药物上做手脚，让他去死吧！哥哥只吃我给的药！”

顾承炎合眼，在卡片上亲了一下。

音音脑筋转得快，老早就提醒他，薛义恐怕狗急跳墙会拉他下水。

如果把他的日常用药替换成目前名字在册的那种长期服用、药性温和的老式兴奋剂，他根本察觉不到，等赛前检测时，一查一个准，他到时候跳进黄河也洗不清。

顾承炎翻翻盒子，又在角落找到一个特殊小袋，打开一看，是单独包装的小瓶子。瓶内装满了熟悉的红色药丸，附着说明：

“哥，这是我请人仿做的，跟薛义吃的药外观一模一样，但实际上没有任何功效，你留着，也许会有用。”

他的音音，在这么周到地拼尽全力默默护着他。

顾承炎把东西一样样收好，回身望向窗口，对着夜幕降临的偌大北京，胸口一阵窒息。

无法用训练麻痹神经的时候，他满脑子全部是她。

日日夜夜抓心挠肝的迫切思念在这一刻无限膨胀放大，他想立刻去机场，或者火车站、汽车站，哪怕跑回去，怎么都行，只要能赶回她的身边。

他实在太想她。

同一时间，秦幼音也确实被从天而降的核弹级问题给炸到昏厥。

她呆坐在宿舍的椅子上，眨了好几遍眼睛去看最新调整的课表说：“我是不是眼花了啊……”

程嘉和辛月一起凑上去瞧她电脑，异口同声道：“没眼花，明天早上第一节课，解剖。”

秦幼音奓毛，泪眼汪汪地问：“真真真……真是解剖？”

辛月笑死了，揉她一把说：“音宝儿，你不知道中医也得学解剖啊？要不是医大解剖实验室排不开，也不至于变成每个系按月轮换使用实验室，否则刚开学你就该安排上了。”

秦幼音瘫倒趴桌。

她真的不知道啊！

以前是跟着小姨学中医，但小姨不是科班出身，大概不清楚学校课程，这学期开学以来，她全心扑在骨伤学习和禁药上，完全没顾上关注加的新课，要不是同学提醒，她还没准备。

当晚，秦幼音垂头丧气地爬上床，在被子里缩成一团。

宿舍熄灯，黑暗降临，秦幼音瑟瑟发抖，脑子里被各种鬼故事占据时，手机嗡地一振：“宝宝明天做什么？”

“上课……”

她总算抓到了她的救命稻草，惊慌地问：“哥……你有没有心里没底、害怕的时候？该怎么办？”

顾承炎告诉她：“对着镜子说，老子无所不能，老子天下无敌。”

秦幼音没忍住笑了出来，想问他什么时候才能见面，等编辑完消息，又垂着眼一个一个地删掉。

哥哥腿伤初愈，备战训练太辛苦了，她不能问，不能让他担心。

隔天一早，秦幼音等舍友都出去吃早饭了才无精打采爬起来，站在卫生间的镜子前蓄力了好半天，终于闭着眼喊出来：“老子……老子无所不能！老子天下无敌！”

她喊完一鼓作气地跑出宿舍，闷头直奔上解剖课的实验楼。

她怕会吐，没敢吃饭，小心提着的那一口气，还没到楼门就散掉了。

秦幼音欲哭无泪，蔫蔫地垂着脑袋，无力地往前挪动，偏偏上课地址还是阴冷的地下室，没等靠太近就感觉到寒气逼人。

哥……救命。

秦幼音绝望地踏上通往地下室的台阶，始终没有抬头。

走到最后一级时，她视线里蓦地出现了一双修长劲瘦的小腿以及蓝白相间的干净球鞋。

秦幼音愣愣看着，脑袋里仿佛骤然被按了暂停键。

一切化为空白，唯有面前这人的刻骨特征映入眼帘。

怎么可能……

秦幼音不敢眨眼，迟缓地慢慢抬起脸。

然而没等看清，后背就被赶时间的同学不小心撞了一下，她惊呼一声，直扑向站在跟前的人。

下一秒，最思念的热烈体温席卷上来，一双有力手臂接住她，直接把她抱起离地，用力搂到胸前。

秦幼音头晕目眩。

视野里是顾承炎震颤的长睫和无瑕侧脸。

第十七章

别难过，我来看你啦

[62]

顾承炎从辛月那里知道音音为解剖课提心吊胆，强行跟教练请了假，凌晨就从北京出发，一路披星戴月赶回来，才能在早上第一节课前站在这里等她。

她迫切需要他的时候，他一定要在。

秦幼音什么都明白，不去重复他的辛苦，搂紧他说："哥，你回来了。"

顾承炎这次能留三天，入队前跟姜成谈好的每月一周假期，在即将到来的比赛面前全成了空谈。他深知三天来之不易，每分每秒都过得珍惜。

三天后，顾承炎为了跟媳妇儿多待几个小时，依然要赶在凌晨出发。

他骗她说上午才走，哄她睡着，自己半宿没有合眼，一直在台灯的暖光中看她。

这次一别到比赛结束，他恐怕不可能再有机会出来，也不能让音音去，他没法照顾她，再见面不清楚要等几个月。

秦幼音向来睡得沉，不容易醒，顾承炎才敢凌晨偷溜。

他守到不得不起身的时间，轻手轻脚地下床，跪在床边亲亲她的唇，无声走到门口提起包，手刚搭上门把，就听到卧室里扑通一声，不等他进去看，秦幼音已经冲出来，惊慌失措地一头扎进他怀里。

"大骗子！"

顾承炎的情绪顿时决堤，紧紧抱她。

"宝宝，来不及了。"

秦幼音也不哭，大睁着眼睛推他："那你快去！以后不许瞒我！再瞒我会生气！"

她穿着拖鞋，站门口目送顾承炎进电梯，跟他说："惩罚你！不去送你了！"

等电梯门关闭，她马上跑到窗口，在春夜寒风里往下看，眼泪一滴一滴地坠入混沌的夜色中。

顾承炎上车前，抬头望向楼上，十二楼太高了，她小小的身影仅是模糊的一团。

他朝她喊："哥会给你拿冠军！"

秦幼音猛点头，扒着窗口，探出身回答："我知道！"

顾承炎盯着她不愿走，但他必须去比赛，去夺冠，让她早点来国家队，寸步不离地守着她保护她。

到四月底时，国家队的赛前集训进行到收尾阶段，顾承炎所在的第一梯队负荷着最大训练强度，同时也最受关注。

第一梯队的五名队员，都将承载希望作为主力进入赛场，去冲击世界杯第一站的阶段性冠军。

当天中场休息，姜成过来给顾承炎看近期的综合测评："小炎儿可以，稳步提升，比起刚入队时脱胎换骨了，腿怎么样，还会疼吗？"

顾承炎摇头道："没感觉了，我媳妇儿的药我一直在敷。"

姜成啧啧道："逮着机会就秀恩爱，知道你媳妇儿厉害了，天天说也不嫌烦。"

"先不聊这个，谈件正事。"姜成略正色，扫了薛义一眼，才回眸跟顾承炎说，"上面的意思，今年世界杯还是主推薛义，他近期状况虽然有点不稳定，但总体过关。你的话，就当这次是练手，熟悉一下国际赛场，不用承担太多夺冠压力。"

顾承炎不动声色，反问："教练，你怎么想的？"

姜成呼口气道："我？我当然全心全意爱你呗，说不上来怎么回事，我始终对薛义不太放心，不过这样也好，毕竟世界杯不算主菜，明年的冬奥会才是万众瞩目，国家重中之重的重点，上头下了夺冠的死命令，我可全指望你了。"

"如果我两个都要呢。"

姜成眯了眯眼，忽然问："你到底跟薛义有什么过节？"

顾承炎笑了笑道："教练，目前我只能说，如果不是你让国家队在全国公开招募，那这辈子我们都没法遇见。"

他起身往外走去冲凉，姜成皱眉，心里隐约不安。

"等会儿，什么意思也不说清。"姜成追上去拽住顾承炎手臂，话没讲两句，手机响了，他不耐烦地对听筒里的人说，"那个无所谓，咱队不可能有。"

顾承炎敏锐捕捉到重点，眸光闪了闪，静静地问："咱队不可能有什么？"

姜成压低声音回：“嗨，兴奋剂呗，搞得神神秘秘，还只对我单独通知，药品成分列表更新了，正好卡在咱比赛前。”

顾承炎手攥了一下，神色依然平静：“不用自查？”

“查什么？你们吃的药都是正规渠道来的，咱们国家特别注重这个，哪有乱用禁药的风气。何况我刚听了，增加的都是些少见的新型合成物，主要针对欧美国家。”

顾承炎闭了闭眼，深吸口气，再次确认：“不准备在队内通知？”

“没必要，马上出发了，说这些干什么，不过我得对各省队下通知，毕竟底下人乱，比不了你们干净。”

顾承炎站住，目不转睛地看向姜成，语气转为冷肃：“教练，我有个请求。”

“说。”

“从国外回来之前，别下通知，更别对任何人透露这件事。”

姜成皱眉。

顾承炎坦荡地直视他：“我会在赛场给你解释，也会拿到冠军，请你给我信任。”

要是现在说了，薛义有的是空子可钻，能找出无数理由为自己开脱，甚至会反咬他。

他必须等到赛场上，让薛义自己去证明。

两天以后国家队正式开拔，前往国外的比赛场地，提前适应那里的气候、饮食，调整状态。

顾承炎落地的第一时间先拍风景，手机连上网络之后赶紧给媳妇儿发过去，还贴心地问：“宝宝，队里有人说在 E 国买化妆品不错，你想要口红还是香水，我都给你带回去。”

秦幼音乖乖地说：“阿姨给的已经用不完了，我只想要你。”

“好，哥晚上给你拍腹肌。”

秦幼音被他逗得脸红又想笑，轻轻问：“哥，我仿制的替代药，你带了吗？”

顾承炎沉声：“带了。”

“做决定了吗？”

顾承炎目光转向队服袖口上的五星红旗，一时没回答。

秦幼音说：“不管你最后怎么做，我都无条件支持你。”

薛义服用禁药不是短时间的行为，至少从入选国家队起，就跳进了这个深渊。而他不可能也没能力独自做到，必然是省队那位身兼负责人和总教练的宋哲明在背后主导。

禁药的来源、使用、传播、根源全在宋哲明的身上，除了薛义之外，他不知道还渗透了多少人。

现在药的成分确定，绝无差错。

而国际上兴奋剂名单的更新，先到达各国的最高体育管理机构，才会相继下发，国内的目前被姜成有意卡住，宋哲明和薛义在短期内不会知情，更无法采取措施。

这次世界杯，他们什么也不需要做，只要薛义如常用药，自然会在检测结果里万劫不复。

而对于被宋哲明和薛义联手害到葬送梦想，甚至可能落得终身残疾，毁了人生的顾承炎来说，这样的结果已经算是仁慈了。

秦幼音在话筒里认真说："你做什么都不为过，但你能犹豫，就足够我为你骄傲。"

顾承炎低低笑道："不能不犹豫，他人再烂，去赛场穿的是中国国家队队服，代表的也是祖国。"

500 米短道速滑排在赛程首位，比赛的前面三天依次进行小组赛和半决赛，直到确定最终进入决赛的六名选手。

顾承炎和薛义在半决赛中脱颖而出，其他国家队队员不敌对手或中途失误，全部遭到淘汰。

本次世界杯暂不对淘汰选手设置兴奋剂检测，将只针对进入决赛的六名队员进行赛后即时尿检和血检。

决赛，是北京时间下午三点，E 国当地时间晚上八点举行。

秦幼音中午就跑回出租房守着体育频道。

两点半时，短道速滑世界杯的专题直播开启，主持人开始介绍主要参赛队员，并且提取出了小组赛和半决赛里的精彩画面。

屏幕上有顾承炎的影像闪过，秦幼音"啊"了一声，激动得像只小狗一样蹲去电视前。

等主持人切换去播薛义的，她又气到扔了遥控器，在空无一人的家里大喊："这是什么垃圾！"

顾承炎正在更衣室里，垂眸按着衣兜里的药瓶，薛义的药会放在哪儿，这两个多月里他早已一清二楚。

薛义从外面进来，拍他肩膀问："小炎儿，你还没换？"

顾承炎抬眼。

薛义挑着眉道："咋样，到最后还是剩咱们兄弟，等会儿决赛，我可不留情了啊。对了，赛后你可别走，得查兴奋剂。"

顾承炎似笑非笑道："我记得。"

薛义殷勤地给他递水："定点吃维生素不能耽误，赶紧的。"

顾承炎当着薛义的面，吃下他以为被替换了的药片，看着他喜上眉梢的表情，顾承炎拳头攥得泛白。

手机连续振动。

秦幼音："哥，我在守着看！"

姜成："怎么还不出来？紧张了？没事啊，这场规模还不算太大，你绝对行。"

顾承炎再次望向悬挂的队服，背上的国旗图案鲜艳夺目。

他的拳头缓缓松开，任里面的汗干涸，跟薛义说："换衣服吧。"

换衣中途，顾承炎提前安排好的人给薛义打电话，紧急喊他出去，薛义随手要关柜门，顾承炎淡笑道："关什么，我在呢，还是里面有秘密？"

薛义讪讪放弃，想来顾承炎也发现不了，准备快去快回。

反正今天一役结束，顾承炎就等着身败名裂，根本没有和他争的资格。

他无论如何也要得到今年比赛的冠军，否则以他长期吃药的身体，恐怕没办法再坚持到下一年！

薛义走后，顾承炎找出他的药瓶，换成了自己的——音音做的毫无功效的那瓶替代品。

如果不换，薛义吃禁药上赛场，在兴奋剂检测中败露，全世界臭名远扬，被禁赛，被除名，再也无法翻身，而同时，国家也会因为他蒙羞，姜成会因为他负重大责任。

如果换了，薛义在赛场上失去药力协助，只是个跟不上队伍的垃圾，但这种药见效极快，代谢也极快，等到检测的时候，以前用过的药已经没了痕迹，不会有任何人被他牵连。

顾承炎面无表情，干脆利落地把药替换。

私仇和国家，他选择国家。

他不想音音只为他骄傲一点点，他要全部。

顾承炎拿着一个牛皮纸袋走出更衣室，迎面遇上等急的姜成。

"这么慢！"

顾承炎把袋子郑重地递给他说："教练，之前你所有的疑惑，答案都在里面，十分钟后的决赛，我给你拿冠军，至于薛义，他连最后一名都追不上。你如果信，现在可以打开看。如果不信，那就等我滑过终点线，用事实告诉你。”

顾承炎说完，给秦幼音发了条语音：“宝宝，我选国家，我要你所有骄傲。”

他把手机扔给姜成保管，戴上头盔转身离开，进入赛场入口。

姜成愣在原地，看了眼从更衣室迟些出来的薛义，心脏莫名蹦到喉咙口，他手腕不稳地拆开袋子封线，首先映入眼帘的就是一个透明密封袋，里面是和维生素一模一样的白色药片，附着成分说明、照片及文字记录，解释了前因后果。

“薛义把我的维生素换成了禁药。”

后面是顾承炎保留的，在省队期间训练的日程记录，不止他一个人，也包括当时的薛义在内，如实标注着他的真正水平。

再往后，顾承炎在省队遭受的所有待遇、伤害，承担的一切不该有的伤痛背叛以及国家队选拔赛期间宋哲明的恶意针对，薛义长期服药的证据一一在册，巨细无遗，不存在任何一丝疑点。

还有最后一页，顾承炎亲笔写的，他已经换了药，中国人的事不必让全世界去评判。

姜成终于懂得顾承炎那句“我选国家”是什么意思，他脸色惨白，汗顺着额角滴落到脖子。

他脑中乱响，直到被周遭骤然响起的尖叫呼声刺激，不由自主地去看场内。

哨声已然吹响。

六道身影冲出起始线。

高清电视屏幕前，秦幼音不能呼吸，心跳剧烈到站立不稳。

她根本看不到别人，唯有那道云雾一般的修长身影，穿黑色比赛服，背上印着国旗，在刚起步时就风驰电掣越过身旁对手，第一次手扶冰面倏然转弯后，已如出鞘的利刃穿透所有阻碍，割碎他的伤病，拾起曾经被践踏在别人脚下的荣光和情感，身披万丈光芒遥遥领先。

秦幼音张开口依然喘不上气。

赛场上的喧嚣和主持人疯狂的大喊挤不进她的耳朵。

她意识里全是顾承炎，想着他在医大滑冰社里黯然捧着损坏的衣服，想着他在选拔赛上打着封闭针忍痛拿到胜利，他是一路踩着刀子和血才拥有此时此刻的机会。

秦幼音不知不觉满脸是泪，对着屏幕说：“顾承炎，你是我的骄傲！一直是，永远都是！”

主持人声嘶力竭地大吼：“过了！过线了！ 500 米短道速滑世界杯首战告捷！我国出色的年轻新秀拿到了属于他的第一个冠军！虽然世界杯后面还有四

站，但顾承炎的名字即将在全世界——”

姜成在现场，狠狠抓着牛皮纸袋，淹没在沸腾的人群里。

他周围的国家队队员、工作人员，全部在欢呼拥抱，唯有他心里惊涛骇浪，一步也无法移动。

顾承炎不仅仅拿到一个冠军。

顾承炎的决定救了他，也救了国家队。

哪怕换成他自己，也不能百分百确定会在大仇得报面前，去选择一场这样无声无息的轻描淡写。

薛义是最后过线的，中途就已经完全失去节奏，被甩出老远，成了一个彻头彻尾的笑话。他瞪着眼睛无法置信地死盯着得分屏，面如死灰地跪在冰面上，拳头重重砸下。他嗓子里嗬嗬作响，想大喊顾承炎用了兴奋剂，却出不来声。

姜成吃力地找回声音，挤出一声变调的暴喝：“把薛义给我拖过来！”

没有记者去拍他，所有镜头对准的都是顾承炎。

秦幼音哭得脸上一片湿，坐在地板上抱着膝盖。

始终开着的电视机里，终于传出顾承炎带着微微喘息的说话声。

她顾不上关注其他，赶紧看过去。

记者围成一堆，七嘴八舌问着比赛和成绩。

正规问题足足问了十来个，有人忍不住旁敲侧击道：“国家队的另一位队员薛义是什么情况？你知不知道他怎么会在比赛场闹出笑话？”

顾承炎漠然说了四个字：“我们不熟。”

旁边的女记者实在忍不住，应台里要求，顺便夹带私心，举着话筒一本正经地问：“你大概还不清楚，现在微博上的话题热度爆炸了，网友们都在讨论你，我能不能代替广大女性同胞提一个小问题——请问这么年轻、这么优秀的你，有择偶标准吗？理想型是什么样？”

正式比赛已经结束，该问的问题也都问完，在结尾较为轻松的时间里，这样的提问并不突兀，反而是善意娱乐，博得现场众人友善失笑。

紧接着，话筒全都凑过来，递到顾承炎身前，一起等待他的答案。

顾承炎一张无瑕脸上冰雪初融，嘴角缓缓弯出笑痕。

他面对镜头，直视后面无法计数的观众，也直视他真正要看的那个人。

秦幼音傻傻隔着屏幕和他对视。

顾承炎跨越山川湖海，专注望着她，开口回答，字字干脆清晰——

“我没有理想型，我只有唯一一个深爱的人。”

[63]

成绩落定后，以顾承炎为首的决赛六人同时被赛方工作人员带走，分别进行禁药检测。

姜成唯恐薛义再有不轨，亲自跟着紧迫盯人。

检测站门外，薛义一看到顾承炎过来，咬牙切齿地朝他冲过去，想扯他衣领，被姜成一把揪住。

薛义脸上肌肉狰狞，恶狠狠地咬牙："顾承炎，你别得意太早，等检测结果出来，你就是臭名昭著——"

姜成忍无可忍，重重地踹他一脚："你再敢废话！看回国怎么收拾你！"

直到赛程全部结束，国家队整装待发准备返航时，赛方联合国际反兴奋剂组织公布了官方权威结果，500米速滑决赛六人，药检皆为阴性，无人使用禁药，比赛成绩真实有效。

薛义瘫在机场，终于明白他早已落入顾承炎的手中，从答应宋哲明去吃药，去毁兄弟的腿开始，他就是个彻头彻尾的输家。

飞机在北京机场落地，大厅里守了很多记者等待采访。

姜成神情冷凝，带队走了特殊通道，在车上严厉宣布："我正式通知，咱们队内发生了一起极其恶劣的禁药事件，还涉及中伤陷害队友，差一点对祖国声誉造成不可挽回的重大影响！

"我作为总教练，有不可推卸的责任，将配合体育总局把这件事彻查到底，绝不姑息。

"从今天你们踏入训练中心大门起，至少一个月之内，全队按上级要求戒严，接受排查，任何人不得离队！"

顾承炎始终望着车窗外，听姜成说完，不禁拧眉捏紧手机。

他跟音音已经两个月没有见面了。

再等一个月之后，又到了世界杯第二站，要继续去 A 国，还不知道会耽误多久。

手机振动，秦幼音问："哥，比完赛可以放假了吗？什么时候才能回来？"

顾承炎不忍她担心戒严调查的事，尽量说得含糊："队里严查薛义，短时间内不能离开北京。"

她乖乖发了个表情包，是新画的猪崽，大眼又圆又柔，老老实实坐在地上等。

顾承炎心里堵满膨胀的棉花，想她想得胸口涩痛。

当天回到训练中心，体育总局派下来的专项调查组立刻行动。姜成去做汇报，把前因后果有理有据讲清。他有意剔除掉顾承炎制作替代药和赛前换药的细节，坚决排除一切会对顾承炎造成不利的点。

说到最后，姜成情绪激动，眼里有了热意：“顾承炎这种新秀，出道就能拿到世界冠军的选手，竟然被一群渣滓败类坑害埋没，只能抓着我心血来潮全国招募的唯一机会，打封闭针去豁命，凭什么！”

调查组全员沉重。

“如果不是他拼尽全力到了我面前，那我们根本不可能坐在这儿，今年的世界杯不但夺不了冠，反而是给国家抹黑的奇耻大辱！”

姜成拍桌子道：“他是为国争光的冠军！就连这件事也是靠他才能曝光！伤害他的人必须严惩，顾承炎必须得到相应的待遇！”

调查从短道速滑国家队起始，迅速蔓延到其他项目，向下辐射全国省队。

持续到半个月时，传来宋哲明被警方逮捕的消息。

宋哲明从国外接触这种禁药，嗅到巨大商机，走非法途径带回国内试用，果然成效可观，随即动心用在他最寄予厚望——同时也是他私生子的薛义身上，帮助他进入国家队，希望助他在国际赛事夺冠一举成名。

薛义资质平庸，尤其在同队顾承炎的对比下，更是被衬托得黯淡无光。

宋哲明自身沉迷短道速滑，但年轻时错失机会，如今年龄已不允许，想要夺冠的心愿成了夜不能寐的执念，但是他的其他孩子无缘于此，只有薛义这个私生子可以栽培。

他执着到变态，一定要让身体里流着他血液的薛义，代替他去争一个世界冠军。

宋哲明让薛义跟顾承炎做好友，把顾承炎这个天赋高到让人生气的未来之星控制在身边，得到禁药后，再把他亲手扼杀在省队里，用禁药扶薛义上位。

他的目的也变得比之前复杂而不可告人，他打算借这个用药堆出来的冠军，趁着兴奋剂名单尚未更新前，去尽快促成更多更大的买卖。

如今事情败露，宋哲明私下倒卖禁药的产业链，做过的所有肮脏丑事全被揭开，等待他的是法律的制裁。

薛义连同宋哲明一起，被国家队除名，列入体育总局黑名单，终身禁止参加体育赛事，继续接受警方调查。

顾承炎得知的时候，正在训练馆肆意流汗，强行把精力放在高强度的体力消耗里，但听到的一刻，他到底熬不住，只想马上告诉音音。

他走出训练馆，站在无人干扰的二楼走廊，湿漉漉的手撑住窗台，重喘着拨通电话。

响了好几声电话才接通，听筒里风声呼啸。

顾承炎看了眼窗外阴沉的天色，清楚记得今天东北也会下雨，忙问："宝宝，你在哪儿？"

秦幼音在风声中反问："那你在哪儿呀？"

"在队里，"他低着头，被朝思暮想的轻柔嗓音磨得酸楚，"刚训练完。"

"哥，还在戒严，你不能出大门吧？"

顾承炎神经猛一跳，蓦地直起身："你怎么知道的？"

他怕她担心，明明没说过这么详细的情况！

秦幼音笑得软软糯糯道："因为我刚问了训练中心的门卫呀，他还认得我是你女朋友，就照实跟我说了。"

顾承炎怔住，突然反应过来她话里的意思，脑中嗡地大乱。

她软声接着说："是我不好，没跟你商量就自己跑来了，以为能见你一面的，没想到会这样。门卫说了，特殊时期，解禁前不准外出不准家属入内，否则不问缘由，双方全当参涉禁药的抓起来。"

她明白，整件事有她暗中参与，抹掉痕迹已是不容易，小炎哥为了保护她，绝对不会破戒的。

顾承炎手腕不停打战："你到底在哪儿？"

秦幼音说："我在训练馆对面的马路边上，你能不能站高一点？也许可以看见我。"

顾承炎紧闭了下眼睛，压住涌上的潮热，快步冲上楼梯，三楼不行，有东西挡住，四楼也不行，还是不清晰。他屏息跑上五楼，扑到窗口，一眼捕捉到远处对面马路上，那个纤瘦娇小的身影。

他张开口，喉咙里被酸涩感堵塞。

玻璃有些脏，影响视线，他慌忙用手用衣袖去抹。

五楼的窗台偏高，他踩上去跪着，拉开窗子探出身，拼命想把秦幼音看仔细。

手机听筒里传出她欢喜的声音："哥！我看到你啦！"

远处，女孩踮着脚站高，努力朝顾承炎挥手。

天地昏暗，马路上人海车海川流不息，全世界尽是无边无际的黯淡，唯有她身上的裙子如烈焰一般，刹那燃尽他的心。

顾承炎的手抓住窗沿，云层里有闷雷响起，雨点噼啪坠下。

他被雨淋湿，声音沙哑地朝她大吼："音音！"

眼眶烫得再也无法承受，有什么像雨一样滚落下去。

他用尽力气喊她："音音！"

秦幼音跳起来挥着双手，还不忘告诉他："别担心，你每天看家里的天气预报，我也每天看北京的，知道今天可能下雨，有带伞的。"

她在雨中撑开一把透明的伞，上面喷绘着猪崽的图案。

是他最偏爱的，捧心的那一张。

秦幼音目不转睛地望向远处楼上，笑着说："哥，别难过，我来看你啦。"

大雨滂沱，冲得眼前景象一片模糊。

顾承炎的头发和脸上淌着水，语不成句。

他死死盯着她的身影，一遍遍烙在心底。

万物失色，其他都不存在，唯有她披星戴月赶来这里，顶着大雨，亲口告诉他。

哥，别难过，我来看你啦。

[64]

雨水连绵没有尽头。

顾承炎半身湿透，尽力挤出最稳、最温柔的声音："音音乖，雨太大了，找个地方躲躲，回去的票买了吗？"

"确定不让进就买了，再等五分钟我打车去机场。"

秦幼音心思全在五楼那个朦胧的影子上，伞歪了也感觉不到，衣裙被淋出大片深色。

"哥……我再看你五分钟。"

半个小时过去，秦幼音早已经听话地上了车，消失在雨幕里，但顾承炎仍然保持不动的姿势僵在窗口上，又过了许久，他才回身滑下窗台，慢慢蹲坐在墙边。

训练馆五层很静，吵闹人声都隔绝在楼下。

顾承炎屈起麻木的腿，头埋在膝间。

音音一路过来得是抱了多大的期待，却连碰都没能碰到他，一个人冒着雨孤零零回去。

她是坚强了成长了，可在他面前，她最不需要的就是坚强成长。

姜成楼上楼下找了顾承炎一圈，最后上了存放设备的五楼，一眼瞧见窗户边狼狈不堪的小冠军。

他叹口气，踱过去踢踢他的鞋："我听门卫说小姑娘过来了，没见着也不用这么难受吧，等这段时间过去不就好了。"

顾承炎一言不发。

他一次也舍不得让她失望。

姜成蹲到他面前说："谁能想到，平常横行霸道，赛场上所向披靡的顾小炎，感情上竟然这么痴。你能不能有点自我认知，你现在可是冠军了，她在学校多骄傲啊。"

顾承炎垂着头沉默。

冠军算什么，他于秦幼音，永远只是她的小炎哥。

姜成见他油盐不进，湿淋淋地窝在墙边又确实可怜，不再卖关子，拍拍他肩膀说："行啦，给你透露个消息，这次你功劳大，我专门往上递了申请，如果世界杯五站你都能夺冠，拿到总积分第一，那就破格让小姑娘提前进队医组，边念书边实习，专职看护你。"

顾承炎猛然抬头问："真的？"

"那还有假，"姜成看他这个反应，越发觉得好奇，八卦地问，"我带过的小年轻太多了，从没见过你这样的，女朋友真能比夺冠本身更重要？那你到底为啥累死累活进国家队？"

顾承炎看着他，目光执拗。

"她比任何事都重要。"

只要能让音音来身边，不管几个冠军，他拼了命也会去拿。

禁药的调查戒严在进行了一个月后宣告结束。

除了宋哲明和薛义之外，在其他项目上也揪出来几个，为了降低影响，没有对外声张，秘密处理了。至于各地方省队，有不少被宋哲明荼毒的地方，还会继续深挖，体育总局下了大力度，坚决一网打尽。

按理说戒严结束，顾承炎可以恢复自由身，但和他料想的一样，时间正好跟世界杯第二站无缝对接，这边解禁，那边马上登机，根本没有机会跟秦幼音见面。

短道速滑世界杯本年度的第二、三、四站分别在 A 国、L 国和 R 国举办，中间相隔时间非常短，甚至没有回国的空当，整整两个月，国家队一直辗转在各国之间比赛，仅是保持状态和适应气候、饮食都是难题。

在这种高强度压力下，顾承炎主攻的 500 米赛道屡战屡胜，无一失手，连续稳夺三个冠军，世界积分榜上遥遥领先，只等最后一场收尾战。

如果收尾战能继续取胜，那么他将是最年轻的世界杯总榜第一获得者。

也是以新秀身份出道即斩获总冠军的第一人。

姜成早就激昂到麻木，全队也适应了自家这位神一般的存在，唯独顾承炎本人似乎毫无感觉，对什么都淡得像水。

“小炎儿，我跟你说，不能骄傲，就算是得了总榜第一，其实也是铺垫，”姜成趁着休息跟顾承炎讲，“重要的还是明年的冬奥会，何况之前伤了你程前辈的那个垃圾这次没参加，正到处放话，等着冬奥会上要给你颜色看。”

顾承炎懒洋洋地看他：“冬奥会之前，要是能让我媳妇儿来，我给你拿大满贯。”

“哟，口气不小啊。”

“试试就知道了。”

顾承炎不搭理姜成了，用毛巾揉着汗湿的头发，严格按照媳妇儿安排的时间去敷药。

他熟门熟路地把药包浸热敷在腿上，立刻多角度拍照给秦幼音发过去，还要加语音，嗓音沙沙懒懒，揉着不加掩饰的思念：“宝宝——”

两个字足够让秦幼音抱着手机脸红。

她正在出租房的卧室里，把顾承炎的语音反复听了七八遍，脸埋在书桌上，眼巴巴地想他。

手肘不小心一碰，刚用过的笔滚到地上，“啪”的一声。

秦幼音弯腰捡起来，低眸看着摊开的日记本。还剩几个字没有写完，她继续一笔一画地填上：“过去的黑暗全被他照亮了，我只要等他回来带我走，往后都是好的。”

她画下句号，指腹在纸面上来回摩挲。

从苏月镇带过来的这些日记，被顾承炎妥帖地保存在柜子里，她今天翻了出来，在后面的空白页填上了最好的结尾。

手机又一振动。

“音宝，啥时候过来？给你占座了！”

秦幼音恍然记起跟辛月约好了要去学校听讲座，转眼快到点了，她急忙换衣服跑出门。

讲座结束时是下午四点半，辛月晚上跟男朋友有约，不放心地要给秦幼音提前带份饭回去，还捏着她脸说：“我得把小嫂子照顾好，不然我哥知道他家宝贝饿着了，还不得扒了我的皮。”

秦幼音笑着推推她说：“不用啦，家里有吃的。”

告别辛月，秦幼音出校门，没注意到路边停的黑色轿车，自然也没看到车里的秦宇，专心致志往出租房走。

秦宇本想喊住她，但看到她竟往居民区里拐，心里有了不好的念头。他没出声地在后面跟上去，亲眼见她进入楼道，轻车熟路地乘电梯上楼，更确定了猜想。

他脸色沉下去，没有卡不能刷电梯，于是从步梯赶上去，到十二楼以后，发现其中一扇门上贴着卡通图案，而且看门口灰尘的痕迹，绝对是刚刚有人进门。

秦宇眉头紧锁，在门口忍了忍怒气，才上前敲门。

“谁？”

果然传出秦幼音的声音。

秦宇冷声说：“是我。”

门打开，露出女儿惊讶的脸：“爸？您怎么会来？”

秦宇没说话，目光扫视过客厅里的边边角角，男人的存在痕迹浓重，明显是两人同居的房子。

“我怎么会来？”他语气肃然，迈进屋里，回手把门砰地关上，“要不是无意发现，我还不知道我女儿已经跟人同居了！”

秦幼音诧然看了他片刻，轻轻错开目光。

曾经她想过很多次，同居被爸爸知情要怎么解释，但自从经过苏月镇事件之后，这些担心已经不存在了。

秦幼音坦然地说：“是，我们同居了，而且不是最近，去年他为了救我受伤那次，刚出院就开始了。”

秦宇本想让女儿认错，却完全没料到她竟会是这样的反应。

他印象中的女儿胆小温婉，更是恪守着跟异性的距离，哪怕知道她喜欢顾承炎，也没料到会瞒着他发展到这一步，还承认得理所当然。

“秦幼音！”

“爸，”秦幼音倒了杯水给他，“我们不要吵架，您也不要骂我。您先坐，我去买菜，晚上留下吃饭吧。”

秦宇坐在沙发上，拧眉盯着房子里的布置，越看越失望，也有些说不清的不安。

女儿几乎变了个样子。

今天的她，与他印象中那个柔顺安静的小姑娘大相径庭，他甚至有种荒谬的念头，仿佛从来没有真正了解过她。

秦宇忍不住站起来，走去各个房间打量。卧室的门开着，他本想只站在门口看一看，却意外被桌上摊开的本子勾住目光。

本子很旧，边角全是破的，年头不短了。

然而字迹却清晰，很显然是写完不久，哪怕离得有些远，他也确定是秦幼音的字迹。

秦宇犹豫片刻，到底选择走了进去。

拿起本子之前，他根本想象不到，自己会在这个下午，穿过十几年厚重绝望的岁月，接近了一段他从来不曾知晓的狰狞过往。

第十八章

一生一世，白首不相离

[65]

秦宇看到打开的纸页上，秦幼音最后亲笔写下的话。

什么“过去的黑暗”“被他照亮”“等他带我走”这些，在秦宇眼里，是小女生涉世不深，陷入爱情以后的夸大其词。

过去她在南方衣食不缺，虽然身边没有父母，但她小姨一家尽心尽力照料，算得上安稳祥宁，哪能用“黑暗”来形容。

这孩子上中学开始就胆子小爱哭，有时唯唯诺诺说不出几句完整的话，他当然心疼歉疚，然而次数多了，难免或多或少想过，他的女儿有些烦。

他每天工作命悬一线，为了她放弃了妻子，即使相隔甚远，也不曾在经济上亏待过她一丝一毫，这样的情况，她不应该懂事成熟，更叫他省心些吗？她却正好相反。

如今她的胆子倒是大了，不声不响做出了叫他这么失望的事。

秦宇沉着脸，一边思忖等秦幼音回来，如何教导她，一边随手把日记本往前翻。

刚翻第一页，他就一愣。

不是音音现在的笔迹？字迹颜色发灰蒙尘，跟这本子一样年头久远，是她过去记的东西？

这页写得简单，记录的时间是她初三暑假，文字只有一行：

“一星期过去了，胃还是很疼，为什么要洗胃，为什么送我来医院？”

秦宇瞳孔微缩，初三暑假他一直在忙案子，没空去苏月镇看望，她是吃坏东西生病了？

他下意识地往前又翻了一页，看清内容的一刻，他手指蓦地僵住，粗糙大手一下子把日记本抓紧，不敢置信地拿到眼前。

她稚嫩的字体浸满了干涸的水印，一笔笔地写着——

“对不起爸爸，对不起小姨，我真的坚持不下去了。小姨，我身上的伤虽然有那么多，但还是很怕血，我想去你的诊所里吃安眠药，药钱还有买骨灰盒的钱，我都省出来了，会压在你的桌角下面。等我死了以后，你记得取，千万不要被小姨夫骂。”

秦宇头皮一麻，脊背上忽地渗出一层冷汗。

这半页纸他瞪了好几分钟，手忽然失去控制，匆忙往前翻看，越看脸越苍白，等到了第一页，看到“被烟烫了的地方化脓了……”

前面没了。

这不可能是开头，肯定有更多……更多。

秦宇永远强硬的膝盖开始发抖，本子掉到地上，他阻止不了身体的反应，头晕目眩蹲下去，不等他缓过气，就发现手边的书桌柜门开着，里面整整齐齐码放着一排——

一整排的这样的本子。

半小时后，秦宇跪坐在地板上，身体不堪承受地伏低，想抓住什么，手徒劳地伸了半天，却只扯到自己身上的衬衫。

他喉咙里堵得想吐，把头撞在桌脚上才勉强维持清醒。

他根本不敢想，秦幼音到底受了多少折磨才走出苏月镇，来到东北投奔他。

而他？

他永远忙，对她的处境置之不理，他不配做父亲，他就是个彻头彻尾的混账！

来电铃声突兀响起，反复好几遍，秦宇才颤抖着掏出手机，看到屏幕上省厅战友的名字。

“哎，老秦，你让我帮你盯着的段老七，就上回减刑失败以后转到异地监狱那个，有消息了。”

秦宇耳中嗡嗡直响。

战友说：“我前段时间太忙，刚刚知道，他在监狱里得了重病，人已经没了，善恶终有报。你提了那么多年的心，终于可以放下了。”

秦宇眼睛混浊地望着窗外。

他是放下了这个心，但对于音音的愧疚，将会如影随形伴随他的一生。

唯一令他安慰的是，她遇到了那个能保护她、爱惜她的男孩子，会给她最好的弥补。

秦幼音在超市里耽误得有些久，调整好心情提着菜回家时，秦宇已经离开了。

打电话无人接听，许久才收到他的信息：“对不起，爸爸做错太多事了，今天更不能怪你，以后你跟顾承炎好好的。”

秦幼音不明白爸爸怎么会突然转变，回卧室时，注意到了桌面上的日记本。

她愣住，记起是自己写完忘记收，而本身应该是摊开的，现在……

爸爸看到了。

秦幼音静默许久，释怀地叹了口气。

有小炎哥在，过去的事已经全部抚平了，她不想让秦宇知情，更不想让他有任何一丝的歉意愧疚。

她给秦宇回了一条信息：“爸，我现在非常幸福，您放心。”

一周后是七夕，宿舍里三个姑娘都有了男朋友，一大早开始手机就没消停过，此起彼伏地响，但刚开学不久课程爆满，约会只能排在晚上。

辛月她们不忍心大张旗鼓，生怕秦幼音会失落，触景伤情。

秦幼音笑着说：“你们该去哪儿去哪儿，我晚上学习。”

她几乎把所有时间都拿来学习，想快点变得更好，想早一点，哪怕早一点点，冲去小炎哥身边，跟他再也不分开。

最后一节课下课前，秦幼音在桌子下再次偷偷按开手机，通知栏还是空白。

她垂下眼睫，最后那点胃口也没了。

小炎哥太累了，而且时差有一天呢，他大概忘了七夕的事。

下课后秦幼音走得晚，去张教授办公室查了资料才回宿舍，出来时天已黑了。夜风很柔，校园里到处是亲亲热热的小情侣。

秦幼音攥着手机，走到学院楼前，在小炎哥曾经吃醋坐过的长椅边坐下，仰头去看天上星星。

她眼眶有些发酸时，手机嗡嗡振动——

“宝宝，去图书馆二楼自习室，最后一排五号桌。”

秦幼音一惊，赶紧揉揉眼睛坐直，惊喜地问他：“哥，你醒了？”

“乖，先去。”

秦幼音吸吸鼻子，手忙脚乱起来，捂着额头辨别了一下方向，中医楼离图书馆非常近，几步就能到。

她跑着过去，一口气冲到自习室，坐在空着的五号桌前。

“哥，我到了。”

他发了语音，声音低磁又轻柔：“把手伸进桌子里，摸一下。”

秦幼音立即照做，摸到一个盒子，小心翼翼地捧出来一看，是包装精致的礼物，上面贴着卡片，翻开来，竟然是顾承炎龙飞凤舞的笔迹——

“主人，我是你的一号礼物，在黑乎乎的桌子里等了你好几个小时，你要好好疼爱我，亲我一下，我带你去找二号。”

秦幼音鼻尖泛酸，双手捧着他摸过碰过的卡片，闭着眼睛轻轻把唇印上。

卡片沾了口红以后，有一个小小浅浅的箭头浮现出来，指着卡片背面。

她忙翻过来，顾承炎给她写道：“收到了主人的吻，二号礼物也想要，想到撞墙，主人快去救它，它在图书馆一楼的雕像后面。”

秦幼音心都飞起来，果然在雕像后又找到一个精巧的盒子，卡片端正地贴在上面，展开来——

“主人快亲我！我想你想疯了！血管要爆了！”

秦幼音笑着亲了亲，背面继续指了新的方向。

她吻过七张卡片，抱着七个大大小小的礼盒，还在中途的花丛里收获了一个贴心的手提袋。

秦幼音把礼物装进去，搂住大袋子，最后被引到医大的小湖边。

这片湖是学校里的恋爱圣地，平常情侣不断，七夕晚上居然空无一人，似乎提前被清了场。她一步步走近，呼吸越来越轻，停住时，整个人傻在原地。

湖边风景最好的位置，布置了花束和彩灯围成的一个小小城池。

里面铺着餐布，上面摆满她爱吃的吃食，两个相对的位置铺着软垫，一个给她留着，另一个坐了只一人高的大熊，熊臂举起，托着个最大号的平板电脑，屏幕上是清晨户外，仿佛在某个湖边。

秦幼音刚伸出手想碰一下。

屏幕忽然一闪，一双笔直修长的腿入镜，紧接着顾承炎俯下身，露出含笑的脸。

英俊凌厉，彻骨温柔。

秦幼音抿紧唇，眼睫湿成一片。

“宝宝不哭，咱们一起吃饭。”

秦幼音点头连声“呜”着，“呜”完又乖软地轻轻“嗯”。

“快坐下，让哥好好看看，我家小可爱今天穿了哪条漂亮的小裙子。”

秦幼音坐在大熊对面，什么也不想做，只想跟他撒娇：“穿了你买的。”

顾承炎盯她盯到失神。

他提早寄回东西，安排陈年带人准备，想给她一点欢喜，明明满腹的话要说，但此刻只剩对望。

学校里的夜是柔软的灰色，秦幼音坐在花和彩灯中间，浅黑头发已经长到胸口，烟粉色的裙子包裹着莹白的身体，美好得像是不属于这个人间。

“等把世界杯滑完，我马上回国，带你走。”

“好。”

顾承炎凝视她，拾起手边一盏小巧花灯：“宝宝，看你身后，是不是有个孔明灯。”

秦幼音努力眨掉眼前水雾，爬到巨大花束侧面，找到抱住。

顾承炎弯出笑：“我这里是白天，只能在湖里放个花灯，跟你的孔明灯一起放飞，据说可以许愿。”

愿望要写出来才灵验，只能写，不能说，不能告诉任何人。

秦幼音躲着镜头，趴在地上认认真真地写了一大篇。

“小炎哥身体要健康，再也没有伤病。”

“拿到所有冠军！做让全世界鼓掌的短道速滑第一人！”

“实现一切梦想，拥有一切想要的东西。”

“给他最好的幸福。”

……

她把纸折起，贴在灯的内侧。

顾承炎也低头，把写完的小字条放在花灯里。

秦幼音好奇道：“哥，你的纸好小啊。”

顾承炎看着她笑：“因为字少。”

少到只有三个字。

却是他的所有全部，他的命，他的梦想以及一切渴望和癫狂。

就那简单的三个字而已——

“秦幼音”。

世界杯最后一战，顾承炎毫无悬念取得冠军，比赛国离得不远，他一刻不停，当天连夜返回国内，如愿抱到了他日思夜想的小媳妇儿。

当天晚上，秦幼音意外也意料之中地接到了姜成的电话，教练表示会给小冠军放一个月的假休息，等再归队时，她可以跟着一起来实习一段时间。不过用未毕业的学生做队医实习助理的事，国家队以前并无先例，虽然他批准了，但想要真正服众，还需要借目前腿伤未愈的程前辈，来对她做个考核。

以冬奥会开幕为期，如果在那之前，她能让程前辈的伤恢复一半，进行基础的跑跳行走，就算大功告成。

到时候不但可以进队医组，还能破格从实习队医助理，变为真正的实习队医。

秦幼音杏眼一弯，欢喜地看了顾承炎一眼，笃定地承诺：“教练放心！我一定做到！我能让程前辈恢复得更好！”

姜成感慨：“小姑娘真有骨气，也真招人稀罕，怪不得把我们‘顾小霸王’迷得要死要活的。”

达成一致后，姜成代表国家队出面，主动跟医大这边进行了沟通，负责对接的就是身兼中医院副院长的张教授。他对秦幼音的去向表示满意，定好了让她回学校学习考试的时间，大笔一挥就签了手续，欣然放人。

准备工作就绪，顾承炎坐在收拾妥当的行李箱旁边，抓着媳妇儿纤细的手指头，戳下双人份机票的购买按键，等出票成功，他把手机一扔，抱住腿上香软绵甜的小可爱，低叹：“终于不用一个人走了，以后不管去哪儿，你都得在我身边。”

三天后，在赵雪岚千万个不放心不舍得里，顾承炎淡定地把秦幼音抱上车，跟他妈说：“不好意思，我媳妇儿得跟我走了。”

赵雪岚气得一巴掌拍到他背上说：“顾二火，你要敢让我的小月季瘦了，我——我到时候就扣你户口本！”

顾承炎好笑道：“确定？”

赵雪岚犹豫。

顾承炎眸光森森道：“扣我户口本，让小月季晚做你儿媳妇，你愿意？”

赵雪岚跳脚道：“不愿意！晚一个小时我都不愿意！你赶紧给我长，快点到岁数结婚！”

秦幼音扒着车窗，不舍地跟赵雪岚挥别。

到了北京，秦幼音牵着小炎哥的手挺胸抬头地进了国家队训练中心的大门。

姜成带着全队成员站在大厅里，环胸等两人进来，刚一照面，他把顾承炎上下打量一番，要笑不笑地说：“哟，一个月不见，看着挺滋润？”

顾承炎淡定地答：“还凑合。”

方路在旁边受不了，戳戳姜成道：“教练，你还强撑啥啊，这一个月不是都想死小炎儿了？！”

姜成嘴瓢：“谁……谁想他——”

不等他继续矜持，全队一群大男生撒了欢儿，全朝顾承炎扑过去。顾承炎及时把媳妇儿护送出包围圈，就被一堆人热情地团团抱住。

秦幼音笑眯眯地给他拍照。

她的小炎哥，永远是中心焦点，而她要拼尽全力，够上他的光芒。

姜成最后清清嗓子过来："休息够久了，今天就开始恢复训练。你休息了一个月，必须赶紧调整，尽快找回比赛状态。别忘了，你可答应我拿大满贯的。"

顾承炎斩钉截铁："放心。"

姜成点头，深吸口气道："顾承炎，离冬奥会开幕只剩两个半月了，国家队的荣誉、夺金希望，我可全押在你身上，你能不能做得到？"

顾承炎脊背挺拔，直视他，浅淡一笑："我做得到！"

顾承炎仍然和方路同宿舍，秦幼音被姜成妥帖安排在队医组。一个星期的时间，秦幼音对程前辈的治疗方案的实施进展顺利，而顾承炎则迅速恢复状态，在训练场上重新所向披靡。

一群队友还指望着他离开一个月说不定状态短暂下滑，能体验一把超过"顾小霸王"的爽，结果愿望破灭，还是得原地挨虐。

姜成非常满意，满意到有点心惊。

顾承炎实在太拼了，从回来的第一天就拼尽全力，根本用不着他督促，自己一练就是一整天，肉眼可见地稳步回升，向更高成绩突破。

"小炎儿，你歇歇。"

"没事，"顾承炎又滑了一圈回来，抓住场边栏杆，"时间不多了。"

"那也太拼了。"

"不拼怎么能赢，"顾承炎俯身喘着，抬眸看向姜成，瞳仁乌黑，说道，"我想赢，想给国家给队里拿金牌，想破世界纪录，更想……"

姜成好奇地问："更想啥？"

顾承炎只是笑，眼中光影深重温柔，浓得晕不开。

他想带音音一起，去世界的巅峰看看。

姜成瞧他这模样，也知道跟小姑娘有关。不经意扭头时，发现看台边露出个纤纤瘦瘦的影子，不禁失笑摇头。

两人心都黏在一块儿了。

小姑娘这是看顾承炎训练太晚不回去，担心了过来看看。

姜成拍拍腿，有意地大声说："行，那我走了，你别回去太晚，冰场怪冷的，有啥事回宿舍，咳。"

等姜成走远，秦幼音确定不再有别人打扰，忙探出身，迫不及待地朝顾承炎扑过去："哥，你累不累，我给你带夜宵了！"

顾承炎隔着栏杆把她接到怀里：“这么晚还过来。”

秦幼音皱皱鼻子道：“那你这么晚还没回。”

顾承炎笑道：“既然来了，那吃完再回。”

深夜寂静，灯光雪亮，偌大冰场仿佛空旷无边。

两个人坐在场边，把夜宵吃干净，顾承炎拉秦幼音起来，她踩到了冰，脚下一滑。

顾承炎一把扶稳她，忽然想起什么道：“宝宝，在医大社团的时候，我就给你买了冰鞋，想带你滑冰，现在教你好不好？”

秦幼音积极点头。

冰场有时候会有女队来训练，后台有很多没拆封的崭新备用冰鞋，顾承炎挑出音音的尺码，蹲下身给她穿好，牵着她上冰面。

秦幼音两条小细腿抖得厉害，但因为被他紧紧握着，并不觉得害怕。

他跟她相对。

她向前，他倒退。

秦幼音抬头，着迷地望着面前的男人。

这是属于她的世界冠军，他超越过多少对手，转过多少危险的弯道，冲破过数不清的终点，但现在，这个人在这个宁谧的夜晚，牵着她的手，一点一点地向后退，教她在冰上迈出稚嫩的第一步。

秦幼音胸口轰轰震动。

她不知道要怎么表达，她有多爱这个人。

秦幼音身后渐渐蜿蜒出冰刀的痕迹，她速度缓缓加快，到底一个不小心，刀尖歪斜，不受控制地朝前跌过去。

“哥你躲开——快躲开——我要摔了啊——”

她就是趴地！摔哭！也绝对不能撞到她家冠军！

顾承炎丝毫没躲，笑着张开手臂接稳她，身体顺势往后倒，双膝弯折，被她紧抓着，仰躺在身后的冰面上。

秦幼音趴在他身上，着急地到处摸他：“疼不疼？伤没伤？”

他环着她的腰：“不疼，没伤。”

她放心了，又蹭了蹭他的颈边，轻声问：“那我沉不沉？”

顾承炎胸口的震颤鼓动着她，在嘭咚嘭咚的跳跃声里，他回答她：“我的整个世界都压在身上，你猜，沉不沉？”

冬奥会的开幕时间定在二月下旬，春节之后。

短道速滑作为重中之重的项目，备受关注。

国家队近年来出彩队员少见，老队员多数有伤病，新队员青黄不接，上届冬奥会就错失了两块金牌，再加上H国选手恶意伤害激起的民愤，又被频频挑衅，更是迫切急需一场足够漂亮的胜仗。

压力施加给姜成，再传到队里，最终还是落到顾承炎身上。

他是整个国家队唯一一个能够独揽大局的存在。

秦幼音再心疼也得忍着，一边加快进度给程前辈治腿，一边继续想尽办法配合小炎哥的体质做补品，尽可能缓解他的负担。

到二月上旬，春节临近时，顾承炎的训练强度达到极限，姜成下了死命令，不允许再往上增加，唯恐他身体会承受不住。

秦幼音天天在队医组和训练场之间来回跑，看见小炎哥汗流浃背的样子就眼眶热得不行。

除夕前几天，她终于收到了天大的好消息。

程前辈一个人，独立在训练中心走了三圈，从一楼徒步上到五楼再下来，腿没疼，姜成安排他做了全身检查和基础测试，全部顺利通过。

秦幼音激动得要哭出来。

程前辈拍拍腿，笑哈哈对她拱手："弟妹真可以，小炎儿实在太幸福了，有这么漂亮又能干的媳妇儿。我跟你说，你要是没跟他，我绝对死命追——"

姜成咳嗽一声。

程前辈一缩脖子，以为顾承炎来了，可怜巴巴抹泪叫唤："嘤嘤嘤，我认真的，我也想有媳妇儿疼我！"

秦幼音无视他，目光灼灼地盯着姜成不放。

姜成起初一本正经地板着脸，后来撑不下去了，笑出来，把队医组全体叫到会议室，给秦幼音正式做了实习队医的入职手续，配发国家队的身份卡和胸牌，名正言顺登记在册。

实习队医档案里，秦幼音的各项个人资料写得清楚详细，最后一条是"主要负责队员"。

秦幼音趴在桌上，鼻尖通红，一笔一画地亲手填上三个字——顾承炎。

她爱惜地抚摸这个名字，眼睛湿热一片，伸手抹了抹，想马上跑去训练场告诉小炎哥，起身一转头就愣住，会议室门外，有道修长身影已经立在那儿，顾承炎凌厉眉眼含着笑，对她略俯身，敞开怀抱。

秦幼音管不住腿，哪怕那么多人在场看着，她也迫不及待地疾冲向他，跳起来扑到他身上，颤声欢呼："哥！以后我能光明正大地跟着你到处跑啦！"

顾承炎紧拥住她，合上眼低低地说：“那就麻烦秦小队医，未来每一天都寸步不离地照看我，管着我。”

春节跟冬奥会距离太近，整个国家队统一取消假期，全员留队备战。

除夕夜里，姜成带着大伙儿在厨房玩闹吃饺子。隔天顾承炎继续不知疲倦地魔鬼训练，他在冰面上拼命时，秦幼音正坐在看台上查看营养师提供的药膳方子，突然听到有人在低声议论。

“媒体有病吧？带的什么节奏啊，热度也不是这么蹭的！”

“真糟心，小炎儿都拼成啥样了，还挑这种事？”

“网友也是唯恐天下不乱，得冠军时要死要活嚷嚷男神，一被恶意引导，就没主见地跟风黑，有意思吗！”

秦幼音蓦地站起来，走过去问：“怎么了？”

几个队员一见是她，脸色都有些为难，皱眉说：“这不冬奥会马上开幕了，媒体要热度要话题，民众最熟知的项目就是速滑和花滑，所有队员里头又数小炎儿长得最帅，拿过冠军，热度高，可不就拿他开刀了。”

起因是方路手欠，在自己微博上发了几张除夕晚上聚会的照片，不过是后半夜玩闹疯了才拍的，那时顾承炎早就领着秦幼音回宿舍了，并不在场。

照片里缺的并不止顾承炎一个，但媒体格外关注他，直接起了血红的大标题招惹眼球，声称顾承炎疑似耍大牌，不服从国家队安排，在春节假期擅自离队，不参加集训。

一堆不明真相的键盘侠跳出来，大肆指责顾承炎得到一个世界杯冠军就不知天高地厚，并信誓旦旦预测他这种状态，冬奥会一定会失利，给国家抹黑。

秦幼音咬住嘴唇，看了眼冰场上那个全力以赴的身影，心疼气愤到手抖。她叮嘱大家绝对不能让小炎哥知道，然后登录上自己那个好歹有个一百多万粉丝的微博账号，去各个新闻和营销号底下——

骂人。

她神情凝重地捧着手机，大刀阔斧地把那些不堪入目的评论一条条回撵，很快骂她的私信爆棚，还有营销号无聊跳出来，讽刺她这个表情包博主都蹭热度来站队了。

秦幼音越战越勇，板着脸捧出手绘板，连续画了短道速滑主题的九宫格，张张爱意爆炸，大大方方地发上去，指名道姓给顾承炎添彩。

半天过去，她收到无数诅咒的同时，也斩获一群炎哥的忠实小粉丝，把她拉进群，请她带头组织反击。

秦幼音正十指翻飞，头顶忽然被人轻轻覆盖。

她一抬头，顾承炎低喘着，揉揉她的脑袋。

秦幼音鼻子发酸，扔下手机箍住他的腰，仰着脸保证："你好好训练，别的事我替你搞定！"

网上风波越炒越热，哪怕姜成在官方微博澄清了顾承炎的训练强度并且发了照片，也不能完全左右热闹的舆论。

顾承炎知道以后，无所谓地笑了笑，黑瞳中气势凌厉："现在解释没用，用成绩说话。"

他转头收了秦幼音手机，凝目看她："不准上微博。"

秦幼音扑进他怀里，汪着水的杏眼一眨不眨地注视他道："你别管，让我保护你，哪怕微不足道，我也想做。"

顾承炎摩挲她的脸颊道："不用在意别人的评价。"

"我在意！"她大声说，"我的英雄，我必须守着他，不允许被人随便污蔑！"

顾承炎眼底有波光剧烈涌动，用力抱住她。

姜成也气得不轻，生怕影响顾承炎的状态，通过体育官媒联系了不少媒体，在微博上连着更新了好几条顾承炎的日常魔鬼训练，把风波压制住。

眼看着离冬奥会开幕没剩几天了，他有意调整训练强度，想让顾承炎适当放松精神，干脆组织全队，趁着夜黑风高没人留意，出去看了场喜剧电影。

没承想又惹了大祸，偏就被人给拍到，不提那么多人同行，专拍顾承炎搂着秦幼音，在冬奥会开幕前夕深夜约会，全然不把比赛放在心上。

无良媒体见热度走高，高价广收爆料，源源不断的照片发出来，以前在医大里的和秦幼音的各种甜蜜同行，解剖室前亲密拥抱，算算时间都应该在训练期内。

更有消息指出，顾承炎无视规定，强行把没有一技之长的女朋友带入国家队，遭到全队的强烈抗议和不满。

这一波话题在网上爆炸式传开，键盘侠的言论更加肆无忌惮，满屏脏话不堪入目，更预测顾承炎绝对不可能拿金牌，会给国家丢脸，被对手完虐。

一个曾为祖国拿到过至高荣誉的运动员，但凡被泼上一点脏水，之前的所有成绩似乎就被一笔勾销，轻松抹杀，网友把他们臆想出来的顾承炎的缺点无限放大，全然不需要负责任，肆意砸下冷嘲热讽、质疑谩骂。

姜成气到脸色铁青，把手机摔碎。

顾承炎捡起来，翻着看了看，看见针对他自己的评价他面无表情，但看到有人在骂音音时，他眉宇里迸出了戾气。

而他心爱的表情包微博账号，评论已全被攻陷，脏到不能入眼。

顾承炎眸中坚冰凝聚。

他早就在想的、日夜惦念的那件事，那件在世界之巅的胜利时才能做的事，变成他必须去抢夺金牌的最大理由。

姜成大骂了半天，喘着气说："对了，你让我申请的那个认证的微博账号，刚通过了，说起来好像有个百万粉丝的表情包微博博主特喜欢你，还挺红的，天天替你骂人，我看她画了好多你的图，可好看了，买来版权做个国家队周边怎么样？"

顾承炎抬眸问："那你当面问问，她肯不肯。"

"当面？"

"你不是说了那个博主特喜欢我，除了我媳妇儿还有谁？"

说完，顾承炎登录上认证带V账号，发了第一条微博："音音，一起去赛场，做我的专属队医。"

简单几个字，直直白白，@了那只正饱受攻击的小猪崽表情包博主。

小猪崽不是表情包，小猪崽是他顾承炎的女朋友。

他们是一体的，不需要单纯的她保护他或他保护她。

既然都来质疑，那就干脆紧紧相拥，给所有人看。

发完以后，顾承炎不再管网上任何消息，也删了音音所有设备上的微博，揽着她坐在看台最高的位置，像当初在医大社团时俯瞰偌大冰面。

此时此刻，距离冬奥会开幕仅剩两天。

而短道速滑项目比赛，从开幕式结束后就将马不停蹄开始，以男子5000米接力，男单1500米、1000米、500米的顺序依次排开，整个赛程持续一周。

顾承炎要拿的，是全部项目的大满贯。

秦幼音脸颊垫在他胸口上，感受着蓬勃有力的跳动，想到粉丝群里那些爆炸的消息。

"我的天！你就是炎哥天天捧在手里的那个女朋友？"

她美滋滋地晃荡着腿。

小猪崽有名分啦。

被骂算什么，她的幸福、她的骄傲，只有她懂。

秦幼音把玩着顾承炎修长的手指，一根一根地爱惜揉捏："哥，你最擅长的500米压在最后了，前面三项，你都是头一次上这么大的赛场。"

接力，1500米，1000米，除了实力，还要拼合作和耐力，一旦有一项发挥失误，后面不堪设想，舆论不知道又会怎样铺天盖地地袭来。

顾承炎捏捏她的脸说："你猜结果会怎么样？"

秦幼音弯着眼，眸中水波荡漾道："我不猜，我直接告诉你事实。"

她凑到他耳畔，郑重其事地说："我的小炎哥，天下无敌。"

两天后，四年一度的冬奥会如期宣布开幕。

盛大开幕式在北京时间当晚九点举行，国家队派出二十六个运动员代表组成中国代表团入场，其中有一个站在最前面带队，扛起国旗的人。

总负责人加上几位总教练一碰头，毫无异议地统一选定顾承炎。

又高又帅，肩宽腿长，往那一站比明星更打眼，这时候不用，等什么时候用？

顾承炎挑眉提醒："我现在在网上的风评可不好。"

姜成跳起来敲他说："别扯没用的，我们小炎儿就是全队之光！等成绩一出，看谁还敢瞎说！"

开幕式秦幼音不能参加，心急如焚地在奥组委分配的宿舍里守着电视机直播，跟几位队医一起澎湃等待，终于在屏幕一角，瞥到了一抹鲜亮的红色。

有人大喊："国旗！"

秦幼音扒着电视，目不转睛地盯着那道无比挺拔的身影，顾承炎率先走出通道，把手中旗杆笔直抬高，鲜红旗帜刮过镜头，气势昂然。

电视里的解说控制不住激动地说："举旗的是短道速滑队的顾承炎！"

无论什么环境里，无论多少重压，他永远不卑不亢，无可挑剔的五官被镜头骤然放大，深不见底的黑瞳中尽是平稳笃定。

一晚过去，顾承炎的话题居高不下，各种恶意猜测被一张脸和完美比例的身材给盖过一波。

网上仍有不同的声音。

"体育比赛是选美还是看成绩？长得好看参加选秀去啊！上什么奥运会！"

"再夸他，他更得意得不知道自己几斤几两，等他被邻国选手虐得哭爹喊娘的时候，看国家队打不打脸！"

比赛拉开帷幕的第一天，秦幼音在出发前，果断发了条微博："陪我的英雄上战场。"

第一场要面对的比赛是男子 5000 米接力。

顾承炎带队，整个接力组在他的高压下，一起集训了多天，早已经默契十足。

几个队友也志气昂扬，绝不能因为自己实力不济，给全队、小炎儿拖后腿。

以前鲜有媒体特殊关注的预赛，因为顾承炎话题的聚焦，也成为重点，被无数目光紧盯。

顾承炎赛前没说别的，就一句：“都尽力，别受伤。不管落下多少，我来补。”

秦幼音作为随队的实习队医，一直紧跟在姜成左右，能站在距离赛场最近的位置，亲眼看顾承炎的比赛全程。

预赛时顾承炎毫无悬念地胜出，半决赛时，H 国队在另一组，那个暗算了程前辈的金姓队员金明成赫然在列。

两队擦肩而过时，他用蹩脚的中文朝顾承炎说了句：“别得意，让你好看！”

顾承炎当他不存在。

他又加了句：“垃圾，中国队都是垃圾。”

顾承炎站住，回眸，平静地笑道：“等你摔出赛道的时候，记得把这句话捡起来吃回去。”

冬奥会开幕之后的第三天晚上八点，男子 5000 米接力总决赛，中国队和 H 国队在赛场相遇，金明成选择了跟顾承炎同样的位置，接力第三段。

比赛枪声准时打响，第一段的选手是方路，他在顾承炎整日的折磨下速度也算是大大提升，领先了其他选手半个身位。

但第二段的队友在交接时刻，跟身旁的 J 国选手意外相碰，耽搁少许，距离瞬间拉开。

第三段的选手纷纷做好准备动作，金明成腔调怪异道：“我看看你有多厉害！”

顾承炎一言不发，在最后关头看向场边的秦幼音，跟她在冰凉空气里灼灼对视，他唇勾起，随即目光紧盯队友，在队友落下两个身位的情况下交接。

秦幼音听到满满当当的观众席上发出呼声，直播和媒体的镜头全部向他扫过去。

这是饱受争议的顾承炎，在冬奥会上的第一场决赛，第一个争夺金牌的机会。

呼声很快变大，直至蔓延成叫喊，排山倒海滚滚而来。

不为其他，只为顾承炎在明显落后的局面中，竟然第一个弯道就成功追上前方其他国家的队伍，再一刀利落划开，转眼越过金明成，成为领先。

秦幼音胸中鼓胀到发疼，控制不住大喊出来。

金明成奋起追逐，仍没在交接前赶超。

这一点优势，被第四段队友完美保持，将中国国家队队服固定在第一名的位置。

5000 米比赛，接力选手不止替换一轮，每人滑完固定长度，会反复循环替换，直到比赛完成。

金明成首轮下来脸色黑沉，死死盯着顾承炎的背影，细小眼睛眯起。

第二轮逼近，各队差距已然拉开，只有中国队和H国队胶着地咬在一起，顾承炎率先交接，金明成紧随其后，身体无限与他挨近，一次次看似不经意地跟他接触，都被顾承炎敏捷避开。

姜成在场边暴怒："孙子！又来这套！"

金明成终于意识到自己轻敌了，最近网上铺天盖地地宣扬顾承炎骄傲卖弄，有一点成绩就要大牌无心训练，他相信了，根本没把顾承炎放在眼里，以为能够完虐。

他无论如何也没想到，会在初次碰撞时就被碾压至此。

金明成实力够强，脏污手段更是层出不穷，在他脚下毁了的选手没有十个也有八个，他就不信除不掉顾承炎。

然而接下来的比赛里，中国队根本不给他机会，他跟顾承炎起步的时间相差越来越大，直至无法相遇。

最后一圈，顾承炎接棒，全场观众起立，目前决出的项目里，中国队还没有金牌入账，只等这一场夺得金牌鼓舞士气。

秦幼音的视野里唯有那一道影子，其他全是空白，她死死抓着围栏，竭力喊他的名字。

顾承炎在现场，镜头，全世界万千瞩目里，手撑冰面行云流水般越过弯道，背后的红旗飞成一片暗红虚影，他耳边有风声，有无数叫喊，但唯一钻进来的，唯有那个声音，大叫着最动听的三个字。

音音，别慌，哥什么时候让你失望过。

顾承炎嘴角上翘，脚下的狭长冰刀仿佛腾云驾雾，极快极稳到宛如电量爆满的比赛机器，决胜关头，他在极限状态下再次发力，曾有过剧烈伤病的右腿矫健蹬开，在满场震耳欲聋的狂叫声里，他顶着国家的标志，凝成一道捕捉不清的光，率先冲破终点。

秦幼音愣了半秒，眼泪汩汩涌出，在原地跳起。

她身后是无法计数的亢奋观众，眼前是万丈光芒的顾承炎。

秦幼音身在云端，像乘了最快最猛的风，飞去世界的最高处。她眼睁睁地看着他滑过来，在众目睽睽下越过栏杆拥住她，低喘着说："宝宝，第一块！"

她拼命抱着他，一个字也说不出来，哽咽到声嘶力竭。

顾承炎身边已被人潮包围，到处是欢呼尖叫。她又听到他说："等到第四块的时候，我有个礼物送给你。"

姜成激动到摔了胸牌，叉着腰语无伦次地重复那句："看谁还敢瞎说！"

本届冬奥会，中国代表队获得的第一块金牌，在短道速滑男子 5000 米接力比赛中产生，由顾承炎率队摘得。

网上舆论彻底翻了天。

还有部分人在死守。

“这是团队成绩！又不是他一个人的！只能说明他状态还可以，等后面的单人项目才是重点，1500 和 1000 米，他可从来没比过！”

但比赛场上，没人会在意龌龊的蝼蚁发出的嗡鸣，满天云霞都只为绝对的胜利盛放。

记者们兴奋得面红耳赤，挤到接力队四周，话筒对准的全是顾承炎。

七嘴八舌问了一堆，最后抢着问他：“据说你跟教练承诺要拿大满贯？后面两场并不是你的强项，不怕会失败吗？现在很多舆论针对你，你怎么想？”

顾承炎狭长眼尾锋利如刀，言简意赅道：“没想，赢就行了。”

旁边方路没个正经，笑呵呵地说：“我们炎儿想的都是他小女朋友！”

顾承炎眸光转柔，一眼看到包围圈外穿着队医制服、正一蹦一跳往里张望的小可爱，笑容更收不住。

记者还在问：“H 国队员金明成是不是有意针对你？他上次就让我们的主力受伤——”

“伤残？你说程前辈吗？”

顾承炎朝秦幼音招招手，记者们意识到有大话题，赶忙闪开让出通道。

秦幼音有点蒙，朝他眨眨眼睛。

顾承炎略微俯身，对她伸出手臂，语气跟刚刚判若两人：“音音，来。”

秦幼音落落大方地走到他面前。

顾承炎揉了把她的头发，按着肩膀把她转向镜头道：“之前没机会，正好介绍一下，这位是我们队新加入的小秦队医，虽然还在实习期，但她擅长骨伤治疗，当初治好了我的伤，让我顺利加入国家队，又在半个月前，治好了程前辈。有人说她一无所长，是我硬塞进国家队的，让队友不满。但事实是，今天的胜利是她用一包包药亲手堆积出来的。”

顾承炎结束采访，走向领奖台时，跟位列铜牌的 H 国队碰在了一起。金明成面色黑青，阴鸷地注视顾承炎，冷笑：“人不能胃口太大，什么项目都想上，希望 500 米的时候你别输得太惨。”

顾承炎问：“怎么，你只参加一个 500 米，别的都不行？”

金明成气得直喘，中文不够用了，叽里呱啦说了一堆，末了威胁：“500 米，你等死！”

接下来的焦点，完全聚集在顾承炎拉开帷幕的单人项目上。

越长，越考验耐力。

从没上过1500米和1000米国际大赛的顾承炎，在赛前收到的依然是质疑，唱衰不绝于耳。

秦幼音一遍一遍地告诉他："哥你一定能赢！"

顾承炎笑着弯下腰，亲亲她的脸蛋儿，蛊惑地问："你上解剖课之前，哥教过你，紧张就说什么，记得吗？"

秦幼音握拳："老子，老子天下无敌！"

小姑娘白嫩漂亮，鼓着脸讲出这句话，要把顾承炎萌得化掉。

他吻了吻她的唇，一本正经地说："是啊，别紧张，毕竟——老子天下无敌！"

秦幼音知道，她当然知道，但当顾承炎在预赛、次赛、半决赛，直至如火如荼的决赛里一次次领先越过终点时，她仍然会哭，会歇斯底里叫到声音完全哑掉。

初次在国际大赛登上新项目的顾承炎，摘到冬奥会第二块金牌，1500米决赛成绩，与世界纪录只差0.02秒。

两天后的1000米决赛，他再次越过所有对手，夺下第三块金牌，与世界纪录持平。

所谓弱项，所谓饱受质疑的单人项目以及从备战冬奥会以来的一切口诛笔伐，被他沉默地一刀一刀亲手粉碎，炸成漫天的冰雾，落下来尽数变成无限闪耀璀璨的光点，堆叠在他肩上。

诋毁被撕碎。

嘲讽被踩进尘埃。

铺天盖地的中伤全部被蹂入泥里。

谩骂犹如披风绶带，残忍的体育赛场也仿若他的无边舞台。

全国沸腾，全世界震惊瞩目，顾承炎的名字一次次挂上头条，铺满喧嚣的赞歌。

从来没有什么骄傲自大、轻视比赛，顾承炎就是天赋卓绝又拼命刻苦，用血汗换来扇向非议的响亮耳光。

最后即将到来的500米赛场，他自然而然抢尽风头。

顾承炎能否成为获得大满贯的第一人，能不能在强项上突破已经保持八年的世界纪录，今晚就要揭晓。

赛前，秦幼音担心地叮嘱："哥，你一定要小心那个金明成！我怕，我怕——”

速滑比赛馆灯光明澈，决赛快要开始，看台已经座无虚席，多角度直播镜头已经架好，数不清的媒体蓄势待发。

顾承炎蹲下身抱住她，仰头说：“别怕，宝宝，等哥拿到大满贯，你答应我一件事好不好？”

“什么事我都答应！”

“现在不行，等到时候——”他深深地凝视她道，“到时候，我说给你听。”

短道速滑男子组比赛最后一项，500 米决赛，晚上十点比赛开始。

全程不过几十秒钟，无形中叠加着极致的紧张刺激。

这一场的四名选手全部是世界名将，都有各大比赛的数个冠军加身，任哪个单拎出来，皆是数一数二的王者，也包括金明成在内。

四条赛道并列排开。

光线雪亮发白，照得清每个人的皮肤纹理和身后国旗的图案。

全场爆满，声浪沸腾，秦幼音仍站在国家队区域的栏杆内，把金属栏杆攥到热烫。

准备哨响起，选手做出准备动作。

金明成低低地对顾承炎咬出几个字：“别做梦。”

第二声哨响。

顾承炎蓄足全力的劲瘦双腿在银白冰面上倏然划开，刀刃稳稳割开碎粉，随着他的动作飞扬四散。

全场观众情不自禁站起，无数小小国旗在观众手里被奋力猛挥。

这是顾承炎登上至高巅峰的灿烂终局。

赵雪岚在场，陈年在场，无数熟悉的眼睛透着狂热。

秦幼音全身贴在栏杆上，杏眼睁圆，嗓子里干涸火辣，竟发不出声。

500 米很短，顾承炎的影子如光电一般流畅飞驰，穿透的是从少年起，整整十年的汗水和光阴，冰刀下割开的除了流金荣耀，还有唯独她才知晓的伤痛血泪。

顾承炎转过第一个弯道，完美错开 M 国选手近在咫尺的壮硕身体，把他利落甩掉，下一秒，有怒吼和碰撞声骤然响起，M 国选手被金明成的冰刀撞歪，痛叫着重重摔倒，全场随之惊呼。

金明成轻车熟路，丝毫不停，他要的是顾承炎受到影响。

然而领先他半身的这道身影竟稳如泰山，依然如闪电光影般捉捕不到。

第二个弯道。

顾承炎再次蓄力，修长身姿绷成矫健弧线，甩开E国选手，稳步领先。

第三个弯道，距离终点触手可及，观众席已然疯狂，秦幼音一下不敢眨眼，胸腔里突突跳动。

转弯时，顾承炎伸长手臂，单手触地，倾斜出完美角度，冰刀划过广大的弧。

就在这个时候，金明成猛地错开跟他挨近的右脚，以不影响自身的力度，猝不及防抵向顾承炎左脚的刀尾。

秦幼音一瞬失声。

两人就要接触的那千钧一发之际，顾承炎早有防备般向前收刀，收放自如地控制着力度，反而拉开两人距离。

全场窒息。

金明成不肯放弃，豁出全力紧跟在后，不再收敛，伪装成赛道拥挤，用身体碰撞。

秦幼音血液冲到头顶，身后有人在手机上放着电视直播，解说员语气激动，不断怒喊着。

顾承炎感觉到逼近的黑影，在金明成碰到的那短短眨眼片刻，他出乎所有人意料突然俯身，金明成这招百试不爽，头一次失手。

顾承炎猛地变换方向，在猛力前冲的同时向左错身，小小一个偏移，金明成整个人完全失去支点，他控制不住发出大吼，冰刀在冰面歪出扭曲的角度，急速下的膝盖撑不住力量，砰地跪下去，整个人顺势跌出赛道。

压抑的偌大场馆，爆发出掀翻屋顶的狂喊声。

声声混在一起，堆积成无边翻滚的滔天海浪。

顾承炎漆黑的眸子透出光，全力向前，灼灼盯着终点。

他要冲到世界的巅峰去。

他要去那里，对音音做一件事！

秦幼音不知道什么时候已经泪流满面，呜咽着拼尽全力，大吼顾承炎的名字。

他不再有对手。

他拿下了当之无愧的大满贯！

顾承炎最后一次刺透空气声浪，合上眼，在猎猎风声中越过终线。

直播的解说员一下子哭出来，敲着桌案尽情喊着："新的世界纪录诞生了！新的！维持了整整八年的500米纪录！在这个晚上被我国最优秀的小将一举打破！他不但做到速滑项目大满贯，还创造了新的历史！再也没有人能质疑他！他是第一人！当之无愧的冰上第一人！"

场内狂热沸腾的同时，有人注意到顾承炎似乎没有停下的打算。

他冲破终点，立刻沿着冰场直奔向看台。

不对……并不是看台，是国家队的区域。

那里，总教练姜成泪如泉涌地撑起一面国旗，在半空中拼命挥舞。国旗掩映下，女孩子娇小的身影几乎挂在栏杆上。

顾承炎朝着秦幼音冲过去。

快要接近时，最新诞生的世界纪录保持者，称霸冰场的冠军忽地抬高手臂，似乎在向谁示意。

看台上的陈年立刻站起，激动地把一个小盒子朝他抛过去：“炎哥——接好了！”

小盒划出弧线，稳稳当当地落在顾承炎掌中。

他握住，冰刀正好抵至栏杆边，小姑娘正半趴在上面，大哭着朝他张开怀抱。

顾承炎摘掉头盔、护目镜，单手揽住她的腰，在她没有准备的轻呼里，一把将人抱起举高，越过栏杆，直接托在臂弯上。

相机，摄像头，直播，种种记录着这一刻的光在频频闪烁。

顾承炎眉间尽是飞扬意气，他抱紧秦幼音，接过姜成手中的国旗披在背上，把两端交到秦幼音的手里。

他声音沙哑道：“来，拉着我们的国旗。”

秦幼音的眼泪一直在狂涌，她胡乱点着头，用力抓住旗帜。

下一秒，她飞了起来。

冠军的冰刀没有停顿，像在比赛中一样，抱着他的姑娘，披着他的国旗，在所有目光和镜头的热切瞩目里，腾空一般在场上恣意滑行。

风被他带起，吹开披风般灿烂的旗帜。

一片鲜红尽情飘扬，罩出灿烂光雾，把两个人的身影遮在其中。

秦幼音的头发被风吹乱，她依偎在他颈边，融化在他灼烫的体温里。

她想起曾经坐在他的摩托车后面，搂着他的腰穿过人潮汹涌的大街小巷，她被他提在手里，揽在怀中，托在臂弯上，迈过数不尽的苦难荆棘。

他的手为她填平沟壑，带她脱离泥沼，抵挡一次次伤害。

直到今天，他把她高高举起，飞在这个世界最干净纯粹的巅峰。

风声在耳侧，人声更遥远。

顾承炎的耳中，只有两人交叠在一起的泛滥心跳。

他指尖挑开那个盒子，露出里面一个小小指环。

他送她的第三枚戒指，不再是遥遥无期的约定，前途缥缈的以后，而是他的全部人生，他为她燃烧到底的一辈子。

顾承炎的眼里汪着两轮极亮的月亮，月中又有无尽的烈火。

他攥着这枚戒指，眼睛染红，对她说：“音音，求你嫁给我。”

[66]

秦幼音哭得上气不接下气，死命点头。

她终于挤出来一个“好”。

顾承炎瞳中闪着昳丽的光，他笑出来：“我听不到。”

秦幼音含泪呛笑，湿漉漉使劲儿地蹭他，掏空力气大声说：“好！好！哥，我答应，我愿意！”

这个夜晚，广阔场馆亮如白昼，四面八方的巨浪冲刷着冰场，光环头衔，荣耀赞誉在顾承炎身上叠加，但顾承炎无暇在意，他托着他全部的心之所向，得到了真正渴求的最大奖赏。

他们紧密相拥时，网上舆论正热火朝天到最盛的阶段。

因为这份无与伦比的大获全胜，火焰本就烧高，真正点炸的是随后姜成用国家队官博发的最新一条：“骂过小炎儿的，都应该跟他说句抱歉。”

底下配了两张照片。

一张是偷拍远景，顾承炎魔鬼训练累到汗流浃背，脱力坐在冰场边垂着头，秦幼音眼眶红红地蹲跪在他身边，让他倚靠着自己，两道身影在深夜空荡的训练馆里静静陪伴，拍摄时间是顾承炎被骂到最狠的那一天。

另一张是四枚被攥在一起的金牌以及傲人的崭新世界纪录。

紧接着，“欠冠军一句道歉”的话题刷到全网火爆，蹿上排行榜首位。

之前那些为了话题恶意带节奏的媒体都销声匿迹，坚持辱骂责难的键盘侠也偃旗息鼓，留下“对不起”灰溜溜地夹起尾巴消失了，顾承炎用实打实的成绩翻盘逆转，一夜舆论洗涤。

折腾到后来，首页上飘浮的全是柠檬精。

“说起来，秦队医才是真正的人生赢家吧！长得美、能力强、会画画，小小年纪进了国家队，最最主要的是拥有顾承炎这种做梦也想拥有的男人啊！”

大赛结束，国家给予了顾承炎超过以往规格的厚重嘉奖，接下来他不但不清闲，反而行程密集，各种电视台采访，央视的体育类谈话类重点节目，配合国家队的种种宣传，这也就算了，居然还有各大热门综艺的邀约，多到快把姜成给埋了。

顾承炎嫌烦：“能推的都推了。”

姜成怒道：“我是教练还是经纪人！你也是，没事长这么一副招人皮相，天生惹是非！等会儿——这又是什么？还有人找你拍电影？”

顾承炎揉额角，拎起媳妇儿的小包袱：“您慢慢拒绝吧，我跟音音回学校上课了。”

“哎，别玩疯了，下个月还得回来继续训练！”

“知道，”顾承炎回眸淡笑道，“今年的世界杯总冠军也是我的。”

炎哥牵着小媳妇儿大张旗鼓地返校，学校里那些为了钱爆料过他们照片的人都在瑟瑟发抖，生怕遭到报复，炎哥倒根本没把他们放眼里，天天领音音一起上课下课，同进同出，在校园里从不避讳，坦坦荡荡地甜蜜给全校师生看。

倒是陈年气不过，逮住过几个送到炎哥面前。

顾承炎只扫了一眼，淡淡地嗤笑：“有能耐继续拍，去昭告天下，让所有看不惯的人都知道，我们有多相爱。”

新一年的世界杯仍然有五站，这一次，秦幼音不用再独守着，而是寸步不离地守在小炎哥左右，跟他去世界各地到处征战，看他在赛场上所向披靡，一次次登上冠军领奖台睥睨对手。

到最后一站时，已是深秋。

拿到胜利后，顾承炎攥紧秦幼音的手，把她拉到一个狭小的休息室，关上门，眼眸微红，缓缓蹲跪在她面前说：“去年，我就经常一个人坐在这儿，只能靠打电话听你的声音。”

秦幼音心脏剧震，抱住他。

他抬起她的脸，眼底深邃灼热：“音音，我要你做我的合法妻子，以后永远跟我捆在一起，再也不能分开。”

比赛结束时是下午一点，顾承炎直接带秦幼音坐上回家的航班，从机场上车，一路直奔民政局，他把两人的户口本全准备好了，偷偷藏了好久，就苦盼着这一天。

顾承炎已是很有影响力的公众人物，比其他的运动员冠军更让人熟知，以前并不太受国内民众关注的短道速滑世界杯比赛也逐渐成为热点。

民政局的工作人员不乏小年轻，前脚正在为世界杯总冠军激动得跳起，后脚一回头，脖子差点扭了。

中午还在称霸赛场的顾大男神，转眼就领媳妇儿跑回家领证了？

秦幼音的头发已经长了不少，柔软的长发披在肩上，顾承炎坐在拍照的相机前，心脏怦怦震得发疼。他捧着她的脸，给她把碎发别到耳后，指腹抚过她的眉眼，流连落下浅吻，低低地说：“宝宝，跟我离近一点。”

她紧密挨着他，在他耳旁讲实话：“哥，如果他们不反对，我愿意坐你怀里拍。”

顾承炎侧头亲亲她额角道：“那要不问问？”

秦幼音笑死，捏捏他道：“你会上头条的，刚取得世界杯总冠军的顾承炎，公然破坏民政局规矩，要抱着妻子拍证件照。”

他凝视她：“抱着谁？”

她杏眼犹如华光熠熠的满月，扣着他的手轻声说：“妻子呀。”

曾经受过的所有苦难，终于在这一天，被亲密无间紧绑一生的结婚证完全覆盖，拂去过去的一切血泪和苦痛。

为了让音音穿上最美的婚纱，顾承炎本打算抓紧时间去海岛办婚礼，偏偏音音说：“我不想嫁到酒店，我想嫁到你家里。”

顾承炎心都融化了，哪还能不答应。

他千忍万忍撑到了隔年春暖花开，事事亲力亲为，把苦盼已久的婚礼策划成一场属于音音的童话故事。

他视若珍宝的姑娘，童年少年不曾有人给予她半分童真，那么他来给。

她是他的妻子，也是一生一世他捧在手心里呵护的小朋友。

婚礼早上，秦幼音穿大红色的秀禾服，戴叮叮当当的金玉珠翠，被广撒红包雨破门而入的顾承炎一把搂住，抱起来就走。

她裙摆摇曳，晃在他沉稳有力的臂弯中。

早上的接亲仪式进行完，正式婚礼是在上午的良辰吉时，要换婚纱，这一套婚纱秦幼音始终忍着没给小炎哥看，只想等到婚礼这一天。

婚礼的化妆间里，秦幼音打扮妥当，紧张得脸颊通红。

身后门声响动，她从偌大镜面里，看到了迈入的男人修长的影子。

笔挺西装，一丝不苟，勾勒着他完美无瑕的高大身形，唯独领口松着，领带被他提在手里。

秦幼音心跳响成连绵一片，慢慢转过身。

顾承炎立在那里，看她看到发怔。

层叠清浅的光影中，她亭亭站在镜前，纯白婚纱是改良过的拖尾款，又混入江南旗袍小褂的剪裁，极致妥帖地包裹着他玲珑有致的姑娘。

就像初见时，弹琵琶时，她穿的那一身长裙短褂，让他第一眼就魂牵梦萦。

顾承炎上前把她托起，她长长的裙摆蔓延过他笔直的裤管，交缠在一起。

他哑着嗓子问：“什么时候才能亲你？”

“现在，”她红着脸说，“亲够了，你再给我涂口红。”

“亲不够，怎么可能亲得够。”

顾承炎坐进沙发，把她放在腿上搂着，低低地央求：“宝宝，给我系领带。”

居然是当年，她哭着跑去商场，千挑万选买给他的那一条。

秦幼音把领带绕过他的脖颈，纤细十指小心翻折，打成结，然后她扯着那小小的扣，把他拉低，仰头缠绵亲吻。

阳光洒在他身上，涂出一片无可比拟的温暖。

顾承炎靠向沙发背，环着她倚在自己胸口，他的喉咙震动，心脏也震动，一声声萦绕她的耳边：“起那么早，你困了吗？乖，再睡会儿，离开始还有一些时间。”

秦幼音跌在他的气息里，安稳地闭上眼。

很快睡梦来袭。

她穿着婚纱，走在苏月镇石板铺就的窄窄小路上，夜晚月色清冷，她一步步迈上小姨中医诊所门口的台阶。

门内的情景既熟悉又遥远。

瘦小的女孩子蜷缩在桌子下面，只占据很小的一个角落，她手垂在地上，旁边是空空的药瓶。

她穿得很单薄，脸色白得像纸，皮包骨的手按着刚吞了药的胃，一双空洞的眼睛，正绝望而又柔软地望着窗外的月亮。

秦幼音知道，这是她自己。

在那一年，选择结束生命的她自己。

秦幼音走过去，陪她一起蹲在桌下，在她痛苦失去意识的时刻抱住她。

她一下下轻拍她的背，喃喃说：“别怕，这个世界没有那么坏，你再等一等，很快就有他了，等有了他以后，就不疼了，不苦了，什么都好了。”

有他，这世界就有了光，脏污龌龊的缝隙里也开出了花，草木有了颜色，流水有了声音，那么多遥远的星辰宇宙都触手可及。

这个曾经让她深深惧怕和厌恶的世界上，有了唯一让她去爱的理由。

因为深爱他，因为被他深爱着，所以不要闭上眼。

那时活着，是伤害、恐惧、孤独、颠沛流离。

但以后活着，是安定、健康、欢喜，和与他一生一世，白首不相离。

番外

婚后生活

初夏清早，晨光透过窗帘缝隙，在床尾铺成一片细腻的金纱。

秦幼音被闹钟吵醒，急忙伸出手，第一时间关掉。

顾承炎感觉到她的动作，本能地揽紧，睡意浓重的低哑嗓音在她耳畔响起："还早，乖，再睡会儿。"

秦幼音轻轻"嗯"了声，乖巧地往他胸前靠靠，意识已经清醒过来，准确地计算着时间。

虽然她很想赖着他享受难得的假期，但今天情况特殊，最多再赖十分钟她就必须起床了。

自从两人结婚以后，顾承炎收到的各类综艺节目邀请越来越多，拿过金牌的运动员本就是热门综艺的邀约对象，何况还是他这种成绩逆天、外形出类拔萃，又"英年早婚"的珍稀存在。

姜成身兼顾承炎的总教练和经纪人，数不清推拒了多少邀约。但今年国家队有宣传任务，要提升该项运动的国民认知度，顾承炎作为全队的门面，自然要担起重任。姜成思来想去，还是决定给他挑个综艺节目来上。

他知道顾承炎不乐意参加这些，于是千挑万选，看中了一档当下很热门的夫妇旅行节目，让小两口作为特邀嘉宾只参加一期节目，既有话题又不会太累，还能顺便度个假，完美。

顾承炎不好让教练太为难，征得音音同意后，就答应下来。

节目组一得到肯定答复，激动得立马安排，把冠军小夫妻排到了最近一期的录制，今天便是定下的出发日，很快会有摄制组登门，从家里一直跟拍到目的地。

秦幼音躺在顾承炎臂弯里，默默握拳。

最近小炎哥的训练强度非常大，她作为队医，也跟着在队里忙碌。昨晚回到家，她更是困得睁不开眼，根本无暇整理行装，才会定了一个这么早的闹钟。

据说节目组的摄像机大哥是会突袭进门的，她必须提前把一切都收拾妥当，否则要是被镜头拍到他们手忙脚乱的画面，多让人笑话，她绝不能让小炎哥在一群人面前丢脸。

十分钟到了，秦幼音再贪恋被窝也得起来，她不忍心吵醒顾承炎，打算趁他睡熟，悄悄从他怀里钻出去。

哪知道才动了两下，顾承炎就察觉到，抬臂把她搂了回去。

秦幼音软声跟他解释：“小炎哥，你不用管我，我起来有点事要做。”

她边说边努力地撑起身。

顾承炎没勉强留她，而是干脆随着她一起半坐起来，合眼倚靠在她肩膀上，语气慵懒：“不陪我了？”

秦幼音顿了两秒，琢磨着该找个什么理由。

顾承炎不等她回答，下一句话已然出口，带着点无赖和笑意：“媳妇儿不疼我了。”

明知道他故意的，秦幼音还是招架不住，弯着眼睛亲亲他说：“媳妇儿快被压坏了，还怎么疼你啊？”

他那么高，压过来很重的，她快顶不住了。

顾承炎低笑着把她一揽，又躺回去，暖热手掌蒙住她的眼睛说：“这么金贵的宝贝，坏了可不行，赶紧补眠休息。”

“可是我……”

见秦幼音仍在挣扎，他才说：“放心，要带的东西，昨晚你睡着以后，我都已经收拾好了。”

秦幼音愣住。

顾承炎轻拍着她哄慰：“所以你别紧张，不管多少镜头，我家音音只负责美就够了，其他的交给我。”

秦幼音不禁抱紧他。

小炎哥比她累多了，可为了让她轻松，他居然连夜打理，不知道熬到几点睡的。

她心里又酸又甜，闷闷地要求：“那我们一起睡，闹钟……再推迟一个小时。”

摄制组登门的时候，小夫妻两个都精力充沛，状态好到不行，在镜头前自然又亲昵，完全没有初次上节目的生涩，就是顾太太稍微有点害羞，有时候会不太好意思看摄像机，但正因为这样，更显得她真实可爱，格外讨人喜欢。

上了车以后，负责随车跟拍的女孩子连连给秦幼音竖大拇指，称赞道：“顾太太，不用紧张，你很上镜，表现得也特别好，完全就是专业水平！”

秦幼音被逗笑，脸颊微红，挽着身旁顾承炎的手臂说：“因为他在。”

她的胆小怯懦早已是过去式了，只要跟小炎哥在一起，她就有勇气面对一切陌生的挑战。

录制的地点在海岛上，飞行加上坐车要五六个小时，秦幼音刚上飞机时还神采奕奕，拉着顾承炎看窗外的云层，到中途时她就忍不住开始昏昏欲睡，强打着精神，不想让他一个人无聊待着。

顾承炎含笑看着自己媳妇儿，明明困到快睁不开眼，仍然尽力挑着眼帘陪他，有时顶不住了，长睫毛便不受控制地落下去，脑袋也跟着突然垂一下，又马上惊醒，红着耳朵假装什么都没发生。

“音音，睡吧，快降落的时候，我叫你。”

秦幼音看着他翘起的嘴角，暗暗掐了自己一把，格外坚持道：“不行，我能挺住。”

顾承炎把她不老实的手抓过来攥着哄道：“好——那哥给你讲故事。”

炎哥用纯粹对小孩儿的办法哄着媳妇儿，秦幼音撑过了飞行的全程，下飞机换到商务车上以后，实在没了抵抗力，到底靠在他肩上睡了过去。

顾承炎把她轻轻揽住，前排的摄制组回过头想说什么，他食指竖起放在唇边。

摄制组忙噤声，点头表示理解，悄悄把镜头对准亲密的小夫妻俩。

这么岁月静好的画面，必须当成素材！

顾承炎不在意他们拍，耐心等秦幼音睡熟，才帮她换了个更舒服的姿势，转而拿出手机，拍下他跟音音紧握在一起的两只手以及她姣好的侧颜。

他本想直接发个微博，但选图片时，又觉得这张侧颜太近太细，是他一个人的专属，不乐意让别人看到，于是换了张更局部的照片，只拍到她合起的眼睛和细碎的刘海，这才小气地按下发布。

顾承炎小夫妻俩要上综艺的事不是秘密，一早就被节目组透露出去，热度飞速涨起来，尤其在得知今天是录制日的情况下，很多网友在线等着动向。毕竟要想在非比赛时段里见到这对神仙颜值的小两口，还真是不容易。

从出发起，节目组一直在放图，持续走高的话题度在顾承炎发微博的一刻达到了高峰，十指相扣的手，成双成对的婚戒，加上老公视角下的秦小队医，一时间占据热门话题前几名。

顾承炎并不知道这些，他发完就放下手机，专心揽着媳妇儿让她睡好，手指卷着她的发尾，玩得有滋有味。

到达目的地时，秦幼音才醒，一开车门就海风扑面，她的困意彻底没了，开心地拉着顾承炎下车，裙角被吹得飘飘荡荡，顾承炎看得入迷，又给她拍了无数照片，都像对待宝贝似的存在手机里，即便一大堆类似的角度、动作，但看来看去哪张他也舍不得删，全留着。

摄制组紧跟在旁边，摄像机一刻也不敢挪开，盯着猛拍。

别的夫妻想要这种甜蜜粉红泡泡，多数都得专门找机会挑视角，这两位可好，随便一个小片段都是绝佳素材。

跟拍的摄影师适时提醒："咱们可以去餐厅了。"

其他三组明星夫妻航班比较早，已经先一步到了餐厅，四家人正式碰面时，秦幼音有些紧张地拿出提前准备的小礼物。

"太可爱了吧——"其中年轻的女演员轻呼。

秦幼音脸上微微发热。

女演员性格爽朗自来熟，又朝她眨眨眼睛，大方地夸奖："礼物可爱，人更可爱，我们大冠军可真是娶到宝贝。"

秦幼音赧然笑出来。

大家都对她友善热情，而且她也成功地给小炎哥长了脸。

吃饭时，顾承炎靠近秦幼音，一本正经地问："媳妇儿，大家都有礼物，我的那份呢？"

他本以为能趁机逗弄一下小媳妇儿，万万没想到，秦幼音早有准备，慢条斯理地从包里拿出一个圆滚滚的小东西。

顾承炎一愣，有种不好的预感。

看这形状，难不成是个……煮鸡蛋？

国家队的营养师最近给他重新制定了饮食计划，要他每天都必须吃个水煮蛋，他最烦这玩意儿，好不容易出来录节目，还窃喜地以为不用吃，结果小祖宗给他预备好了。

秦幼音气定神闲地塞给他："小炎哥，礼物来了。乖，吃吧，我刚才专门找服务员要的。"

还真是！

顾承炎刚想给自己说情，忽然觉得这鸡蛋的手感不寻常，他低头一看，眼睛泛出亮光。

之前他没来得及细瞧，现在才发现，鸡蛋确实是普通的鸡蛋，但外面竟然套了个手工织的毛线套，形状小巧圆润，跟蛋正好契合，颜色也差不多，而且工艺精巧，不像买来的。

"音音……"

"好看吗？是我自己织的。"秦幼音语气透着小骄傲。

顾承炎注视她问："为什么？"

秦幼音抿了抿唇说："我知道你不爱吃，所以做了点小花样，想着你吃鸡蛋的时候看到这个小蛋兜，说不定慢慢就喜欢了。"

要不是人多，顾承炎真想拽过她肆意亲上去。

他把音音当小朋友疼惜。

音音也一样细心温柔地照料着他,为了让他吃个鸡蛋,花心思想出这样的办法。

秦幼音笑眯眯地小声问："吃不吃？"

"必须吃，"顾承炎果断回答，"以后每天的鸡蛋都得装在这里面，沾沾我媳妇儿的甜才咽得下去。"

饭后，节目组安排嘉宾们短暂休息，接着前往动物园拍摄。

作为本期节目的第一站，动物园里自然看点不少，除了观赏之外，跟动物间的互动程度也很高。女演员爱玩，带着水果去了猴山，其他两个女生也各自选了感兴趣的动物，秦幼音则一眼看中某只出生不久的小鹿，拿好工作人员给的食物，小心翼翼去喂它。

妻子们都奔赴了目的地，老公们则暂时被导演组留下来，沟通接下来的录制事宜。

顾承炎不时往鹿园的方向望过去，偶尔还能听到音音的笑声。

玩什么呢，这么高兴。

片刻之后，导演交代完毕，顾承炎正急着去找秦幼音，却看见秦幼音正好顺着小路跑回来，一脸的明媚鲜活。

顾承炎一把接住她，她仰着头边说边比画："哥，小鹿超可爱——"

她用上了所有能想到的美好词汇去形容。

顾承炎盯着她柔亮的杏眼，里面剔透明澈，映着满天云霞和他的影子。

他揉揉她的脸，扬眉问："就算再可爱，能可爱成你这样吗？"

秦幼音一怔，耳尖慢慢染红。

"不可能，"他俯下身看她，笑着自问自答，"天底下，我音音最可爱。"

顾承炎牵着她去喂了小鹿，又把她想看的园子都逛完，跟拍摄影师持续处在要被素材多得撑死的幸福感里。

快结束时，顾承炎低声问秦幼音："下面要去海边，你想穿泳衣吗？"

之前导演组与他们沟通的也包括这件事。

秦幼音咬了咬唇，她想过这事，其他三个女生都会穿，还互相讨论带了多少套泳衣过来，她不想特立独行。

况且海边很美，沙滩柔软，她也愿意穿得好看走在小炎哥身边。

只是……

那些伤疤并没有在几年的时间里有多么明显的好转，她怕……

顾承炎干脆把她托起来，嗓音磁柔："不用怕，在我眼里——"

"在你眼里——"秦幼音环着他脖颈，轻声接下去，"我最好最完美，多少伤疤都不算瑕疵，是吗？"

顾承炎眼睛愉悦地弯起，亲亲她脸颊说："音音什么都知道。"

无论在谁面前，她都不需要再自卑胆怯，她毫不犹豫地确信，这世界上有一个人认定她完美无瑕。

秦幼音心里的那点阴霾不知不觉散开，认真地点头道："好，我不怕。"

傍晚的海边，秦幼音穿了墨水蓝的荷叶边泳装，款式没有太过清凉，避免让老公吃醋，她还特意在外面披上一件防晒的长纱衣，自信地跟大家站在一起合影。

集体照拍完，分散开自由活动时，秦幼音更放开些，光脚踩着沙子，在湿润海风里轻快地跑跳。

夜色降临，海边亮起了成片彩色的灯盏，映得光彩斑斓。

顾承炎跟着她，悠然地问："谁家的媳妇儿这么好看——"

秦幼音跳到他面前，拽着他的手回答："顾承炎家的——"

跟拍摄影师不敢离太近打扰，只能把对话听个七七八八，但也被这副养眼画面和小夫妻的互动感染得内心澎湃——从业好几年，第一次被狗粮撑死。

夜里的海面安静深沉，远处有点点星火在闪。

顾承炎和秦幼音坐在沙滩上，秦幼音靠着他，用手指不厌其烦地在沙滩上写他的名字，直到自己周围被"顾承炎"包围。

"音音，喜欢海吗？"

"喜欢——"

"喜欢沙滩吗？"

"喜欢——"

顾承炎侧头看她，明知故问："喜欢我吗？"

秦幼音却顿了顿，拖长了音回答："不喜欢——"

顾承炎抿唇，转过她的脸，双手捧起准备揉捏一下惩罚。

她望着他黑漆漆的眼，笑得格外甜，轻声说："我爱你。"

没有惩罚。

他给音音的，是清润夜风里温柔落下的亲吻。